장혁주의 문학과 민족의 굴레

이 저서는 2008년 정부(교육과학기술부)의 재원으로
한국연구(학술진흥)재단의 지원을 받아 수행된 연구임. (KRF-2008-358-A00085)

식민주의와 문화 총서 17

장혁주의 문학과 민족의 굴레

김 학 동

역락

서문

'민족'이라는 개념을 이해하는데 있어 '같은 혈통을 가진 인간집단'이라는 성직된 정의에 구애되어 그 존재가치의 비현실성을 주장하는 경우가 많이 있다. 특히 글로벌 시대를 지향하는 작금의 상황을 예로 들며 다문화시대에 역행하는 이데올로기 정도로 치부하는 경우도 있다.

그러나 다양한 형태의 국제적 교류가 활발한 현 상황에서도 '민족'이라는 집단은 여전히 언어·문화·종교의 가장 자연스런 발현의 장이자 실질적인 공동체로서 존재하고 있다. 따라서 '민족'이라는 개념은 '같은 혈통을 지닌 인간집단'이라기보다는 '동질의식을 지닌 인간집단'으로 정의하는 편이 보다 보편타당한 것으로 생각된다.

구성원 간의 밀도 있는 생활로 언어와 문화, 그리고 혈통적인 통일성이 자연스럽게 유지·보전되지만, 같은 혈통을 민족구성원의 필수요건으로 단정하기에는 무리가 있다. 역사의 흐름과 함께 다양한 형태의 민족적 교류가 발생하여 혈통과 문화적 정서는 변화를 거듭하더라도 그 구성원의 '동질의식'은 면면히 유지되기 마련이다. 그러므로 '민족'이란 구성원의 개성과 자존의식이 통합적으로 발현되는 '집단적 인격체'라 정의할 수 있을 것이다.

그런데 식민지 말기에는 이와 같은 민족의 의미를 진지하게 되새기지 못한 채 일제의 황국신민화 정책에 협력한 많은 문인들이 있었으며, 1930년대 초부터 일본문단에서 활동을 시작한 장혁주(張赫宙)도 그와 같은 작가의 한 사람이었다.

문학을 통한 황국신민화에의 영합은 정치적인 친일행위 못지않게 중대한 사안임을 간과하기 어렵다. 인간에 대한 진지한 탐구를 통해 진실된 삶의 형태를 제시해야 될 작가들이 오히려 자신들이 속한 민족을 왜곡된 삶으로 이끌었다는 것은 결코 용납하기 어려운 행위라 할 것이다.

그렇지만 강압적인 식민치하에서 작가로서의 삶을 꾸려가야 했던 그들의 현실적인 어려움을 외면하기도 쉽지 않다. 작가로서의 본령을 벗어나 현실적인 삶의 방편으로 집필했다 하더라도 한 시대를 살았던 인간으로서의 여러 면모를 담아내기 마련이므로 적절한 비판과 함께 이를 수용해 간다면 훌륭한 반면교사로서의 가치를 지닌다 하겠다.

본서는 장혁주의 일본어 작품 중에서 일제 패전 직후의 일부 작품과 1952년 10월 일본으로 귀화한 이후의 저작에 대한 연구논문 15편을 수록하여 일제강점말기의 친일적 글쓰기로 인해 귀국하지 못하고 일본으로 귀화한 장혁주의 삶과 문학을 조명하였다. 특히 일제 패전 이후에 발표된 작품들의 특징을 분석·정리하는 데 중점을 두었으며, 그 내용과 작가적 행적을 비교 검토함으로써 장혁주의 문학과 생활에 대한 거시적인 안목을 확보하고자 노력하였다.

해방 이후 장혁주 문학의 특징을 단적으로 표현하자면 일제강점말기의 시대영합적인 성격에서 벗어나지 못한 채 독자들의 관심을 끌기위한 다양한 모색을 시도한 기회주의적인 것이었다고 말할 수 있다. 다만 일제말기의 집필활동이 당국의 강압에 순응하는 차원에서 이루어진 것이었다면, 해방 이후에는 일본에 정착할 수밖에 없는 불안정한 신분의 작가로서 일본인 처와 자녀들의 부양이라는 현실적인 문제와 결부된 자발적인 글쓰기였다는 점에서 다르다.

이처럼 장혁주의 문학적 행보는 개인적인 삶의 고충을 토로하거나 생활을 위한 방편으로 집필 된 경우가 많았던 만큼, 인간의 존재가치에 대한 진지한 탐구라는 작가적 이상과는 거리가 있으며, 그가 속했던 조국과 민족의 위상을 저해하고 있다는 비판에서 자유롭지 못하다.

김 학 동

차례 ▌

제1부 일본으로 귀화한
장혁주의 삶과 문학

일본으로 귀화한 장혁주의 삶과 문학

1. 머리말

　장혁주(張赫宙)¹⁾는 일제의 이토 히로부미(伊藤博文)가 조선통감으로 부임하여 식민통치 기반의 강화를 모색하던 1905년에 태어났다. 일제 강점기에 대구고등보통학교까지 마쳤으며, 1932년에 단편「아귀도(餓鬼道)」가 문예잡지『改造』의 현상공모에 입선하면서 일본문단에 등단했다.「아귀도」는 일제의 식민지배에 대한 저항의식을 담아낸 작품으로 평가를 받았지만, 이러한 민족적인 글쓰기는 검열로 인해 오래 지속되지 못했다. 1939년 무렵부터는 일제의 국책에 영합하는 작품을 양산하였으며, 조국이 해방을 맞이하자 일본에서 문학가로서의 재기를 시도한다.

---

1) 1905~1997. 장혁주(張赫宙)라는 필명으로 알려진 작가의 본명은 장은중(張恩重)이며, 1952년 일본으로 귀화한 뒤에는 노구치 가쿠추(野口赫宙)라는 필명을 사용했다. 일제 강점말기의 창씨명은 노구치 미노루(野口稔)였는데, 일본으로 귀화하면서 이를 일본명으로 등록하였다. 이 글에서는 일반적으로 널리 알려진 장혁주라는 필명을 사용하고자 한다.

일제 패전 이후의 장혁주의 행보는 그야말로 글을 써서 생계를 유지해야한다는 절박함 속에서 나름의 작가적 이상을 추구하고 있다는 특징을 지닌다. 그러므로 그의 문학은 좀 더 나은 보수를 얻기 위한 시대 영합적인 성격을 지닐 수밖에 없었으며, 특히 조선 출신 작가라는 특수성을 내세운 기회주의적인 작품을 비교적 많이 남겼다.

해방 이후 장혁주 문학의 지향점이 잦은 변화를 보이는 것은 이상과 같은 작가적 특성과 무관하지 않다 하겠으며, 이는 일제강점말기의 집필활동에 엿보이는 특징과도 크게 다르지 않다. 그리고 이와 관련된 작가의 행적은 귀화한 작가의 곤란한 입장을 그려냄으로써 일본 독자들의 관심을 유도하려는 목적이 있었던 것으로 보이는 여러 자전적 작품을 통해 비교적 쉽게 확인해 볼 수 있다.

이 글에서는 이상과 같은 일제 패전 이후의 장혁주 문학, 특히 일본으로 귀화한 이후의 삶과 문학 전반을 조명하여 그 의의와 문제점을 논하고자 한다. 또한 각각의 작품들이 지닌 특징을 분석하여 얻은 결과와 작가적 행적을 비교 고찰함으로써, 장혁주의 문학과 생활에 대한 거시적인 안목의 확보에 힘쓰고자 한다.

2. 일제 패전 이후의 장혁주의 삶과 문학

1) 일제 패전 직후의 문학 활동

일제의 패전으로 조국은 해방을 맞이했으나 장혁주는 친일작품의 집필을 문제 삼은 재일조선인들의 살해협박에 시달렸으며, 조국으로 돌아갈 처지도 못되었기 때문에 일본에의 귀화를 모색할 수밖에 없었다.[2] 그러나 패전국 일본이 연합국사령부(GHQ)의 지배하에 들어가 있었으므로 장혁주의 일본 귀화는 사실상 불가능[3]했고, 일본 국내에서도 일제의 침략전쟁에 동조했던 작가들에 대한 비판의 목소리가 거셌던 만큼 장혁주의 입지는 매우 좁아져 있었다.

현실을 직시한 장혁주는 1946년 3월에 발표한 「일본국민에게 보낸다(日本の國民に寄せる)」에서 "일본은 냉정하게 과학적인 자기비판으로 반성하여 참회하고, 지난날의 과오를 재차 범해서는 안 될 뿐만 아니라, (…중략…) 총 비판 총 반성을 하지 않으면 안 된다"[4]는 등의 말로 일제의 전쟁 책임을 추궁함으로써 새로운 시대에 영합하려는 작가적 태도를 보이기 시작한다. 특히 일제가 조선에서 '내선일체'라는 명목 아래 실시했던 여러 정책이 잘못되었음을 조목조목 열거한 뒤, "식민지 정책이 실시되던 당시의 비참한 조선의 상황은 생각만 해도 의분을 금할 수 없다"[5]며 일제의 식민통치에 대해 신랄한 비판을 가한다.

일제 패전 직후의 장혁주는 이상과 같이 침략정책을 비판하는 동시에, 전쟁의 고통으로 신음하는 여성과 어린이를 소재로 한 휴머니즘적 작품의 집필에도 힘을 쏟았다. 이러한 경향의 작품으로는 전쟁고아로 흘러넘치는 우에노(上野)역 주변을 답사한 뒤 발표한 「어디로(何處へ─戰災孤兒調査記)」(『自由公論』, 1946), 장편 『고아들(孤兒たち)』(万里閣, 1946)과 『젊은 여자(若い女)』(河出書房, 1948), 단편집 『사람의 선함과

---

2) 장혁주가 처했던 당시의 상황은 자전적 단편 「脅迫」(1953)에 상세히 묘사되어 있다.
3) 장혁주의 일본 귀화는 미국의 샌프란시스코에서 맺어진 연합국과 일본의 강화조약이 발표된 1952년 4월 이후, 즉 1952년 10월에 이루어졌다.
4) 張赫宙(1946.3), 「日本國民に寄せる」, 『創建』, p.11.
5) 위의 책, 「日本國民に寄せる」, 『創建』, p.14.

악함(人の善さと惡さと)』(丹頂書房, 1947)이 있다.

그런데 이러한 휴머니즘적인 작품 역시 무모한 전쟁을 일으킨 군군주의자들에 대한 비판을 토대로 하고 있어서, 재빠른 작가적 입장의 변화가 엿보이는 기회주의적 글쓰기라는 비판에서 자유롭지 못하다.

한편 이러한 와중에도 「죄의 결말(罪の行方)」(『時代』, 1948), 「미야의 범죄(ミヤの犯罪)」(『地上』, 1949), 「지옥의 여자(地獄の女)」(『文芸讀物』, 1949)와 같은 순문학 작품을 발표하여 인간에 대한 진지한 탐구를 시도하였다. 이들 작품의 공통적인 특징은 전쟁으로 폐허가 된 현실을 살아가는 인간군상을 그려냄으로써 보다 원초적인 인간의 욕망을 탐색하고 있는 점이라 할 수 있다.

장혁주의 많은 저작 중에 순문학적 경향의 작품이 없는 것은 아니지만, 이들 작품처럼 민족 내지는 정치·사회적인 이데올로기를 드러내지 않으면서 인간의 존재가치를 추구한 경우는 많지 않다.

또한 장혁주는 재일조선인의 살해협박이라는 불안 속에서도 조선의 문화와 전통에 대한 애착을 담아낸 동화집 『은혜 갚은 제비(恩を返したツバメ)』(羽田書店, 1949)를 간행하였다. 이 동화집에는 한국의 '흥부와 놀부'를 토대로 한 「은혜 갚은 제비」와 '심청전'을 각색한 「용궁의 어머니(龍宮の母)」를 비롯하여, 「호랑이를 사로잡은 토끼(トラをいけとったウサギ), 「도깨비 방망이(オニのかなぼう)」와 같이 네 편의 한국 동화가 수록되어 있는데, '일본의 어린이들에게 조선의 마음을 전해주고 싶다'는 작가의 심정6)이 잘 나타나 있다. 그러므로 이 동화집은 장혁주의 풍부한 감수성과 조선 출신 작가로서의 특수성이 발휘

---

6) 張赫宙(1949), 「후기(あとがき)」, 『恩を返したツバメ』, 羽田書店, pp.229, 230.

된 작품으로 평가할 수 있다.

그리고 1950년 3월에 영친왕(英親王)의 회고를 토대로 한 『비원의 꽃(秘苑の花)』(1950.3)을 출간하였는데, 이 작품은 영친왕이 어린 시절에 이토 히로부미(伊藤博文)에 이끌려 일본으로 건너가게 된 배경을 시작으로, 일본의 황족인 마사코(方子)여왕과의 결혼, 그리고 일제의 육군 중장으로 제1항공군 사령관을 역임한 직후의 패전까지를 그려내고 있다.

이와 같은 작품의 집필 동기는 영친왕과 작가 자신 사이에 커다란 신분상의 차이가 있음에도 불구하고 과거의 행적에서 둘 다 자유롭지 못했다는 점에서 찾을 수 있을 것이다. 즉 영친왕은 그의 과거행적에 관한 논란 속에서도 이의 책임 소재를 쉽게 논하기 어려운 특수한 신분을 지닌 존재였으므로 작가는 이를 방패삼아 자신의 친일에 대한 변명을 시도하려 했던 것으로 보인다.[7]

과거의 친일행적과 민족에 대한 회한을 쉽게 끊어 내지 못하고 있던 장혁주에게 새로운 전기가 도래한 것은 바로 6·25전쟁의 발발이었다. 장혁주는 1951년 7월과 1952년 10월에 신문과 잡지사의 특파원 자격으로 6·25전쟁을 취재하기 위해 한국을 방문했으며, 이 때 취재한 내용을 신문과 잡지에 기고하거나 소설 창작의 소재로 삼았는데, 그 양이 상당수에 이른다.[8]

---

7) 김학동(2008.4), 「장혁주의 『비원의 꽃(秘苑の花)』론－英親王의 半生에 투영된 작가의 정서적 자화상」, 『인문학연구』 통권73호, 충남대학교 인문과학연구소, p.143.

8) <르포·기사> 「朝鮮民族の性格」(1950.9), 「韓國遺跡の破壊を憂う」(1950.11), 「韓國へのルポー」(1951.7), 「喘ぐ韓國」(1951.7), 「祖國朝鮮に飛ぶ-第1報」(1951.9), 「朝鮮の農民-祖國の戰亂に想う」(1951.9), 「故國の山河」(1951.11), 「祖國朝鮮の苦惱」(1952.2), 「韓國の不安はつづく」(1952.11), 「朝鮮…ルポルタージュ」(1953.1)
   <소설> 「釜山港の青い花」(1952.9), 「部落の南北戰」(1952.4), 「避難民」(1952.5), 「異國の妻」(1952.7), 「眼」(1953.10), 「釜山の女間諜」(1952.12), 『嗚呼朝鮮』(1952.5), 『無

그러나 장혁주는 두 번째 취재를 위해 한국을 방문하기 직전에 일본으로 귀화하여 조선(한국)인이 아닌 일본인 신분으로 조국을 찾았다. 이러한 작가의 이중적인 태도는 6·25라는 민족의 아픔을 작품에 담아냄으로써 일본귀화로 인한 심적 부담을 덜어보려는 의도와 무관하지 않은 것으로 보인다. 즉 일본인으로 살아갈 결심을 한 작가에게 있어 동포에 대한 마지막 봉사였다고 해도 좋을 것이다.

2) 일본 귀화 이후의 문학 활동

1952년 10월 일본으로 귀화한 이후의 장혁주는 노구치 가쿠추(野口赫宙)라는 필명으로 집필을 계속하였다. 『편력의 조서(遍歷の調書)』(1954)와 같은 자전적 작품으로 자신의 과거를 회고한 뒤, 일본사회의 모순과 소외된 민중의 고단한 삶을 그려내어 귀화한 작가로서의 사명을 다하고자 노력했다. 이와 같은 작품으로는 『음지의 아이(ひかげの子)』(1956), 『아름다운 저항(美しい抵抗)』(1957), 『검은 지대(黒い地帯)』(1958), 『암병동(ガン病棟)』(1959.5), 『검은 대낮(黒い眞晝)』(1959.11), 『호상의 불사조(湖上の不死鳥)』(1962) 등을 들 수 있다.

『음지의 아이』는 게이샤(기생)가 있는 요릿집의 경리로 일하는 젊은 여성의 좌절과 갈등을 그려내고 있으며, 『검은 대낮』은 한센병 환자 요양소에서 벌어지는 연속 살인사건을 다루면서 한센병에 대한 사회의 부정적 인식과 환자들의 내적 갈등을 그려낸 작품이다. 특히 『검은 대낮』은 결핵환자 요양소의 실태를 다룬 『검은 지대』 및 암환자들의 투병생활을 지켜보는 의사들의 고뇌를 그려낸 『암병동』과 함

窮花』(1954.6)

께 난치병으로 고생하는 환자들의 고통을 그린 3부작 중 마지막 장편이다.

그런데 이러한 『검은 대낮』을 추리소설의 형태로 완성함으로써 새로운 문학 장르에 대한 작가적 관심을 엿볼 수 있게 하였다. 『검은 대낮』의 출간을 전후한 시기에는 추리소설에 대한 다양한 모색이 확인되고 있는데, 이후 3년 동안 14편9)이나 되는 추리소설을 관련 잡지 등에 발표하였다.

그 중에서도 1962년 2월에 단행본으로 출간된 『호상의 불사조(湖上の不死鳥)』는 작가가 거주하고 있던 히다카(日高)시의 선거에 관련된 암투를 그려낸 본격적인 추리소설로서 장혁주의 새로운 작가적 모색을 확인해 볼 수 있는 작품이라 할 수 있다.

추리소설 중에서도 특히 주목할 만한 작품으로는 재일동포를 소재로 한 『망향의 살인(望郷の殺人)』을 들 수 있다. 이 작품은 일제 패전 직후의 혼란한 상황 속에서 6명의 재일한국(조선)인이 연속으로 살해되는 사건을 담당한 일본인 경찰의 범인 추적과정을 그려낸 작품이다. 그러나 그 이면에는 재일동포들의 열악한 생활상과 친일협력자 문제를 둘러싼 계파간의 갈등, 분단된 조국의 영향으로 사상적 대립이 격화되는 상황 등을 담아내는 데 치중하고 있다. 즉 형식적으로는 추리소설의 형태를 취하고 있으나, 궁극적으로는 재일동포사회에 대한 작가의 인식과 친일협력자로서 겪어야 했던 고통을 간접적으로 형상화한 작품이라 할 수 있을 것이다.

---

9) 「キリシタン如來騷動」(1959.6), 「二重まる殺人事件」(1959.9), 「斷崖」(1959.10), 「市松人形殺人事件」(1959.11), 「小坂館殺人事件」(1959.11), 『黑い眞晝』(1959.11), 「零点五」(1959.12), 「死者の勝利」(1960.1), 「墜落者」(1960.2), 「望郷の殺人」(1960.4-8), 「黑い渦」(1960.7), 「湖上の不死鳥」(1961.4-9), 「新羅王館最後の日」(1961.11), 「赤い月餅」(1962.7)

그러나 추리소설의 집필이라는 장혁주의 새로운 문학적 시도는 이렇다 할 문단의 평가를 받지 못하였으며, 1963년 무렵부터 이후 10여 년 동안은 눈에 띄는 집필활동이 확인되지 않고 있다. 이와 같은 집필의 중단은 '순문학에 추리소설적 기법의 도입'10)이라는 새로운 작가적 모색이 별다른 성과를 거두지 못했음을 말해준다 하겠다.

그런데 추리소설을 통한 새로운 작가적 모색에 열중하던 무렵에도 멸망한 고구려 후예들의 생존을 위한 투쟁을 다룬 장편『무사시 진영(武藏陣屋)』(1961)을 출간하여 주목을 받았다. 그리고 오랜 침묵 끝에 발표한 회심작으로 한반도의 백제(百濟) 및 가야(伽倻)와 일본의 야마토(大和·倭國) 정권의 친밀한 교류관계를 강조한 『韓과 倭(韓と倭)』(1977)가 있으며, 임진왜란을 토요토미 히데요시(豊臣秀吉)의 민족회복이라는 염원을 실현하기 위한 전쟁이었다는 입장을 담아낸 작품으로 『도자기와 검(陶と劍)』(1980)이 있다.

특히 『韓과 倭』에서는 고대 야마토의 영토에 백제와 가야가 포함되어 있었을 뿐만 아니라, 통일신라시대까지는 한반도에 단일민족이 존재하지 않았다는 주장을 통해서 현재의 한일 간의 민족적 대립을 무의미한 것으로 만들려는 노력을 기울인다.11) 그리고 『도자기와 검』에서는 임진왜란의 발생배경과 전개과정을 일종의 동족 간의 내부 갈등으로 그려냄과 동시에, 신라의 삼국통일 이후 정체되어 있던 양 지역의 교류를 촉진시킨 전쟁이었다는 인식을 담아내고 있다.

이상과 같은 한일 간의 역사적 교류를 소재로 삼은 일련의 작품들

---

10) 野口赫宙(1962),「후기(あとがき)」,『湖上の不死鳥』, 東都書房, p.191.
11) 김학동,「張赫宙의 문학과 민족의 굴레─한·일 고대민족의 교류를 형상화한『韓과 倭(韓と倭)』를 중심으로」,『日本學研究』제27집, 단국대학교 일본연구소, 2009.5, p.405.

은 일본으로 귀화한 작가의 민족적 정체성 문제를 한일 고대관계사
에 대한 독자적인 해석을 통하여 극복하려 했다는 특징을 지닌다.

3. '민족의 굴레'를 반증하는 일본에의 동화 노력

장혁주는 평생에 걸친 적극적인 창작활동으로 장편을 포함한 단행
본 약 50권, 단편과 희곡 약 80편, 기타 평론 및 수필 등 많은 저작
을 남겼다.

창작물 중에는 「仁王洞時代」(1934), 『인간의 굴레(人間の絆)』 3부작
(1941),12) 『고독한 영혼(孤獨なる魂)』(1942), 「民族」(1946), 「僞善者」(1949),
「脅迫」(1953), 『편력의 조서(遍歷の調書)』(1954), 「戶籍騰本」(1954), 「다른
풍속의 남편(異俗の夫)」(1958), 『폭풍의 시(嵐の詩)』(1975)와 같이 자신의
파란만장한 생애를 담아낸 자전적 작품이 많이 포함되어 있다. 이와
같은 자전적 작품의 대부분은 기생출신인 첩의 자식이라는 출생배경
에 대한 회한과 조혼(早婚)한 연상의 아내에 대한 불만에서 비롯된 정
신적 고뇌를 형상화하고 있는데, 일제 말기의 친일활동이나 일본에
의 귀화와 같은 작가적 행적과도 밀접한 관련을 맺고 있다 하겠다.

그런데 이상의 여러 작품 중에서도 「다른 풍속의 남편」은 귀화한
지 5, 6년의 세월이 지난 1958년에 발표한 작품으로, 당초의 기대와
는 다르게 직면하게 된 생활고와 민족적 갈등에서 비롯된 작가의 복
잡한 내면세계를 그려내고 있어 주목된다. 특히 귀화와 관련하여 발

---

12) 『인간의 굴레(人間の絆)』(1941.2), 『아름다운 억제(美しき抑制)』(1941.6), 『푸른 북
녘(綠の北國)』(1941.11)의 세편으로 구성되어 있다.

생된 민족정체성의 문제와 새로운 작가적 모색의 양상을 확인해 볼
수 있는 중요한 작품이라 할 수 있다.[13]

본 장에서는 「다른 풍속의 남편」과 기타의 자전적 작품들을 참고
로 하여 장혁주의 귀화를 위한 노력의 과정과 민족적 갈등의 양상을
고찰하고자 한다.

1) 일본귀화에의 열망과 그 배경

장혁주는 1936년 무렵에 한국의 소설가 백신애와의 연애사건[14]으
로 동경에 피신한 뒤 음울한 하숙집에 머물며 글을 쓰고 있었다. 이
때 하숙집 주인의 친척으로 일을 도와주기 위해 와 있던 게이코(圭子)
와 교제를 시작하여 사이타마(埼玉)로 거처를 옮긴 뒤 동거에 들어갔
다. 게이코의 헌신적인 뒷받침에 힘입어 작가로서의 명맥을 유지하
고 있던 장혁주는 일본에의 귀화를 생각하게 되었고,[15] 16년이라는
세월이 흐른 1952년 10월 마침내 그 소원을 이루었다.

귀화하기까지 이렇게 긴 시간이 걸린 가장 큰 이유는 식민지 조선

---

13) 해방 이후의 장혁주 문학에 대해서는 시라카와 유타카(白川 豊)가『아- 조선(嗚呼
朝鮮)』「눈(眼)」과 같이 6·25를 다룬 일부의 작품과 추리소설『호상의 불사조(湖
上の不死鳥)』등에 대해 개략적으로 언급한 것을 제외하고는 이렇다 할 연구를 찾
아보기 어렵다. 그런데 한국의 전광용은 「다른 풍속의 남편」에 대해 "귀화를 합
리화시킨 위선적인 자기 변호자로서의 '나'를 그린 역설적인 결과를 가져온 작
품"이라는 혹평을 통해서 기회주의적인 장혁주의 행태를 비판하는 논고 全光鏞
(1959 가을),「張赫宙의 祖國과 文學」,(『知性』통권2, 乙酉文化社, 157쪽)을 발표한
바 있어 주목된다.

14) 백신애의 남편이 장혁주를 간통죄로 고소하지 않는 대신에 상해나 홍콩으로 떠
나라는 조건을 제시해옴에 따라, 일본의 나가사키를 거쳐 상해로 간다고 하고는
도쿄에 정착 했다.『遍歷の調書』(1954) 195쪽, 南富鎭(2006),『文學の植民地主義』,
世界思想社, 57쪽.

15) 野口赫宙(1958.5),「異俗の夫」,『新潮』, p.167.

에 있던 전처와 생모의 반대가 심했기 때문이다.16) 또한 패전 직후
의 일본은 미국을 중심으로 한 연합국의 지배 아래 놓여있던 탓에
통상적인 국적 업무를 처리할 수 없었으므로, 일본이 연합국과 강화
협정을 체결한 1951년 이후에 비로소 귀화신청을 할 수 있었다. 그
리고 이때는 조선의 아내와 생모도 모두 사망한 뒤였으므로 반대할
사람도 없었다.

　그러나 장혁주는 자신의 일본에의 도피나 귀화가 이상과 같은 제
반 여건과는 상관없이 일본어를 통한 문학의 실천에 그 목적이 있었
음을 강조한다.

　　나는 자신의 마음속에서 조선을 몰아내고 일본을 받아들였다. 일본은
　아직 나에게 전부를 주고 있지는 않지만, 머지않아 나의 것이 될 것이다.
　나는 일본을 그려내고, 언어를 완성하기 위해서라면 어떤 일이라도 견뎌
　낼 것이다.17)

　인용문은 백신애와의 연애사건을 계기로 도쿄에 건너온 직후의 각
오를 피력한 것인데, 이러한 작가적 자세는 게이코를 만나 자녀를
낳은 뒤에도 계속 유지하고 있었음을 여러 자전적 작품에서 밝히고
있다. 즉 게이코와의 동거도 완벽한 일본어를 습득하기 위한 하나의
방편이었으며, 그녀와의 사이에 자녀들이 태어났을 때도 "어떤 얼굴
의 아이가 태어나는가보다 갓난아이가 어떤 식으로 발성을 하는
가"18)에 대한 관심이 훨씬 컸다는 등의 언급을 통하여 작가 자신의
일본어 문학에 대한 관심과 의지를 부각시키고 있다.

16) 張赫宙(1949), 「僞善者」 등의 여러 자전적 작품에 등장하는 내용.
17) 앞의 책, 「異俗の夫」, p.171.
18) 앞의 책, 「異俗の夫」, p.172.

그렇지만 이러한 완벽한 일본어를 통한 문학의 실천이라는 작가적 목표는 아내 게이코와의 갈등으로 번번이 좌절을 맛보는 것으로 묘사된다. 그때마다 이혼을 결심하지만 결국은 "(그 여자가 뭔데? 그 여자와 나의 문학은 별개가 아닌가) 나는 잠시나마 일본과 일본어를 버리려 했던 자신이 부끄러웠다"[19]와 같이 완벽한 일본어를 습득하여 훌륭한 작가로 거듭나기 위해서는 아내와의 이혼도 참을 수밖에 없었다고 말한다.

그런데 이처럼 일본어 문학에 대한 남다른 열정을 지니고 있었다는 장혁주의 언설에는 상당히 기회주의적 속성이 내포되어 있음을 부정하기 어렵다. 일제강점말기의 조선의 상황이나 일제 패전 이후의 작가적 입장을 고려할 때 생계유지를 위한 글쓰기는 당연히 일본어로 이루어질 수밖에 없는 상황이었으므로, 작가의 일본어에 의한 창작을 그만의 특별한 문학적 이상에 바탕을 둔 것이라고 볼 수는 없기 때문이다. 그리고 이러한 일본어 문학의 실천은 일제의 정책에 부합하는 내용을 담아냄으로써 비로소 가능했기 때문에 이는 곧 친일을 의미하는 것이었다.

뿐만 아니라 완벽한 일본어 습득을 위해 게이코와 결혼하였고 여러 명의 자녀까지 두게 되었다는 고백(?)[20]을 하고 있는데, 이는 작가의 기회주의적인 속성을 여실히 드러내는 것으로서 자칫 독자들의 비난에 직면할 우려를 안고 있는 것이 사실이다. 그럼에도 불구하고 여러 자전적 작품을 통해 이를 강조하고 있는 것은 그동안의 행적이 모두 완벽한 일본어 문학의 창작을 위한 노력의 일환이었음을 부각

19) 앞의 책, 「異俗の夫」, p.177.
20) 張赫宙(1953.3), 「脅迫」, 『新潮』, p.130.

시키려는 의도와 무관하지 않은 것으로 생각된다.

　일제의 패전으로 조국이 해방되고 일본이 연합국의 지배하에 들어
가자 장혁주는 재일조선인 단체를 기웃거리는 등 고국의 품으로 돌
아가기 위한 노력을 기울인다. 그러나 친일행적을 문제 삼은 동포들
의 살해협박에 직면하자 민족의 반역자로 낙인찍힌 자신의 처지를
깨닫게 된다.

　　탄광을 돌아다니며 우리 동포 징용자들을 격려하고, 학도병을 위문하
　러 다니고, 황도주의(皇道主義)를 제창하여 우리 민족의 일본화에 찬성하
　고, ……아니, 도대체 지금 무슨 말을 하는 거요? 적반하장이라더니. 변
　명은 필요 없소. 이제 결정됐소……. (…중략…) 문득 그들의 표정에서
　내게 닥칠 일을 예감했다. 린치였다.21)

　장혁주에 대한 동포들의 적개심은 '친일파 대표 9명의 암살자 명
단'22)에 그의 이름이 들어 있을 정도로 구체적이고 집요한 것이었으
며, 조국의 반응도 이와 크게 다르지 않았다.23) 그런데 여기서 주목
되는 것은 자신의 과거행적에 대한 반성이나 죄책감도 없이 해방된
조국을 위해 뭔가 해보겠다는 심산으로 재일조선인 단체를 찾아간
작가의 기회주의적 행태라 할 것이다.

　결국 이러한 정황들이 장혁주로 하여금 조선인으로서의 삶을 포기
하게 만든 중요한 원인으로 작용했다 하겠으나, 이미 일본인 아내
게이코와의 사이에 여러 자녀를 두고 있던 그로서는 자연스러운 선

---

21) 앞의 책, 「脅迫」, p.127.
22) 같은 책, 「脅迫」, p.128.
23) "위정 당국은 하루 빨리 이자를 체포해 오게 하여 국민의 엄정한 심판을 받게
　　해야 된다"(『서울신문』 1952.11.2 「민족반역자 장혁주 변장가명으로 불법입국」)

택이었다고 할 수 있을 것이다. 그럼에도 불구하고 작가는 "종전 후 5년간 제3국인[24]의 비판과 협박을 견뎌온 자신의 절조는 자신만이 알고 있다"[25]며 마치 일본어 문학의 창작을 위해 모든 희생과 고통을 감내한 것처럼 말하고 있다.

장혁주의 이러한 언설은 조선의 가족은 물론이고 게이코와 그 자녀들마저 작가의 일본어 문학 집필을 위한 희생양으로 전락시킬 우려가 있으며, 인간의 삶에 대한 진지한 추구를 사명으로 해야 할 작가적 자세와 정면으로 배치되는 결과를 초래한다. 자신의 일본어 문학에 대한 열정을 강조하려다 오히려 기회주의적인 작가로 낙인찍히는 우를 범하고 있다 하겠는데, 장혁주 문학의 한계는 바로 이러한 작가적 자세와 무관하지 않은 것으로 생각된다.

2) 민족의 초월이라는 작가적 노력과 그 한계

장혁주는 게이코와 동거를 시작한 이래 일본인으로 거듭나기 위한 노력을 지속해 왔으며, 일본으로 귀화가 달성된 1952년 10월 이후에는 일본인 작가로서의 주체적인 삶과 문학적 모색이 시도되었다.

나는 이민족(異民族) 남편이 아니라고 생각하고 있었다. 아내의 나라에 동화하려는 노력을 오랫동안 지속해왔기 때문에 귀화가 승인되어 국적을 취득한 날에 그러한 노력은 일단 종지부를 찍었다고 생각했다. (…중략…) 그리고 대부분은 아내가 남편 쪽에 동화하기 쉽다. 이는 남편이 아내의 고국에 거주하는 경우에도 마찬가지라 할 수 있다. 그렇지만 나의

---

24) 일제 패전 이후의 재일 조선인과 중국인을 가리키는 말. 여기서는 재일조선인을 말함.
25) 앞의 책, 「異俗の夫」, p.179.

경우는 남편 쪽에서 동화하려는 노력을 기울여온 예이다.26)

이상과 같은 일본에의 동화 노력은 어중간한 일본어 실력으로는 문학가로서 성공하기 어렵다는 위기의식에서 비롯되었다 하겠는데, 장혁주의 일본어 실력을 본격적으로 문제 삼은 것은 평론가인 치바 카메오(千葉龜雄)27)였다. 그는 「아귀도」로 일본문단에 화려하게 등단한 장혁주를 긍정적으로 평가하면서도, "지금 이대로 만족한다면 언제까지나 '번역문학'의 영역을 벗어나기 어렵다. 순수한 일본어 구사를 위해 노력해야 한다"28)는 충고를 하였다 한다.

치바 카메오의 말에 큰 자극을 받은 장혁주는 보다 완벽한 일본어 문학의 창작을 위해 심혈을 기울였으며, 이러한 작가적 노력은 일제의 패전 이후에 보다 적극적으로 시도 되었다. 일본인 아내에게 동화하려 한 것도 자신의 문학적 이상을 달성하기 위한 노력의 일환으로 볼 수 있을 것이다.

그런데 문제는 외부의 타자가 아닌 아내 게이코와의 사이에 민족적인 갈등이 자주 발생한다는 점에 있었다. 사소한 부부 간의 문제라도 게이코는 "민족이 다르면 이토록 관습이 다른 것인지 놀라워요"29)와 같이 민족의 특성이나 결함에 갈등의 원인이 있다는 식으로 몰아감으로써 작가의 잠재된 민족의식을 건드렸기 때문이다.

개인의 이상(異常) 성격을 그대로 민족의 특성으로 몰아부쳐서 민족적

---

26) 앞의 책, 「異俗の夫」, p.164.
27) 千葉龜雄 : 1878~1935, 기자, 평론가, 교수. 장혁주의 작품에 특별한 관심을 가졌다함.
28) 앞의 책, 「異俗の夫」, pp.170~171.
29) 같은 책, p.165.

모멸감을 주는 것에 대한 불만을 진작부터 지니고 있던 나는, 나의 그러한 울분을 알고 있을 아내가 너무나도 쉽게 민족을 들고 나온 것에 분노가 치밀어 오르는 것을 느꼈다. 그리고 (…중략…) 아무리 완전히 동화되었다고 자부할지라도 이 분노 자체가 역시 민족의 잔재라는 생각에 스스로 말문이 막힌다.30)

장혁주의 동화를 위한 노력과는 무관하게 그를 알고 있는 일본인들의 뇌리에는 이미 조선 출신 작가라는 인식이 각인되어 있으며, 그의 모든 작가적 활동과 사생활은 이러한 민족적 특성과 깊은 관련을 지닌 것으로 믿고 있다는 점에서 귀화 작가의 한계를 짐작하게 한다.

이와 관련하여 장혁주는 자신을 가장 잘 이해하고 있을 아내 게이코마저 자신의 개인적인 특성을 모두 조선민족과 결부시키려 한다며 분개하고 있으나, 게이코가 작가를 만난 이후에 겪어온 고난들은 대부분 그의 출신 성분, 즉 조선 출신 작가라는 점과 무관하지 않다는 것을 고려할 때 게이코의 반응이 크게 잘못된 것이라 말하기는 어렵다.

완벽한 일본인으로 동화되어 일본문학에 공헌하려 했던 노력을 공염불이었다고 할 수는 없겠지만, 장혁주를 알고 있는 모든 사람들이 그의 과거를 잊고 순수하게 일본인 작가로 인식할 수는 없는 노릇이다. 또한 그의 일본어 문학에 대한 평가에 있어서도 일본의 사회현상을 반영한 일부의 작품들이 주목을 받았을 뿐, 일본문단의 반응은 비교적 냉담했다.

이로써 조선인이기를 포기하고 일본인으로 거듭나려 했던 노력의

---

30) 같은 책, p.165.

한계가 그의 아내를 포함한 일본인들의 민족의식에 의해 확인되었다
고 할 수 있으며, 이는 다름 아닌 장혁주 자신의 내부 문제이기도 했
던 것이다. 즉 조선인이 아닌 일본인이 되어야 한다는 작가의 염원
그 자체가 민족의식의 실체를 반증하는 것이며, 그 자신이 이와 같
은 현실을 인식하고 있는 한 결코 민족의 굴레에서 자유롭지 못하기
때문이다.

한편 장혁주와의 갈등으로 괴로워하던 게이코는 자신들이 안고 있
는 민족적인 문제와 남편의 작가로서의 활동이 무관하지 않음을 깨
닫게 된다.

> 재료는 이쪽 사람들로부터 얻는다 하더라도 마음은 당신의 것을 쓰는
> 것이 좋겠다는 생각이 들었어요. 백 퍼센트 동화될 수도 없겠지만, 완전
> 히 동화되어버린다면 아무 쓸모도 없게 돼요. 일본의 작가가 이렇게 많
> 은데 같은 걸 쓴다면 무슨 가치가 있겠어요.[31]

귀화한 작가로서의 남편이 안고 있는 현실적인 문제를 깨달은 게
이코는 그가 창작에 전념하여 '자신만의 새로운 경지'를 개척할 수
있도록 별거에 동의하겠다는 결의도 밝힌다. 평소에 작가가 가족들,
특히 아내인 게이코로 인해 자신의 집필이 방해를 받는다며 자주 이
혼을 요구했기 때문인데, 자식들을 생각해서 이혼보다는 별거를 택
한 것이다. 이에 대해 작가는 "아내의 마음속에 이런 번민이 있다는
것은 아내가 나의 동화과정을 너무나 잘 알고 있으며, 너무 많은 것
을 기억하고 있기 때문이라는 것을 알았다"[32]며 자신과 가까운 사람

---

31) 같은 책, p.182.
32) 앞의 책, 「異俗の夫」, p.182.

일수록, 그의 입장을 이해하기 위해 노력 할수록 그로 인한 내면의 상처도 크다는 것을 깨닫게 된다.

결국 민족의 정체성 문제와 관련된 게이코의 고통은 장혁주 자신의 내면적 갈등을 대변하는 것이며, 이는 곧 민족적 특성에서 탈피하여 완벽한 일본인 작가로 거듭나야 한다는 작가의 강박관념에서 비롯된 것임을 알 수 있다.

4. 시대영합적인 삶의 방편으로서의 문학

장혁주 문학의 특징은 일제강점 말기는 물론이고, 일제 패전 이후에 집필된 대부분의 작품에서도 시대영합적인 성격이 엿보인다는 점이라 할 수 있다.

이러한 문학적 특성의 기저에는 작가로서의 철학 내지는 소신의 부재가 자리하고 있으며, 일제의 식민지배 역시 장혁주의 기회주의적인 속성에 기름을 붓는 역할을 했다고 할 수 있다. 바꾸어 말하면 장혁주의 출세지향적인 작가로서의 욕망과 일제의 조선에 대한 식민지배가 맞물리면서 스스로의 민족을 부정하는 왜곡된 작가의 길을 걸었던 것이다.

조국이 해방을 맞이하자 장혁주는 결국 민족의 배신자로 불리게 되었다. 이는 패전 직후의 새로운 작가적 모색에 있어 큰 부담으로 작용하였으므로 과거 행적에 대한 미화나 시대영합적인 글쓰기를 시도하였는데, 출세지향적인 작가의 성향으로 볼 때 어쩌면 자연스런 행보였다고 할 수 있을 것이다.

그러나 다양한 노력에도 불구하고 좀처럼 귀화한 작가로서의 존재를 부각시키지 못하는 현실에 대한 조바심이 적지 않았으며, 스스로 그 원인을 분석해보기도 하였다.

내가 작가로서 데뷔했을 당시 세상을 떠들썩하게 했으며, 그 후 10년 간은 매우 잘 나갔다고 자부한다. 그것은 나의 작가적 출신의 특수성과 글의 민족성이 색달랐으므로 약간의 덤이 작용하여 실력 이상으로 인정받고 있었다는 것을 알고 있다. 그렇지만 어쨌든 내가 그 특색을 유지하고 있었으면 좋으련만, 이를 은폐하고 동화의 길로 방향을 바꾸었기 때문에 작가적 특성을 잃어버렸으며, 이후로 내리막길을 걷게 되었다고 해도 좋다. 완전히 동화되어버린 뒤에 특징을 잃게 되면 존재가치가 사라지는 것이고 후한 점수도 기대하기 어렵기 때문이다.[33]

자신의 행적을 비교적 솔직하게 함축적으로 언급하고 있는 이글은 일본으로 귀화한 지 5, 6년이 지난 1958년 무렵에 발표된 것으로, 자신의 작가적 특성을 버리고 동화에 몰두함으로써 일본문단에서조차 외면당하게 된 현실에 대한 반성을 담아내고 있다.

그런데 이와 같은 시대영합적인 글쓰기는 수입의 확보를 위한 출세지향적 욕망이 큰 영향을 미친 것으로 보이며, 조선과 일본의 가족들을 부양하기 위한 노력과 무관하지 않다 하겠다.

장혁주가 생활비의 확보에 보다 적극적으로 매달리게 된 것은 백신애와의 연애사건[34]으로 조선을 떠날 수밖에 없었던 1936년 무렵부터라 할 수 있다. 생모의 강요로 17세라는 나이에 4살 연상의 조

---

33) 앞의 책, 「異俗の夫」, p.166.
34) 이 사건의 발단은 연상의 조선인 아내와 기생출신인 생모에 대한 혐오와 반발 때문이었다고 작가 스스로가 여러 자전적 작품에서 밝히고 있다.

선 여인과 결혼한 작가는 아내에 대한 불만과 기생출신인 생모에 대한 반발을 억누른 채 여러 자녀를 거느린 가장으로서의 부양책임을 원고료라는 수입으로 해결하고자 했으며, 일본으로 건너와 게이코와 동거를 시작한 이후에는 이러한 경향이 더욱 심화되었다.

그러므로 장혁주 문학은 작가적 이상의 실현과 현실적인 생활고의 해결이라는 딜레마의 산물이라 할 수 있으며, 시대적 상황에 부합하려는 경향이 강했던 만큼 스스로의 문학적 이상을 제대로 실천했다고 보기는 어렵다. 그리고 말년에는 자신의 과거 행적을 미화하려는 글쓰기에 매달림으로써, 평생에 걸친 집필활동에도 불구하고 이러다 할 문단의 평가를 받지 못하고 있는 실정이다.

한편 장혁주 문학의 특징 중의 하나로 자전적 작품의 양산을 들수 있는데, 자신의 열악한 작가적 입장을 부각시켜 일본 독자들의 관심을 끌어보려는 속내를 엿볼 수 있다. 그리고 이들 작품에서 자신의 가족들, 특히 조선의 생모와 아내는 그의 문학에 대한 열정을 방해하는 악역을 맡고 있으며, 일본인 아내 게이코 역시 그의 개인적인 결함을 민족적 결함으로 결부시키는 등, 일본인으로 동화하여 새로운 삶을 개척하려는 작가의 고뇌를 이해하지 못하는 여인으로 등장한다.

이상과 같은 특징을 지닌 장혁주 문학은 그가 속했던 민족과 조국에도 큰 부담을 안겨주었다. 초기의 일부 작품에서 일제의 식민정책에 반감을 드러내는 민족적 저항을 시도하였으나 이내 자신의 조국과 민족에 대한 신랄한 비판으로 이어졌고, 마침내는 황국신민화의 당위성 홍보에 앞장섰으며, 귀화한 뒤에는 한일 민족의 동질성을 강조함으로써 일제의 한국 병합을 옹호하고 있기 때문이다.

이처럼 장혁주의 작가적 일생은 자신의 가족은 물론이요, 그의 민족을 부정하는 것으로 스스로의 위상을 확보하려 했다는 특징을 지니고 있으며, 그 이면에는 현실적인 생활고를 해결하기 위한 출세지향적인 영합주의가 자리하고 있음을 확인해 볼 수 있다.

5. 맺음말

이 글에서는 일제강점말기의 친일적 글쓰기로 인하여 귀국하지 못한 채 일본으로 귀화한 장혁주 삶과 문학을 조명하고 그 의의와 문제점을 논하였다. 특히 일제 패전 이후에 발표된 작품들의 특징을 분석·정리하는데 중점을 두었으며, 그 내용과 작가적 행적을 비교 검토함으로써 장혁주의 문학과 생활에 대한 거시적인 안목을 확보하고자 노력하였다.

해방 이후의 장혁주 문학의 특징을 단적으로 표현하자면 일제강점 말기의 시대영합적인 성격에서 벗어나지 못한 채 독자들의 관심을 끌기위한 다양한 모색을 시도한 기회주의적인 것이었다고 말할 수 있다. 다만 일제말기의 집필활동이 당국의 강압에 순응하는 차원에서 이루어진 것이었다면, 해방 이후에는 일본에 정착할 수밖에 없는 불안정한 신분의 작가로서 보다 많은 생활비의 확보를 위한 노력의 일환이었다는 점이 다르다 하겠다.

일본으로 귀화한 이후에는 조선 출신 작가로서의 희소성을 살린 작품의 집필에 몰두하였으며, 자신의 여성편력과 관련된 가족사를 그려낸 자전적 작품을 양산하거나, 한일 간의 친밀한 역사적 교류와 민족적 동질성을 부각시킴으로써 일제의 조선에 대한 식민지배를 정당화하였다. 장혁주의 이러한 글쓰기는 자신의 친일행위에 대한 합리화와 무관하지 않으며, 일본의 아내와 자식 등 많은 가족을 부양하기 위한 생활비 확보의 수단이기도 하였다.

이처럼 해방 이후의 장혁주 문학은 개인적인 삶의 고충을 토로하거나 생활을 위한 방편으로 집필 된 경우가 많았던 만큼, 인간의 존재가치에 대한 진지한 탐구라는 작가적 이상과는 거리가 있으며, 그가 속했던 조국과 민족의 위상을 저해하는 반민족적인 것이었다 하겠다.

제2부 일제의 패전과
장혁주의 작가적 모색

일제의 패전과 친일작가 장혁주의 작가적 모색

1. 머리말

　친일작가로 낙인찍힌 장혁주는 해방된 고국에 돌아올 엄두를 내지 못하고 패전으로 폐허가 된 일본에서 극심한 생활고에 시달리면서도 작가로서의 재기를 시도한다. 이때는 패전에 직면한 일본민중의 고난을 형상화하기 위해 노력했던 일종의 '휴머니즘적 집필기'라 할 수 있는 시기로, 일제의 패전 직후부터 작가가 일본으로 귀화하는 1952년 10월까지를 말하는데,[1] 귀화 신청이 허가될 때까지 재일조선인의 살해 협박과 일본출판사의 냉대 속에서 불안한 나날을 보내면서도 비교적 활발한 창작활동을 지속했다.

　이 시기의 작품과 평론에서는 패전으로 고통 받는 일본민중들의 고단한 삶을 그려내는 한편으로, 조선인으로 패전국 일본에서 정착해야하는 작가적 고뇌와 노력이 뚜렷이 엿보이고 있으며, 조선인도

---

1) 김학동(2008.10), 『張赫宙의 일본어 작품과 민족』, 국학자료원, p.14.

일본인도 아닌 어중간한 입장을 반영하듯 다루고 있는 소재 역시 양 민족을 넘나든다는 특징을 지니고 있다. 또한 조국에서 6·25가 발발하자 이를 소재로 동포에 대한 깊은 애착을 담아낸 비교적 많은 양의 소설과 르포 등의 저작을 남겼다.

이 글에서는 장혁주의 문학적 행보 중에서 일제의 패전직후부터 일본으로 귀화하는 1952년 10월 무렵까지를 고찰의 대상으로 삼아, 불안정한 민족적 정체성 속에서 집필을 모색했던 작가의 행적과 이를 반영한 신문·잡지 등의 기사와 작품의 특징을 살펴보고자 한다.

2. 패전이라는 현실인식과 작가적 태도의 변화

1) 평론을 통한 일본제국주의 비판

장혁주는 일제의 패전 직후인 1945년 10월 22·23일자 『東京新聞』에 「아- 조선의 운명(噫, 朝鮮の運命)」이라는 글을 싣고 있는데, 일제의 패전에 직면한 친일작가가 그 간의 행적에 대한 자신의 입장을 표명하고 작가로서의 새로운 출발을 모색하기 위한 조심스런 행보였다.

> (…전략…) '내선일체'운동이 시작되었을 때, 조선의 지식인들은 진정한 '내선일체'라면 조선이 살아갈 길을 찾을 수 있다고 생각하고, 여러 반일사상가 중에 전향하는 사람이 속출하였다. 나도 그 중의 하나였다. (…후략…)[2]

---

2) 張赫宙(1945.10.23), 「噫, 朝鮮の運命(下)」, 『東京新聞』.

이상과 같이 자신의 친일행적에 대한 진정성을 호소하는 한편으로, "솔직히 말해서 나는 조선의 문학을 위해 힘껏 일하고 싶다. 그렇다고 20권의 저작을 남긴 일본문단을 떠난다는 것은 괴로운 일이다"[3]라는 말을 통해 짐작할 수 있듯이 내심 한국에서의 활약에 기대를 품고 있었다.

그러나 이내 재일조선인들의 친일협력자에 대한 협박과 보복이 시작되었고 장혁주 역시 그 대상의 한 사람이었다. 패전 직후의 궁핍한 생활 속에서 작가는 막연한 기대를 걸고 조련(朝連)[4]사무국을 찾았다가 자신을 대하는 그들의 냉담한 태도에 놀라 뛰쳐나온다. 사무국의 한쪽에서는 찾아온 작가를 두고 "해치워. 아니, 좀 기다려. 해치우더라도 방법을 생각하자구."[5]와 같은 토론이 벌어지고 있었던 것이다.

현실을 깨닫게 된 장혁주는 1946년 3월에 발표한 「일본국민에게 보낸다(日本國民に寄せる)」에서 일제의 전쟁책임을 추궁함으로써 새로운 시대에 영합하려는 작가적 태도를 보이기 시작한다.

이참에 일본이 냉정하게 과학적인 자기비판으로 반성하여 참회하고, 지난날의 과오를 재차 범해서는 안 될 뿐만 아니라 (…중략…) 자신을 포

---

3) 전게주(2), 「噫,朝鮮の運命(下)」.
4) 재일조선인 조직은 ①조련(朝連＝在日朝鮮人連盟, 1945년 10월 결성)으로 출발하여 민전(民戰＝在日朝鮮民主主義統一戰線, 1951년 1월 결성)을 거친 조총련(朝總聯＝在日本朝鮮人總連合會, 1955년 5월 결성)과, ②재일조선인거류민단(1946년 10월 반공청년조직인 조선건국촉진청년동맹(建青)과 신조선건설동맹(建同)을 중심으로 결성)으로 출발하여 대한민국의 정부수립(1948)과 함께 개칭한 재일본대한민국거류민단(在日本大韓民國居留民團)이 있다.
5) 張赫宙(1953.3), 「脅迫」, 『新潮』, p.128 ; 「脅迫」은 해방 직후의 혼란 속에서 재일조선인에 의한 살해협박과 생활고에 시달리던 시절을 회고하여 집필한 자전적 작품으로, 자신의 친일적 행적에 대한 변명을 시도하기도 한다.

함해서 총 비판 총 반성을 하지 않으면 안 된다.6)

　‘자신을 포함해서’라는 표현을 통해서 작가 스스로의 과거 행적에
대한 반성을 포함하여 비판하고 있다는 인상을 주고 있으나, 「일본
국민에게 보낸다」 전반에 걸쳐 인용한 내용 이상의 작가와 관련된
참회나 비판의 표현을 찾아보기 어렵다. 이에 비해 일제가 조선에서
‘내선일체’라는 명목 아래 실시했던 여러 정책이 잘못되었음을 조목
조목 열거한 뒤 “식민지 정책이 실시되던 당시의 비참한 조선의 상
황은 생각만 해도 의분을 금할 수 없다”7)며 일제의 식민통치에 대해
신랄한 비판을 가한다.

　　　조선이 만일 일본에 병합되지 않고 조선인의 손으로 이조(李朝)를 무너
　　뜨려 혁신 정부를 만들었더라면 조선인의 생활은 현재보다도 훨씬 향상
　　되었을 것이고, 산림도 더욱 푸르렀을 것이다.8)

　일제의 조선에 대한 식민지배를 근본적으로 부정하고 있음을 알
수 있는데, 해방 이전의 친일적인 집필 자세와는 매우 대조적인 것
이라 할 수 있다. 이와 같은 작가적 입장은 일제의 만주침략에 대한
언급에서도 확인해 볼 수 있다. 작가는 “유조구(柳條溝)사건이라는 날
조사건으로 침략의 구실을 만든 것은 군벌”9)이라고 단정하면서, 만
주개척민들이야말로 “일본의 만주침략의 비장의 수단”이었다고 말
한다.

---

6) 張赫宙(1946.3), 「日本國民に寄せる」, 『創建』, p.11.
7) 전게주(6), 「日本國民に寄せる」, p.14.
8) 전게주(6), 「日本國民に寄せる」, p.14.
9) 전게주(6), 「日本國民に寄せる」, p.15.

만주국에서 자행된 이와 같은 노골적인 식민정책만큼 일본민족의 이기주의를 단적으로 표출하는 것은 없으며, 그리고 이러한 이기주의를 미화하기 위해 만들어 낸 민족협화의 이념은 마침내 추악한 모습을 드러낸 것이다.10)

작가는 일제의 만주침략과 지배를 정당화하기 위해 만주개척민과 이들을 지원한 정책당국을 미화하는 『開墾』(1943) 및 『행복한 신민(幸福の民)』(1943)과 같은 국책적 작품을 비교적 많이 집필하였다. 그럼에도 자신의 작가적 태도의 변전에 대한 진지한 반성과 참회의 모습을 보이지 않고 이상의 고찰을 통해 확인해 본 바와 같이 일본제국주의에 대한 비판에 열을 올림으로써 시국에 영합하려는 기회주의적인 태도를 엿볼 수 있게 한다.

한편으로 작가는 패전 직후의 일본민중의 참상을 전달하기 위해 힘을 쏟기도 한다.

그들 대부분은 전쟁으로 인한 피해자였다. 전에는 집과 이불이 있었고, 직장이 있었으며, 그리고 전쟁 중에는 후방의 생산에 내몰리고 있었다. 군인이나 관리, 자본가보다도 더욱 열심히 일을 했었다. 이와 같은 그들이 얼음장 같이 차가운 콘크리트 바닥 위에서조차 잠자리를 마련하지 못해 쫓겨나고 있는 것이다.11)

우에노(上野)역 주변을 답사한 뒤 1946년 3월에 발표한 「어디로(何處へ―戰災孤兒調查記)」에서는 인용문에서와 같이 비참한 생활을 하고 있는 일본의 민중과 전쟁고아들을 묘사하고, "위정자들은 군수회사

---

10) 전게주(6), 「日本國民に寄せる」, p.15.
11) 張赫宙(1946.3), 「何處へ―戰災孤兒調查記」, 『自由公論』, p.47.

에 수십억 원의 보상금을 지불할 의지는 있어도 굶어죽는 동포를 구하려하지 않는다"[12]면서 사리사욕에 눈이 먼 정권과 자본가들에 대한 비판을 가하기도 한다.

이처럼 장혁주는 자신의 친일행위를 양심적인 것처럼 포장하거나 고국에서의 문학 활동에 의욕을 보이던 패전 직후의 입장과는 다르게, 점차 일제에 대한 비판을 시도하고 전쟁의 참화로 신음하는 일본인들을 인도적인 입장에서 묘사함으로써 새로운 작가적 입지를 구축하고자 노력한다.

2) 전쟁에 대한 비판을 담은 휴머니즘적 글쓰기

장혁주의 소설을 통한 일제에 대한 비판은 식민지 말기의 작가적 체험을 다룬 「民族」(1946)을 통해 처음 시도된다. 이 소설은 작가가 "일본내지에 재류하는 조선인을 일본인화하기 위해 조직된 협화회(協和會)"[13]에 대한 문제로 귀족원 의원과 대담을 한 적이 있는데, "오사카처럼 도쿄 쪽도 힘을 더 썼으면 좋겠다"[14]는 취지의 작가의 발언이 『協和新聞』 창간호에 실린 것을 문제 삼은 도쿄 경시청에 의해 일본에서 추방당할 위기에 몰리게 되는 과정을 그려내고 있다. 일제 경찰의 무자비한 민족적 차별과 탄압을 강도 높게 비판하는 한편으로, "일본이 진정으로 조선에 대해 일본과 동등하게 대우하여 차별 철폐를 약속한다면 '내선일체'도 좋다"[15]는 식의 글을 쓴 자신의 과거 행적이 떳떳하지 못했다는 고백을 하기도 한다.

---

12) 전게주(11), 「何處へ一戰災孤兒調査記」, p.46.
13) 張赫宙(1946.5), 「民族」, 『創建』, p.92.
14) 전게주(13), 「民族」, p.103.
15) 전게주(13), 「民族」, p.93.

이와 같이 새로운 작가적 모색을 시도하며 불안한 시간을 보내던 장혁주의 눈에 비친 일본민중의 고되고 궁핍한 삶은 동병상련의 아픔으로 작가적 감수성을 자극하였으며 이들을 소재로 한 일련의 작품을 집필하게 된다.16) 이러한 경향의 작품으로는 장편『고아들(孤兒たち)』(1946)과『젊은 여자(若い女)』(1948), 단편집『사람의 선함과 악함(人の善さと惡さと)』(1947)을 들 수 있다.

『고아들』은 작가의 일본인 동거녀 게이코(桂子)17)와의 사이에 태어난 어린 자녀들과 같은 또래의 전쟁고아들에 대한 연민의 감정을 담아낸 작품으로, 전쟁을 일으킨 군국주의자들에 대한 비판과 재일조선인에 대한 우호적인 묘사를 통해 작가의 조국에 대한 동경을 엿볼 수 있는 작품이다.

단편집『사람의 선함과 악함』(丹頂書房)은「內弟子의 고백(內弟子の告白)」,「갈림길(わかれみち)」,「영원히(とこしえに)」,「脫出」,「처제에게(妹へ)」,「사람의 선함과 악함(人の善さと惡さと)」의 단편 6편을 수록하고 있다. 이들 작품은 패전 직후의 혼란과 궁핍한 상황 속에서 각자의 삶을 지속하려는 여러 인간군상을 섬세한 필치로 조명하여 인간의 이기심에 대한 날카로운 작가적 시선을 담아내는 한편으로,18) 일제의 식민지배를 비판적인 시각에서 그려내고 있다.

『젊은 여자』는 제목을 통해 알 수 있듯이 태평양 전쟁 말기와 패전 직후의 혼란 속에서 살아남기 위해 몸부림치는 젊은 여주인공을 그려내고 있다. 이 작품의 특징은 당시 여성의 열악한 사회적 지위

---

16) 김학동(2008.8),「張赫宙 문학과 패전국민의 삶」,『日本文化學報』제38집, 한국일본문화학회, p.137.
17) 본명은 노구치 하나코(野口はな子).
18) 전게주(16),「張赫宙 문학과 패전국민의 삶」, p.148.

에 대한 고발과 이에 대한 투쟁을 독려하고 있으며, 이 시기의 다른 작품과 마찬가지로 일제에 대한 비판을 서슴지 않고 있다는 점이라 할 수 있을 것이다.

이상과 같은 패전 직후의 휴머니즘적 글쓰기는 일본민중이 겪고 있던 비참한 생활상을 형상화함에 있어 사회적 약자인 여성과 어린 이들에 대한 인간적인 연민의 시각이 토대를 이루고 있다.19) 그리고 이러한 작가적 시각은 무모한 전쟁을 일으킨 일제 군국주의자들에 대한 비판적인 묘사로 이어지고 있음을 알 수 있다.

일제의 패전이라는 현실 인식에 바탕을 둔 장혁주의 작가적 모색 은 교원의 임금을 현실화하여 교육을 정상화시켜야한다는 주장20)을 펼치며 일본사회에 대한 참여를 시도하는 것으로 나타나기도 하고, 문필가로서 다작(多作)을 하지 않으면 생계를 꾸려나가기 어려운 현 실을 개탄21)하는 것으로 작가로서의 위상을 제고하기도 한다.

3) 순문학 집필에 대한 욕망과 실천의 노력

패전 직후의 장혁주는 사회참여적인 저작활동으로 작가적 입지를 확보하려 노력하는 한편 "다량 생산을 하지 않으면 문단에서 몰락하 는 시대가 되었어도 힘든 생활을 참아가며 하나의 (순문학)작품에 심 혈을 기울이고 싶다"22)며 순문학 집필에 대한 집념을 토로하기도 한 다. 이러한 작가적 욕망을 충족시키기 위해 집필된 것으로 보이는 단 편으로 운명적인 불륜을 그려낸 「죄의 끝(罪の行方)」(1948)23)과 선천적

---

19) 전게주(16), 「張赫宙 문학과 패전국민의 삶」, p.152.
20) 張赫宙(1946.11.8), 「教員の立場」, 『東京新聞』.
21) 張赫宙(1946.11.8), 「文學の行方」, 『東京新聞』.
22) 張赫宙(1946.11.8), 「わが念願」, 『東京新聞』.

인 남성편력의 성향을 지닌 여성의 삶을 형상화한 「지옥의 여자(地獄
の女)」(1949)[24)]가 있다.

「죄의 끝」은 도박꾼인 남편을 전쟁터로 떠나보낸 한 여인이 사랑
하면서도 주위의 반대로 결실을 맺지 못했던 옛 연인을 만나 다시
사랑에 빠져들지만, 죽은 줄 알았던 남편이 살아 돌아오는 바람에
자살하고 만다는 내용을 담고 있다. 이 작품은 사회통념으로서의 '불
륜'과는 다른 진실한 인간적인 사랑을 갈구하는 남녀의 정신적으로
순수한 만남을 그려내고 있다.

「지옥의 여자」는 작품에서 "태생적 불운을 살아가는 하나의 숙
명"[25)]이라는 말로 표현하고 있듯이, 태생적인 성벽(性癖)을 지닌 여성
의 숙명을 유머감각이 뛰어난 필치로 섬세하게 그려내고 있다.

「죄의 끝」과 「지옥의 여자」는 모두 일제 말기의 곤궁한 생활을 배
경으로 표출되는 인간의 본성을 심도 있게 그려내고 있다는 점에서
순문학에 가까운 작품이라 할 수 있을 것이다.

이상으로 일제의 패전에 직면한 장혁주가 신문 등의 기고문과 일
본민중의 비참한 생활을 묘사한 인본주의적 작품 및 순문학적 소설
의 집필을 통해서 과거의 자신의 행적을 미화하거나 일제에 대한 비
판을 시도하고 작가로서의 입지를 굳히려 한 노력을 확인해 보았다.
결국 패전 직후의 작가적 행적 역시 일제 말기의 친일적인 글쓰기로
경도되어 갈 때와 마찬가지로 상당히 기회주의적인 면모를 엿볼 수
있다 하겠다.

---

23) 張赫宙(1948), 「죄의 끝(罪の行方)上・下」, 『時代』.
24) 張赫宙(1949.2), 「지옥의 여자(地獄の女)」, 『文藝讀物』.
25) 전게주(24), 「지옥의 여자(地獄の女)」, p.47.

3. 민족에 대한 회한과 일본에의 귀화

1) 가족과 민족에 대한 회한

장혁주는 전후의 일본문단에 정착하기 위한 작가적 노력을 기울이는 한편으로 자신의 친일행적과 조선인이라는 민족적 굴레를 벗어나기 위해 많은 노력을 기울이고 있었다. 이러한 작가적 입장이 극단적으로 표출된 것은 1949년 11월에 발표된 「僞善者(第2編)」(『小說界』)라 할 수 있다.

「僞善者(第2編)」는 조선에 있는 생모와 아내, 그리고 자녀들에 대한 애증의 감정을 적나라하게 드러낸 작품으로, 조선의 아내 귀란(貴蘭)[26]이 시집오기 전에 다른 남자와 불륜을 저질렀으며[27] 자신의 일본에서의 행복한 삶을 방해하는 모진 여인으로 묘사[28]하는 등, 다른 자전적 작품에서는 볼 수 없었던 아내에 대한 격한 감정을 드러내고 있다. 이는 생모와 조선의 처 귀란이 이혼을 해주지 않는 바람에 일본인 아내 게이코와 자식들이 자신의 호적에 오르지 못하여 불안정한 삶을 살 수밖에 없다는 현실적인 불만에서 비롯된 것으로 생각된다.

한편 「在日朝鮮人批判」(1949.12)에서는 재일조선인들의 왜곡된 민족의식에 대한 비판과 함께 "조선의식이 강한 요즘 사람들도 그 자

---

26) 본명은 김귀행(金貴行).

27) 작가가 결혼한 것은 대구고보 2학년 재학 중이던 겨울 방학이라고 『遍歷의 調書(遍歷の調書)』(1954)에서는 설정하고 있으며 여러 정황으로 볼 때 이는 매우 타당성이 있는 것으로 생각된다. 그러나 「僞善者」에서는 작가의 나이를 15세로 설정하고 있는데, 이 역시 아내의 불륜을 합리화시키기 위한 방편이 아닌가 생각된다. 작품에서는 작가의 장녀를 자신의 자식이 아닌 것처럼 그려내고 있는데, 그 이유로 15세의 어린 나이에 자식을 갖는다는 것이 불가능하기 때문이라는 식으로 전개해 간다.

28) 張赫宙(1949.11), 「僞善者(悲しい魂)」, 『小說界』, p.59.

식들 대(代)에서는 부모들과 같은 민족의식은 갖고 있지 않을 것이다.
그것이 왜 나쁘단 말인가?"29)와 같은 언급을 통해 게이코와의 사이
에 태어난 일본의 자식들에 대한 우려를 나타내기도 한다.

장혁주는 이와 같은 민족적 정체성의 불안 속에서도 조선의 문화
와 전통에 대한 애착을 담아낸 동화집『은혜 갚은 제비(恩を返したツ
バメ)』(羽田書店, 1949.3)를 간행하였다. 이 조선 동화집에는「은혜 갚은
제비」30)「호랑이를 사로잡은 토끼(トラをいけどったウサギ)」,「도깨비
방망이(オニのかなぼう)」,「용궁의 어머니(龍宮の母)」31)와 같이 네 편의
한국동화가 수록되어 있는데, "이웃 나라 조선의 (…중략…) 동화를
접하고 그곳 사람들의 마음을 이해하는 것은 여러분의 마음이 그만
큼 넓어지는 것입니다"32)라는 '후기'를 통해 알 수 있듯이, 일본의
어린이들에게 조선의 마음을 전해주고 싶다는 작가의 심정이 잘 나
타나 있는 동화집이라 하겠다.

그리고 1950년 3월에 英親王의 회고를 토대로 한『비원의 꽃(秘苑
の花)』(1950.3)을 출간하였는데, 이 작품은 英親王이 어린 시절에 이토
히로부미(伊藤博文)에 이끌려 일본으로 건너가게 된 배경을 시작으로
일본의 황족인 마사코(方子)여왕과의 결혼, 그리고 일제의 육군 중장
으로 제1항공군 사령관을 역임한 직후 패전을 맞이하기까지를 그려
내고 있다. 이와 같은 작품의 집필 동기는 英親王과 작가 자신 사이
에 커다란 신분상의 차이가 있음에도 불구하고 과거의 행적에서 둘
다 자유롭지 못했다는 점에서 찾을 수 있다. 즉 英親王은 그의 과거

---

29) 張赫宙(1949.12),「在日朝鮮人批判」,『世界春秋』, p.71.
30) '興夫傳'을 새롭게 고쳐 쓴 작품.
31) '沈淸傳'을 새롭게 고쳐 쓴 작품.
32) 張赫宙(1949.3),「あとがき」,『恩を返したツバメ』, 羽田書店, pp.229~230.

행적에 관한 논란 속에서도 이의 책임 소재를 쉽게 논하기 어려운 특수한 신분을 지닌 존재였으므로 작가는 이를 방패삼아 자신의 입장에 대한 변명을 시도하려 했던 것으로 판단된다.[33]

조국에서 6·25가 발생하자 이에 대한 취재를 통해 르포형태의 기사 및 보고서, 그리고 장·단편 소설의 집필에 전념하던 장혁주는 1952년 7월에 스스로의 민족에 대한 정체성을 테마로 한 기고문 「조선인의 반성(朝鮮人の反省)」을 『도쿄신문(東京新聞)』에 3회에 걸쳐 연재하였다.

7월 28일자의 첫 번째 기고문에서는 '숙명의 민족감정(宿命の民族感情)'이라는 부제목으로 한·일 간에 가로놓인 민족문제에 대해 언급하고 있는데, "'민족'이란 참으로 이상한 것이다"라는 말로 시작하여, "한·일 양 민족만큼 가까운 예가 없음"에도 불구하고 반목을 거듭하는 것은 정치적인 이유보다도 "닮은 사람들끼리의 증오"에서 비롯된 것이라는 견해를 피력한다. 즉 "패자(覇者)인 강자에 대한 반발이고, 피학(被虐)자의 압박자에 대한 반격"이라는 감정이 한·일 양 민족 사이에 존재하고 있다는 것이다.

이 글을 통해서 장혁주는 같은 민족이나 다름없는 한·일 양국의 국민이 "상대방이 자신과 너무 닮으면 혐오"하는 인간의 감정적 특성에 의해 서로를 미워하고 있다는 식으로 논의를 전개하고 있음을 알 수 있다. 그러나 작가는 한·일 양 민족이 아무리 서로 많이 닮았고 설령 그 뿌리를 같이한다 하더라도, 일제에 의한 강압적 지배와 민족적 차별을 당연한 것처럼 받아들이고, 일방적인 일본민족에의

---

33) 김학동(2008.4), 「장혁주의 『비원의 꽃(秘苑の花)』론—英親王의 半生에 투영된 작가의 정서적 자화상」, 『인문학연구』 통권73호, 충남대학교 인문과학연구소, p.143.

흡수 통합을 당연한 것으로 받아들이기는 어렵다는 점을 간과하고
있다 하겠다. 엄연히 언어와 문화, 그리고 민족적 특성이 다른 양 민
족의 독립적인 존재를 인정하지 않고 과거의 역사적인 관계만을 강
조하여 하나의 민족으로 확신하고 있는 사고방식의 모순을 극명하게
드러내고 있다 하겠다. 결국 이와 같은 언설을 통해서 일제말기의
황국신민화에 대한 동경과 열망에서 여전히 벗어나지 못하고 있는
작가의 내면세계를 엿볼 수 있다.

   7월 29일자의 두 번째 기고문은 '일본의 마음(日本の心)의 체득'이
라는 부제목으로 투고하였는데, 젊은 시절의 작가 자신은 "민족의식
에 사로잡혀" 사회혁명 운동에 참여하기도 하였으나, "감정에 치우
친 잔인할 정도의 공식적인 전술이 문학적인 센스가 풍부한 자신과
맞지 않아서" 그만두었다는 과거를 회상하는 것으로 시작된다. 그리
고 이후에는 훌륭한 일본어를 습득하기 위한 노력을 기울인 끝에
'일본의 마음'을 체득하게 되었다며 그 경위와 배경에 대해 언급한
다.

   그 '일본의 마음'을 서적뿐만이 아니라, 나라(奈良) 지방에 보존되어 있
   는 고미술 속에서 찾아냈을 때의 기쁨은 매우 컸다. 고미술 속에서 '백
   제'와 '신라'의 미를 배움과 동시에, 그것이 '일본의 미'로 발전 변화해가
   는 과정과 마침내 일본적인 창조물로 완성된 것을 보고, 나 자신의 '조
   선'과 '일본'이 융합해서 새로운 것이 탄생될 가능성을 시사 받고 희망을
   가지게 되었다.[34]

   장혁주는 '일본의 마음'이라는 것을 패전 이후의 좌우명으로 삼았

---

34) 張赫宙(1952.7.29),「朝鮮人の反省」,『東京新聞』.

음을 밝히고 있는데, 고대 일본과 백제의 문화교류를 토대로 탄생된 '일본의 미'와 연계시킴으로써, 자신이 지니고 있는 조선적이고 일본적인 특성을 살려서 새로운 '일본의 마음'을 창출해 낼 수 있을 것이라는 기대와 희망을 피력하고 있다. 이러한 작가적 입장은 고대 한반도로부터 이주한 선조들이 일본의 문화에 많은 영향을 미친 것처럼 자신도 이러한 역할을 하게 될 것이며, 과거 선조들의 행적을 비난 할 수 없듯이 사신의 집필 행위 역시 나름의 정당성을 인정받을 수 있다는 인식에서 비롯된 것으로 보인다.

그러나 일제의 강압적인 민족말살 정책을 찬동하던 집필활동이 좌절되자 일본에 정착하기 위한 궁여지책으로 양 민족의 가교역할을 자임하는 장혁주의 기회주의적인 글쓰기를 고대의 일본에 선진문물을 전파하여 문명사회로 이끈 선조들의 행적과 같은 맥락에서 논한다는 것은 애당초 불가능한 일이라 하겠다.

「폭력행위와 '벽(壁)'」이라는 부제의 7월 30일자 마지막 기고문에서는 민족주의라는 정치적 입장에 대한 의견을 피력한다.

> '민족주의'라는 '주의'는 묘한 것이긴 하지만, 자신의 민족의식에만 충실하고 다른 민족의 입장을 생각하지 않는 이전의 우익적인 사고가 일본에 대두된다면 그것에 절대적으로 반대함과 동시에, 조선인의 고루한 민족의식을 좋아하지도 않는다. 나의 '민족의식'은 이런 식으로 성장해왔는데, 나의 이 특수한 경우를 다른 조선인에게 따르라고는 할 수 없다.[35]

이와 같은 글을 쓰게 된 동기는 재일조선인들이 일본공산당과 연계하여 정부투쟁을 벌이고 있는 현실에 우려를 나타내기 위한 것이

---

35) 전게주(34), 「朝鮮人の反省」.

라 할 수 있는데, 민족주의가 정치적으로 이용되는 것에 대해 경계하고 있음을 알 수 있다. 장혁주는 "일본공산당의 일본인 지도자가 재일조선인을 선두에 세워 싸우게 하는 현실"을 개탄하면서 조선인의 폭력행위는 "조선인의 생활이 궁핍해지고, 일본의 권력자가 교묘하게 만들어낸 '벽'"에 부딪히면서 발생하고 있다는 주장을 한다. 즉 조선인의 '민족의식'을 교묘하게 이용하고 있는 일본공산당 지도부를 비판하는 한편으로, 이러한 술수에 말려들고 있는 재일조선인에 대해 반성을 촉구하고 있는 것이다.

그러나 장혁주의 이와 같은 작가적 태도는 재일조선인들의 존재에 대한 인식의 결여에 기인된 것이라 할 수 있으며, 일본인들의 억압과 차별에서 벗어나 한민족의 정체성 회복을 목표로 한 민족적 저항운동을 일본공산당에 이용당하는 단순한 폭력으로 매도하고 있다는 비판을 면하기 어렵다 하겠다.

이상과 같이 『東京新聞』에 「조선인의 반성」이라는 제목으로 세 번에 걸쳐 게재된 장혁주의 글을 통해서 일본인으로 귀화하기 직전의 민족에 대한 작가적 자세와 인식을 살펴보았는데, 고대의 역사적인 한·일 간의 교류를 근거로 삼아 양 민족이 하나의 공동체로 존재할 수 있는 가능성을 확보하려는 작가적 노력을 확인해 볼 수 있다. 이는 조선인의 황국신민화 정책에 가담했던 일제말기의 행적에 대한 합리화와 일본에 귀화하기로 작정한 자신의 내적 갈등 및 외부의 비판적인 시선에 대응하기 위한 논리를 전개한 것이라 하겠으며, 일본의 독자들에게 자신의 특수성을 부각시켜 작가로서의 입지를 굳히려는 시도의 일환이었던 것으로 보인다.

일제의 패전 이후에 친일 행적의 논란으로 곤경에 처해있던 장혁주는 새롭게 대두되기 시작한 민족주의 세력의 친일파 청산과 같은 정치적 움직임을 매우 불안한 심정으로 지켜보고 있었음에 틀림없다. 특히 자신이 거주하고 있는 일본에서 재일조선인들이 일제의 만행을 비판하며 한민족의 후예로서의 입지를 확보하려는 노력은 작가의 입장을 매우 난처하게 만들었을 것이다. 이러한 작가의 심경이 언론을 통해 자신의 민족주의에 대한 입장을 천명하게 만든 계기가 되었던 것으로 생각된다.

2) 6·25의 민족적 형상화와 일본에의 귀화

과거의 친일행적과 민족에 대한 회한을 쉽게 끊어 내지 못하고 있던 장혁주에게 새로운 전기가 도래하는데, 그것은 바로 6·25전쟁의 발발이었다. 작가는 1951년 7월과 1952년 10월에 신문과 잡지사의 특파원 자격으로 6·25전쟁을 취재하기 위해 한국을 방문했다. 작가는 취재한 내용을 신문과 잡지에 기고하거나 소설 창작의 소재로 삼았는데, 그 양이 상당수에 이른다.

〈르포·기사〉
- 「조선민족의 성격(朝鮮民族の性格)」, 『每日情報』, 1950.9.
- 「조선유적의 파괴를 염려한다(韓國遺跡の破壞を憂う)」, 『每日情報』, 1950.11.
- 「한국 르포(韓國へのルポー)」, 『每日新聞』, 1951.7.
- 「허덕이는 한국(喘ぐ韓國)」, 『明窓』, 1951.7.
- 「조국 조선에 날아가다-제1보(祖國朝鮮に飛ぶ―第1報)」, 『每日情報』, 1951.9.
- 「조선의 농민(朝鮮の農民-祖國の戰亂に想う)」, 『農民文學』, 1951.9.

- 「고국의 산하(故國の山河)」, 『每日情報』, 1951.11.
- 「조국 조선의 고뇌(祖國朝鮮の苦惱)」, 『地上』, 1952.2.
- 「계속되는 한국의 불안(韓國の不安はつづく)」, 『地上』, 1952.11.
- 「조선르포(朝鮮…ルポルタージュ)」, 『群像』, 1953.1.

〈소설〉
- 「부산항의 파란 꽃(釜山港の靑い花)」, 面白俱樂部, 1952.9.
- 「부락의 남북전(部落の南北戰)」, 『文藝春秋』, 1952.4.
- 「避難民」, 『新潮』, 1952.5.
- 「異國의 아내(異國の妻)」, 『警察文化』, 1952.7.
- 「눈(眼)」, 『文藝』, 1953.10.
- 「부산의 여간첩(釜山の女間諜)」, 『文藝春秋』, 1952.12.
- 『아— 조선(嗚呼朝鮮)』, 新潮社, 1952.5.
- 『無窮花』, 講談社, 1954.6.

<르포·기사> 중에서 「조선민족의 성격」과 「조선유적의 파괴를 염려한다」는 6·25전쟁이 시작된 직후에 조국에서 전개되는 사태에 촉각을 곤두세우고 들려오는 소식에 의존하여 집필한 것이다. 그러므로 「조선민족의 성격」은 북한군의 전면적인 남침을 호전적인 고구려의 성격과 연결시켜 논하거나, 고대 삼국의 성격을 통해서 한민족의 전반적인 민족성을 확인해보겠다는 다소 조국의 전쟁을 방관하는 듯한 성격을 띠고 있다. 「조선유적의 파괴를 염려한다」에서도 한반도에서 있었던 전쟁의 역사를 통해서 파괴되어온 유적들을 되돌아보며 이번 전쟁으로 또 다시 조국의 많은 유적이 파괴될 것이라는 우려를 담아내는 데 그치고 있다.

그런데 1951년 7월에 취재를 위해 직접 한국을 방문한 이후의 르포나 기사에서는 생생한 현장감이 감돌고 있어 이전의 두 작품과는

차원을 달리한다. 「허덕이는 한국」에서는 전쟁으로 인한 한국의 경제적 궁핍과 혼란을 그려내는 한편으로, 이승만 정권이 과거의 친일파 관리의 등용을 둘러싸고 고민에 빠져있다는 내용을 담아내고 있다. 그런데 "겉으로는 반일을 말하면서 본심은 일본을 선망하고 동경하여 일본에 가고 싶어 하는 한국인들이 많다"며 "역시 일본은 좋은 곳이구나"라는 작가적 감상을 곁들임으로써 재건에 힘쓰고 있는 일본을 높게 평가하고 있는 점이 흥미롭다.

여러 르포와 기사 중에서 6·25의 참상에 직면한 작가의 괴로운 심정을 잘 표현하고 있는 것은 「조국 조선으로 날아가다」와 「고국의 산하」라 할 수 있다. 이 두 르포는 비교적 긴 내용의 취재 보고를 통해 계층과 이념의 대립으로 많은 한국인들이 살육의 참상에 직면해 있음을 생생하게 전달하고 있다. 이와 같은 조국의 참상에 대한 비통한 작가적 시선은 6·25를 소재로 한 많은 소설에서도 엿보인다.

그런데 6·25를 소재로 한 <소설> 중에서 「부산항의 파란 꽃」, 「異國의 아내」, 「부산의 여간첩」은 일제말기에 조선인과 결혼한 뒤 여러 사정으로 한반도에 정착한 일본인 처(妻)[36]들이 한국전쟁에 직면하여 겪게 된 고난을 형상화하고 있다는 점에서 주목을 끈다.

장혁주가 6·25로 인한 고난을 겪고 있던 일본인 처들을 소설의 소재로 삼은 것은 「異國의 아내」에서 밝히고 있듯이 "그녀들의 처지를 동정"[37]했기 때문이라 하겠는데, 서로 다른 처지에 놓여 있는 일본인 처들을 세 편의 작품으로 발표하였다는 점에서 이들에 대한 관

---

36) 일제 식민지시기에 조선(한국)인과 결혼해 살다가 일제의 패전 이후에도 한국에 남게 된 일본여성을 말한다. '在韓日本人妻'라고 하는 것이 보다 정확한 호칭일 것이나, 이 글에서는 '日本人妻'로 표기하고자 한다.
37) 張赫宙(1952.7), 「異國의 아내(異國の妻)」, 『警察文化』, p.158.

심의 정도를 알 수 있다. 그리고 각 작품에서는 부산으로 향하는 피난길에서 어린 자식을 눈 속에 버리고 갈 수밖에 없었던 주인공들의 마음속에 사무친 통한의 슬픔을 집요하게 묘사하고 있는데, 이 역시 일본인 동거녀인 게이코(桂子)와의 사이에 어린 자식을 여럿 두고 있었던 작가적 입장과 무관하지 않은 것으로 생각된다.

「눈」은 1952년 10월에 두 번째로 조국을 방문한 작가가 서울을 취재한 경험을 살려 집필한 작품으로, 이미 일본에 귀화한 작가를 의심하는 주위의 시선을 감내하며 전쟁으로 인한 참상을 그려내려 노력하는 스스로의 입장을 비교적 많이 담아내고 있다는 특징을 지닌다.

이상과 같은 6·25를 소재로 한 르포 및 기사, 그리고 소설들은 모두 장편 『아― 조선(嗚呼朝鮮)』과 『無窮花』로 집대성되고 있는데, 특히 「부락의 남북전」과 「避難民」과 같은 작품은 『아― 조선』의 중심적인 줄거리로 흡수 발전된다.

장혁주가 『아― 조선』과 『無窮花』와 같은 장편을 통해 6·25의 참상을 그려낸 주된 목적은 한민족의 고난에 대한 형상화에 있다고 할 수 있다. 그러므로 작가가 무엇보다 힘을 쏟고 있는 것은 일제 치하에서 독립된 조선의 민중이 그 기쁨을 채 누리기도 전에 좌우 이데올로기의 정치적 대결의 희생양이 되어 무참히 짓밟히고 도륙당하는 상황의 사실적인 묘사라 할 수 있다.

그러므로 『아― 조선』과 『無窮花』에는 좌우 또는 중도파의 어느 한 쪽에 치우친 옹호론적인 언급이나 묘사는 찾아보기 어렵다. 이는 작가의 내면에 고국의 동포에 대한 강한 애착이 잔존하고 있었기에 가능했던 것으로 생각된다. 즉 같은 동포를 살육의 참상으로 몰아넣는 이데올로기는 아무런 의미를 갖지 못하기 때문이다. 이와 같이 민족의 공존을 최대의 가치로 삼아 6·25의 참상을 인도주의적인 입장에서 통절하게 그려낼 수 있었던 것은 작가의 내면세계에 자리 잡고 있던 민족의식이 강렬하게 작용한 덕택이라 할 수 있을 것이다.38)

그러나 장혁주는 6·25전쟁을 소재로 한 저작을 통해 조국의 참상에 대한 민족적인 아픔을 담아내는 한편으로 자신의 친일행위를 청산할 수 있는 기회로 생각하고 있었을 가능성을 배제하기 어렵다. 이러한 추측은 작가가 두 번째 취재를 위해 한국을 방문하기 직전에 일본으로 귀화하였으며, 일본인의 신분으로 조국을 찾았다는 점에서 더욱 분명해진다.

바꿔 말하면 6·25전쟁으로 친일청산문제에 골몰해 있던 조국에 새로운 변화가 일어날 것이라는 기대감을 지니고 있었을 가능성이 매우 크다는 것이다. 그러므로 비록 일본인이 되기로 작정한 작가이지만 민족의 참상을 그려냄으로써 스스로의 작가적 양심에 일말의 돌파구를 마련함과 동시에 자신의 민족애를 동포들에게 전하고 싶었던 것으로 생각된다. 즉 일본인으로 살아갈 결심을 한 작가에 있어 동포에 대한 마지막 봉사였던 셈이다.

6·25전쟁으로 인해 조국이 남북으로 분단되었지만 나름의 안정을 찾으면서 장혁주의 관심은 일본 국내의 사회문제로 급격히 전환되어 간다. 패전 직후의 일본에서 겪고 있던 고통과 심적 갈등이 일본으로의 귀화와 6·25전쟁이라는 민족적 아픔을 그려내는 것으로 일단

---

38) 김학동(2008.5), 「장혁주의 『아— 조선(嗚呼朝鮮)』『無窮花』론—6·25전쟁의 형상화에 엿보이는 작가의 민족의식」, 『日本學硏究』제24집, 단국대학교 일본연구소, p.343.

락을 짓게 되었던 것이다.

4. 맺음말

이 글에서는 친일작가 장혁주의 문학적 행보 중에서 일제의 패전 직후부터 일본으로 귀화하는 1952년 무렵까지를 고찰의 대상으로 삼아, 불안정한 민족적 정체성 속에서 집필을 모색했던 작가의 행적과 이를 반영한 기사와 작품의 특징을 확인해 보았다.

먼저 일제의 패전에 직면한 장혁주의 입장 및 작가적 모색에 대한 검토와 이를 반영한 작품들을 고찰하였는데, 자신의 친일행적에 대한 진지한 반성 없이 일제를 비판하는 작품을 여러 편 집필하였음이 확인되었다. 이러한 작품에서는 패전 직후의 곤궁한 삶을 꾸려가는 일본민중에 대한 휴머니즘적 시선을 느낄 수 있었지만 그 이면에 작용하는 기회주의적인 자세를 부정하기도 어려웠다.

그리고 자신의 친일행적과 민족적 굴레에서 벗어나지 못하여 조선과 일본이라는 민족과 국가적 경계에서 방황하는 작가의 모습을 살펴보았다. 그 결과 한민족이 지닌 독자성과 존재가치를 축소함으로써 일제에 동조한 자신의 과오를 희석시키려는 시도를 확인해 볼 수 있었으나, 한민족을 말살하려한 일제와 작가의 행위를 정당화할만한 이렇다 할 논리적 근거를 제시하지 못하고 있음을 알 수 있었다.

또한 6·25전쟁을 소재로 한 작품을 통해 자신의 동족에 대한 연민과 고통을 그려내려는 노력을 끝으로 완전한 일본인으로서의 삶을 시작하게 되는 배경에 대해서도 고찰하였다. 그러나 이러한 작가적 노력 역시 6·25라는 동족상잔의 비극에 대한 문학적 형상화를 통해 자신의 친일행위를 청산할 수 있는 기회로 생각하고 있었을 가능성을 배제하기 어렵다는 점에서 그 한계를 지적하지 않을 수 없다.

결국 일제의 패전에 직면한 장혁주는 과거의 친일적 글쓰기에 대한 미화를 시도하거나 일제를 비판하는 등의 신속한 입장변화를 모색하였으며, 독자들의 호감을 얻기 위해 패전으로 인한 일본인의 고통을 인본주의적인 입장에서 그려내려는 노력을 기울이고 있었음을 알 수 있다. 그리고 조국에 두고 온 가족과 민족에 대한 갈등을 여러 작품에 담아내었으며, 6·25전쟁을 다룬 일련의 민족적 작품의 집필을 끝으로 일본인으로 귀화하여 새로운 작가적 출발을 도모하였던 것이다.

장혁주의 「朝鮮傀儡部隊의 最後」와 間島特設隊 조선인 장교의 변명

1. 머리말

일제 패전 직후의 장혁주는 "지난날의 과오를 재차 범해서는 안될 뿐만 아니라, (…중략…) 자신을 포함해서 총 비판 총 반성하지 않으면 안 된다"[1]는 말을 통해 알 수 있듯이 과거의 친일적 글쓰기에 대한 자신의 잘못을 인정하는 듯한 자세를 보인다. 그런 한편으로 일제가 조선에서 실시했던 여러 정책의 모순을 조목조목 열거한 뒤 "식민지 정책이 실시되던 당시의 비참한 조선의 상황은 생각만 해도 의분을 금할 수 없다"[2]며 일제의 식민통치에 대해 신랄한 비판을 가하는 등의 신속한 입장의 변화를 모색한다.

이와 같은 작가적 태도의 변화는 일제강점말기의 친일협력에 대한 진지한 반성의 시간을 제대로 갖지도 않은 채 일제의 정책을 비판하

---

1) 張赫宙(1946.3),「日本國民に寄せる」,『創建』, p.11.
2) 상게 문헌,「日本國民に寄せる」, p.14.

고 있다는 점에서 이전과 다름없는 기회주의적인 속성이 엿보이고 있으며, 이는 휴머니즘적 집필기3)의 평론 및 작품에서 공통적으로 확인되는 특징 중의 하나이다.

한편 이 시기의 작품 중에 주목할 만한 것으로 중편 「朝鮮傀儡部隊의 最後(朝鮮傀儡部隊の最後)」(1949.10)가 있다. 이 작품은 만주 지역의 독립군을 소탕하기 위해 관동군과 만주국군이 설립한 특수부대인 국경감시대(國境監視隊)와 간도특설대(間島特設隊)라는 한국 근·현대사의 중요한 사건을 소재로 다루고 있지만, 연구자들 사이에서도 아직까지 구체적으로 언급된 바 없는 실정이다. 「朝鮮傀儡部隊의 最後」는 이들 특수부대에 소속된 조선인 장교가 항일무장군 진압의 명분을 찾기 위해 고뇌하는 모습을 사실에 입각하여 그려내는데 초점을 맞추고 있으며, '괴뢰부대(傀儡部隊)'라는 제목을 통해 알 수 있듯이 이들이 자신들의 투쟁에 대한 정당성을 확보하려는 노력에도 불구하고 일제의 꼭두각시에 불과했다는 부정적인 입장에서 작품을 맺고 있다. 특히 일제강점말기에 일제의 만주침략을 옹호하는 작품을 여러 편 집필하여 관동군의 존재를 찬양하던 작가가 일제의 패전 후에는 관동군의 존재와 만주침략에 대해 부정적인 입장에서 작품을 집필했다는 점이 주목된다.

이 글에서는 이상과 같은 「朝鮮傀儡部隊의 最後」에 묘사된 내용의 사실관계를 확인하면서, 이들 특수부대 장교들의 자기 합리화 과정을 형상화한 작가의 내면세계를 고찰하고자 한다. 또한 일제강점말기의 작품에 보이는 장혁주의 친일적 입장과의 비교 고찰을 토대로 이와 같은 작품의 집필을 통해 달성하고자 하는 작가적 목표에 대한

---

3) 일제의 패전 직후부터 작가가 일본으로 귀화하는 1952년 10월까지.

검토도 병행하고자 한다.

2. 「朝鮮傀儡部隊의 最後」에 형상화된 국경감시대와
   간도특설대

「朝鮮傀儡部隊의 最後」의 주요 배경이자 소재로 등장하는 국경감
시대와 간도특설대의 탄생과 그 역할은 등장인물들의 사고와 행동을
통해 간접적으로 묘사되고 있을 뿐이고, 이들 부대와 관련된 사건과
활동시기 등에 오류가 확인되고 있는 것이 사실이다. 그러나 전체적
인 윤곽에 있어서는 사실과 크게 다름없이 묘사되고 있다고 할 수
있다.

　본장에서는 먼저 이들 특수부대에 관해 묘사된 작품의 내용을 정
리하고, 실제 행적과의 비교고찰을 통하여 그 진위 여부를 확인하고
자 한다. 이러한 시도는 비록 허구로서의 소설이라고는 하지만 작품
에 등장하는 이들 특수부대와 주요 인물들의 행적이 당시의 시대적
상황을 얼마나 정확하고 진실하게 반영하고 있는가에 대한 판단의
척도가 될 수 있기 때문이다.

　작품은 고등보통학교를 졸업한 조선의 청년 이소원(李小源)이 안평
산(安平山)이라는 인물과 함께 간도의 용정(龍井)에 있는 소학교 교사
로 일하기 위해 국경을 넘는 장면으로 시작된다. 그리고 그가 부임
한 해인 1931년 가을에 이른바 만주사변이 일어났으며, 일제에 의해
건국된 만주국이 군대를 가지게 되자 항일반만군(抗日反滿軍)과의 전투
가 끊이질 않는 가운데 조선인 동포들의 피해는 커져만 간다. 이때

이소원은 "조선인 군대가 없는 한 조선인은 보호받지 못한다"(15)⁴⁾는 생각으로 군관학교에 입학하게 된다. "민족의 이름을 걸고 공부에 전념"한 그는 우수한 성적으로 졸업과 동시에 만주군 소위로 임관된 뒤 1932년 9월 국경감시대 배속명령을 받는다. 그러나 이와는 반대로 안평산은 조국의 독립을 위해 일제와 싸워야한다며 독립군부대를 찾아 소련으로 월경한다.

국경감시대는 모두 조선인 병사로 구성되어 있었는데, 동녕(東寧) 밀산(密山) 혼춘(琿春) 세 곳의 국경감시대 중에서 이소원이 배속된 곳은 소련과 인접한 두만강 부근의 혼춘이었다. 부대장인 대좌와 소대장 세 사람은 모두 일본인이었으며, 조선인 장교는 이소원 뿐이었다. 그리고 부임한 지 6개월째 되는 1933년 3월 25일 국경을 넘어 침범해온 소련군과의 전투에서 이소원이 이끄는 소대원의 활약으로 대승을 거둔다. 이는 조선인에 대한 신뢰를 높여 감시대가 아닌 조선인으로 구성된 정식 군대를 만들어야한다는 신념에 의해 달성된 것으로, 만주군이 담당하던 조선족 거주지역의 치안을 조선인 군대가 대신해야 동족을 안전하게 지켜낼 수 있다는 생각을 지니고 있었기 때문이다.

그러나 1935년 봄, "감시대를 경찰대로 이관한다"(18)는 통지에 의해 조선인으로 구성된 감시대가 해산되자 이소원은 통한의 눈물을 흘리며 원대로 복귀한다. 사복을 입고 원대로 복귀하던 도중에 우연히 만주군에 의해 유린당하는 동포들을 지켜보게 된 이소원은 이들이 동포마을에 들어올 수 있는 빌미를 제공하고 있는 공산게릴라에

---

4) 이 글에서는 張赫宙(1949.10), 「朝鮮傀儡部隊」, 『クラブ』를 텍스트로 삼았다. 본문 괄호 ( ) 안의 숫자는 텍스트의 쪽수를 가리킨다. 이하 같음.

대해 깊은 증오심을 갖게 된다.

1935년 12월 15일, 병력은 비록 1개 대대 정도였지만 다행히도 조선인만으로 구성된 간도특설대가 발족되자 이소원을 비롯한 구 감시대의 장교들이 모여들었고, 이소원은 중위로 부대장을 맡게 되었다. 간도지역의 치안까지 담당하게 된 간도특설대는 김일성(金日成) 최현(崔賢) 등의 항일독립부대와의 전투가 끊이지 않았으며, 1936년 6월경에는 이들과의 전투가 절정에 달한다. 이소원은 이때 항일독립군을 이끌고 있던 안평산을 만나게 되는데, 그로부터 일제의 '충견(忠犬)'이라는 말을 듣고 심한 충격에 빠진다. 그렇지만 이소원은 "일본이 동아(東亞)를 움켜쥐고 있는 한 내가 가는 길은 잘못되지 않았다. 조국을 구하려면 이 길밖에 없다"(23)는 확신을 버리지 않는다.

1936년 8월 23일, 대사하(大沙河)전투가 벌어졌다. 김동한(金東漢), 최현 등의 독립군 부대가 총집결하여 공격해왔는데, 특설대의 피해도 컸지만 그 용맹성은 갈수록 명성을 떨쳤다.

1937년 중일전쟁이 일어나 일본군이 중국군을 파죽지세로 몰아붙이는 가운데 항일독립군 대장인 김동한이 포로로 잡혔다. 관동군에 소속된 조선인 윤(尹) 소좌의 설득으로 귀순한 김동한이 항일독립부대원들의 전원 귀순을 위해 김일성을 만나 직접 담판을 짓겠다며 나서자 이소원 중위가 호위를 자청하고 동행한다. 그러나 약속 장소인 산 정상에 홀로 올라간 김동한은 그를 만나러 나온 안평산의 총에 쓰러진 뒤, "동지의 손에 죽게 되어 다행"이라는 말을 남기고 숨을 거둔다.

중일전쟁이 태평양전쟁으로 발전되고 김일성 부대가 독일군과 맞서기 위해 스탈린그라드로 이동해가자, 이소원의 간도특설대는 화북

으로 진출한 제팔로군(第八路軍)에 대항하기 위해 열하성(熱河省)으로
이동했다. 그러나 1943년 11월의 카이로선언, 1945년 7월의 포츠담
선언 등에서 일본의 패배를 기정사실화하고 조선의 독립을 보장하자
이소원은 부대원들에게 '떠날 사람은 떠나도 좋다'(26)는 말을 전한
다.

그렇지만 이소원은 자신의 과거 행적에 대해 조금도 후회하지 않
았으며, "특설부대가 재만동포의 생명과 재산을 지켜준 공로를 부인
할 수 없다"(26)는 신념을 버리지 않았다. 결국 일본천황이 항복 방송
을 했다는 소식을 접한 이소원은 부대원들과 함께 총으로 자결한다.

「朝鮮傀儡部隊의 最後」에 묘사된 국경감시대와 간도특설대 대원
들의 행적에 대해서는 이상과 같이 개략적으로 정리할 수 있는데,
이들 특수부대에 관해 상세히 기술하고 있는 신주백의 「滿洲國軍 속
의 朝鮮人 將校와 韓國軍」(2002)을 바탕으로 그 내용의 사실여부를
확인해보고자 한다.

작품에서는 주인공 이소원이 1932년 9월에 군관학교를 마치고 소
위로 임관된 뒤 국경감시대에 배속된 것으로 묘사하고 있다. 그러나
만주국이 장교를 양성하기 위해 봉천군관학교(中央陸軍訓練處)를 개설
한 것은 1932년 11월이었고 제1기에 대한 교육이 시작된 것은 1933
년 2월5)이었으므로, 6개월 과정의 교육기간을 마쳤다하더라도 1933

---

5) 신주백(2002.12), 「滿洲國軍 속의 朝鮮人 將校와 韓國軍」, 『역사문제연구』 제9호, 역
   사문제연구소, p.87 ; 봉천군관학교 개설 초창기에는 일제의 관동군 및 만주국군
   에서 복무한 경력자를 중심으로 선발하여 6개월간의 속성교육을 통해 장교를 배
   출하였으므로 「朝鮮傀儡部隊의 최후」의 주인공 이소원은 입학할 자격이 없었다.
   이후 1939년 신경(新京)에 개설된 육군군관학교에서는 일본의 육관사관학교와 마
   찬가지로 4년간의 정규교육을 받았으며, 한국의 박정희 전 대통령은 이 학교의
   제2기 졸업생이다.

년 7월에나 소위로 임관될 수 있었다. 또한 국경감시대가 창설된 것은 1935년 9월이었으므로 작품의 내용과는 3년이라는 간극이 발생한다. 그리고 각 지역의 국경감시대는 3개 중대가 있었으며, 전부가 아닌 1개 중대만 조선인으로 구성된 부대였다.6)

한편 국경감시대가 국경경찰대에 그 임무를 이관하고 폐지된 것은 1938년 4월이었고, '조선인 특별부대'라는 이름의 간도특설대가 창설된 것은 1939년 9월의 일7)이었으므로, 「朝鮮傀儡部隊의 最後」의 내용과는 계속적으로 약 3년의 간극이 발생한다.

그러나 이들 조선인 특수부대의 활동과 관련된 시기적 불일치보다도 김동한(金東漢)8)이라는 인물에 대한 각색은 허구가 가미된 소설로서의 「朝鮮傀儡部隊의 最後」의 면모를 엿볼 수 있게 한다. 작품에서는 김동한이 1937년 중일전쟁 직후까지도 동북항일연군에서 독립군 대장으로 활약하다가 포로로 잡히는 바람에 귀순한 것으로 묘사하고 있다. 그러나 실제로는 1910년대에 활발한 항일운동을 벌였던 김동한은 1920년대 사회주의 운동세력의 내부갈등과 '자유시참변' 등의 영향으로 1925년 무렵부터 이미 친일의 길을 걷기 시작한 것으로 알려져 있다. 그리고 만주사변 발발 이후인 1934년에는 간도협조회의 성립을 주도하는 등 만주지역의 항일세력을 파괴하기 위한 적극적인 활동에 나섰다가 1937년 12월 무렵 동북항일연군에 의해 피살되었다.9)

---

6) 상게 논문, 「滿洲國軍 속의 朝鮮人 將校와 韓國軍」, p.109.
7) 상게 논문, 「滿洲國軍 속의 朝鮮人 將校와 韓國軍」, p.110.
8) 1892~1937, 함경남도 단천 출생. 그의 사후인 1940년에 일제는 훈6등 단광욱일장을 추서하였다.
9) 친일반민족행위진상규명위원회(2007.9), 「친일반민족행위 결정이유서<김동한>」, 『2007년도 조사보고서Ⅱ』, p.2056.

　그런데 「朝鮮傀儡部隊의 最後」에서는 항일독립군 말살에 몰두하고 있던 김동한을 김일성 등과 함께 1937년 무렵까지 항일독립군으로 활약했다고 그려내고 있으므로 이는 명백한 사실 왜곡이라 할 수 있다. 그렇지만 김동한 개인의 항일에서 일제에 대한 협력이라는 반전과 독립군부대에 의한 피살 시기 등의 큰 흐름은 일치하고 있음을 알 수 있다.

　대평양진쟁이 한창 진행되던 1944년 1월, 간도특설대는 중국공산당에 소속된 팔로군의 만주국에 대한 압박을 저지하기 위해 열하성으로 이동한 이후 많은 전투를 치르며 그 용맹을 떨치게 되는데, 이는 「朝鮮傀儡部隊의 最後」에 묘사되는 내용과 거의 일치하고 있다. 그리고 간도특설대는 1945년 종전과 함께 철도를 이용하여 금주(錦州)로 이동한 뒤 해산했으며, 대부분의 대원들은 동만주로 귀환했다.10) 그러나 작품에서는 이들이 모두 자결한 것으로 그려내고 있다는 점에서 이들 특수부대에 대한 작가의 인식을 엿볼 수 있게 한다.

　달리 말하면 일제강점말기에 친일협력적인 글쓰기에 매달렸던 장혁주가 자신과 마찬가지로 친일의 길을 걸었던 국경감시대와 간도특설대 대원들이 자결하는 것으로 작품의 결말을 맺고 있다는 점에 주목할 필요가 있다는 것이다. 그러나 실제로는 이들 특수부대 및 일본군 출신의 장교들은 한국군 창설의 시작이라 할 수 있는 군사영어학교 임관자 110명 가운데 108명을 차지하고 있다11)는 사실은 한국 근·현대사의 흐름을 이해하는 데 있어 시사하는 바가 적지 않다 하겠다.

---

10)　전게 논문, 「滿洲國軍 속의 朝鮮人 將校와 韓國軍」, p.115.
11)　전게 논문, 「滿洲國軍 속의 朝鮮人 將校와 韓國軍」, p.124.

3. 간도특설대 장교 이소원(李小源)의 자기 합리화

1) 친일과 반일의 논리

애초에 소학교 교사를 목표로 간도의 용정에 온 이소원은 군인이 되어 만주의 조선인을 보호하는 것이 무엇보다 중요하다는 사명의식으로 만주군관학교에 입학하였으며, 조선인만으로 편성된 국경감시대를 거쳐 간도특설대에 근무하다가 일제의 패전으로 자결을 결행하였다.

그런데 이와는 반대로 독립투쟁의 길을 선택한 안평산의 사상과 행적은 이소원으로 하여금 자기합리화를 위한 이론을 전개하게 만들거나 민족적인 양심의 고뇌로 이끌어가는 등, 적절한 대비의 묘미를 잘 살리면서 이소원이 지닌 문제점을 천착해가기 위한 장치로 활용된다.

먼저 두 사람은 만주에 정착하기 시작한 조선인들에 대한 인식과 투쟁의 목적 및 방법이 달랐다. 이소원은 만주에 이주한 조선인들을 괴롭히는 중국인들을 응징하기 위해서는 일본의 협조를 얻어야한다는 인식을 지니고 있었다.

> 이소원은 원주민이 조선동포를 불법으로 압박하는 원인이 일본에 대한 두려움(恐日)에 있다는 것을 알고 있었다. 그렇지만 만주사변 중에 패퇴하던 한인(漢人) 병사들이 도처에서 조선농민을 학살했다는 소식을 들었을 때는 그의 민족애가 들끓어 한인에 대한 증오의 감정이 솟구쳐 올랐다. (…중략…) 그리고 관동군 내의 조선인 장교가 인솔하는 부대가 조선농민을 구출하는 모습에 이소원은 큰 감동을 받았다. 그는 일본에 대해서 호의를 느꼈다.(14)

이처럼 이소원이 만주국 장교를 지망한 것은 동족의 보호에 심혈을 기울이는 관동군 내의 조선인 장교의 모습을 본 것이 직접적인 동기가 되었으며, 원주민들로부터 학대당하는 조선농민들을 보호하려는 목적이 있었다.

그러나 안평산은 일제의 조선에 대한 식민지배의 결과로 만주에 흘러들어온 조선인을 중국인들이 좋아하지 않는 것은 당연한 것이므로 근본적인 해결을 위해서는 일제를 무너뜨리기 위한 투쟁을 전개해야 한다고 주장하였다.

> "자국에 무단으로 들어온 고우리(高麗, 조선인-필자)를 증오하는 것은 어쩔 수 없는 일이야. 그것보다 왜 다른 나라로 떠나오지 않으면 안 되었는지, 거기에 문제가 있는 거라고 (…중략…) 진짜 적은 다른 곳에 있다는 것을 알아야 해."(12)

안평산이 말하는 '적은 다른 곳에 있다(敵は本能時にある)'는 것은 일제를 무너뜨려야 모든 문제가 해결된다는 것을 의미하였으므로, 그는 결국 일제에 대한 무장투쟁을 위하여 중국과 소련의 국경부근에 위치한 독립군부대에 합류하였다. 이렇게 해서 이소원과 안평산은 정반대의 길을 가게 되었으며, 큰 꿈을 안고 함께 만주로 건너온 동지들끼리 총부리를 겨누는 적이 되어버린 것이다.

여기에서 생각해볼 수 있는 중요한 문제는 이소원과 안평산이 지니고 있는 투쟁의 방향은 서로 다르다 할지라도 민족을 생각하는 마음은 일치하고 있다는 점이다. 차이가 있다면 일제로부터의 완전한 독립을 위해 싸우려는 안평산과는 다르게, 이소원은 일제에 의한 조선의 지배를 기정사실화하고 만주지역도 머지않아 일제의 지배하에

들어갈 것이라는 전망 하에서 조선민족을 보호하기 위한 대책을 강
조하고 있다는 점이다.

　그러므로 앞으로의 국제정세가 어떻게 변해갈지 알 수 없는 상황
에서 그 투쟁방향을 달리한 이들의 행적에 대해 어떤 기준을 가지고
평가할 것인가라는 문제가 발생한다. 현실이야 어떻든 민족의 독립
을 위해 끝까지 투쟁하겠다는 안평산의 입장을 우선시하여, 이미 일
제의 지배에서 벗어나는 것은 불가능하므로 그 안에서 민족의 살길
을 찾아야 한다는 이소원의 생각과 그에 따른 행동을 비판하는 것은
민족의 해방을 쟁취한 작금의 결과론적인 단죄가 될 수도 있다. 절
대 불가항력적인 상황에서의 민족의 보존을 위한 굴복이었는지, 이
기주의적인 차원에서의 영합이었는지를 구분하기가 쉽지 않기 때문
이다. 그런데 이소원과 같은 경우는 자신의 영달을 위한 것이 아니
라, 민족의 보호를 위해 선택한 길이라 주장하고 있으므로, 그의 친
일에 대한 단죄는 쉽지 않은 상황이다.

2) 민족적 차별을 극복하기 위한 친일

　이소원이 군인 예찬자가 되어버린 것은 고등보통학교 재학시절의
일로 거슬러 올라간다. 총을 들고 제식훈련을 받는 일본인 학생들이
우쭐대며 자신을 비롯한 조선인 학생들을 멸시하고 조롱하는 일이
곧바로 민족적 차별로 이어졌기 때문이다.

　　그가 태어난 것은 1910년으로, 정확히 한일합방 직후였다. 따라서 오늘
　날까지 얼마나 많은 민족차별을 참아왔는지 모른다. (…중략…) "너희들
　은 군인이 될 수 없단 말이야. 총을 쏠 수 있어?"라는 말을 들어도 찍소

리도 낼 수 없었던 이소원은 일본아이들이 돌을 던져도 굴욕을 참을 수
밖에 없었다. 만일 조선인이 군인이 될 수 있다면 민족차별은 반감될 것
이다. 이소원은 일본의 군국주의에 그런 식으로 젖어들어 갔다. 군국주의
를 저주하는 대신에 군인예찬자가 되었던 것이다.(17)

이소원은 "조선인이 만일 군인이 될 수 있다면 민족차별은 반감될
것이다"는 생각으로 일본의 군국주의에 환상을 가지게 되었으며, 결
국은 군인이 되어 민족차별을 막기 위한 노력을 기울이고 있다는 것
이다. 실제로 이러한 이소원의 생각과 행동은 당시의 만주지역에 이
주한 조선농민들에게 환영을 받는 경우가 많았다.12) 그러면서도 작
가는 군국주의를 '저주하는 대신에 예찬자가 된' 것이 문제였다는
인식을 담아내고 있다.

이와 같이 작가는 이미 이소원의 행적이 옳지 못했다는 생각을 토
대로 작품을 전개하고 있음을 알 수 있으나, 그것은 어디까지나 민
족이 일제로부터 해방된 이후의 결과론적 판단이라는 것을 암시하기
도 한다. 결국 이소원의 친일적인 행적이 그의 잘못이라기보다는 태
어날 때부터 식민지 국민으로서 차별과 멸시를 받아온 민족적 아픔
의 자연스런 표출이라는 입장을 견지하고 있으며, 시대를 잘못 태어
난 불운에 의한 것으로 전가시키고 있다.

3) 친일에 대한 내면의 갈등

이소원은 비록 만주에 이주한 동포들의 안녕을 지켜야한다는 신념
으로 간도특설대 지휘관이 되었지만 이를 위협하는 "동포의 게릴라

---

12) 김학동(2007.8), 「張赫宙의 『開墾』과 萬寶山사건」, 『인문학연구』 통권71호, 충남
대학교 인문과학연구소. p.95.

부대에 대해서는 여전히 증오를 느끼지 못하였"(18)으며, "공산군의 주장에 동조하는 마음이 생겨"(20)서 투쟁심을 잃기도 하는 등, 내면의 양심에 소리에 갈등을 겪기도 한다.

최현이 이끄는 독립군 부대가 천보산(天寶山) 일대의 광산을 습격해 오자 이소원은 간도특설대원들을 이끌고 전투에 참가하여 치열한 공방을 펼치던 끝에 소강상태에 들어갔다. 이때 적 진영으로부터 한국어로 외치는 소리가 들려온다.

> 조국의 해방을 위해 싸우고 있는 우리들에 맞서는 너희들의 노예근성을 보는 것이 너무 슬퍼서 비장한 눈물이 흐른다. 너희들이 겨눈 총구의 방향이 잘못되어 있다. 당장 그 총구를 진정한 적을 향해 돌려라.(22)

이소원은 들려오는 목소리의 주인공이 안평산이라는 것을 알아차리고 반가움에 다시 외친다.

> 자네야 말로 어리석은 짓을 하고 있다. 조국 해방의 꿈을 꾸고 있겠지만, 밀림 속에서 저항하면 할수록 조선의 입장은 어려워진다. 재만동포의 참상을 보면 알 것이다.(22)

안평산과 이소원의 대화를 통해 두 사람의 확연한 입장 차이를 확인해 볼 수 있는데, 안평산으로부터 "꼴좋은 개가 되었구나. 야-, 충성스런 개 같으니라구, 이 총알이나 먹어라"(22)는 모욕적인 말을 들은 이소원은 큰 충격에 빠진다. 재만동포의 안전을 위해 싸우고 있다는 이소원의 확신이 '충성스런 개'에 비유되고 있다는 사실에 놀라면서도 이에 대해 쉽게 반박하지 못한 채 대화는 중단되고 만다.

그러나 이소원은 "좋다! 충견이라도 되겠다. 일제가 동남아를 장악하고 있는 한 (…중략…) 조국을 구하는 방법은 이 길 밖에 없다"(23)는 결론을 내리고 독립군 진압에 더욱 힘을 쏟는다. 이와 같은 이소원의 입장은 "만주를 확보하고 북중국과 몽고를 장악한 일본의 품에 안긴 조선은 일본에 충성을 바침으로써 살아남을 수 있다"(23)는 독백을 통해서도 알 수 있듯이, 결국 일제는 멸망하지 않을 것이며, 안평산이 소속된 독립부대의 저항도 오래가지 못할 것이라는 확신에서 비롯된 것이라 하겠다.

그런데 이와 같이 일제에 영합하여 민족의 삶을 보전하려는 이소원의 소망에는 인간의 기회주의적인 속성이 내재되어 있다는 것을 부정하기 어렵다. 그러므로 목숨을 바쳐서라도 민족의 독립을 찾고야말겠다는 안평산의 강한 신념 앞에서 어찌할 바를 모르게 되는 것이다. 즉 민족의 존립을 위해 친일이 불가피했다는 의식은 자신의 목숨을 바쳐서라도 불의에 맞서겠다는 신념과 동일선상에서 논할 수 있는 성질의 것이 아님을 말해주고 있다 하겠으나, 작가의 집필의도가 여기에 있다고 보기는 어렵다.

결국 일제의 항복으로 전쟁은 종식되었고, 이미 사기를 잃은 이소원의 부대에 안평산이 항복을 권유하러 찾아왔다. "앞으로 조국을 위해 자네의 능력을 사용해주기 바란다"(27)는 그의 말에 이소원은 생각할 여유가 필요하다며 돌려보낸다. 그리고 바로 부대원을 소집했다.

마지막으로 한 마디 해두겠다. 우리 부대가 조국에 활을 겨누었다고 생각하는 것은 잘못이다. 우리 부대는 동포를 위해 최선을 다했다. (…중략…) 부끄러워 할 것이 없다. 그러나 이제 사명은 끝났다.(27)

이소원이 자결을 결심하자 부대원들도 이에 따라 서로에게 총을 쏘아 전멸하였으며, 이튿날 찾아온 안평산은 '웃는 얼굴'로 죽어 있는 이소원의 시신을 발견하는 장면으로 작품은 막을 내린다.

이상과 같은 전개를 보이는 「朝鮮傀儡部隊의 最後」에서 주목해야할 사항은 이소원이 일제에 영합하는 형태로 민족의 보존을 위해 싸우는 자신의 입장에 대해 적지 않은 내면의 갈등을 지니고 있으면서도, 인용한 내용은 물론이고 '웃는 얼굴'로 죽어있다는 표현을 통해서도 알 수 있듯이 '동포를 위해 싸웠다는 신념'을 죽을 때까지 버리지 않은 것으로 그려내고 있다는 점이다.

결과적으로 이소원의 친일이 기회주의적인 것이 아니라 나름의 민족을 위한다는 신념에 의한 것이었음을 강조하기 위한 마무리로 생각할 수 있으나, 여기에는 인류의 존재방식에 대한 작가의 인식이 잘 드러나 있다. 그것은 민족이라는 것이 반드시 독립된 국가를 건설해야 하는 것이 아니라, 다수의 민족이 통합된 국가일지라도 각각의 민족이 스스로의 자존을 지키며 살면 된다는 작가 나름의 신념이라 할 수 있다. 이러한 장혁주의 신념은 한민족과 일본민족의 구분을 부정하고 하나의 민족으로서의 화합과 단결을 강조한『한과 왜(韓と倭)』(1977), 『도자기와 검(陶と劍)』(1980) 등의 저작을 통해 확인되고 있듯이 일생을 걸고 추진해온 작가적 숙원사업이었다 해도 과언이 아니다.

그러므로 장혁주의 「朝鮮傀儡部隊의 最後」는 단순히 이소원이라는 간도특설대 조선인 지휘관의 친일을 변명하고 옹호하기 위한 것만이 아니라, 일제의 일선동조론(日鮮同祖論) 및 대동아공영이라는 이상을 쫓아 싸웠던 이소원의 사고와 행적에 대한 정당성을 제고하기 위한 작가적 노력의 일환이라는 점도 간과해서는 안 될 것이다.

4. 작품에 투영된 작가적 입장

「朝鮮傀儡部隊의 最後」의 고찰을 통해 확인해 보았듯이, 조선을 식민지배하고 있는 일본제국은 쉽사리 망하지 않을 것이며, 조선민족이 살아남기 위해서는 그들의 지배 하에서 하루빨리 독자적인 위치를 모색해야 한다는 것이 작품의 주인공 이소원이 지닌 현실인식이라는 것을 알 수 있다.

그러므로 조국의 독립을 목표로 일제에 저항하고 있는 안평산에 대해 이소원은 자멸을 자초하는 행위이며 조선민족을 위해서도 결코 도움이 되지 않는다고 확신한다. 이러한 현실인식은 이소원과 같이 만주군이나 일본군의 장교가 된 사람들뿐만이 아니라, 기타의 많은 친일인사들 역시 공통적으로 지니고 있던 일종의 친일의 논리로 작용하고 있었다.13) 그런데 이러한 인식의 저변에는 인간의 기회주의적인 속성이 자리 잡고 있음을 부정하기 어렵지만, 작중의 이소원과 마찬가지로 이들은 자신들의 행위가 민족을 위하는 것이라는 자기암시 및 확신을 지니고 있는 경우가 많았다.

일제의 만주침략에 대한 장혁주의 문학적 협력은 그가 1939년 6월에 탁무성(拓務省)에서 파견하는 펜부대의 일원으로 만주에 건너가 시찰한 것을 시작으로 일제의 패전 때까지 네 차례 방문한 것과 깊

---

13) 임경석(2007), 「『매일신보』를 통해 본 친일의 논리와 심리－3·1운동기를 중심으로」, 『언론매체를 통해 본 친일의 논리』, 친일반민족행위진상규명위원회, p.54.

은 연관을 지니고 있다 하겠는데, 「朝鮮傀儡部隊의 最後」 역시 이때
에 보고 경험한 것을 바탕으로 집필된 작품으로 생각된다. 장혁주의
만주개척문학을 대표하는 작품으로는 『광야의 처녀(曠野の乙女)』(1941),
『개간(開墾)』(1943), 『행복한 신민(幸福の民)』(1943) 등이 있으며, 모두 일
제의 만주국 건설로 인해 만주 이주 조선인들이 안전하고 행복한 삶
을 누리게 되었다는 내용을 담고 있어서, 「朝鮮傀儡部隊의 最後」의
이소원이 꿈꾸던 이상향을 그려내고 있음을 알 수 있다. 즉 이들 작
품에서 조선농민들을 보호하기 위해 진력하는 관동군과 일본관헌들
의 모습은 「朝鮮傀儡部隊의 最後」에 묘사되고 있는 조선인 장교 이
소원과 정확히 중첩되고 있기 때문이다.

식민지 조선에서도 징병제를 실시한다고 공포한 것은 1943년 3월
의 일인데, 장혁주는 이러한 일제의 움직임에도 협력을 아끼지 않았
으며, 그 대표적인 작품이 노구치 미노루(野口稔)라는 이름으로 출간
한 단편집 『이와모토 지원병(岩本志願兵)』(1944.1)이라 할 수 있다. 장혁
주는 이 저작의 서문에서 "완전한 일본인이란 즉, 진정한 황국신민
을 말하는 것"14)이라 주장하고, '나는 서서히 황민화의 길을 향해 걸
어왔으나 만주사변을 통해 자각된 국가애는 대동아 전쟁을 맞이하여
애국완수의 기회를 학수고대하고 있었다'면서 "징병제 실시는 조선
의 황민화를 인정받은 날",15) "이러한 성은(聖恩)에 보답하기 위해 우
리들은 한층 연성(鍊成)에 힘쓸 것을 맹세하는 바이다"와 같이 온갖
찬사를 동원하여 감격의 마음을 표출 시킨다.

이와 같은 장혁주의 마음은 「朝鮮傀儡部隊의 最後」의 이소원이

---

14) 張赫宙(1944), 「序に代えて」, 『岩本志願兵』, 興亞文化出版株式會社, p.3.
15) 상게서, 「序に代えて」, 『岩本志願兵』, p.7.

"조선인이 만일 군인이 될 수 있다면 민족차별은 반감될 것"(17)이라고 염원하던 것이 이루어진 것에 대한 감격과 다름없는 것이라 할 수 있다. 즉 일제말기의 장혁주는 작품 속의 이소원과 같은 맥락의 인식을 가지고 활동하였음이 확인되고 있는 것이다. 다만 이소원은 민족을 위해 군인으로서 일제에 충성을 바쳤으며, 장혁주는 문학적으로 민족을 위해 일제에 적극 협력하였다는 인식을 지니고 있었다는 점이 다를 뿐이다.

그러나 장혁주는 「朝鮮傀儡部隊의 最後」에서 주인공 이소원과 부대원들의 전원 자결이라는 내용으로 작품을 맺고 있다. 여기에 작가의 진실에 대한 성찰의 노력과 고뇌를 엿볼 수 있다. 이소원을 비롯한 부대원들이 비록 나름의 민족을 위한 사명의식에 입각하여 독립군부대의 소탕작전에 임했다 하더라도 결국은 이들의 인식과 행동이 잘못되었음을 인정하고 있기 때문이다.

이와 같은 전개를 통해서 알 수 있는 것은 만주군 장교와 작가라는 비록 실제적인 행적에 있어서는 차이는 있다 하더라도, 친일이라는 점에서는 맥락을 같이 하는 작품의 주인공 이소원을 통해 작가 자신의 과거행적에 대한 스스로의 인식을 그려내고 있다는 점이다. 바꿔 말하면, 식민지교육을 받은 조선청년의 내면에 자리한 민족적 저항의식의 실체와 일제강점말기의 상황논리를 동원하여 조선인 장교 이소원이 선택한 길이 민족을 위한 것이었지 결코 개인적인 영달을 위한 것이 아니었다는 주장을 펼침으로써, 작가 자신이 처했던 상황과 행적에 대한 변명 내지는 정당화를 시도하고 있는 것이다.

5. 맺음말

이 글에서는 일제강점말기의 친일적인 글쓰기로 해방된 조국에 돌아올 엄두를 내지 못한 채, 전쟁으로 폐허가 된 일본에서 작가로서의 새로운 모색을 시도하던 장혁주가 1949년에 집필한 작품 「朝鮮傀儡部隊의 最後」에 대한 고찰을 시도하였다.

「朝鮮傀儡部隊의 最後」는 일제강점말기에 일제의 관동군과 만주국군에 의해 조선인 항일독립부대를 소탕하기 위해 조선인 청년을 중심으로 만들어진 국경감시대와 간도특설대를 소재로 한 작품으로서, 민족의 독립을 쟁취하려는 독립부대의 소탕에 임했던 조선인 장교가 주장하는 당위성과 변명의 근거를 담아내고 있다는 점에서 주목된다.

일제강점말기에 집필된 장혁주의 작품들은 조선에 대한 일제의 영속적인 지배를 기정사실로 받아들이고, 그 틀 안에서 일본인에게 차별을 받지 않는 조선인으로서의 삶을 적극적으로 모색하고 있다는 특징을 지닌다. 그리고 이러한 작가적 입장은 일제 패전 이후에 집필한 「朝鮮傀儡部隊의 最後」를 통해서 다시 확인되고 있다. 간도특설대의 조선인 장교 이소원은 일제에 저항한다는 것은 만주이주 조선인의 자멸을 자초하는 것이고, 일제에 영합하여 일본인과 대등한 위치에 설 수 있도록 노력하는 것이 최선의 길이라는 판단으로 전투에 임한다. 즉 자신들의 행위는 식민지 조선인의 위상을 높이고 만주 이주 조선인의 보호를 위한 최선의 방책이라는 신념을 지니고 있었던 것이다.

그런데 「朝鮮傀儡部隊의 最後」는 결국 간도특설대의 부대장 이소

원과 대원들이 전원 자결하는 것으로 끝맺음으로써, 이들의 투쟁이
별다른 정당성을 확보하지 못한 채 역사의 뒤안길로 사라져 갈 것임
을 암시하고 있다. 그렇지만 조선인 장교와 부대원들은 자결하는 순
간까지도 자신들의 행위와 관련하여 전혀 후회하지 않았다는 점을
부각시킴으로써, 결코 개인적인 사리사욕을 위한 친일이 아니었음을
재차 강조하고 있는 것이다.

　그런데 이와 같은 간도특설대의 조선인 장교들의 행적은 그 정서
적 배경에 있어 장혁주 자신의 친일적 글쓰기와 맥락을 같이 하는
것이라 할 수 있으며, 일제강점말기의 친일행적에 대한 합리화와 무
관하다고 할 수 없다.

순문학에 대한 장혁주의 염원과 작품

1. 머리말

일제의 패전을 맞은 장혁주는 몇 편의 휴머니즘적 작품[1]의 집필을 통하여 작가로서의 새로운 길을 모색하였다. 그리고 조국에서 6·25전쟁이 발발하자 두 차례에 걸친 현지 취재를 시도하여 르포 등[2]의 형태로 일본의 독자들에게 전쟁의 참상을 전달하였으며, 이를 소재로 여러 편의 장·단편 소설[3]을 집필하였다.

그리고 일본으로 귀화한 1952년 10월부터는 급속한 산업화의 그

---

1) 『고아들(孤兒たち)』(1946), 『젊은 여자(若い女)』(1948), 단편집 『사람의 선함과 악함(人の善さと惡さと)』(1947) 등이 있다.

2) 「조국 조선으로 날아가다－제1보(祖國朝鮮に飛ぶ-第1報)」, 『每日情報』(1951.9), 「고국의 산하(故國の山河)－제2보」, 『每日情報』(1951.11), 「허덕이는 한국(喘ぐ韓國)」, 『明窓』(1951.7), 「조국 조선의 고뇌(祖國朝鮮の苦惱)」, 『地上』(1952.2), 「계속되는 한국의 불안(韓國の不安はつづく)」, 『地上』(1952.11) 등이 있다.

3) 「부락의 남북전(部落の南北戰)」(1952), 「避難民」(1952), 「異國의 아내(異國の妻)」(1952), 「부산항의 파란 꽃(釜山港の靑い花)」(1952), 「부산의 여간첩(釜山の女間諜)」(1952), 「눈(眼)」(1953), 『아－조선(嗚呼朝鮮)』(1952), 『無窮花』(1954) 등이 있다.

늘에서 고통 받는 일본 민중들의 삶을 작품의 소재로 삼기 시작하였
는데, 특히 결핵, 암, 한센병과 같은 난치병으로 신음하는 환자들의
생활을 그려내는데 주력하였다. 그런 한편으로 1960년을 전후한 3년
간은 적지 않은 추리소설을 집필하여 새로운 작가적 모색을 시도하
였으며, 말년에는 고대 한일민족의 교류와 관련된 저서4)를 남기기도
하였다.

　이와 같은 장혁주의 평생에 걸친 집필활동은 조선과 일본이라는
민족적 대립과 갈등을 소재로 삼거나, 일본 민중의 삶을 주체적으로
그려냄으로써 귀화한 작가로서의 주인의식을 강조하는 경향이 지배
적이라 할 수 있다. 즉 장혁주의 전반적인 작가적 행적은 민족적 이
데올로기로부터 자유롭지 못했으며, 현실적인 정치와 사회현상에 직
접적으로 개입한 참여문학적인 성격이 강하다는 특징을 지닌다.

　그런데 1930년대 중반에는 이러한 작가적 경향과 구별되는 「권이
라는 남자」, 「갈보(ガルボ)」 등과 같이 인간의 내면세계를 탐구한 작
품들이 발표된 바 있다. 그리고 휴머니즘적 집필기(1945.8~1952.10)5)
에는 민족적인 문제나 사회참여적인 입장에서 벗어나 인간 존재가치
의 추구라는 순문학 본연의 이상을 실현하려한 「죄의 결말(罪の行方)」
(『時代』, 1948.2,3), 「미야의 범죄(ミヤの犯罪)」(『地上』, 1949.1~3), 「지옥의
여자(地獄の女)」(『文芸讀物』, 1949.2)가 있어 주목된다. 그리고 집필 시기
는 달리하고 있으나 「천녀의 목소리(天女の聲)」(『小說公園』, 1956) 역시
이러한 경향의 작품이라 할 수 있다.

　장혁주의 작가적 일생은 일제강점말기의 친일적인 집필활동 및 일

---

4) 『韓과 倭(韓と 倭)』, 講談社, 1977, 『도자기와 검(陶と劍)』, 講談社, 1980.
5) 일제의 패전(1945.8)부터 작가가 일본으로 귀화하는 1952년 10월까지를 말한다.
　(김학동(2008), 『張赫宙의 일본어 작품과 민족』, 국학자료원)

본으로의 귀화 등의 행적을 통해 짐작되는 것처럼, 자신이 처했던
시대적 배경과 민족적 입장을 소재로 삼은 작품의 집필에 전념하였
다. 그러나 일제의 패전 직후에 발표된 「죄의 결말」, 「미야의 범죄」,
「지옥의 여자」 및 「천녀의 목소리」는 전쟁이라는 고통을 살아가는
인간군상에 대한 탐구를 시도하고 있으며, 사회적 목적의식을 지닌
여타의 작품들과는 성격을 달리하는 순문학적 특성을 지니고 있다는
것이 필자의 생각이다.

　그러나 그동안 친일작가라는 일반적인 인식의 틀에 얽매여 이러한
순문학적 작품의 존재는 거론되기 어려웠던 것이 사실이다. 그러므
로 이 글에서는 인간의 내면세계에 대한 탐구를 통하여 그 존재가치
를 규명하고자한 작가적 입장을 살펴보고, 이들 작품이 지닌 순문학
적 의의와 그 특징을 고찰함으로써, 장혁주 문학의 또 다른 면모를
확인해보고자 한다.

2. 순문학에 대한 장혁주의 염원

　'순문학(純文學, 순수문학)'에 대해서는 "현실 및 시대상황과는 무관
하게 예술로서의 작품 자체에 목적을 둔 문학으로, 도구성(道具性), 이
념성(理念性), 목적성을 가지고 문학하는 것에 반대하는 것"[6]이라거
나, "대중소설 혹은 소설 일반에 대해서 상업성보다도 '예술성'과
'형식'에 무게를 두고 있다고 보이는 소설의 총칭"[7]과 같이 정의되

---

6)　순수문학(純粹文學) : Encyber두산백과사전 (http://www.encyber.com/index.html)
7)　순수문학(純粹文學) : Wikipedea ; 大衆小說、あるいは小說一般に對して、商業性よ

는 것이 일반적이다.

문학 연구자인 오다기리 히데오(小田切秀雄)는 독자와의 관계방식에 따라 "순문학소설·통속소설·대중소설·중간소설"8)과 같이 구분하고, (순)문학에 대해 "구체적인 역사성에 입각하여 보편적인 인간성의 추구를 실현한다는 의미에서 특정한 사회와 시대의 이데올로기이자 그것을 뛰어넘는 것"9)이라 정의하였다.

그런데 1930년대 초부터 본격적인 작품 활동을 시작한 장혁주 역시 이와 같은 순문학에 대한 관심이 적지 않았음을 「나의 포부(我が抱負)」(1934)를 통해 밝히고 있다.

나는 한 걸음 더 나간다. 그것은 인간의 사회생활 안쪽 깊숙이 감춰진 것을 규명해보고 싶다는 것이다. 그것을 나는 인간 개인에게서 찾아보고 싶은 것이다.10)

이와 같은 장혁주의 생각은 초기의 민족적 저항을 담아내던 집필 태도와는 상당히 거리가 있는 것으로, 「권이라는 남자」를 비롯한 당시의 여러 단편들은 이러한 작가적 태도를 반영한 것으로 볼 수 있으며, '인간의 내면세계'를 추구하려 했다는 점에서 순문학에 대한 작가적 관심이 확인되고 있다.

그러나 이 시기의 장혁주의 작품들은 도쿠나가 스나오(德永直)와 같은 소설가로부터 "그의 최근 작품도 여러 가지 의미에서 재미있지

りも 「芸術性」・「形式」に重きを置いていると見られる小説の總称とされる。(ja.wikipedia. org/wiki)

8) 小田切秀雄(1991), 『日本文芸學概論』, 法政大學通信教育部, p.248.
9) 위의 책, 『日本文芸學概論』, p.123.
10) 張赫宙(1934), 「我が抱負」, 『文藝』(二卷四号).

만, 초기의 집필 경향이 중요하고 또 조선의 작가로서 저널리즘에 끌려다니지 않겠다는 마음자세가 필요하다"[11]는 비판을 받는다. 그러자 장혁주는 어떤 박해나 구속에도 굴하지 않는 피압박 민족으로서의 기개를 지니지 못하고 있음을 스스로가 인정하는 한편으로, "피압박 민족으로서의 괴로운 참상만을 쓰고 감옥에서 지내라는 것이냐"며 자신 역시 민족적 이데올로기에서 벗어난 문학을 추구하고 싶다는 염원을 밝힌다.

이상과 같은 장혁주의 순문학에 대한 관심은 일제의 검열이라는 강압에 굴복한 일종의 몸 사리기의 결과처럼 생각되기도 하는데, 당시의 작품들이 조선 양반들의 위선적인 모습과 유교적 지배체제에 대한 비판적인 시각을 담아내는 데 치중하였다는 점에서, 순문학적 글쓰기에 대한 작가적 노력의 한계를 짐작해볼 수 있다.

그런데 일제의 패전으로 궁지에 몰린 장혁주는 전쟁고아와 사회적 약자인 여성들을 휴머니즘적인 입장에서 그려내는 한편으로, 1949년 무렵 순문학에 대한 보다 진전된 입장을 밝힌바 있다.

> 생활의 방편으로서의 매문(賣文)이라면 순간적인 오락을 제공하는 소설의 집필도 있을 수 있다고 자문자답하거나, 순문학과 대중소설의 경계를 없애려는 과도기적인 현상이라고 자위하다가 문득 「사사메유키(細雪)」를 떠올리자, 역시 나의 갈 길은 이것이라고 깨닫는다. 대량 생산을 하지 않으면 문단에서 몰락하는 시절이지만 어떻게든 연명하면서 하나의 작품에 심혈을 기울이고 싶다.[12]

---

11) 위의 책, 『文藝』(二卷四号).
12) 張赫宙(1949.4.28), 「我が念願」, 『東京新聞』.

생활을 위해서는 대중적인 작품을 쓰지 않을 수 없는 현실에 체념하듯 수긍하면서도 다니자키 준이치로(谷崎潤一郎)의 「사사메유키」[13]와 같은 순문학 작품을 쓰고 싶다는 염원을 밝히고 있다. 이상과 같은 자신의 염원을 실천하기 위한 작품이 인용문과 거의 같은 시기에 발표된 「죄의 결말」, 「미야의 범죄」, 「지옥의 여자」 및 「천녀의 목소리」라 할 수 있는데, 그동안의 참여문학적 성격에서 탈피하여 보다 성숙된 작가적 이상과 그 실천을 확인해 볼 수 있는 귀중한 소설이라 하겠다.

그리고 장혁주는 1960년을 전후하여 대중잡지에 여러 편의 추리소설을 발표하기도 하였는데, 작가의 말대로 이것은 일종의 생활을 위한 방편으로 볼 수 있으며, 평생에 걸쳐 집필된 작품의 대부분은 사회현상을 고발하거나 정치적 목적을 달성하려는 참여적인 성격의 작품이므로 매문만을 목적으로 한 작가와는 거리가 있는 것이 사실이다.

3. 전쟁과 민중의 생활에 대한 순문학적 형상화

「죄의 결말」, 「미야의 범죄」, 「지옥의 여자」는 모두 전쟁이 한창이던 1940년대 초와 일제의 패전 직후를 시대적 배경으로 삼고 있다. 그리고 집필시기를 약간 달리하는 「천녀의 목소리」 역시 전쟁으로 인한 후유증을 앓고 있는 주인공을 그려낸 작품이다.

「죄의 결말」은 패전 직후의 혼란한 일본, 그 중에서도 신슈(信州)[14]

---

13) 1946~8년 완성, 1947년 마이니치(毎日) 출판문화상, 1949년 아사히(朝日) 문화상, 2000년 國文學學生指定圖書 선정.

의 시골 모습이 주요 공간적 배경으로 묘사되고 있다. 식량 증산을 위해 삼림을 벌채하여 농지로 개간하는 개척단(開拓團)의 활동과 마을 주민들이 영단(營團)[15]에서 식량배급을 받기 위해 줄을 서 있는 정경, 그리고 만주로 시집보낼 처녀들의 훈련을 위해 세워진 건물 등과 같이 일제의 전쟁수행을 위한 노력과 환경을 묘사하고, 그 속에서 삶을 영위하려는 인간군상의 정신적 육체적 고난을 섬세하게 담아내고 있다.

작품의 주인공인 요시노(吉野)는 소집되어 중국전선에 투입되었다가 오른쪽 팔에 관통상을 입고 돌아왔으며, 요시노의 옛 애인인 히데코(秀子)의 남편 역시 전쟁 말기에 징집되어 전선으로 나갔다. 집안의 반대로 결혼에 이르지 못했던 두 사람은 히데코의 남편이 사망했다는 소문이 나도는 가운데 다시 사랑에 빠진다. 그러나 종전과 함께 히데코의 남편이 건강한 몸으로 돌아오자 히데코는 결국 자살을 선택한다. 이와 같은 작품의 결말은 비이성적인 관습에 얽매여 결실을 맺지 못한 비극적인 사랑을 강조하고 있는 것처럼 보이지만, 이면의 배경으로 작용하고 있는 전시 하의 비인간적인 삶이 더욱 부각된다는 특징을 지닌다.

「미야의 범죄」 역시 전쟁 말기를 살아가는 여주인공 미야(ミヤ)의 비극적인 삶을 그려내고 있다. 남편 소지(宗治)는 그녀가 시집 온 지 삼일 째 되는 날 징집되었다가 이내 유골로 돌아왔으며, 그녀를 돌봐주던 둘째 시아주버니 하루키치(春吉) 역시 소집되어 사망하였다. 충격을 받은 하루키치의 아내는 몸져누웠다가 미야에게 자신의 자녀

14) 현재의 나가노(長野)현.
15) 경영재단(經營財團), 일제가 태평양 전쟁을 일으킨 뒤 전시경제를 운영할 목적으로 국가적 통제 아래 공익사업을 시행하기 위해 설치한 특수법인.

셋을 부탁한다는 유언을 남기고 숨을 거둔다. 전쟁의 궁핍 속에서
어쩔 수 없이 죽은 남편의 집안을 지켜나가기 위해 안간힘을 쓰던
미야는 건달인 큰 시아주버니에게 겁탈 당하자 그의 목을 가위로 찔
러 살해한다.

작품은 이처럼 한 집안의 가장이 징집되어 전장으로 끌려가 죽음
을 맞이하는 바람에 남은 가족들이 겪어야하는 고통을 다양한 시각
에서 그려냄과 동시에, 순수하고 헌신적인 사랑을 실천하려 한 젊은
여인을 살인자로 만든 전쟁의 속성을 파헤치고 있다. 그리고 "물품
창고 약탈이 횡행하고, 물자를 은닉한 혐의로 고위 공직자의 이름이
신문에 오르내리는"16) 전쟁의 틈바구니 속에서 갖은 난행을 저지르
는 미야의 큰 시아주버니와 같은 인간 군상을 형상화하여, 인간을
위협하는 비(非)인간의 실체와 그 특성을 그려내기도 한다.

「지옥의 여자」는 태생적인 남성편력을 지닌 여주인공 사다코(サダ
子)의 독특한 삶을 그려내고 있는데, 생활의 방편이라는 구실로 여러
남자에게 몸을 팔다가 결국은 그녀를 사랑했던 남성 도메키치(留吉)
의 손에 죽게 된다는 내용을 담고 있다.

군수공장에 여공(女工)으로 취업한 사다코는 징집되어 들어온 야쿠
자(깡패) 출신의 도메키치가 물자를 빼돌려 밀매하고 있다는 것을 눈
치 챈 뒤, 정문 수위를 몸으로 유혹하여 빼돌린 물자의 수송을 원활
히 하는 등 적극적인 협력을 아끼지 않는다. 이를 계기로 동거에 들
어간 두 사람은 일시적인 행복을 맛보기도 하였으나, 패전 직후의
혼란한 상황 속에서 그동안 모은 재산을 몽땅 날리게 되자 그녀는
도메키치의 눈을 피해 매춘을 시작한다.

---

16) 張赫宙(1949.3), 「ミヤの犯罪」(第3回), 『地上』, p.61.

우에노(上野)역 육교 밑에는 월급쟁이를 상대하는 여자, 게세이(京成)전
철 입구 부근에는 군인 상대, 사이고(西鄉)[17]像 주변부터 안쪽 나무 그늘
에는 불량소녀, 닛카츠칸(日活館)[18] 주변에는 게이샤(芸者)와 미망인이라
는 고급 매춘부, 그 안에 섞여서 몸을 팔고 있던 사다코.[19]

이상과 같이 작품에서는 매춘에 나선 다양한 여성들의 묘사를 통
해 패전 직후의 생활상을 그려내고 있으며, 군수물자를 빼돌리는 도
메키치의 반국가적인 행위를 눈감아 주는 수위 등을 등장시켜 당시
의 혼란한 일본의 사회상을 확인해 볼 수 있게 한다. 특히 전쟁 말기
및 패전 직후라는 혼란한 상황과 사다코의 난행을 자연스럽게 융화
시키고 있는 작가의 노력이 돋보인다.

「천녀의 목소리」의 주인공이자 버스기사인 쇼지(庄太) 역시 만주에
파병되었다가 겪어야했던 고통과 죽음의 환영으로 인해 일상생활에
지장을 초래하는 인물로 묘사된다.

요즘에는 너무 깊이 생각하면 머릿속이 저리고 눈알이 쿡쿡 쑤시듯 아
프다. 모란강(牡丹江)의 소련군 포로수용소에서 쫓겨나 봉천에 도착할 때
까지 18개월간의 고생이 쇼지의 뇌수를 망가뜨려 사고력을 앗아갔는지도
모른다.[20]

쇼지는 징집되자마자 만주로 파견되었는데, 불리해진 전황으로 식
량이 보급되지 않아 많은 병사가 굶주림에 죽어갔다. 쇼지는 아사(餓

---

17) 사이고 다카모리(西鄉隆盛, 1827~1877), 막부말기에서 메이지(明治)초기의 정치가.
18) 1912년에 창립된 일본 최초의 영화회사. 일본활동사진주식회사(日本活動寫眞株式
    會社)의 약칭.
19) 張赫宙(1949.2), 「地獄の女」, 『文芸讀物』, p.46.
20) 野口赫宙(1956.8), 「天女の聲」, 『小說公園』, 文興出版社, p.246.

死)를 면하기 위해 동료와 함께 소련군에 투항하여 포로수용소에 수용되었다. 그러나 그는 체력이 매우 저하되어 있었고 목 뒷덜미에 많은 혹이 생기는 바람에 수용소에서도 쫓겨나고 말았으며, 이후 18개월의 사투를 벌인 끝에 봉천에 있는 일본군부대에 도착하게 된다. 이 과정에서 그의 정신과 육체는 큰 손상을 입게 되었고, 패전 이후의 일상적인 삶에도 많은 지장을 초래하게 된다.

이상과 같이 「죄의 결말」, 「미야의 범죄」, 「지옥의 여자」 세 작품은 남녀 간의 치정과 살인을 그려내고 있으나, 이들 등장인물의 비참한 운명 뒤에는 전쟁이라는 그림자가 짙게 드리워져 있으며, 법과 도덕이 제대로 작동하지 않는 무질서가 횡행하는 사회를 배경으로 삼고 있다. 그리고 「천녀의 목소리」 역시 선량하고 건실했던 청년이 전장에서 입은 정신적 육체적 손상으로 말미암아 정상적인 삶을 꾸려나가지 못하는 고통을 그려내고 있다.

그러나 작품에서는 전쟁이라는 혼돈의 시대를 살아가는 인간군상을 담담히 그려내고 있을 뿐, 전쟁에 대한 찬양이나 적극적인 비판을 찾아보기 어렵다는 특징을 지닌다. 이것이야말로 작가의 주관적인 목적의식이 드러나는 여타의 참여문학적 작품과 구별되는 특징이자, 순문학적인 면모를 갖춘 작품으로 평가할 수 있는 근거로 작용하고 있다 하겠다.

4. 인간의 존재가치와 내면에 대한 탐구

1) 「죄의 결말」과 연애지상론(戀愛至上論)

「죄의 결말」의 주인공 요시노(吉野)와 히데코(秀子)의 불행은 사랑하면서도 가족들의 반대로 결혼에 이르지 못한 현실에서 비롯된다. 요시노가 좋은 집안의 데릴사위로 들어가게 되었다는 오빠의 거짓말을 믿은 히데코는 복수심을 이기지 못해 결혼을 서두르다 도박꾼과 살림을 차렸고, 히데코의 결혼 사실을 알게 된 요시노는 자포자기의 심정으로 고향을 떠나 도쿄로 간다.

그런데 징집되어 전선으로 간 히데코의 남편이 사망했다는 소문이 나돌자 시아버지가 그녀의 몸을 요구하기 시작했으며, 남편의 다른 형제들 역시 히데코와 자식들을 보살펴주지 않았다. 히데코를 잊지 못해 결혼을 미루고 있던 요시노가 이러한 사실을 알게 되면서 두 사람의 사랑은 다시 시작되었으며, 그들은 자신들의 관계를 불륜으로 생각하지 않는다.

> 두 사람의 애정은 맑고 깨끗하다. 세상에서 말하는 간통이나 불륜이 아니다. 자신의 연인을 빼앗은 히데코의 남편이야말로 간통자이고 매음 행위를 한 것이다.21)

요시노의 이와 같은 생각은 히데코의 남편이 살아 있다 하더라도 끝까지 싸워 자신들의 사랑을 쟁취하겠다는 투쟁의식을 내포하고 있으나, 히데코는 "죽는 것이야말로 영원히 사는 것이고, 그야말로 죽

---

21) 張赫宙(1948.3), 「罪の行方」(下編), 『時代』, p.57.

음의 승리"[22]라고 말하며 함께 죽기를 원한다. 요시노는 이러한 히
데코의 생각이 구리야가와 하쿠손(廚川白村) 박사[23]의 '연애지상론(戀
愛至上論)'을 "애정 없는 부부관계는 매음이고, 연애 없는 결혼은 인
생의 무덤이며, 연애야말로 영원한 지상의 미(美)"[24]로 해석하고 있
는데서 비롯된 것이라는 생각을 한다. 요시노 자신도 히데코를 진심
으로 사랑하고 있으므로 "무리하게 강제로 맺어진 결혼을 부정하고
보다 바른 삶을 위해 죽겠다"[25]는 그녀의 주장에 동조하면서도 뭔가
"중대한 잘못을 저지르고 있다"는 부정적인 생각에서 자유롭지 못하
다.

결국 히데코는 요시노가 직장을 잡기 위해 고향을 떠난 사이 그녀
의 남편이 돌아오자 목을 매어 자살한다. 이 사실을 알게 된 요시노
는 히데코를 죽게 한 것이 자신이라는 자책감으로 히데코가 목을 맨
나무에 올라 자살을 시도하였으나 실패로 끝난다.

이상과 같이 작가는 「죄의 결말」을 통해서 요시노와 히데코를 불
행의 구렁으로 내몬 외압의 실체에 대해 간접적으로 형상화하고 있
다. 특히 요시노를 기다리지 않고 혼자 목을 매어 자살한 히데코의
행동은 다양한 해석을 낳게 하는데, 이는 그녀의 죽음이 외압에 의
한 것이라기보다는 순수한 사랑의 내세적 실천을 위한 스스로의 확
신과 깊게 연관되어 있는 것처럼 생각되기 때문이다.

그렇지만 이들의 자유로운 사랑을 가로막고 죽음에 이르게 한 도

---

22) 위의 소설, 「罪の行方」(下編), p.61.
23) 1880~1923. 영문학자, 교토대학(京大) 교수, 서양문예의 소개와 근대사조의 해설
    에 공헌했다. 저서로 『近代文學十講』 『상아탑을 나와서(象牙の搭を出て)』 『근대의
    연애관(近代の戀愛觀)』 등이 있다.
24) 張赫宙(1948.2), 「罪の行方」(上編), 『時代』, p.63.
25) 위의 소설, 「罪の行方」(上編), p.63.

덕적인 사회규범을 일종의 '형식'이라 정의하고, "그 형식 때문에 몇
백 몇 천의 인간이 불행을 맛보고 있는지 모른다. 더구나 그 형식은
완미고루(頑迷固陋)하여 도저히 개선될 여지가 없으니 더욱 무섭다"[26]
는 작품의 내용을 통해서, 사랑을 전제로 한 결혼을 강조하려는 작
가의 집필 의도를 확인해 볼 수 있다.

2) 「미야의 범죄」와 인간의 숙명

「미야의 범죄」에서는 피할 수 없는 인간의 숙명을 그려내고 있다.
주인공 미야(ミヤ)는 시집온 지 삼일 만에 전장으로 떠난 남편의 전
사통지서를 받고 큰 충격에 빠진다. 그렇지만 "지금도 너를 며느리
로 원하는 곳이 있으니 하루속히 돌아오라"[27]는 친정어머니의 편지
를 받고 새로운 희망을 품게 된다.

그러나 이후 얼마 지나지 않아 전장으로 끌려간 작은 시아주버니
의 전사 소식에 충격을 받은 동서마저 사망하는 바람에 미야는 그녀
가 남긴 자식 셋을 떠안은 채 친정으로 돌아오지 못하는 처지에 놓
이게 된다. 부모를 모두 잃고 의지할 데 없는 어린 조카들이 친정으
로 떠나려는 미야를 붙들고 가지 말라며 애원하자 그녀는 "그렇다,
나는 이 아이들을 버려서는 안 된다"[28]는 결심을 하게 된다. 하지만
어린 조카들을 데리고 신사(神社)에 갔다가 아름다운 기모노 차림의
행복해 보이는 젊은 신부들을 본 뒤로는 그녀의 마음이 흔들린다.

---

26) 앞의 소설, 「罪の行方」(下編), p.57.
27) 張赫宙(1949.1), 「ミヤの犯罪」(第1回), 『地上』, p.57.
28) 위의 소설, 「ミヤの犯罪」(第1回), p.57.

　미야는 거무스레하게 불에 그을린 화로가에서 감자밥을 입에 밀어 넣고 있는 꾀죄죄한 자신의 모습에 마음이 어두워졌다. 자신이 짊어진 이 집의 짐이 부당하고 너무 무겁다는 생각을 떨치지 못하였다. 친정으로 돌아가면 자신에게도 밝은 세상이 기다리고 있는데, 그러자 문득, 넋두리하는 자신의 모습을 본다면 이 아이들이 얼마나 슬퍼하고 불안해할까라는 생각에 퍼뜩 정신을 차린다.29)

　미야는 이처럼 자신을 억누르는 갈등 속에서도 "어린 조카들이 성인이 될 때까지 이노우에(井上) 집안(시댁－필자)을 지켜내야 한다는 의무감"30)으로 하루하루를 버텨나간다. 그러나 생각지도 못한 많은 난관에 봉착하면서 좌절의 늪은 깊어만 갔으며, 늦은 밤에 찾아와 그녀의 젊은 몸을 요구하는 지주를 물리치는 일에는 고통을 넘어서는 공포를 느낀다.

　그런데 이보다 더 큰 미야의 고통은 도박꾼이자 건달인 큰 시아주버니가 그녀의 주변을 맴돌며 관계를 요구하는 것이었다. 평소에 남묘호렌게쿄(南無妙法蓮華経)31)를 믿고 있던 미야는 주문의 힘으로 죽은 동서의 혼과 접신하여 "시아주버니는 업마(業魔)로서 미야와는 전생의 나쁜 인연이 현세에 얽혀있으므로 열심히 주문을 외워야한다"32)는 말을 듣는다. 그러나 세심한 경계에도 불구하고 큰 시아주버니에게 겁탈을 당하고 만 미야는 잠든 그의 목에 가위를 꽂아 살해한다. 그리고 "전생의 악연을 현생에서 해결하지 못하고 내세로 이끌고 가게 된 안타까운 마음"33)을 주체하지 못한 채 목 놓아 운다.

---

29) 張赫宙(1949.2),「ミヤの犯罪」(第2回),『地上』, p.61.
30) 위의 소설,「ミヤの犯罪」(第2回), p.63.
31) 원래는 일연종(日蓮宗)에서 법화경(法華經)에 귀의하는 뜻으로 외는 말이나, 작품에서는 지방의 사이비 종교 집단을 가리키는 의미로 사용되고 있다.
32) 張赫宙(1949.3),「ミヤの犯罪」(第3回),『地上』, p.63.

이처럼 작품에서는 젊은 여주인공 미야의 비극적인 삶이 갈 곳 없는 어린 조카들을 보살피려한 숭고한 희생정신에 의해 초래되었다는 점과, 이러한 그녀의 휴머니즘적 행동은 인간에 대한 사랑과 믿음에 바탕을 두고 있음을 강조한다. 일제의 패전 전후라는 생존을 위한 에고이즘이 활개를 치고 있던 시기였음에도 불구하고, 이와는 상반된 입장에서 삶의 가치를 실현하려 한 젊은 여인의 운명을 그려내고 있는 것이다.

그리고 주인공 미야를 둘러싸고 일어나는 사건을 통해서 전생과 현생, 그리고 내세의 관계를 형상화하고 있는데, 일종의 운명론적인 입장에서 내용이 전개되고 있음을 알 수 있다. 미야가 죽은 자의 영혼과 접신하여 대화를 나눌 뿐만 아니라, 자신과 시아주버니의 악연을 전생의 업보에 의한 것으로 단정하는 등의 미신적인 행동에도 불구하고, 작품에 묘사되는 그녀의 언행은 현실적인 인간의 삶과 밀접하게 상응하면서 인생의 진정한 의미에 대한 의문을 제기하고 있다 하겠다.

3) 태생적인 바람기를 형상화한 「지옥의 여자」

「지옥의 여자」는 선천적인 남성편력을 지닌 여성의 삶을 그려내면서도, 그녀의 불행한 삶은 "불운한 운명을 타고난 숙명(悪い星に生まれた一つの宿命)"[34]에 있다는 인식을 담아내고 있다. 작품은 사다코의 먼 친척(8촌)이 되는 아내를 둔 소설가 '나(私)'의 관찰자 시점으로 전개되는데, 자칫 어둡고 음란하게 흐를 수 있는 내용임에도 불구하고

---

33) 위의 소설, 「ミヤの犯罪」(第3回), p.64.
34) 앞의 소설, 「地獄の女」, p.47.

경쾌한 필치와 적절한 유머를 구사하여 주인공 사다코의 언행을 비교적 밝게 묘사하고 있다는 특징을 지닌다.

사다코의 바람기(浮氣)는 초등학교 5학년 시절부터 문제로 부각되어 여러 차례 물의를 일으켰으나 아직 어린 소녀라는 이유로 쉽게 무마되곤 하였다. 그러나 고등학교 2학년 때에는 본격적으로 가출하여 버스 차장으로 일하다가 운전수와 동거를 시작하였으며, 졸업 직후에는 주유소 주인과 눈이 맞아 그의 본부인을 쫓아내고 결혼을 하였다. 그런데 주유소는 사다코가 들어온 이후로 몰락의 길을 걷기 시작한다.

> "이 사람은 말이죠, 아침이건 대낮이건 일단 하고 싶다는 말을 꺼내자마자 이불을 편다니까요. 손님이라도 오면 참으로 곤란합니다. 오늘 아침도 말이죠, 절대 안 된다고 타일렀더니 샐쭉해져서 밥그릇을 던지고 창호지문을 발로 찼단 말입니다."[35]

뿐만이 아니라, "쓰레기가 쌓인 부엌의 개수대에는 구더기가 들끓고, 주유소 앞은 매우 불결"[36]한 상태였음에도, 사다코의 관심사는 오로지 성적욕망을 충족시키는 일에만 집중된다. 그리고 아이를 낳은 뒤에는 낭비가 더욱 심해졌으며, 남편이 이를 탓하자 가출한 뒤 윤락가의 카페에 눌러앉았다. 이후 아이까지 데려갔다가 6개월 쯤 지나자 초췌한 모습으로 친정에 들어갔다.

사다코 모친의 간곡한 청을 거절하지 못한 아내는 그녀를 소설가인 '나'의 집의 식모로 받아들인다. 그런데 얼마 지나지 않아 서재에

---

35) 위의 소설, 「地獄の女」, p.40.
36) 위의 소설, 「地獄の女」, p.40.

서 혼자 자는 나의 이불 속으로 기어들어왔으며, 이를 눈치 챈 아내에게 쫓겨나면서도 "'내 방은 무서워서 혼자 잘 수 없었어요'라는 능청을 떨뿐 미안한 얼굴"37)을 하지 않는다. 그리고 식모로 들어온 이후에도 시장에서 알게 된 고학생, 술 배달 종업원 등과 복잡한 교제를 하다가 이들이 집안에서 싸움을 벌이기도 하였으므로 아내는 결국 사다코를 내보내게 된다.

그런데 6개월 쯤 지난 뒤에 찾아온 사다코는 비누공장에 취직했으며 그곳에서 만난 남자와 결혼했다는 말을 한다. 그리고 얼마 지나지 않아 그 남자는 징집되어 전장으로 나갔으며, 사다코가 바람을 피우지 못하도록 자주 편지를 보내왔다. 그러나 사다코는 같은 직장에 근무하는 신지(信二)라는 남자와 다시 결혼을 하여 아내와 나를 긴장시켰지만, 전 남편의 전사통지서가 날아들어 이 문제는 해결된다.

신지와 결혼한 사다코는 돈을 모으려는 일념으로 남편의 식사까지 줄인데다가 지나친 성욕으로 그의 몸을 망치고 만다. 이 때문에 그동안 모은 돈을 모두 소비하고 자신은 부업으로 어떻게든 신지의 건강을 회복시키고자 노력한다. 그러나 이러한 노력에도 불구하고 신지는 죽고 말았는데, 40대의 도메키치(留吉)라는 건달패가 사다코의 남편인양 거들먹거리며 장례식에 찾아온다. 사다코는 이미 도메키치를 자신의 새로운 결혼상대로 선택해 놓고 있었던 것이다.

사다코와 결혼한 도메키치는 징집되어 일하던 군수공장의 물자를 빼내어 모은 돈으로 사업을 일으키는 등 행복한 가정을 꾸리기 위해 나름의 노력을 기울였으나, 사다코가 그의 거래처 남자와 뒹굴고 있는 장면을 목격하고는 그녀의 목을 졸라 살해하고 만다.

37) 위의 소설, 「地獄の女」, p.41.

그런데 작중의 관찰자인 '나'는 사다코를 사랑한 남자들 모두에게 "남자의 순정(男の純情)"이 있었음을 깨닫고 "사다코라는 여자의 행복"[38]을 느낀다. 즉 사다코가 상대했던 남자들 모두가 그녀를 사랑했으므로 행복한 여자였다는 결론을 내리고 있는 것이다. 이는 사다코가 빈번히 다른 남자로 교제 상대를 바꾸어 갔지만 각각의 남자들에게 자신의 매력을 충분히 발산하고 있었음을 말하는 것이고, 사다코 역시 오래가지는 않았지만 상대의 남자에게 매번 사랑의 감정을 느끼고 있었다는 것을 의미하기 때문이다. 그런 의미에서 사다코는 행복한 여성이었다고 말 할 수 있을 것이다. 그리고 자신의 감정을 숨김없이 드러내는 사다코의 성격과 행동은 사회의 도덕적 규범에 얽매여 편견의 대상으로 전락할 수밖에 없었지만, 뭇 남성들의 관심을 끄는 원동력으로 작용하기도 했던 것이다.

그러나 '나'는 사다코가 사랑하는 사람의 손에 죽을 수밖에 없었던 '불행한 운명을 타고난 존재'라고도 말하고 있는데, 이러한 인식은 그녀의 진솔한 성격과 삶이 인간사회의 관습에 의해 재단됨으로써 악의 화신으로 전락하는 현실에 대한 직시에서 비롯되고 있음을 알 수 있다. 결국 사다코는 자신의 감정에 충실한 삶을 살았을 뿐이므로, 잘못을 찾는다면 인간이 지닌 다양한 감정을 포괄하지 못하는 작금의 사회규범에서 찾아야 한다는 것이 작가의 집필 의도라 할 수 있을 것이다.

이처럼 「지옥의 여자」에서는 태생적으로 남성편력을 지닌 여성의 삶을 통하여 작금의 인간사회를 유지하고 있는 도덕적 규범의 실질적인 가치에 대한 의문을 제기하고 있는 것이다.

---

38) 위의 소설, 「地獄の女」, p.47.

4) 인간으로서의 가치를 추구한 「천녀의 목소리」

「천녀의 목소리」는 전쟁의 후유증으로 신체 및 정신적인 피로감에 시달리는 주인공 쇼지(庄次)가 가족들의 반대로 사랑하는 여인 요시에(良江)와 결혼하지 못하고, 애초부터 정부가 있었던 지즈루(千鶴)와 결혼하면서 초래된 불행과 이의 극복을 그려낸 작품이다.

쇼지는 징집되어 만주에 파병되었다가 겨우 목숨만 부지한 채 돌아온 이후 자신의 고향인 H시와 인근의 K시를 연결하는 버스의 기사로 근무하게 된다. 그리고 외모는 보잘 것 없지만 버스의 차장으로 일하는 요시에(良江)의 착한 마음씨에 호감을 가지게 된다. 특히 출발을 알리는 그녀의 '오라이-'라는 맑고 정겨운 목소리가 '큰 얼굴과 떡 벌어진 어깨, 그리고 두꺼운 몸통과 얼굴의 붉은 점' 등의 결함을 해소시키는 '천녀의 목소리'로 울려 퍼질 때마다 핸들을 잡은 그의 마음은 행복으로 가득하다. 따라서 쇼지는 요시에를 신부로 맞이하고 싶다는 생각을 가지고 있었다.

그렇지만 마음이 여린 쇼지는 요시에의 집안 내력에 불신을 가진 형 추타(忠太)의 주선으로 육감적이고 백옥 같은 피부를 지닌 지즈루와 결혼하게 된다. 그런데 지즈루는 쇼지에게 그녀의 몸을 허락하지 않았을 뿐만 아니라, 그가 출근한 사이에 자신의 정부를 불러들여 정을 통하곤 하였다. 낮에 잠깐 집에 들른 쇼지는 결국 이들의 불륜을 알아차리게 되었고, 그 충격으로 버스가 전복되는 사고를 일으켜 실명하고 만다.

절망에 빠져 자살을 생각하기도 했던 쇼지는 요시에의 극진한 간호 덕분에 안마사라는 새로운 삶을 개척하게 되었으며, 힘차게 자전거 페달을 밟는 요시에의 허리를 안고 일터로 향하던 쇼지는 그녀가 입은 스웨터의 색깔이 초록색이라는 것을 느낀다. 즉 광명을 되찾게 된 것이다.

작품에서는 쇼지가 맞이한 불행이야말로 자신의 의지와 관계없이 맺어진 결혼에 의해 초래되고 있음을 강조한다.

> "제수씨가 너무 빈상이어서는 사람들에게 소개할 기분이 나지 않는다" 며 형은 자신이 지즈루와 결혼하는 것처럼 의욕적이었다. 집안의 품격과 재산으로 해도 손해 갈 것이 없었다. 그러한 조건이 제일 중요한 것이었고, 본인의 행동과 성질은 둘째 문제였다.[39]

이처럼 작품에서는 착한 청년이 자신의 의지와 상관없는 결혼으로 인해 인생의 파멸을 맞이했으나 그를 진정으로 사랑했던 여인에 의해 구제된다는 내용을 그려냄으로써, 구습에 의한 결혼의 문제점을 고발함과 동시에 사랑을 전제로 한 결혼이 갖는 의미를 되새기게 만든다. 물론 그 이면에는 쇼지의 신체 및 정신적 손상을 가져온 전쟁에 대한 비판적 시각이 토대로 작용하고 있음은 물론이다.

일제의 패전 이후에 집필된 이상과 같은 네 편의 단편 「죄의 결말」, 「미야의 범죄」, 「지옥의 여자」 및 「천녀의 목소리」는 전쟁이라는 폐허를 살고 있거나 이로 인한 상흔을 안고 있는 등장인물의 삶을 통하여 각각의 인생이 지니고 있는 의미를 탐구하고자 한다. 이들 작품은 작가의 집필 의도를 거의 드러내지 않으면서 현실적으로 공감할 수 있는 자연스런 형태로 전개되고 있는 까닭에, 독자들 역시 특정한 목적의 이데올로기를 느끼는 일 없이 작품의 내용을 통해 인생의 의미를 되새길 수 있는 기회를 갖게 된다. 즉 장혁주의 순문학 집

---

39) 앞의 소설, 「天女の聲」, p.244.

필에 대한 염원은 나름의 성과를 거두고 있다고 평가 할 수 있을 것
이다.

5. 맺음말

이 글에서는 장혁주의 작품들이 대부분 민족문제를 다루거나 일제
에 영합한 정치적인 것 내지는 자전적 작품을 통해 스스로의 삶의
회한을 담아내고 있다는 일반적인 인식과는 다르게, 순문학에 대한
나름의 염원을 담아내고 있는 「죄의 결말」, 「미야의 범죄」, 「지옥의
여자」 및 「천녀의 목소리」에 대한 고찰을 시도하였다. 일본으로 귀
화하기 이전의 장혁주라는 필명 시기는 물론이고 귀화 이후의 노구
치 가쿠추(野口赫宙) 시기에도 순문학적 경향의 작품이 없는 것은 아
니지만, 이들 네 편의 단편과 같이 민족 내지는 정치・사회적 이데
올로기를 드러내지 않으면서 인간의 존재 가치를 추구한 경우는 없
다고 할 수 있다.

일제의 패전 이후에 쓰인 이들 순문학적 작품은 그동안의 친일적
인 글쓰기에 대한 반성의 일환이라 볼 수도 있을 것이나, 일본으로
귀화한 이후에는 일본인 작가로서의 주체성을 강조하려는 듯이 사회
참여적인 성격의 작품과 생활의 방편으로서의 추리소설 집필에 몰두
하였으므로, 장혁주의 문학 중에서도 매우 진귀한 작품이라 하지 않
을 수 없다.

이들 작품의 공통적인 특징은 전쟁이라는 폐허 속에서 궁핍한 삶
을 영위하는 인간군상에 초점을 맞춤으로써, 보다 원초적인 인간의

욕망이 드러나는 환경에서 인간의 삶의 가치와 진실을 밝히고자 노력하고 있다는 점이다. 그리고 이러한 작품을 통해 등장인물들의 다양한 인간적인 삶에 대한 고뇌를 현실감 있게 그려내고 있다는 점에서 작가적 노력과 그 성과를 인정하지 않을 수 없다.

  결과적으로 장혁주의 이와 같은 순문학적 작품의 존재는 친일작가 내지는 변절하여 일본으로 귀화한 작가라는 단순한 인식에서 탈피할 수 있는 문학적 뒷받침으로 작용할 수 있다는 점에서도 매우 소중한 자료라 하지 않을 수 없으며, 이 글의 가치 역시 이러한 점에서 찾을 수 있을 것이다.

제3부 한국전쟁에 대한
취재활동과 작품

6·25 전쟁에 대한 장혁주의 현지르포와 민족의식

1. 머리말

일제의 패전을 접한 장혁주는 『고아들(孤兒たち)』(1946), 『젊은 여자(若い女)』(1948), 단편집 『사람의 선함과 악함(人の善さと惡さと)』(1947) 등과 같이 패전의 처참한 폐허 속에서 살아남기 위해 애쓰는 일본의 소시민을 휴머니즘적인 입장에서 그려내거나, 『은혜를 갚은 제비(恩を返したツバメ)』(1949)와 같은 한국의 전래동화를 일본어로 번역소개하기도 하고, 英親王의 半生을 그린 『비원의 꽃(秘苑の花)』(1950.3)을 출간하는 등 작가로서의 새로운 행보를 모색하였다.[1]

그러던 중 6·25전쟁이 발발하자 1951년 7월에 매일신문사(每日新聞社)의 후원으로 한국에 건너와 취재활동을 벌인 뒤 동족상잔의 비극을 담은 작품 『아ー 조선(嗚呼朝鮮)』(1952.5)을 출간하였으나 같은 해 10월에 일본으로 귀화한다. 그리고 1952년 말에 다시 한국을 찾아 취

---

1) 김학동(2008.5), 「張赫宙의 『아ー 조선(嗚呼朝鮮)』『無窮花』론－6·25전쟁의 형상화에 엿보이는 작가의 민족의식」, 『일본학연구』 제24집, 단국대학교 일본연구소, p.326.

재한 내용을 바탕으로 『無窮花』(1954)를 집필하였다. 이 두 작품은 무고한 양민의 희생을 초래한 정치적 이데올로기의 대립을 비판적인 시각에서 그려낸 민족적인 작품이라 할 수 있다.[2]

6·25를 소재로 한 장혁주의 작품은 장편뿐만이 아니라 여러 단편이 존재하고 있으며, 이들 작품에서 사용된 소재의 대부분은 많은 양의 르포 및 기사에서도 확인된다. 즉 장혁주의 6·25와 관련된 소설은 거의 모두 르포나 기사의 형태로 먼저 작성된 사실들을 소재로 삼고 있는 것이다. 이러한 르포와 기사 형태의 글에는 현장의 생생한 정보와 함께 작가 자신의 견해도 담겨 있어서, 6·25에 대한 작가적 태도와 인식을 확인해 볼 수 있는 귀중한 자료라 할 수 있다. 그렇지만 그와 같은 자료의 존재만 풍문으로 전해지고 있었을 뿐, 그 내용에 대한 구체적인 검토나 확인은 아직까지 이루어진 바가 없는 실정이다.

그러므로 이 글에서는 장혁주가 신문과 잡지 등에 투고한 6·25관련 르포[3]의 존재를 구체적으로 밝히고, 그 내용의 고찰을 통하여 조국의 참상에 대한 작가의 내면적 고뇌와 동족애를 확인해보고자 한다. 또한 여러 위험을 무릅쓰고 6·25의 취재를 감행한 동기와 이에 대한 조국의 부정적인 반응에서 비롯된 것으로 보이는 이방인의식에 대해서도 살펴보고자 한다.

---

2) 김학동(2008.10), 『張赫宙의 일본어 작품과 민족』, 국학자료원, p.14.
3) 장혁주는 6·25와 관련된 취재 내용을 신문과 잡지 등에 투고 하였는데, 그 형식은 르포나 감상문, 소설 등의 형태를 띠고 있다. 이 글에서는 이들을 총칭하여 '르포'로 부르고자 한다.

2. 6·25를 소재로 한 르포

장혁주는 일제말기의 친일행적에 대한 부담으로 해방된 조국에 들어올 엄두를 내지 못하였지만, "솔직히 말해서 나는 조선의 문학을 위해 힘껏 일하고 싶다. 그렇다고 20권의 저작을 남긴 일본문단을 떠난다는 것은 괴로운 일이다"[4]라는 말을 통해서 내심 한국에서의 활약에 기대를 품고 있었음을 알 수 있다. 또한 「일본국민에게 보낸다(日本國民に寄せる)」라는 글에서는 일제의 여러 정책이 잘못되었음을 조목조목 열거한 뒤 "식민지 정책이 실시되던 당시의 비참한 조선의 상황은 생각만 해도 의분을 금할 수 없다"[5]며 일제의 식민통치에 대해 신랄한 비판을 가하기도 한다.

이와 같이 패전 직후의 장혁주는 조국에 돌아갈 수 있을지도 모른다는 희망을 지닌 채 일제를 비난하며 작가로서의 재기를 꿈꾸고 있었다. 그렇지만 이내 재일조선인들의 친일협력자에 대한 협박과 보복이 시작되었고 장혁주 역시 그 대상의 한 사람이었다.[6] 그런데 이처럼 과거의 친일행적으로 전전긍긍하던 장혁주는 조국에서 6·25전쟁이 일어나자 새로운 전기를 맞게 된다.

1951년 7월과 1952년 10월에 신문과 잡지사의 특파원 자격으로 6·25를 취재하기 위해 한국을 방문한 장혁주는 그 내용을 신문과 잡지 등에 기고하거나 소설 창작의 소재로 삼아 많은 저작을 남겼는데, 대표적인 <르포·기사>[7]는 다음과 같다.

---

4) 張赫宙(1945.10.23), 「噫, 朝鮮の運命(下)」, 『東京新聞』.
5) 張赫宙(1946.3), 「日本國民に寄せる」, 『創建』, p.14.
6) 당시의 사정은 자전적 단편 「脅迫」(『新潮』, 1953.3)에 잘 묘사되어 있다.
7) 장혁주의 6·25관련 르포와 기사의 제목은 김학동 「장혁주 문학과 6·25에 직면한

- 「조선민족의 성격(朝鮮民族の性格)」, 『每日情報』, 1950.9.
- 「한국의 유적 파괴를 염려한다(韓國遺跡の破壞を憂う)」, 『每日情報』, 1950.9.
- 「조선의 농민(朝鮮の農民)」, 『農民文學』, 1951.9.
- 「조국 조선으로 날아가다－제1보(祖國朝鮮に飛ぶ)」, 『每日情報』, 1951.9.
- 「고국의 산하(故國の山河)－제2보」, 『每日情報』, 1951.11.
- 「허덕이는 한국(喘ぐ韓國)」, 『明窓』, 1951.7.
- 「조국 조선의 고뇌(祖國朝鮮の苦惱)」, 『地上』, 1952.2.
- 「계속되는 한국의 불안(韓國の不安はつづく)」, 『地上』, 1952.11.

그런데 6·25를 소재로 한 장혁주의 소설 중에서도 「부락의 남북 전(部落の南北戰)」(1952.4)과 「눈(眼)」(1953.10)은 작가 자신이 직접 등장하는 자전적 르포의 형식을 띠고 있는데, 특히 「눈」의 경우는 소설임에도 불구하고 다른 르포와 마찬가지로 자신의 생생한 체험을 보고 형식으로 전달하고 있다는 특징을 지닌다.

또한 일제의 패전에도 불구하고 한국(조선)에 남겨진 日本人妻들의 6·25로 인한 고통을 「異國의 아내」, 「부산항의 파란 꽃」, 「부산의 여간첩」이라는 세 편의 단편으로 그려내었는데, 장편 『아－조선』과 『無窮花』에 못지않은 휴머니즘적 자세로 그녀들의 참상을 사실적으로 그려내고 있다.

이상과 같은 소설들은 작가가 한국을 방문하여 취재한 내용을 바탕으로 하고 있다는 공통적인 특징을 지니고 있으며, 그 내용의 대부분은 르포 형식으로 일본의 신문이나 잡지에 게재된 기사와 일치한다. 이와 같은 현상은 작가가 먼저 특파원 신분으로 6·25를 취재

日本人妻들의 수난」, (『인문학연구』, 2008.12)에서도 언급한 바 있으나, 구체적인 고찰은 이 글에서 비로소 시도하게 되었다.

하여 일본으로 기사를 보낸 뒤 나중에 이들 내용을 소재로 소설 창
작에 임했기 때문으로 보인다.

이와 같이 장혁주의 6·25전쟁과 관련된 르포는 많은 소설의 창작
소재로 활용된 사실로서의 기록임과 동시에, 동족상잔의 비극에 대한
진지한 작가적 시선을 확인해볼 수 있는 중요한 자료라 할 수 있다.

3. 6·25전쟁 관련 르포의 내용과 특징

6·25를 취재한 장혁주의 르포는 1951년 7, 8월에 매일신문사의
후원으로 한 달 남짓 한국을 방문했을 때와, 잡지 부인구락부(婦人俱
樂部)의 특파원 자격으로 1952년 10월 19일부터 28일까지 서울 등을
취재 보고한 시기를 경계로 그 내용을 달리한다.

1) 한국 방문 이전의 기사 등의 내용과 특징

장혁주가 한국을 방문하기 이전에 집필된 6·25관련 기사는 「조선
민족의 성격」(1950.9)과 「조선유적의 파괴를 염려한다」(1950.9), 그리고
「조선의 농민－조국의 전란을 생각한다」(1951.9)가 있다. 「조선의 농
민」은 발표 일자가 작가의 한국방문보다 늦게 되어 있으나, 내용으
로 보아 한국 방문 이전에 투고한 것으로 보인다. 이들 기사는 6·25
전쟁이 시작된 직후에 조국에서 들려오는 소식에 의존하여 집필한
것으로 현실감이 떨어지는 관념적인 내용이 많다.

「조선민족의 성격」은 북한군의 전면적인 남침을 호전적인 고구려

의 성격과 연결시켜 논하면서, "시작은 좋지만 마무리가 나쁘다"거나 "개인은 강하고 단체는 약하다"(46)[8]와 같은 조선인을 비하하는 말들이 잘못되었음을 새롭게 인식했다는 내용을 담고 있다.

> 나는 조선인의 성격에 대해 많은 경우 결점만을 보고 있었다는 것을 느끼고 동포 제군에게 사죄하고 싶은 심정이다. 종래의 나의 조선인관은 자신이 조선인이면서 너무 냉담하고 객관적이었다는 아쉬움이 있다.(43)

북한군의 "강한 군사력"과 역사적으로 조선인에게서 찾아보기 힘들었던 "진격전법"에 놀라움을 금치 못한 작가의 감상을 적은 글로서, 과장스런 감정의 표출이 매우 어색하다. 또한 일제 말기부터 끊임없이 조선민족의 결점을 들추어내온 작가의 시선이 북한군의 진격소식에 호의적으로 바뀌었다는 것도 미덥지 못하다.

작가는 이에 그치지 않고 "나는 북한군에 편들 생각은 없지만, 민족의 결함을 완전히 극복하고 마치 다른 민족인 것처럼 움직이는 것에 주목해도 좋다고 생각한다"(47)와 같은 말로 북한군에 대한 찬사를 아끼지 않는다. 전쟁으로 신음하는 조국의 동포들은 안중에 없고 북한군의 진격소식에 대한 단편적인 감상의 기술에 그치고 있다 하겠다.

「조선유적의 파괴를 염려한다」에서는 소학교 시절에 오사카 긴타로(大阪金太郞) 교장[9] 덕분에 갖추게 된 역사유물에 대한 자신의 식견

---

8) 이 글 제III장의 ( ) 안의 숫자는 앞장에서 예시한 <르포·기사>의 목록 중에서 해당하는 르포나 기사의 내용이 게재된 잡지 등의 쪽수를 가리킨다. 이하 같음.
9) 장혁주가 경주 계림보통학교 3학년 재학 중에 부임해 온 교장으로, 경주 일대의 고적답사에 작가를 데리고 다니는 등 큰 관심과 사랑을 보였으며, 작가 자신은 이 때 역사유물에 대한 식견을 갖추게 되었다는 내용이 여러 자전적 작품에서 확인된다.

을 피력한 뒤, "몽고군의 내습으로 불탄 황룡사와, 가토 기요마사(加藤淸正)가 불태운 불국사 본당이 너무 안타깝다"(41)는 표현 등으로 조선의 문화재에 대한 애착을 나타내기도 한다.

그러나 "당나라에 침략당하고, 신라에 의해 토벌되고, 대륙으로부터 빈번히 침략당한 백제와 고구려의 유물은 경주의 그것과는 비교가 되지 않을 정도로 빈약하다."(42)는 인식을 토대로 경주의 유적과 유물을 소개하는 데 치중한다. 그리고 "(경주의) 남산을 북한군이 전략기지로 삼는다면 이상에서 언급한 예술품은 흔적도 없이 사라질 것이다"(43)와 같은 우려를 담아낸다.

그러므로 이 글은 6·25전쟁으로 인한 조선 문화유적의 파괴를 염려하는 한편으로, 경주의 역사유적에 대한 작가의 높은 식견을 피력한 글이라 하겠다. 결국 「조선유적의 파괴를 염려한다」는 한반도에서 있었던 전쟁의 역사를 통해서 파괴된 유적들을 되돌아보며 이번 전쟁으로 또 다시 많은 유적이 파괴될 것이라는 우려를 담아내는 데 그치고 있다.

「조선의 농민」 역시 6·25전쟁의 참상을 전달하는 외국잡지의 사진에 실린 조선농민의 "완전히 체념한 모습"을 보고 느낀 심정을 한국의 과거역사와 결부시켜 논한다.

> 서적이나 노인들에게 들은 이야기로는 이조시대의 농민들도 마찬가지로 그저 체념하고 살 수밖에 없는 암담한 생활이었다고 한다. (…중략…) 하물며 고려, 신라, 그 이전의 귀족과 수장(首長)시대에 있어서는 말해무엇하겠는가.(31)

여기에서도 작가는 고대부터 끊임없는 억압과 박해 속에서 허덕여

온 한국 농민들이 전쟁으로 또 다시 나락의 구렁으로 떨어져 간다는 감상을 피상적으로 기술하고 있을 뿐이다. 그런 한편으로 "불행한 일이지만 남북이 다시 이분되더라도 무기를 가지고 무리하게 남북 통합을 시도하지 않기를 바란다"(32)는 말로써, 전쟁을 통한 조국과 민족의 통합에 부정적인 인식을 밝히기도 한다.

그런데 이 글을 실은 잡지는『농민문학』창간호로서, 이러한 한국에 비하면 "일본의 농촌은 얼마나 행복한가"(31)라는 언급을 하고 있는 바, 일본 농민의 용기를 북돋기 위한 목적으로 집필되었다는 인상을 주기도 한다.

이상과 같이 한국으로 취재를 떠나기 전에 집필된 6·25관련 기사들은 전쟁으로 인한 동포들의 고통과는 거리가 먼 피상적이고 관념적인 내용으로 일관하고 있다는 특징을 지닌다.

2) 첫 번째 한국 취재(1951.7~8) 이후의 르포

이 시기의 르포는「조국 조선으로 날아가다－제1보」(1951.9),「고국의 산하－제2보」(1951.11),「허덕이는 한국」(1951.7),「조국 조선의 고뇌」(1952.2),「부락의 남북전」(1952.4)이 있다. 이 중에서 본격적으로 한국전쟁의 현장을 취재하여 보고한 글은 제1보와 제2보로 나누어 게재된「조국 조선으로 날아가다」와「고국의 산하」라 할 수 있다.

(1)「조국 조선으로 날아가다」의 구성과 내용

「조국 조선으로 날아가다」는 <어머니의 나라로(母なる國へ)>, <하네다 공항에서(羽田空港で)>, <양씨의 이야기(梁氏の話)>, <부산에 도

착하다(釜山に着く)>, <극심한 혼잡(物凄い雜踏)>, <두 종류의 난민(二種類の難民)>, <김의석씨의 이야기(金義錫氏の話)>, <어느 소년의 이야기(ある少年の話)>, <안 집사의 이야기(安執事の話)>, <용두산의 난민부락(龍頭山の難民部落)>과 같이 10장으로 구성된 비교적 긴 내용의 르포이다.

<어머니의 나라로>에서는 "죄인의식으로 조국의 땅을 밟는다"며 작가 자신의 친일행적에 대한 부담감을 토로하고, 전장인 한국으로 향하는 각오를 밝힌다.

> 나의 이번 여행은 정규의 왕복여행이 아니다. 한국에 귀국하는 신분으로 편도만의 여권을 소지했을 뿐이다. 다시 일본에 돌아올 수 없을 지도 모르지만, 어찌되었든, 가서, 보고, 그리고 조사할 것이다. 그리하여 절망한 많은 사람들과 함께 울며 지내고 싶다.(6)

일본에는 작가만을 믿고 의지하는 처자가 있었음에도 돌아오지 못할 지도 모르는 한국으로 취재를 떠나기로 결심한 것은 "곤경에 처해있는 동포들의 호소를 대변해야 한다는 절실한 열망"(6)에 바탕을 둔 사명의식에 의한 것이라고 작가는 말한다. 그렇지만 조국에 버리고 온 가족에 대한 회한이 한국행을 결심한 결정적인 동기가 되었음을 토로한다.

> 나는 조국을 배반함과 동시에 생모와 전처, 그리고 그 사이에 태어난 자식들에게도 원한의 아비였고 자식이었다. 복잡하게 얽힌 정신적인 사정이 있어서 그들을 조선에 버렸다. 이에 대해서는 소설의 형식을 빌리지 않으면 정확하게 쓸 수 없고 언젠가는 쓸 것이다.(6)

장혁주는 실제로 얼마 지나지 않아 『편력의 조서(遍歷の調書)』(新潮社, 1954)라는 자전적 작품을 집필하여 조선에 버리고 온 가족에 대한 회한을 담아냈는데, 자식들에 관한 내용을 전혀 언급하지 않는 등 과거에 대한 철저한 고백에는 이르지 못하고 있다. 그렇지만 르포를 통하여 "(조선의 가족들이) 작가가 보낸 생활비로 생활하고 있었다"라든가, "전처가 죽음에 임하여 자신을 찾고, 생모가 이 세상에 하직을 고하는 괴로움 속에서 자신을 불렀음에도 가지 못했다"는 내용의 고백을 하고 있을 뿐만 아니라, 그동안 알려지지 않았던 조선의 자식들에 대해서도 밝히고 있다.

> 두 사람이 사망한 이후의 가정은 장남이 꾸려가다가 여동생 둘을 데리고 경성으로 올라간 직후에 6·25가 일어났다. 그는 공산군에 잡혀서 죽고, 여동생 둘은 남쪽으로 도망쳐서 친척집을 전전하다가 쫓겨나 방황하던 중에 큰 아이가 폐병에 걸리고 말았다. 부친이 일본에 건재해 있음에도 그 자식들이 거지노릇을 하고 있는 것이다.(6)

장성한 자식들에 대한 이상과 같은 언급은 장혁주의 모든 저작을 통해서 유일한 것으로 작가 연구에 있어 매우 중요한 정보라 할 수 있다. 이와 같이 장황한 서두는 위험을 무릅쓰고 취재를 감행한 내면적인 이유를 밝히고자 한 것이겠지만, 작가의 조선에 두고 온 가족에 대한 회한과 고뇌를 짐작하고도 남음이 있다.

<하네다 공항에서>와 <양씨의 이야기>는 일본의 하네다(羽田) 공항에서 국회 외무위원장이며, 연합신문사의 사장인 대구고보 동기생 양우정(梁又正) 씨를 만나 대화한 내용을 담고 있다. 부산으로 향하는 비행기 안에서 이승만 찬양에 여념이 없던 양우정이 "당신도 조국을

위해 봉사할 절호의 기회입니다"(9)라는 말을 하자, 장혁주는 "물론입니다. 조국이 저를 거부하지 않는 한"과 같이 대답했다는 내용도 들어 있다. 이승만 정권의 핵심 인물 중의 하나인 양우정의 말에 어느 정도의 진실성이 담겨 있었는지 알 수 없지만, 가능하다면 조국에서 일하고 싶다는 작가의 소망이 엿보인다.

<부산에 도착하다>, <극심한 혼잡>, <두 종류의 난민>, <용두산의 난민 부락>은 피난민으로 넘쳐나는 부산 일대를 취재하면서 느낀 작가의 감상을 적고 있다. 피난민의 남루한 복장과 혼잡한 부산 시내의 풍경, 상점에 진열된 미국과 일본의 상품들을 소개하거나 용두산을 가득 매운 난민들의 비참한 움막생활을 전한다. 그러면서도 텐트를 친 간이 학교에서 공부하고 있는 어린이들의 모습을 통해 조국의 미래에 대한 희망을 찾으려 한다.

> 이와 같은 환경에도 불구하고 열심히 토의하고 수학하는 모습이 아름답고 밝게 보였다. 나는 자신도 모르게 눈시울을 붉히고 살며시 손수건을 눈가에 대었다. 아까부터 참고 있던 눈물이 이참에 한없이 흘러내렸다. (…중략…) 이 희망이 엿보이는 소년들의 모습에 나는 울었다.

좁고 남루한 텐트 안에서 굶주렸지만 밝고 힘찬 모습으로 공부에 열을 올리고 있는 어린 소년들에 대한 연민의 감정과 함께 희망을 찾고자 하는 작가의 심정이 잘 나타나 있다. 장혁주는 외국잡지를 통해 전해지던 피상적이고 타자적인 조국의 전쟁소식에 불만을 느끼고 이를 해결하기 위해 자신이 직접 조국을 찾게 되었다고 밝힌 바(6) 있는데, 인용문을 통해 알 수 있듯이 동족애 가득한 필치로 주체적인 기사를 작성함으로써 당초의 목적은 충분히 달성된 것으로 보인다. 이와 같은 주체적인 입장은 장혁주의 6·25와 관련된 많은 저작에서 확인되는 특징이라 하겠다.

끝으로 <김의석씨의 이야기>, <어느 소년의 이야기>, <안 집사의 이야기>는 기독교 신자만을 수용하고 있는 부민동(富民洞)교회를 방문하여 그들로부터 들은 전쟁체험 이야기를 수록하고 있다. 그런데 기독교인인 이들의 체험담은 인민군에 의한 탄압의 고통이 중심을 이루고 있어서 북한의 공산정권에 대한 부정적인 시각으로 일관하고 있다는 특징을 지닌다.

이상과 같은 내용을 담고 있는 「조국 조선으로 날아가다」의 말미는 "제1보는 부산 주변을 중심으로 하였다. (…중략…) 정부의 수속이 끝나는 대로 나는 북으로 갈 작정이다"는 말로 끝맺고 있는데, 이 말대로 제2보인 「고국의 산하」는 서울 쪽으로 이동하며 취재한 내용이 중심을 이룬다.

(2) 「고국의 산하」의 구성과 특징

「고국의 산하」는 <폐허가 된 경성에 서서(廢虛京城に佇んで)>, <저쪽은 '반동' 이쪽은 '부역'(向うは"反動"こちらは"附逆")>, <인상적인 여순경(印象的な女巡警)>, <전장에 싹튼 정의감(戰場に芽生えた義心)>, <애처로운 전쟁고아(痛ましい戰災孤兒)>, <복잡한 한국병사의 마음(複雜な韓人兵の心)>, <UN마담의 출현(UNマダムの出現)>, <작가 정비석 군과의 회합(作家鄭飛石君との會合)>, <이승만 대통령에 대한 신망(李承晚大統領への信望)>, <차기 대통령 후보는 누구인가(次期大統領候補は誰か)>, <남겨진 일본부인(取り殘された日本婦人)>, <조국에 합장한다(祖國に合掌する)>와 같이 12개의 장으로 구성되어 있다.

<폐허가 된 경성에 서서>는 부산에서 출발하여 대구 및 왜관을 거쳐 서울에 이르는 동안 창밖으로 펼쳐지는 조국산하의 황폐한 모습을 기술하고 있다. 그리고 "나는 미군이 입는 작업복으로 몸을 감싸고, 특파원 기자증을 어깨에 붙이고 있다"(149)며 스스로의 행색을 묘사하고 있는데, 이는 효과적인 취재를 위해서라기보다는 자신의 친일행적에 대한 조국의 비판적인 시선을 의식한 일종의 변장이었다고 할 수 있다.

<저쪽은 '반동(反動)' 이쪽은 '부역(附逆)'>은 폐허가 된 서울 시내에서 식당을 하고 있는 젊은 남자의 이야기가 중심을 이룬다. 부산으로 피난 갔다 돌아온 그는 "저쪽은 반동, 이쪽은 부역, 중간에 있는 사람은 어찌할 방도가 없다"(151)면서 자신이 겪은 공산치하의 90일과 유엔군의 탈환과정에서 벌어진 참극을 증언한다. 인민군의 만행에 쫓겨 부산으로 피난 온 사람들의 경험담을 중심으로 기술하던 제1보와는 다르게 한국군과 경찰에 의한 무자비한 보복에 대해서도 언급한다.

그런데 작가는 서울의 어느 식당주인으로부터 들은 목격담에 충격을 받는다.

어린 자식을 셋이나 거느린 여인이 갓난아기를 보자기에 싸서 눈 위에 올려놓고 도망치는 것을 보았습니다만, 저도 간신히 목숨을 부지하고 있던 터라 못 본 체 하였습니다. 울부짖는 갓난아기가 눈에 밟혀서 견딜 수가 없었습니다.(152)

이러한 장면은 장혁주의 6·25를 소재로 한 많은 작품에서 다양한 형태로 묘사되어 한국전쟁의 참상을 부각시키는 역할을 하고 있는

데, 작가 역시 큰 충격을 받은 이야기였던 것으로 보인다. 그런데 그 소재의 출처가 바로 식당주인의 목격담이었음이 본 르포를 통해 확인되고 있는 것이다.

<전장에 싹튼 정의감>과 <애처로운 전쟁고아>는 한국정부의 사회부 분실에 근무하는 구(具)씨의 난민과 전쟁고아를 위한 희생적인 노력을 그려낸다. 그리고 <복잡한 한국병사의 마음>에서는 "문득 무엇을 위해 싸우고 있는지 생각할 때면 혐오를 느낀다"(156)는 한국군 병사의 말을 인용하면서 "나는 한국에 와서 처음으로 진심을 말하는 사람을 만났다"며 6·25전쟁을 바라보는 작가의 심정을 토로하기도 한다.

<작가 정비석 군과의 회합>은 군속들과 함께 탄 열차 안에서 소설가 정비석을 만났던 경험을 그려내고 있는데, "일제시대에 병사문고(兵隊文庫)를 냈듯이 이번에도 그러한 목적인가"(158)라는 독백으로 정비석이 또 다시 정권에 이용되고 있을 지도 모른다는 우려를 나타내기도 한다.

그리고 <이승만 대통령에 대한 신망>과 <차기 대통령 후보는 누구인가>에서는 예술가와 소상인, 그리고 교사들이 현 정부에 기대를 걸고 있지 않으며, 특히 "이승만에 대한 신망이 전무하다"(160)는 언급을 통해 전쟁으로 신음하는 한국의 정치·사회 현실에 대한 작가적 입장을 피력한다.

<남겨진 일본부인>은 6·25에 직면한 日本人妻들의 수난을 그려낸 단편 「異國의 아내」, 「부산항의 파란 꽃」, 「부산의 여간첩」의 주된 무대인 부산의 소림사(少林寺)를 방문하여 그녀들의 처지를 그려내고 있으며, <조국에 합장한다>에서는 일본으로 향하는 비행기

안에서 조국의 평화를 기원하는 작가의 심정을 담아낸 뒤 르포를 끝맺는다.

「고국의 산하」는 이상과 같이 대구와 왜관을 거쳐 서울로 올라가며 폐허가 된 조국의 산하와 역 주변 건물 등을 보고 느낀 감상을 적은 전반부와, 인민군 치하가 되었다가 9·28수복으로 탈환된 서울 시민들의 고난을 집중적으로 기술한 후반부로 구성되어 있다. 특히 후반부에서는 반동으로 몰려 처형당하는 상황을 피하기 위해 다락이나 마루 밑 등에서 3개월을 버텨낸 사람들의 생생한 목격담이 주류를 이룬다. 그리고 한국군 및 경찰에 의한 보복적 학살의 실상과 수용소 등에서 간신히 연명하고 있는 고아들 및 일본으로 돌아갈 날만을 기다리는 日本人妻들의 비참한 모습을 사실적으로 묘사하고 있는 매우 충실한 르포라 할 수 있다.

(3) 기타의 르포의 내용과 특징

「허덕이는 한국」에서는 공무원들의 낮은 급여로 말미암아 업무의 효율이 극히 낮고 뇌물 수수가 공공연히 이루어지는 현실을 개탄하고, 경제적인 궁핍과 혼란 속에서 부상당한 몸으로 길거리를 배회하는 상이군인들의 모습을 그려낸다. 그리고 이승만 정권이 과거의 친일파 관리의 등용을 둘러싸고 고민에 빠져있다는 내용도 담겨있다. 그런데 "겉으로는 반일을 말하면서 본심은 일본을 선망하고 동경하여 일본에 가고 싶어 하는 한국인들이 많다"며 "역시 일본은 좋은 곳이구나"(56)라는 작가적 감상을 덧붙이는 등 일본인 독자들의 환심을 사려는 작가의 속내를 드러내기도 한다.

「조국 조선의 고뇌」는 <정전의 희망(望みのある停戦)>, <난민들의

힘든 겨울나기(冬に悩む難民たち)>, <운명의 38선(運命の38度線)>, <살육의 폭풍 속을(殺戮の嵐のなかを)>, <수난의 서울시민(受難の京城市民)>, <토지를 무상으로 받았지만(土地を無償でもらったものの)>, <조선(한국)의 통일은 언제쯤이나(朝鮮の統一はいつの日か)>와 같이 7개의 장으로 구성되어 있으며, 현장 르포라기보다는 일본으로 돌아온 뒤 조국의 전쟁에 촉각을 곤두세우고 그 추이를 지켜보는 작가의 심정을 담아내는데 그치고 있다.

<정전의 희망>에서는 한국만이 정전을 반대하고 있으나 곧 성립될 것이라는 희망 섞인 관망을 적고 있는데, 이는 조국 동포의 희생을 막기 위해서는 어쩔 수 없는 선택이라는 작가적 입장을 담아내고 있다. 그런데 이와 같이 정전을 희망하면서도 38선은 한민족의 불행을 가져온 근본적인 원인이라는 인식을 <운명의 38선>에서 밝힌다.

<운명의 38선>은 "38선이야말로 우리 민족의 오래된 숙명의 선으로, 죄 없는 우리 동포들의 원한이자, 피와 눈물의 참극을 불러온 무대였다"(53)는 한국인들의 말을 인용한 뒤, 임진왜란과 청일전쟁 당시에도 38선을 경계로 남북을 갈라놓으려 했던 역사적 사실을 언급하여 한국인들의 38선에 대한 인식의 근거를 뒷받침하고자 한다. 그리고 현재의 38선은 패전 당시의 일본군이 "북한을 관동군(關東軍)에, 남한을 제17군방면(第17軍方面)에 분할 지휘시킨 데서 비롯된 것"이라는 견해를 피력하며 일제의 식민지배를 원망하기도 한다. 이와 같은 작가적 입장은 일제말기의 친일행적과 상충되는 것으로, 이에 대한 명확한 태도와 입장을 밝히지 않은 채 일제에 대한 비방을 시도한 것은 또 다른 기회주의적인 행태로 비쳐질 공산이 매우 크다 하겠다.

<살육의 폭풍 속을>과 <수난의 서울시민>은 서울에서 자행된 살육의 참상을 취재하여 보고한 「고국의 산하」의 <저쪽은 '반동(反動)' 이쪽은 '부역(附逆)'>과 거의 같은 내용을 담고 있다. 그리고 여기에서도 "눈 위에 버려진 갓난아기와 얼어 죽은 시체는 차마 눈뜨고 보기 어려웠다"(56)는 어느 출판업자의 목격담을 소개함으로써, 버려진 갓난아기에 대한 작가의 비통한 심정을 감추지 못하고 있다.

소설 「부락의 남북전」은 일본에서 거주하던 주인공이 고향을 찾았다가 공산주의를 신봉하는 부락과 자본주의를 신봉하는 부락 간의 심각한 대립과 반복에 휘말려가는 내용을 르포 형태로 그려내고 있다. 유교의 바탕 위에서 기독교를 종교로 삼고 있는 진영과 공산혁명을 꿈꾸며 이를 부정하는 진영 간의 사상적 갈등, 대전 형무소의 집단학살, 서북청년단의 만행 등을 형상화하고 있는데, 일제에 대한 투쟁과 협력이라는 과거의 입장에서 촉발된 양 진영의 대립을 사실적으로 묘사하고 있다.

이상의 고찰을 통해 확인해 보았듯이, 첫 번째 한국방문으로 6·25에 대한 취재를 마친 이후의 르포에서는 남북대결로 인한 잔혹한 살육과 동포들의 비참한 삶을 생생하게 전달하고 있을 뿐만이 아니라, 이를 지켜보는 작가의 비통한 심정을 담아내고 있다는 특징을 지닌다.

3) 두 번째 한국방문(1952.10) 이후의 르포

이 무렵은 장혁주가 6·25를 소재로 한 장·단편 소설의 집필에 힘을 쏟고 있던 시기로, 기사 「계속되는 한국의 불안」(1952.11)과 소설 형식의 르포 「눈」(1953.10)이 있을 뿐이다.

「계속되는 한국의 불안」은 좀처럼 정전에 이르지 못하는 안타까움을 토로함과 동시에, 해방 이후의 남한 정치를 비판한다. 한편 북한의 공산정권에 대해서도 "융통성이 없고, 몰인정하며, 저문화(低文化), 동물성(動物性), 비도덕(非道德) 등에 혐오를 느낀다"(28)며 보다 신랄하게 비판한 뒤, "만일 두 개의 조선 중에서 하나를 선택하라고 한다면 나는 한국에 살기를 희망한다"(29)는 말로 한국 측에 보다 긍정적인 평가를 내린다. 그러나 남한의 지도자들이 공공연히 암살당하는 현실을 개탄하고, 특히 대통령 선거에서 부정과 폭력을 동원한 이승만 정권에 대해 "북한의 독재보다 못하다"는 인식을 피력하기도 한다.

「눈」은 두 번째로 한국을 방문하여 서울의 종군기자 숙소에 머물면서 취재한 내용과 한국군의 특수기관에서 일하는 두 청년으로부터 들은 경험담을 르포 형식의 소설로 전개하고 있는데, 주인공으로 작가 자신이 직접 등장한다. 그런데 일본으로 귀화한 장혁주가 유엔의 종군기자 신분으로 한국에 와있다는 것이 기자들에게 알려졌고, "장혁주가 와 있는데 한국은 어떻게 처리할 작정인가"라는 기자들의 질문에 내무부장관은 "그는 일본 국적이고 연합국 종군기자의 자격으로 와 있어서 한국으로서는 어찌할 방도가 없다"[10]는 답을 하였다는 당시의 상황을 상세히 묘사하고 있다. 따라서 이 르포형 소설은 6·25로 인한 조국의 참상보다는 한국을 방문한 자신의 입장을 그려내는데 치중하고 있는 작품이라 할 수 있다.

이상과 같이 두 번째 한국 방문 이후의 장혁주는 6·25전쟁과 관련된 르포는 거의 집필하지 않았다. 이는 정전협상의 시작으로 조국

---

10) 張赫宙(1953.10), 「눈(眼)」, 『文藝』, p.50.

의 전쟁이 소강상태로 접어들면서 그동안 모아온 6·25관련 소재를 바탕으로 한 소설 창작에 작가의 관심이 옮겨갔기 때문으로 생각된다.

4. 장혁주의 이방인 의식과 일본에의 귀화

1) 장혁주의 이방인 의식

장혁주는 조국의 전쟁으로 인한 참상을 외부세계에 알리고 동족의 고통을 함께하기 위해 일본으로 돌아가지 못할 지도 모르는 위험을 각오한 채 한국을 방문했다고 밝힌 바 있다. 그럼에도 불구하고 르포에서는 스스로의 민족적 정체성의 혼란과 동족과의 거리감으로 인한 갈등을 자주 표출하고 있다.

> 너는 잠자코 있으면 돼. 부락 일은 부락 사람들한테 맡기고. 어차피 너는 일본에 갈 사람이잖아.[11]

> 나는 비겁한 생각이 들었다. 동포의 괴로움을 외면하고 전쟁이 없는 일본으로 돌아온 것이.[12]

첫 번째 인용문은 「부락의 남북전」의 주인공 '내(私)'가 공산주의 부락을 습격하려는 형을 말리고 나서자 곁에 있던 고모가 한 말이고, 두 번째 인용문은 일본으로 돌아온 뒤에 사신의 입장을 되돌

---

11) 張赫宙「부락의 남북전(部落の南北戰)」, 『文藝春秋』1952年4月, p.185.
12) 위의 책, 「부락의 남북전(部落の南北戰)」, p.186.

아보며 흘린 독백이다. 이와 같은 주인공의 생각과 입장은 집필 당시의 작가의 심정을 고스란히 담아내고 있다고 할 수 있으며, 이러한 자책은 자신의 실제 경험을 르포 형식의 소설로 완성한 「눈」에서 보다 구체적으로 언급된다.

> "내가 천연덕스럽게 조국의 이 사태를 슬퍼하고 마음 아파한다고 외쳐도, 그것은 개념상의 동고공감(同苦共感)에 머물 뿐, 실제로는 역시 강 건너 불구경이다"13)

장혁주의 이와 같은 이방인 의식은 "장래에 정신적으로 완전한 일본인이 되어, 이 나라와 표면상의 인연이 끊긴다 해도(…후략…)"14)와 같은 일본인으로서의 삶을 당연한 선택인 것처럼 인식하기에 이른다. 또한 "한국인은 오랜 옛날부터 수십의 다른 민족과 인종의 혼혈족(…후략…)"15)이라는 주장을 통해 한민족의 독자적인 존재를 부정하기도 한다.

한민족의 독자성을 부정하는 근거로는 신라를 지원했던 당나라 군대의 10년간에 걸친 주둔, 고려시대 몽고의 침략, 7년간에 걸친 임진왜란 등으로 혈통적 순수성이 희박해졌다16)는 점을 들고 있다. 그러나 이와 같은 장혁주의 언설은 한민족의 독자성을 부정함으로써 자신의 친일행적과 일본으로의 귀화를 정당화하려는 목적에서 비롯된 것이라 하겠다.

결국 조국의 전쟁을 취재한 기사와 르포 등에 엿보이는 작가의 민

---

13) 앞의 책, 「눈(眼)」, p.63.
14) 張赫宙(1951.11), 「고국의 산하(故國の山河)」, 『每日情報』.
15) 張赫宙(1952.2), 「조국 조선의 고뇌(祖國朝鮮の苦惱)」, 『地上』.
16) 앞의 르포, 「고국의 산하(故國の山河)」, p.157.

족적 정체성의 혼란과 이방인 의식은 일제말기의 친일행적에 대한 부담과 일본인 처자를 거느린 가장으로서의 독특한 입장에서 비롯된 것이라 할 수 있다.

2) 장혁주에 대한 국내의 비판과 일본에의 귀화

장혁주는 자신의 생모가 기생출신의 첩이었다는 생래적(生來的) 열등의식과 조혼(早婚)한 조선의 아내에 대한 불만으로 조선의 모든 것에서 탈피하고자 노력하였으며, 이와 같은 작가적 환경은 일제말기의 친일적 글쓰기에 쉽게 경도될 수 있는 토대로 작용하였다.[17] 그리고 이에 대한 국내의 비판이 거셀수록 민족의 의미를 축소하여 스스로의 행적을 합리화하기 위한 이론의 개발에 노력하였다. 이러한 장혁주의 민족적 정체성의 혼란과 이방인 의식을 더욱 부추긴 것은 6·25를 취재하러 온 작가에 대한 국내의 비판적인 여론이었다.

"수난의 조국을 배반하고 일신의 영화를 누리기 위하여 스스로 일본국에 귀화한 민족의 반역자 장혁주가 (…중략…) 그 더러운 발자국을 유엔 종군기자라는 복장에 감추어 극비리에 이 땅에 들여놓고 다시 돌아갔다는 사실이 일본의 신문보도로써 이제 밝혀졌다. (…후략…)"[18]

"(…전략…) 위정당국은 하루 빨리 이 자를 체포해 오게 하여 국민의 엄정한 심판을 받게 해야 된다"[19]

---

17) 김학동(2008.2), 「張赫宙 문학의 정서적 배경－親日로 표출된 生來的 열등의식과 早婚의 갈등」, 『日語日文學研究』제64집 2권, 韓國日語日文學會.
18) 『서울신문』(1952.11.2), 「민족 반역자 장혁주 변장가명으로 불법입국」.
19) 『서울신문』(1952.11.3), 「장혁주 등의 비국민 행위를 규탄」.

국내 여론의 비난과 공격으로 민족적 정체성이 흔들리거나 이방인 의식이 심화되었다는 것은 어쩌면 친일행적 이후의 결과론적인 접근 일 수도 있다. 그러나 개인적인 입장의 타개와 생활의 수단을 위해 서는 외부적인 압력에 쉽게 굴복하거나 협력한 작가의 성향으로 볼 때, 국내의 이와 같은 비판적인 여론 역시 작가의 민족적 정체성의 혼란과 이방인의식을 부채질한 주요 원인으로 작용했다고 할 수 있 다.

5. 맺음말

이 글에서는 장혁주의 6·25전쟁과 관련된 한국 취재여행의 행적 을 밝히고, 신문과 잡지 등에 게재된 르포의 실체를 확인하는 데 중 점을 두었으며, 그 내용의 개략적인 고찰을 통하여 조국의 참상에 대한 작가적 고뇌와 동족애를 살펴보았다. 또한 여러 위험을 무릅쓰 고 취재를 감행한 동기와 이에 대한 조국의 부정적 반응에서 비롯된 이방인의식에 대해서도 검토하였다.

그 결과 한국 방문 이전에는 조국의 전쟁에 대해 피상적인 입장에 서 글 몇 편을 남기고 있음을 알 수 있었다. 그런데 1951년 7, 8월의 한국 취재 이후에 투고된 「조국 조선으로 날아가다」와 「고국의 산하」 같은 르포에서는 전쟁으로 인한 조국의 참상을 깊은 동포애에 바탕 을 둔 사실적인 묘사를 통해 생생하게 전달하고 있음이 확인되었다. 그리고 전쟁의 혼란 속에서 자행되는 경찰과 공무원들의 부정·부패 및 업무의 비효율로 인한 민중들의 고통에 분노하는 한편으로, 하루

빨리 정전이 성립되어 조국 동포들의 불행이 종식되기를 갈망하는
작가의 심정을 엿볼 수 있었다.

그런데 이와 같은 조국동포의 참상을 전달하기 위한 르포에서 작
가 자신의 민족적 정체성에 대한 혼란과 이방인 의식이 엿보이고 있
어 주목된다. 이는 자신의 친일행적에 대한 부담감과 일본의 가족에
대한 애착에서 비롯된 것으로 생각할 수 있지만, 민족에 대한 확고
한 신념보다는 현실적인 생활의 안정욕구를 우선시하는 개인적인 성
향에서 비롯된 것으로 보인다.

그러나 장혁주의 6·25와 관련된 르포는 현지 취재를 바탕으로 한
생생한 정보를 일본인들에게 전한 귀중한 보고서일 뿐만 아니라, 조
국을 버리고 일본에 귀화한 작가의 내면세계를 확인해 볼 수 있는
중요한 자료라는 점에서 그 가치는 매우 크다 하겠다.

장혁주 문학과 6·25에 직면한 日本人妻들의 수난

1. 머리말

일제 패전 직후의 장혁주는 6·25로 인한 조국의 참상을 장편 소설로 그려내는 한편으로 여러 단편과 생생한 현장을 담아낸 르포 등도 남기고 있는데, 그 중에서도 특히 눈에 띄는 것은 조선(한국)인 남편을 의지하여 한국에 거주하고 있던 '일본인 처(日本人妻)'[1]들의 참상을 묘사한 작품이라 할 수 있다. 이러한 작품으로는「異國의 아내(異國の妻)」(1952.7),「부산항의 파란 꽃(釜山港の靑い花)」(1952.9),「부산의 여간첩(釜山の女間諜)」(1952.12)이 있다.

이 글에서는 6·25에 직면한 日本人妻들이 한국과 일본 당국은 물론이요, 가족에게조차 버림받아 방황하는 모습을 그려낸 장혁주의 작품을 통해, 일제의 식민지배로 인한 피해자로서의 입장을 고찰하

---

1) 일제 식민지시기에 조선(한국)인과 결혼해 살다가 일제의 패전 이후에도 한국에 남게 된 일본여성을 말한다. '在韓日本人妻'라고 하는 것이 보다 정확한 호칭일 것이나, 이 글에서는 '日本人妻'로 표기하고자 한다.

고, 이를 그려낸 작가의 입장을 조명하고자한다. 또한 6·25전쟁 이후의 日本人妻들의 실상에 대해 가미사카 후유코(上坂冬子)의 『경주나자레원(慶州ナザレ園)』(1982) 및 기타의 자료를 통해 확인해보고자 한다.

2. 장혁주의 6·25에 대한 문학적 형상화

일제의 패전에도 불구하고 친일작가로 낙인찍힌 채 해방된 조국에 돌아올 엄두를 내지 못하고 있던 장혁주는 폐허가 된 일본에서 작가로서의 재기를 시도한다. 그러나 여전히 과거의 친일행적과 민족에 대한 회한을 끊어 내지 못하고 전전긍긍하다가 6·25전쟁의 발발로 새로운 전기를 맞게 된다.

1951년 7월과 1952년 10월에 신문과 잡지사의 특파원 자격으로 6·25를 취재하기 위해 한국을 방문한 작가는 그 내용을 신문과 잡지에 기고하거나 소설 창작의 소재로 삼았는데, 그 양이 상당수에 이른다.

〈르포·기사〉
- 「한국 르포(韓國へのルポー)」, 『每日新聞』, 1951年7月
- 「한국 유적의 파괴를 염려한다(韓國遺跡の破壊を憂う)」, 『每日情報』, 1950.9
- 「조국 조선으로 날아가다-제1보(祖國朝鮮に飛ぶ-第1報)」, 『每日情報』, 1951.9
- 「조국의 전란을 생각한다(祖國の戰亂に想う)」, 『農民文學』, 1951年9月

- 「고국의 산하(故國の山河)」, 『毎日情報』, 1951年11月
- 「허덕이는 한국(喘ぐ韓國)」, 『明窓』, 1951年7月
- 「조국 조선의 고뇌(祖國朝鮮の苦惱)」, 『地上』, 1952年2月
- 「계속되는 한국의 불안(韓國の不安はつづく)」, 『地上』, 1952年11月
- 「조선르포(朝鮮…ルポルタージュ)」, 『群像』, 1953年1月

〈소설〉
- 「부락의 남북전(部落の南北戰)」, 『文藝春秋』, 1952年4月
- 「避難民」, 『新潮』, 1952年5月
- 「異國의 아내(異國の妻)」, 『警察文化』, 1952年7月
- 「부산항의 파란 꽃(釜山港の青い花)」, 面白倶樂部, 1952年9月
- 「부산의 여간첩(釜山の女間諜)」, 『文藝春秋』, 1952年12月
- 『아― 조선(嗚呼朝鮮)』, 新潮社, 1952年5月
- 「눈(眼)」, 『文藝』, 1953年10月
- 『無窮花』, 講談社, 1954年6月

이상과 같이 6·25와 관련된 비교적 많은 양의 저작은 장편 『아―조선(嗚呼朝鮮)』과 『無窮花』로 집대성된다. 이 두 장편은 한민족의 거듭되는 고난에 대한 형상화를 목적으로 집필되었다 하겠는데, 일제 치하에서 독립된 조국의 민중들이 그 기쁨을 채 누리기도 전에 좌우 이데올로기의 정치적 대결의 희생양이 되어 무참히 짓밟히고 도륙당하는 상황을 사실적으로 묘사하고 있다.[2]

그런데 이들 작품 중에는 「異國의 아내」, 「부산항의 파란 꽃」, 「부산의 여간첩」과 같이 일제의 패전에도 불구하고 한국(조선)에 남겨진 채 그 존재가 위태로웠던 日本人妻들의 삶을 그려낸 단편이 주목된

2) 김학동(2008.5), 「張赫宙의 『아― 조선(嗚呼朝鮮)』 『無窮花』론―6·25전쟁의 형상화에 엿보이는 작가의 민족의식」, 『일본학연구』 제24집, 단국대학교 일본연구소, p.343.

다. 즉 장혁주는 일본으로 돌아가지 못한 日本人妻들이 6·25전쟁에 휩쓸림으로써 한국인들과는 또 다른 형태의 처참한 삶에 직면할 수 밖에 없었던 여러 상황을 형상화하고 있는데,『아— 조선』『無窮花』에 못지않은 휴머니즘적 자세로 그녀들의 참상을 사실적으로 그려내고 있다 하겠다.

2, 3개월 간격으로 연이어 발표된 이들 세 단편은 등장인물을 서로 달리하고 있으나 매우 유사한 전개를 보이고 있으며, 점차 복잡한 전개양상으로 발전되어간다는 특징을 지닌다.

3. 「異國의 아내」, 「부산항의 파란 꽃」, 「부산의 여간첩」의 구성과 특징

일제의 패전에도 불구하고 일본으로 돌아가지 못한 日本人妻들이 6·25에 직면하여 겪는 고통을 형상화한 「異國의 아내」, 「부산항의 파란 꽃」, 「부산의 여간첩」은 서로 밀접한 상관관계를 가지고 전개된다. 본장에서는 이들 각 작품의 구성과 특징, 그리고 작품을 통해 엿보이는 작가의 내면세계를 고찰하고자 한다.

1) 시·공간적 배경과 구성상의 특징

(1) 「異國의 아내」

日本人妻를 다룬 장혁주의 첫 작품 「異國의 아내」는 『警察文化』

1952년 7월호에 게재되었는데, 작가가 부산의 일본인수용소에서 구면인 야스코(やす子)를 우연히 만나 그녀로부터 들은 이야기를 소설의 형태로 전개하는 형식을 취하고 있다. 『警察文化』라는 게재지를 통해 알 수 있듯이 작가가 보고들은 日本人妻들의 실상을 소설의 형태로 일본의 경찰관계자들에게 소개하고 있는 것이다.

작품은 6·25전쟁으로 많은 피난민이 부산으로 몰려들고 있을 때 일본인수용소가 있다는 것을 알고 찾아간 작가가 야스코의 회고담을 듣는 장면으로 시작된다. 야스코가 조선인 남편을 만나게 된 배경과 그 남편이 죽자 홀로 부산으로 내려와 수용소에 머물게 되는 과정을 그려내고 있는데, 일제 말기에서 1952년 초까지를 시간적 배경으로 삼고 있다고 할 수 있다.

공간적 배경은 야스코의 남편인 안(安)이 유학생활을 했던 도쿄와 야스코가 살던 고슈(甲州)3)의 풍경이 설명적으로 묘사된다. 그리고 일제의 패전 직전에 安의 고향인 대구로 돌아왔으나 야스코 때문에 친일파로 불리는 것에 부담을 느껴 서울로 올라온 뒤 경찰이 되는 과정을 비교적 상세히 그려내고 있다. 한편 경찰이던 安이 연합군의 '9·28서울수복'으로 퇴각하던 인민군에 의해 살해되었음을 확인한 야스코는 부산으로 피난길을 떠나게 되는데, 이러한 험난한 여정 역시 주요한 공간적 배경으로 묘사되고 있다.

(2) 「부산항의 파란 꽃」

이 작품은 작가가 직접 등장하여 줄거리를 이끌어 가던 「異國의

---

3) 지금의 야마나시(山梨)현.

아내」와는 달리 제3자적 관찰자 시점의 소설로 완성되었다.

소설의 도입부는 「異國의 아내」와 마찬가지로 부산의 일본인 수용소를 배경으로 삼고 있으나, "부산진의 귀환일본인수용소라고 패전 직후에 걸었던 간판 그대로, 그 건물이 있는 소림사(小林寺)"[4]와 같이 보다 구체적인 공간적 배경을 언급하고 있다. 스기우라 교코(杉浦京子, 한국명 李京子)라는 주인공이 조선인 남편과의 만남에서부터 현재에 이르기까지의 과정을 회상하는 형식으로, 일제말기의 도쿄와 6·25 발발 당시의 서울의 모습 및 그녀의 남편이 학살당한 서대문형무소 등을 간략히 그려내고 있다.

그런데 「부산항의 파란 꽃」은 연합군의 지원물자를 실어오는 일본의 선박 도사마루(土佐丸)의 밀수 기도에 주인공 교코가 얽혀드는 상황을 다소 복잡하게 전개하고 있어서, 부산항 부두와 선내의 모습 등이 비교적 상세히 묘사된다.

즉 「부산항의 파란 꽃」의 시간적 배경은 「異國의 아내」와 거의 같다고 할 수 있겠으나, 내용이 보다 정교하고 복잡한 소설의 형태를 갖추고 있으므로 공간적 배경도 그에 걸 맞는 형태로 배치되어 있음을 알 수 있다.

(3) 「부산의 여간첩」

「부산의 여간첩」역시 「異國의 아내」, 「부산항의 파란 꽃」과 마찬가지로 부산의 일본인 수용소에 머물던 니시무라 도시코(西村敏子)가 조선인 남편과 인연을 맺게 된 일제말기의 상황에 대한 회상에서 시

---

4) 張赫宙(1952.9), 「釜山港の靑い花」, 『面白俱樂部』, 光文社. p.49.

작된다. 서울에 살던 도시코가 6·25로 남편을 잃고 간신히 부산까지 피난을 내려와 일본인수용소에 머물게 된다는 설정도 다른 작품과 다를 바 없지만, 소림사(小林寺)라는 이름은 밝히지 않고 절 내부와 수용된 일본인 여성들의 처참한 모습만 자세히 묘사되고 있다.

그런데 「부산의 여간첩」은 간첩으로 몰려 수난을 당하는 日本人妻라는 소재를 다루고 있어서 이전의 작품보다 한 단계 진보된 내용과 구성으로 형상화되어 있다는 특징을 지닌다. 그러므로 공간적 배경에 있어서도 한국군 정보부의 고문시설을 비롯하여, 한국군과 연합군에 간첩을 파견한 거제도 포로수용소의 인민군측 막사가 공간적 배경으로 묘사되고 그들의 지도자와 공산혁명 추종자들이 다수 등장한다.

이상의 고찰을 통해 알 수 있듯이, 6·25에 직면한 日本人妻들의 수난을 그린 「異國의 아내」, 「부산항의 파란 꽃」, 「부산의 여간첩」은 각각 1952년 7, 9, 12월과 같이 연이어 발표되었는데, 일제말기에 조선인 남편을 만난 시점부터 일본으로 돌아갈 날을 기다리며 부산의 수용소에 머물고 있던 1952년 초까지를 시간적 배경으로 그려낸 작품이다. 따라서 이들 작품은 모두 日本人妻들의 장래의 운명을 알 수 없는 상황에서 끝맺고 있다 하겠다.

2) 등장인물의 구성과 전개

日本人妻들의 수난은 일제말기의 조선차별이라는 사회적 분위기 속에서 조선인과의 결혼을 결심함으로써 시작된다. 그리고 일제의 패망 이후에는 그녀들의 남편이 日本人妻를 둔 친일파라는 눈총을 받음으로써 정신적인 고통을 받는다. 게다가 6·25전쟁으로 남편마저

잃게 되자 그야말로 고립무원의 나락으로 전락하고 만다. 결국 일본
으로 돌아가기 위해 부산으로 모여들게 되지만 이 역시 그리 쉬운
일은 아니었다.

이와 같은 日本人妻들의 입장을 다룬 세 작품 「異國의 아내」, 「부
산항의 파란 꽃」, 「부산의 여간첩」에 등장하는 인물의 구성을 통해
서 그녀들의 고통을 형상화한 작가적 노력을 확인해 보고자 한다.

(1) 각 작품의 日本人妻와 조선인 남편

「異國의 아내」의 주인공인 야스코(やす子)의 부친은 고슈(甲州)가도
(街道)에서 자전거 가게를 하고 있었으며, 남편인 안(安, 일본명 安田)은
대구 출신의 고학생으로 일본대학 문과를 졸업했으나 취업이 되지
않아 고생 끝에 택시회사를 차려 성공한 인물로 묘사된다. 야스코가
남편 회사의 경리직원으로 있을 때 두 사람의 사랑이 시작되었으나
그녀의 부모가 달가워하지 않는 것을 작가가 주선하여 결혼을 성사
시킨 것으로 그려진다.

「부산항의 파란 꽃」의 주인공 스기우라 교코(杉浦京子, 한국명 李京子)
는 포목전을 하던 평범한 가정에서 태어나 가와사키(川崎)의 일본강
관(日本鋼管)에서 일하던 시절에 이용수(李庸守, 일본명은 吉田)를 만나게
된다. 이용수는 도쿄제국대학을 장학생으로 졸업한 수재로 일본강관
에 특채되는 등 전도양양한 엘리트로서 교코보다 더 좋은 집안의 규
수와 결혼할 수도 있었던 인물로 묘사된다. 두 사람은 "서로 다른 민
족이라는 것을 느끼지 못할 정도"5)의 사랑으로 결혼에 이른다. 이

---

5) 앞의 책, 「釜山港の靑い花」, p.58.

작품의 특징은 조선인 청년 이용수를 일본인들도 선망하는 존재로
그려내고 있다는 점이라 할 수 있다.

「부산의 여간첩」의 주인공 니시무라 도시코(西村敏子, 한국명 李敏子)
는 앞의 두 작품과는 다르게 부산에서 태어나 한국어도 매우 능숙하
고, 부산을 고향으로 생각하며, 조선인 남편과 결혼한 것을 다행으로
여기는 인물로 묘사된다. 도시코는 남편인 이용택(李用澤)이 총독부관
리로 있을 때 결혼하였으나, 일제의 패전과 이어지는 한국의 독립으
로 곤경에 처한다. 친일파로 낙인찍혀 관계(官界)에서 매장된 이용택
은 신문사를 설립하여 남한정부에 비판적인 입장을 취하는 것으로
묘사된다.

이상과 같이 각 작품의 주인공인 日本人妻와 조선인 남편의 관계
는 지배와 피지배민족이라는 대결구도와는 상관없이 매우 자연스런
민족적 결합으로 전개된다는 특징을 지닌다. 오히려 조선인 남성 쪽
이 보다 유리한 입장에서 日本人妻를 맞아들였다고 할 수 있다. 이
러한 구성은 일본인여성과 동거하여 자식까지 두고 있던 작가 자신
의 입장을 반영하고 있을 뿐만 아니라, 민족의 이해관계를 떠난 순
수한 남녀 간의 사랑에 의한 결합임을 강조함으로써, 장차 이들이
겪게 될 고난의 부당성을 강조하기 위한 것이라 할 수 있다.

그러나 「부산항의 파란 꽃」에서는 쓰네코(恒子)라는 여인의 "일본
의 탄광에 끌려온 徵用工! 그렇지만 우리들은 서로 사랑했어. 나는
고아였지. 의지할 곳 없는 고아를 죽기 살기로 사랑해주는 사람을
만난다면 조선이든 어디든 무슨 상관이겠어"6)라는 절규 섞인 독백
을 통해 알 수 있듯이, 실제로는 어려운 처지에 있던 일본의 여성들

---

6) 앞의 책, 「釜山港の青い花」, p.65.

이 조선의 청년과 맺어지고 있었음을 간접적으로 묘사하고 있다.

(2) 일제의 패전과 6·25에 의한 가정의 붕괴

日本人妻와 함께 조선에 거주하던 남성들은 일제의 패전으로 졸지에 궁색한 입장으로 전락한다. 친일파에 대한 척결의 목소리가 높아지고 있는 상황에서는 과거의 친일행적과는 상관없이 日本人妻를 두었다는 것만으로도 주목을 받기에 충분했던 것이다. 따라서 대부분의 日本人妻를 둔 남성들은 고향을 떠나 타지에서의 새로운 삶을 시작하게 된다.

「異國의 아내」에서는 야스코의 남편 安을 "친일파로 공격하는 자가 점차 늘어나는 바람에 결국 마을에 있을 수 없어서 서울로 옮겨가"[7]는 정황을 그려내고 있으며, 「부산의 여간첩」의 주인공 도시코의 남편은 총독부의 관리였던 관계로 일본의 패전과 함께 "친일파로 불리며 官界에서 매장"[8]되는 것으로 묘사된다.

그런데 오랜 일제의 압제로부터 해방된 한민족의 이와 같은 반응은 어쩌면 당연한 것으로 생각할 수 있다. 그러나 조선인 남편을 사랑하여 결혼한 日本人妻들의 입장은 고려하지 않고 그들의 남편을 친일파로 비난함으로써 日本人妻들이 설자리를 잃고 말았다는 점을 간과해서는 안 될 것이다. 민족을 떠난 남녀 간의 사랑을 친일이라는 이기주의적이고 정치적인 수단과 동일시할 수 없기 때문이다.

일제의 패전으로 불안하고 궁핍한 삶을 이어가던 세 작품 속의 日本人妻들은 6·25 발발로 모두 남편을 잃게 된다. 「異國의 아내」의

---

7) 張赫宙(1952.7),「異國の妻」,『警察文化』, p.153.
8) 張赫宙(1952.12),「釜山の女間諜」,『別冊文藝春秋』第31号, p.165.

야스코의 남편 안(安)은 서울에서 사업을 시작하였으나 실패한 뒤 경찰관이 되었다가 인민군에 잡혀 처형된다. 그리고 K대학의 교수가 되었던 「부산항의 파란 꽃」의 교코의 남편 이용수는 미처 피난하지 못하고 인민군에 끌려가 영문 대적(對敵)방송을 쓰게 되는데, 연합군의 서울 탈환 뒤에는 '반동'으로 몰려 처형당한다. 「부산의 여간첩」의 도시코의 남편 이용택 역시 자신의 자동차를 인민군에 헌납하거나 신문사 경영의 경험을 살려 잡지발행을 도왔다가 '인민군협력자'로 낙인찍혀 한국군에 의해 처형당하고 만다.

이와 같이 6·25로 남편마저 잃은 日本人妻들은 그야말로 고립무원의 곤경에 처하게 된다.

(3) 남편 사망 이후의 日本人妻들의 행적

「異國의 아내」의 야스코는 1·4후퇴가 시작되자 자식 셋을 데리고 엄동설한을 걸어서 남하하던 중, 다른 두 아이를 살리기 위해 6개월 된 갓난아이를 눈 속에 버린다. 이러한 야스코의 일련의 고난에 대해 작가는 "다른 민족의 생활 속에서 야스코의 고뇌는 이 땅의 사람들보다 몇 배나 더했을 것이라는 점이 내 맘을 괴롭게 했다"[9]는 독백을 작품 속에 담고 있다.

남편의 죽음을 확인한 日本人妻들이 부산으로 피난하면서 다른 자식들을 살리기 위해 갓난아이를 버린다는 설정은 세 작품 모두에서 확인되는데, 이는 6·25를 소재로 한 장편 『아− 조선(嗚呼朝鮮)』과 『無窮花』에서도 보이는 장면으로, 전쟁의 참상을 그려내는데 효과적인

---

9) 앞의 책, 「異國の妻」, p.158.

소재로 판단한 작가의 의도를 짐작할 수 있다. 그런데 천신만고의 피난길을 끝으로 막을 내리는 작품은 「異國의 아내」뿐이고, 「부산항의 파란 꽃」과 「부산의 여간첩」은 가족을 부양하기 위해 밀수에 가담하거나, 간첩으로 몰려 죽을 고비를 넘기면서 일본으로 돌아갈 날을 기다리는 日本人妻들의 처참한 모습을 그려낸다.

이와 같이 일제의 패전과 6·25를 겪으면서 日本人妻들이 경험한 고통은 한국인들의 그것과는 근본적으로 다른 차원의 공포를 동반하는 것이었다 할 수 있는데, 이들의 수난을 그녀들의 책임으로 전가할 수 없다는 점에서 이들을 소재로 한 작품의 의의는 적지 않다 할 것이다.

3) 사랑을 막아선 민족과 전쟁

(1) 민족을 초월하지 못한 사랑의 말로

일제의 식민지로 전락한 조선에 대한 일본인들의 차별은 양 민족 간의 결혼에 있어 더욱 극명하게 나타났으며, 조선인뿐만이 아니라 식민지 조선에서 자란 일본인 역시 내지(일본)인들의 차별을 받았는데, 장혁주는 이러한 식민지 말기의 현실을 그려낸 작품10)을 집필하기도 하였다.

따라서 일본 여성이 조선 남성과의 결혼을 실천에 옮긴다는 것은 쉬운 일이 아니었음에도 부모 형제와의 절연을 각오하고 이를 감행한 日本人妻들의 사랑은 숭고한 것임에 틀림없다. 「부산항의 파란 꽃」의 교코(京子)와 그의 남편 이용수의 경우도 "다른 민족이라는 것

---

10) 『痴人淨土』(1937)와 『아름다운 결혼(美しき結婚)』(1939)이 있다.

을 느낄 수 없을 정도"11)로 서로 사랑하였으며, 해방된 조국으로 돌아가겠다는 남편의 말에 "아무런 의혹이나 주저 없이"12) 그의 뒤를 따라 귀국하게 된다.

그러나 그녀들을 기다리고 있었던 것은 "살만한 집도 없고, 일본 여자를 데려왔다는 이유로 남편의 부모와 형제로부터 받은 차디찬 냉대"13)뿐이었으며, '反日'의 분위기가 팽배하던 해방 직후의 상황 속에서 서툰 한국말을 쓰다가 일본인이라는 것이 탄로 날까봐 전전긍긍하였는데, "한국어를 사용하지 않으면 신변이 위험"14)했던 당시의 상황이 작품에서도 자주 묘사되고 있다.

> 일본어로 말해도 무언가를 두려워하듯 이내 한국어로 돌아왔다. 일본인이라는 것이 알려지면 혹독한 일을 당하게 된다는 경계를 후사(ふさ)는 오랜 시간 지녀왔던 것이다.15)

> 간단한 일상용어밖에 한국어를 알지 못하는 그녀는 어려운 말을 걸어오는 것이 무엇보다 괴로웠으며, 일본인이라는 것이 탄로나는 것을 두려워했다.16)

장혁주의 작품에 보이는 이와 같은 묘사가 허구가 아니라는 것은 "일본인이라는 것을 감추고 있는 사람도 있다"17)는 日本人妻들의 실상을 담은 1972년의 일본국총영사관의 보고서를 통해서도 확인된다.

---

11) 앞의 책, 「釜山港の青い花」, p.58.
12) 앞의 책, 「釜山港の青い花」, p.58.
13) 앞의 책, 「釜山港の青い花」, p.65.
14) 앞의 책, 「異國の妻」, p.152.
15) 앞의 책, 「釜山の女間諜」, p.169.
16) 앞의 책, 「釜山港の青い花」, p.49.
17) 上坂冬子(1982), 『慶州ナザレ園』中央公論社, p.24.

따라서 남편을 따라 한국으로 건너온 日本人妻들은 "조선(한국)에 와서 좋은 일은 하나도 없었다"[18]는 식의 비관적인 태도를 보이거나, "자식들을 위해서라도 일본이 좋겠다"[19]는 판단 아래 밀항을 시도하기도 한다.

그러므로 日本人妻들의 남편에 대한 인간적인 사랑은 피지배민족이었던 한민족의 반일감정에 의해 그 결실을 맺는다는 것이 거의 불가능했으며, 오히려 조선(한국)인 남편과 자식들로부터 버림받는 경우도 허다하여, 사랑에 운명을 내걸었던 그녀들의 일생은 제국주의적 야욕과 민족이라는 장벽 앞에서 허무하게 그 종말을 고할 수밖에 없었던 것이다.

(2) 6·25에 직면한 日本人妻들의 절규

많은 日本人妻들이 비참한 삶의 구렁텅이로 내몰린 것은 제국주의적 야욕에 의한 민족의 대립뿐만이 아니라 6·25전쟁의 발발에도 그 직접적인 원인이 있다. 6·25가 한국에서의 삶의 목적이자 근거였던 그들의 남편을 앗아갔기 때문이다. 남편을 잃은 日本人妻들은 "식량을 얻기 위해 아이들을 데리고 오이나 담배를 팔러 길거리로 나선 것"[20]을 고통스럽게 생각할 여유도 없었다. 다른 아이들을 살리기 위해 갓난아이를 눈 속에 버리고 피난길을 재촉할 만큼 상황이 절박했기 때문이다.

천신만고 끝에 부산에 도착한 日本人妻들은 부산진역 부근의 일본

---

18) 앞의 책, 「異國の妻」, p.152, 「釜山港の青い花」, p.65.
19) 앞의 책, 「異國の妻」, p.158.
20) 앞의 책, 「異國の妻」, p.155.

인 주지가 있던 '소림사(少林寺)'라는 절에 임시로 수용된다.

> 아미다(阿彌陀)님께서 내려다보시는 넓은 본당에 빽빽이 누워 숨소리를
> 내고 있는 여인들의 고뇌로 일그러진 모습은 그야말로 지옥의 모습이나
> 다름없었다.[21]

작품에 묘사된 임시수용소의 풍경을 통해서 그녀들이 처한 입장을
조금이나마 엿볼 수 있다. 이곳에 수용된 교코(京子) 역시 자신의 갓
난아이를 피난길에 버리고 왔는데, "집을 잃고, 남편을 잃고, 자식을
잃은 사람은 많겠지만, 그렇다고 자신의 슬픔이 상쇄되는 것은 아니
다"[22]는 독백을 통해 자신의 비통한 심정을 토로한다.

日本人妻들은 이곳에서 일본으로 돌아가기 위한 수속과 절차를 밟
기 위해 기다리고 있었으나 모두가 일본으로 돌아갈 수 있는 것은
아니었다. 조선인과 결혼을 반대한 부모가 그들의 호적을 말소했거
나, 일본의 가족이 폭격으로 죽는 바람에 호적 확인이 불가능한 경
우도 많았기 때문이다.[23] 따라서 "오랜 시간을 들여 수속을 밟아도
언제 허가가 떨어질지 알 수"[24] 없었다.

뿐만 아니라, 「부산의 여간첩」에서는 이와 같은 고통 속에서 때
아닌 간첩 혐의를 받은 도시코(敏子)가 발가벗겨진 채 죽도록 고문을
당하는 절망적인 모습을 그려내고 있다. 이는 매우 이례적인 경우라
할 수 있겠으나, 日本人妻들이 처했던 곤경에 대한 극단적인 예로서
의 형상화라는 의미를 가진다 하겠다.

---

21) 앞의 책, 「釜山港の靑い花」, p.61.
22) 앞의 책, 「釜山の女間諜」, p.172.
23) 앞의 책, 「異國の妻」, p.158.
24) 앞의 책, 「釜山港の靑い花」, p.65.

마침내 그들은 "이 증오스런 6·25전쟁이 우리의 삶을 엉망으로 만들었다"[25]는 절규를 하게 되고, 일본으로 귀국을 허락받은 한 여인은 "악몽의 땅을 떠납니다. (…중략…) 그리고 이 나라의 애처로운 민중에게 하루라도 빨리 행복이 깃들 날을 기원한다"[26]는 말을 남기고 한국을 떠난다.

이상과 같이 조선인 남성과 결혼한 日本人妻들은 일제의 패전으로 불안한 삶을 지속하다가 6·25에 직면하자 이마저 산산이 부서지고 겨우 목숨만 부지한 채 자신들의 고향으로 떠나갈 수밖에 없었던 것이다. 그러나 희망한다고 모두 일본으로 돌아갈 수 있었던 것도 아니었으며, 의지할 곳 없는 한국에서 평생을 보낼 수밖에 없었던 삶은 더욱 비참한 것이었다.

4) 작가의 日本人妻에 대한 인식

장혁주가 6·25를 겪고 있던 日本人妻들을 소설의 소재로 삼은 것은 「異國의 아내」에서 밝히고 있듯이 "부산에 일본인 수용소가 있다는 것을 듣고, (…중략…) 그녀들의 처지를 동정"[27]했기 때문이라 할 수 있다. 그리고 서로 다른 처지에 놓여 있는 日本人妻들을 세 편의 작품으로 발표하였다는 점에서 이들에 대한 관심의 정도를 알 수 있는데, 일본인 여성과 동거하며 여러 자식을 두고 있던 작가의 동병상련으로서의 연민의 정이 크게 작용하고 있었을 것이라는 것도 쉽게 짐작할 수 있는 일이다. 또한 각 작품의 주인공들이 부산으로 향

---

25) 앞의 책, 「釜山港の青い花」, p.65.
26) 앞의 책, 「釜山の女間諜」, p.181.
27) 앞의 책, 「異國の妻」, p.158.

하는 피난길에서 어린 자식을 눈 속에 버리고 갈 수밖에 없었던 통한의 슬픔을 집요하게 묘사하고 있는 것도, 작가 자신이 일본인 부인 게이코(桂子)와의 사이에 어린 자식을 여럿 두고 있었던 점과 연관시켜 생각해볼 필요가 있다. 즉 해방된 조국에서의 활동을 생각하고 있었던 작가28)에게 있어서는 이들의 운명을 남의 일로만 치부할 수는 없었을 것이다. 이러한 작가적 심정은 작품을 통해서도 쉽게 엿볼 수 있다.

> 한국인들마저 죽느냐 사느냐의 절박한 상황에 놓여있는 틈바구니에서 日本人妻들이 어떻게 생존해있다는 것인지 보기도 전에 연민의 정이 솟구쳐 올랐다.29)

> 다른 민족의 생활 속에서 야스코(やす子)의 고뇌는 이 곳 사람들보다 몇 배 더 심할 것이라는 생각이 내 마음에 고통을 불러일으켰다.30)

이와 같이 한국이라는 낯선 땅에서 고통을 겪는 日本人妻들의 참상을 형상화하는 한편으로, 한민족이니 일본민족이니 하는 구분으로 삶을 억죄는 거대한 힘에 대한 의문을 나타내기도 한다.

> (시동생은) "일본인이 되었든 조선인이 되었든, 이 아이의 몸속에는 형의 피가 살아있습니다. 형의 피가 일본에서 살아 숨 쉰다. 묘한 기분이 들어요."라고 한탄하는 것인지 동경하는 것인지 알 수 없는 투의 말을 했다.31)

---

28) 張赫宙(1953.10.23),「噫、朝鮮の運命(下)」,『東京新聞』.
29) 앞의 책,「異國の妻」, p.151.
30) 앞의 책,「異國の妻」, p.158.
31) 앞의 책,「釜山港の靑い花」, p.69.

시동생은 현재 자신의 곁에 있는 이들이 특별할 것 없는 형수이고 조카일 뿐인데, 일본으로 건너가면 조선민족을 억압한 일본민족이 된다는 사실을 납득하지 못하고 있는 것이다. 즉 융합해서 살면 같은 인간일 뿐인데 서로 다른 민족으로 구분하여 분쟁을 벌이는 현상에 대한 회의로 받아들일 수도 있다. 이와 같은 내용의 전개는 자칫 일제 말기의 친일적 집필활동에 대한 변명이거나, 일본인 부인과의 사이에 여러 자식을 두고 장차 일본에서 살아가야할 자신의 처지에 대한 합리화로 해석될 수 있는 여지를 남기고 있다 하겠다.

그렇지만 「異國의 아내」, 「부산항의 파란 꽃」, 「부산의 여간첩」은 전체적으로 작가적 입장에 대한 변명을 시도하거나 자전적 작품의 경향을 띠고 있다고 보기는 어려우며, 6·25에 직면했던 日本人妻들의 입장을 사실주의에 입각하여 휴머니즘적 시각으로 완성한 수작이라 할 수 있다.

4. 장혁주의 세 작품 이후의 日本人妻들의 실상

장혁주가 6·25전쟁에 직면한 日本人妻를 그려낸 세 작품 「異國의 아내」, 「부산항의 파란 꽃」, 「부산의 여간첩」은 아직 전쟁이 한창일 때 발표된 것으로, 1952년 말에 일본으로 귀화한 이후에는 이들을 소재로 한 작품은 집필되지 않았다. 그리고 日本人妻들의 이후의 행적에 대해서는 거의 세간의 관심을 받지 못하고 있었다.

이와 같은 한국 거주 日本人妻들의 실상이 다시 주목을 받기 시작한 것은 1979년 1월 21일자 『동아일보』의 「주말탐방」에 경주에 있

는 '나자레원'이 소개되면서부터라고 할 수 있다.[32] 그리고 1980년
에는 『뿌리 깊은 나무』 8월호에 조갑제(趙甲濟)가 「한국의 남성과 생
활했던 일본부인들」이라는 제목으로 소개하기도 하였다.[33] 일본에서
도 평론가 가미사카 후유코(上坂冬子)가 1981년에 관광으로 경주를 찾
았다가 우연히 日本人妻들을 수용한 '나자레원'을 방문한 것이 계기
가 되어, 1년여에 걸친 취재 끝에 1982년 7월 『경주 나자레원－잊혀
진 日本人妻들(慶州ナザレ園―忘れられた日本人妻たち)』(中央公論社)을 발간
한 뒤 이들의 존재가 세상에 알려지기 시작하였다.

『경주나자레원』에 의하면 일제의 패전 당시(1945.8.15) 한반도에 거
주하던 日本人妻는 약 1만 명에 달하였으며,[34] 이들의 귀환 정책은
1948년 6월 절정에 달했으나, 이듬해에도 1천 41명의 일본인이 철수
하였으며, 이들의 대부분은 한국인 남성과 결혼하였다가 파경을 맞
은 여성들이었다[35]고 기록하고 있다. 그리고 이후의 상황에 대해서
도 상술하고 있다.

　이윽고 한국동란이 발발했기 때문에 일본인의 귀환은 일시 정지되었으
나, 곧 일본정부가 GHQ와 절충한 결과 '在韓 일본인은 부산의 한국외무
부에 귀국신청을 하면 GHQ가 입국허가'를 하도록 되어 있었다. 日本人妻
들은 한국정부의 배 삯 부담으로 귀국하고 있었다.[36]

인용한 내용은 장혁주의 작품에서 그려내고 있는 당시의 상황과

32) 앞의 책, 『慶州ナザレ園』, p.219.
33) 위의 책, 『慶州ナザレ園』, p.220.
34) 위의 책, 『慶州ナザレ園』, p.194.
35) 위의 책, 『慶州ナザレ園』, p.42.
36) 위의 책, 『慶州ナザレ園』, p.42.

매우 유사함을 알 수 있다. 그러나 장혁주가 작품을 통해 묘사하고 있듯이 부산의 수용소에 머물고 있던 日本人妻들의 귀국은 그다지 쉽지 않았던 것으로 보인다.

한일국교정상화가 실현되는 1965년보다 3년 앞선 1962년에 일본의 참의원에서 日本人妻에 대한 질의와 응답을 했던 기록이 확인되고 있는데, 한국에는 日本人妻가 약 2천명이 있으며, 이들의 8할 이상이 4, 5명의 자식을 거느리고 있으나 매우 열악한 환경에 처해있다[37]고 보고하고 있다. 이들이 귀국하지 못하고 있는 이유에 대해서는, 1) 일본에 친척이 없는 경우, 2) 부모의 반대를 무릅쓰고 결혼한 탓으로 호적등본을 취득하는데 어려움이 있는 경우, 3) 호적등본을 갖추기 위해서는 친족과의 잦은 서신왕래가 필요함에도 우표 값을 마련하기도 어려운 경우도 있다고 기록하고 있다.

『경주나자레원』에서는 이와 같은 상황에 놓인 많은 日本人妻들이 남편과 장성한 자식들의 학대를 받고 있으며, 호적의 불비 등으로 사회적인 보호도 받지 못한 채 무방비로 방치되어 있는 여러 사례를 들고 있다. 그리고 1981년 현재 한국에 거주하는 日本人妻들의 모임인 '부용회(芙蓉會)' 회원은 769명이지만, 산간벽지에 거주하거나 일본인이라는 것을 감추고 사는 사람들이 있어서 日本人妻의 정확한 숫자는 알 수 없다[38]고 적고 있다.

한국에 거주하는 日本人妻의 숫자가 이 정도로 줄어든 것은 한일국교정상화를 계기로 잔류 일본인의 귀국원조를 서두른 일본정부의 노력에 의한 것이었으며, 이제는 고령으로 점차 그 숫자가 줄고 있

---

37) 위의 책, 『慶州ナザレ園』, pp.189~190.
38) 위의 책, 『慶州ナザレ園』, p.194.

지만 2004년 현재 부용회의 회원은 408명이 등록되어 있다.[39)]

한편 2007년 3월 3일(토)에는 SBS에서 「잊혀진 60년, 현해탄을 건너온 아내들」이라는 프로그램으로 한국에 거주해온 日本人妻들의 실상을 방송하였는데, "日本人妻의 문제는 왜곡된 민족주의의 사례로는 매우 상징적일 수밖에 없는 것이고, 우리의 강한 자민족주의의 얼굴을 비춰주는 거울이다"라고 말하여, 한국 민족주의의 현실을 되돌아 볼 것을 촉구하고 있다.

日本人妻 문제를 다룬 이와 같은 방송의 의의는 매우 크다고 할 수 있으며, 과도한 자민족 중심적사고가 한국에 거주하는 소수민족의 인권을 유린할 수 있다는 입장에도 전적으로 동감한다. 그러나 보다 중요한 것은 한국의 강한 자민족주의의 문제가 아니라, 조선민족을 말살하여 흡수통합하고 대동아공영권 운영의 야욕을 펼치던 일제의 망상이 근린 제국은 물론이요 자국민의 수많은 목숨을 희생시켰으며, 그 왜곡된 행태의 말초적 연장선에 있는 것이 日本人妻 문제이고, 일본 정부가 아직도 인정하지 않고 있는 종군위안부 문제임을 잊어서는 안 될 것이다.

5. 맺음말

이 글에서는 장혁주의 작품 중에서 일제의 패전 이후에도 한국에 거주하고 있던 日本人妻들이 6·25로 겪게 된 수난을 그려낸 작품 「異

---

39) 전성태(2004.10), 「역사의 경계에도 삶은 존재한다」, 『인권』 통권 14호, 국가인권위원회.

國의 아내」, 「부산항의 파란 꽃」, 「부산의 여간첩」에 초점을 맞추어 고찰을 시도하였다. 또한 6·25 이후의 日本人妻들의 실상에 대해서도 가미사카 후유코의 『경주나자레원』 및 기타의 자료를 통해 살펴보았다.

그 결과 6·25에 직면한 日本人妻들이 한국과 일본 당국은 물론, 가족에게조차 버림받아 방황할 수밖에 없었던 고난이야말로 일제의 식민지배로 인한 모순의 표출에 다름 아니었음을 확인해 보았다. 그리고 이와 같은 작품의 집필 동기에는 일본인 여성과 동거하여 여러 자식을 두고 있던 작가적 입장이 작용하고 있음을 알 수 있었다.

한편으로 작가는 조선(한국)인과 日本人妻 사이에서 태어난 자식들의 민족적 정체성 문제를 무의미한 것으로 그려냄으로써, 일제 말기의 친일적 집필활동에 대한 변명 내지는 일본의 가족들과 함께 살아가야할 자신의 처지에 대한 합리화를 시도하고 있다는 비판에서 자유롭지 못한 것도 사실이다.

그런데 이와 같은 日本人妻 문제와 관련하여 일부에서는 한국의 '왜곡된 민족주의'의 표상으로 규정하여 자성을 촉구하기도 한다. 그러나 日本人妻에 대한 억압과 박해의 근본 원인은 한국의 민족주의에 있는 것이 아니라, 조선민족을 말살하여 흡수통합하고 대동아경영의 야욕을 펼치려던 일제의 망상에 있다 할 것이다. 일제의 망상은 근린 제국은 물론이요 자국의 수많은 인명을 희생시켰으며, 그 왜곡된 행태의 말초적 연장선에 있는 것이 日本人妻 문제이고, 일본 정부가 아직도 인정하지 않고 있는 종군위안부 문제라 할 수 있다.

제4부

장혁주의
자전적 작품과 그 특징

장혁주의 자전적 작품에 대한 비교 고찰

1. 머리말

장혁주는 평생에 걸친 적극적인 창작활동으로 장편을 포함한 단행본 약 50권, 단편과 희곡 약 80편, 기타 평론 및 수필 등 많은 저작을 남겼다.

창작물 중에는 「仁王洞時代」(1934), 『인간의 굴레(人間の絆)』 3부작(1941), 『고독한 영혼(孤獨なる魂)』(1942), 「民族」(1946), 「僞善者」(1949), 「脅迫」(1953), 『편력의 조서(遍歷の調書)』(1954), 「戶籍謄本」(1954), 「다른 풍속의 남편(異俗の夫)」(1958), 『폭풍의 시(嵐の詩)』(1975)와 같이 자신의 파란만장한 생애를 담아낸 자전적 작품이 많이 포함되어 있다. 이와 같은 자전적 작품은 대부분 기생의 사생아라는 출생배경에 대한 회한과 조혼(早婚)한 연상의 아내에 대한 불만에서 비롯된 정신적 고뇌를 형상화하고 있는데, 일제 말기의 친일적 활동이나 일본으로의 귀화와 같은 작가적 행적과도 밀접한 관련을 맺고 있다 하겠다.

　그러나 이러한 작품들에 관해서는 '『인간의 굴레』 3부작'[1]에 대한 연구[2]를 제외한다면 필요에 의해 간혹 언급되는 정도에 머물고 있는 실정이고, 자전적 작품에 대한 통합적인 고찰은 아직 시도된 바가 없다.

　이 글에서는 장혁주의 자전적 작품 전반에 대한 검토를 통하여 작가적 체험에 대한 형상화의 실제를 확인하고, 가족에 대한 작가의 인식과 태도를 고찰하고자 한다. 이러한 연구의 목적은 친일적 행적에 영향을 미친 가정적 환경과 말년에까지 일선동조론을 주장[3]한 작가의 내면세계를 규명하려는 데 있으며, 아직 정립되지 않은 작가적 행적에 대한 사실을 보완하는데 기여할 수 있을 것이라는 인식에 토대를 두고 있다.

2. 가족사에 대한 애증의 기록으로서의 자전적 작품

　장혁주의 자전적 소설은 「民族」(1946)과 「脅迫」(1953)을 제외하면 거의 모두가 기생인 생모의 사생아로 태어났다는 불우한 생래적(生來的) 조건과 조혼(早婚)한 조선의 아내에 대한 애증의 감정을 표출하는 데 중점을 두고 있다. 즉 작가는 구 한국군 사단장의 첩으로 있던 생모가 부관인 대위와 관계를 가지는 바람에 태어났으며, 사단장의 추격을 피해 남해안 각지를 전전하던 생모는 경주에 정착하여 여관 겸

1) 『人間の絆』(1941), 『美しき抑制』(1941), 『綠の北國』(1941)의 세 작품을 가리킨다.
2) 김학동(2008.5), 「장혁주의 『인간의 굴레(人間の絆)』 3부작 론 ― 작가적 체험의 형상화를 통한 자기 합리화의 시도」, 『일본어문학』 제41집, 일본어문학회.
3) 이러한 주장을 담고 있는 대표적인 저서로 野口赫宙(1977), 『韓と倭』, 講談社가 있다.

술집을 경영하였고, 작가가 중학에 입학하기 위해 대구에 거주하던 친부와 적모(嫡母)의 집으로 들어갈 때까지는 문란한 생활을 하는 생모와 같이 지낼 수밖에 없었다는 식으로 여러 작품에 묘사하고 있는 것이다. 또한 생모의 강요로 17세 무렵에 4살 연상의 여인과 결혼하는 바람에 자신의 청춘을 잃었으며, 그녀의 곁에서 벗어나 새로운 삶을 찾기 위해 일본에 정착하게 되었다는 내용 역시 많은 작품에서 그려내고 있다.

장혁주가 소설가 백신애(白信愛)와의 연애사건으로 양친과 조선부인, 그리고 다섯이나 되는 자녀를 버리고 일본으로 도피한 것은 1936년 여름 무렵이었고, 도쿄에서 하숙을 시작한 지 얼마 지나지 않아 일본인 여성 게이코(桂子)와 동거를 시작한 뒤 일제가 패전을 맞을 때까지 넷이나 되는 자식을 두게 된다.

1935년부터 1975년까지 40년에 걸쳐 반복적으로 집필된 자전적 작품들은 각각의 시대적 상황을 반영하듯 미묘한 차이를 보이고 있는데, 특히 일본으로의 귀화가 허가된 1952년을 정점으로 생모와 전처에 대한 시각의 변화가 두드러진다. 장혁주는 귀화하면서 일제말기의 창씨명인 노구치 미노루(野口稔)를 자신의 이름으로 등록하였으며, '張赫宙'라는 필명도 노구치 가쿠추(野口赫宙)로 바꾸었는데, 완전한 일본인으로 거듭나기 위한 노력이 조국의 가족에 대한 인식에 변화를 가져온 것으로 보인다.

1) 귀화 이전의 자전적 작품과 그 특징

장혁주가 일본으로 귀화한 것은 1952년 10월의 일이었으며, 그 이전의 자전적 작품으로는 「仁王洞時代」(1934), '인간의 굴레 3부작'인 『인간

의 굴레(人間の絆)』(1941), 『아름다운 억제(美しき抑制)』(1941), 『푸른 북녘 (綠の北國)』(1941)과 『고독한 영혼(孤獨なる魂)』(1942), 「民族」(1946), 「僞善者」(1949)가 있다.

「仁王洞時代」는 잡지 『兒童』에 「영혼과 육체(靈と肉)」라는 제목으로 연재하던 것을 단편집으로 출간한 『仁王洞時代』(1935)에 다시 수록하면서 「仁王洞時代」로 변경하였다. 이 작품은 1942년에 출간된 『고독한 영혼』으로 흡수 발전되면서 "전체적으로 많은 손질"4)을 받게된다. 따라서 33장으로 구성된 『고독한 영혼』의 14장까지는 「仁王洞時代」와 거의 같은 내용으로 전개된다.

이렇게 완성된 『고독한 영혼』은 뼈대 있는 양반가문의 장남이 기생과 놀아나다 낳게 된 것이 주인공 용영(龍榮)이라는 설정을 하고 있는데, 기생인 생모가 어린 용영을 생부의 집에 억지로 들여보냄으로써 받게 되는 차별과 고통을 그려낸 전반부는 「仁王洞時代」의 내용과 같다. 철이 들 무렵에 생모 곁으로 돌아가 생활하면서부터 겪게되는 갈등이 새롭게 첨가된 내용으로, 부친의 냉대와 생모의 거칠고 불안정한 성격에 의해 폐쇄적이고 왜곡된 삶을 살 수밖에 없는 용영을 그려내는 데 초점을 맞추고 있다. 특히 생모에 대한 애증의 감정을 심도 있게 그려내고 있으나, 구체적인 상황설정에 있어 작가의 실제적 체험과 부합되지 않는 경우도 있다.

『인간의 굴레』 3부작은 작가 자신이 "실로 오랫동안 저를 떨어지지 않던 하나의 생명의 기록"5)이라고 밝힌 바 있듯이, 이미 일본에 정착하여 게이코와의 사이에 자녀까지 두고 살면서 느끼는 조선의

---

4) 張赫宙(1942), 「後記」, 『孤獨なる魂』, 三崎書房, p.325.
5) 장혁주(1941.1), 「人間の絆」, 『知性』(4-4), p.172.

가족에 대한 죄책감을 형상화함과 동시에 이러한 상황에 이르게 된 변명을 시도하고 있다. 작품은 "생모를 보살피지 못했다는 자책보다는 자신만을 바라보고 살아온 처에게 이혼을 강요했다는 것과, 철없는 자녀 넷을 생활고와 차별받는 세계로 몰아넣었다는 자괴감"6)을 그려내는데 치중하고 있다.

일제의 패전 직후에 발표된 「民族」은 『協和新聞』 창간호에 실린 귀족원 의원과의 대담 내용 중 아주 사소한 문제를 트집 잡은 전쟁 말기의 도쿄 경찰에 의해 작가가 조선으로 추방되는 과정을 그려낸 작품이다. 게이코와 자녀들에 대한 묘사와 함께 짧지만 "나의 생모는 무슨 일로 화가 나면 자주 너 같은 것은 내팽개치고 어디든 가버리겠다"7)고 자신을 협박 했다며 생모에 대한 증오와 원망도 담아내고 있다.

「僞善者」는 생모와 전처에 대한 애증의 감정을 여과 없이 드러내며, 이들에게서 빨리 벗어나 게이코와의 사이에서 태어난 자식들과 호적상으로도 완전한 가족을 꾸리고 싶다는 욕망을 그려내고 있다. 그러므로 조선의 아내가 다른 남자와 "간통해서 자식(큰딸 – 필자)을 낳았다"8)는 식의 사실로 보기 어려운 상황을 설정하는 등 전처와 헤어져야 하는 당위성을 확보하려는 내용을 많이 담고 있다. 그리고 조선의 자식들에 대해 언급하고 있다는 점도 이 작품의 큰 특징이라 할 수 있다.

이와 같이 초기의 자전적 작품에서는 주로 자신의 생래적(生來的) 열등의식과 생모에 대한 애증의 갈등을 그려내고 있으나, 백신애와

---

6) 앞의 논문, 「장혁주의 『인간의 굴레(人間の絆)』3부작 론」, p.281.
7) 張赫宙(1946.4), 「民族」, 『創建』, 創建社, p.92.
8) 張赫宙(1949.11), 「悲しい魂(「僞善者」第二部)」, 『小說界』, p.60.

의 연애사건으로 일본에 정착하면서부터는 조선의 아내에 대한 증오를 부각시키고 있으며, 자식들을 버려야하는 안타까운 심정을 드러낸다는 특징을 지닌다.

그런데 이상의 고찰을 통해 알 수 있듯이 이 시기의 작품 중에서「民族」과「僞善者」를 제외하면 일본인 부인인 게이코를 연상시키는 등장인물이 묘사되지 않는다. 이는 작가의 어린 시절을 배경으로 한 작품이 많은 탓도 있겠지만, '『인간의 굴레』3부작'과 같이 게이코와 동거를 시작한 이후에 집필된 작품에서도 실제의 정황과 거리를 둔 설정을 하고 있는 점으로 미루어, 그녀의 존재를 본격적으로 드러내고 싶지 않은 작가의 심정이 반영된 것으로 생각된다.

그런데 1949년에 발표한 작품「僞善者」에서는 조선의 처자는 물론 게이코에 대해서도 거의 사실대로 밝히고 있다. 이는 고뇌 가득한 작가적 행적에 대한 고백을 통해 정신적인 카타르시스를 얻으려는 무의식적인 집필행위의 결과라 할 수 있으며, 새로운 작가적 출발을 위한 모색으로 볼 수 있다. 즉 일본에서의 정착을 결심하고 게이코와 자식들의 존재를 밝힘으로써 독자들의 관심을 이끌어내려는 불안하지만 간절한 새로운 도전이었다 하겠다.

이상으로 고찰해본 장혁주의 귀화 이전의 자전적 작품은 일제의 패전을 전후하여 그 내용을 달리하고 있음을 알 수 있다. 패전 이전의 작품에서는 주로 자신의 불운한 생래적(生來的) 조건으로 고통 받은 어린 시절과 조혼한 아내와 이혼하고 새로운 삶을 시작하려는 욕망을 그려내고 있다. 이에 비해 일제의 패전 이후의 작품에서는 게이코와 자식들의 존재를 노골적으로 묘사하는 한편으로, 조선의 아내에 대한 의도적인 폄하를 통해 일본에의 귀화를 기정사실화하려는 의도를 엿볼 수 있다.

2) 귀화 이후의 자전적 작품과 그 특징

장혁주의 귀화(1952.10) 이후의 자전적 작품으로는 「脅迫」(1953), 『편력의 조서(遍歷の調書)』(1954), 「戸籍騰本」(1954), 「다른 풍속의 남편(異俗の夫)」(1958), 『폭풍의 시(嵐の詩)』(1975)가 있다. 이들 작품의 특징은 작가 자신의 일본 귀화가 달성되어 게이코와 "15년간의 내연관계를 청산하고 법률상 떳떳한 부부"9)로 호적에 올린 여유로움 속에서 과거의 지난한 삶을 정리하듯 회고하고 있다는 점이다. 그런데 귀화로부터 시간이 흐를수록 과거의 행적에 대한 미화를 시도하는 경향을 보이게 된다.

「脅迫」은 제목을 통해 알 수 있듯이, 일제의 패전 직후 작가로서의 재기를 모색하던 시기에 "조국을 등진 당신은 실로 민족의 배반자다. 더 이상 참을 수 없어 당신을 제거하기로 하였다"10)와 같은 협박장을 재일조선인들로부터 받게 되자, 자신의 친일행적에 대한 변명을 시도함과 동시에 일본에 정착할 수밖에 없는 개인적인 입장을 그려내고 있다. 「脅迫」은 일본으로 귀화한 뒤 최초로 발표한 자전적 작품으로, 일제의 패전 이후 줄곧 시달려온 살해협박으로부터 해방된 여유로움 속에서 그동안의 불안했던 심경을 드러낸 작품이라 하겠다.

「戸籍騰本」과 『편력의 조서』 역시 귀화를 달성한 직후에 발표된 작품으로, 과거의 암담했던 갈등의 시간을 진솔하게 담아내고 있다.

---

9) 野口赫宙(1958.5), 「異俗の夫」, 『新潮』, p.179.
10) 張赫宙(1953.3), 「脅迫」, 『新潮』, p.123.

「戶籍騰本」은 "나(작가-필자)의 호적이 일본으로 옮겨지고, 아내(게이코-필자)와 자식이 나란히 이름을 올린 등본이 완성"11)된 기쁨을 그려낸 작품이다. 즉 조선의 전처가 사망함으로써 일본으로 귀화가 확정됨에 따라 그동안 사생아로 게이코의 호적에 올렸던 일본의 자녀들을 자신의 이름과 함께 정상적으로 등록할 수 있게 된 것이다. 이 작품은 호적등본으로 인해 겪었던 갈등의 시간을 사실적으로 묘사하고 있는데, 작가의 실제적인 행적과 연보를 확인하는 데 있어서도 매우 중요한 자료라 할 수 있다.

『편력의 조서』는 기본적으로 「戶籍騰本」과 같은 내용의 전개를 보이면서도 학창시절 및 게이코와의 관계 등을 상세히 묘사하고 있는데, 우스이 요시미(臼井吉見)12)의 말을 통해 그 특징의 일부를 확인해 볼 수 있다.

> 조선이 독립하더니, 급기야 남북으로 분열되어 대립하고 있는 현재, 이 작가는 일본으로 귀화하여 이름도 노구치 가쿠추(野口赫宙)로 바꾸었는데, 참으로 깊은 고뇌 끝에 내린 결론일 것이라는 생각을 해본다. 이 책은 작가의 반생을 그려낸 작품으로 생각되는데, 우리 일본인들은 이 작품의 주인공의 운명에 무관심할 수 없는 것이다.13)

우스이의 『편력의 조서』에 대한 언급은 조국에서 발생한 동족상잔의 비극을 지켜보면서 일본으로 귀화한 장혁주의 심정에 무게를 두고 있음을 알 수 있다. 이러한 평가도 타당한 것이라 하겠으나, 작

---

11) 野口赫宙(1954.10), 「戶籍騰本」, 『小說公園』, p.233.
12) 臼井吉見 : 1905~1987, 작가이자 평론가.
13) 野口赫宙(1954.11), 『遍歷の調書』, 新潮社, 책 표지를 두른 홍보용 띠에 수록된 내용의 일부.

품에서는 작가의 태생적인 불운에서 비롯된 생모에 대한 애증의 갈등과 조선의 아내에 대한 연민의 감정을 주로 담아내고 있으며, 일본인 아내 게이코와 함께 겪었던 격동의 시간을 다양한 시각에서 심도 있게 그려내고 있다는 특징을 지닌다.

「다른 풍속의 남편」역시 위의 두 작품과 기조를 같이 하면서도, 이(異)민족이라는 작가의 신분이 아내 게이코와의 사이에 미친 악 영향에 대해 그려내고 있다. 작품은 "대개는 아내가 남편 쪽에 동화되기 쉽다. (…중략…) 그렇지만 나의 경우는 남편 쪽에서 동화해가려고 의식적인 노력을 해왔다"14)는 작가의 독백을 통해 알 수 있듯이, 자신의 민족적 특성을 문제 삼는 게이코에 대한 불만을 토로하는 방식으로 두 사람 사이에 가로놓인 민족의 장벽을 형상화하고 있다.

그런데 말년에 집필한 『폭풍의 시』에서는 조선의 전처와 자식들을 전혀 묘사하지 않고 있을 뿐만 아니라, 아예 결혼을 하지 않았던 것으로 그려내고 있다. 경주에 살고 있는 생모와 대구의 생부 및 적모(嫡母), 그리고 경주의 소학교와 대구고등중학교 시절을 중심으로 한 생활을 그려내는 데 치중하고 있으며, 게이코와 함께 한 일제말기를 덧붙여 묘사하고 있을 뿐이다. 즉 말년의 작가는 과거를 진지하게 되돌아보기는커녕, 자신의 굴절된 인생을 감추거나 미화하는데 노력을 기울였다는 인상을 주기에 충분한 작품이라 하겠다.

이상에서 살펴본 귀화 이후의 자전적 작품들은 떳떳하고 안정된 일본인으로서의 삶을 시작한 작가가 과거를 회상하는 입장에서 집필했다는 특징을 지닌다. 따라서 조선의 전처에 대한 험담을 찾아보기 힘들며, 감정을 드러내지 않는 비교적 냉정한 묘사로 일관하고 있다.

---

14) 앞의 책, 「異俗の夫」, p.164.

그러나 한국의 자식들에 대한 언급이 전혀 없고, 말년의 작품인『폭풍의 시』에서는 전처조차 묘사되지 않고 있다는 점에서, 이들에 대한 회한의 감정이 깊게 자리하고 있음을 알 수 있다. 즉 조선의 전처와 자식들은 자신의 행동으로 인한 온전한 피해자인 만큼, 이들에 대한 작가의 심적 고통과 부담이 그만큼 컸었다는 것을 의미한다 하겠다.

3. 가족에 대한 작가의 인식과 태도

당연한 것이겠지만 장혁주의 작가적 체험을 다룬 많은 자전적 작품들은 가족에 대한 인식과 그에 따른 자신의 대응을 그려내는 데 중점을 두고 있다. 그리고 자서전이 아닌 이상 사실을 바탕에 두면서도 작품에 따라 다소의 허구를 가미하고 있는 경우가 대부분이라 할 수 있는데, 작가의 실제 경력과 여러 작품을 비교 분석해보면 비교적 쉽게 그 진위는 파악할 수 있다. 그러나 그와 같은 허구 역시 작가의 가족에 대한 인식의 한 단면으로서의 의도된 창작이라는 판단 아래, 작품에 용해된 허구를 밝혀내는데 초점을 맞추기보다는 가족 구성원에 대한 묘사 중에 핵심적인 내용을 분석하여 그 인식의 실태와 배경을 확인해보고자 한다.

1) 애증으로 점철된 생모와의 관계

생모에 대해서는 "나는 자주 마당으로 내동댕이쳐지는 바람에 정신을 잃고 며칠씩 혼수상태에 빠졌다"[15]와 같은 표현이 많은 작품에서 보이고 있으며, 대가 세고 허영심이 많은 전형적인 술집의 기생으로 묘사된다. 작가 자신을 사생아로 낳아 평생의 한을 심어 줬을 뿐만 아니라, 조혼(早婚)까지 시켜 자신의 청춘을 송두리째 앗아버린 장본인이라는 식의 인식은 「仁王洞時代」, 「民族」, 「脅迫」, 『폭풍의 시』를 제외한 모든 작품에서 보인다.

이와 같은 생모에 대한 인식은 그녀의 첫 결혼에 대한 묘사에서부터 나타난다.

> 어머니는 이 근처(長生浦-필자) 어촌 출신이다. 열여섯 살 때 시집을 갔지만 어부인 남편이 너무 싫어서 어느 날 신혼집을 도망쳐 나왔다. 초량, 부산, 나중에는 대구로 갔는데, 20년의 세월이 흘렀다. 불쑥 나타났을 때는 아비 없는 자식을 하나 데리고 있었다.[16]

어린 작가를 데리고 장생포로 되돌아온 생모는 이미 36세가 되어 있었으며, '아비 없는 자식'이라는 표현을 통해서 작가가 사생아임을 밝히고 있는데, 생모에 대한 부정적인 인식을 바탕에 두고 있음을 알 수 있다.

그리고 이혼한 이후의 생모의 행적에 대해서는 "열여섯에 기생이 되었다고 하니까 그 몸은 남자로부터 남자로 방랑하여 더럽혀져 있었다"[17]라는 식의 멸시와 증오로 가득한 내용을 담아내는데 치중하고 있다.

이와 같은 생모에 대한 부정적인 인식은 자신의 출생과 관련된 묘

---

15) 앞의 책, 「異俗の夫」, p.169.
16) 野口赫宙(1975), 『嵐の詩』, 講談社, p.10.
17) 앞의 책, 『遍歷の調書』, p.24.

사에서 극에 달한다.

> 사단장의 첩이었던 나의 생모는 자식을 원하고 있던 사단장의 아이가
> 아니라 주계대위(主計大尉)의 아이를 배어 한번은 낙태에 성공하였으나
> 두 번째는 아무리해도 떨어지지 않았기 때문에 아이를 낳았다. 그것이
> 나였다고 嫡母는 망설임 없이 나에게 들려주었다. 나의 생모는 이를 은폐
> 하기 위해 사단장 곁을 도망쳐서 그가 죽을 때까지 먼 지방에 숨어 있던
> 덕분에 퇴역 주계대위는 살아남을 수 있었다.[18]

이는 『편력의 조서』의 내용의 일부인데 거의 같은 내용이 「이속의
남편」에도 묘사[19]되고 있으며, 당시의 보다 구체적인 정황은 출생에
서부터 일본으로 귀화하여 호적등본을 완전히 바꾸게 되기까지의 과
정을 사실적으로 그려낸 「戶籍騰本」에 적시되어 있다.

> 星州의 裵氏가 사망했다고 한다. (…중략…) 그것을 나에게 알린지 며
> 칠 지나지 않은 어느 날, 2 3일 중으로 많은 손님이 오는데, 실은 그 분
> 이 너의 진짜 부친이니까 그렇게 알고 있어![20]

작가는 생모의 말대로 구 한국군 사단장 출신인 배씨의 사망 직후
자신을 데리러온 생부의 손에 이끌려 대구로 간 뒤 계성(啓聖)학교에
입학하게 된다. 그러나 제대로 적응을 못한 작가는 관립 대구고등보
통학교에 응시를 하였는데, 이때 그의 복잡한 호적이 문제가 된다.

---

18) 앞의 책, 『遍歷の調書』, p.85.
19) 앞의 책, 「異俗の夫」, p.169.
20) 앞의 책, 「戶籍騰本」, p.226.

"여기에는 묘한 사정이 있어요. 이 아이의 모친이 이 襄氏의 첩으로 있으면서, 이 襄氏는 구시대의 사단장이었는데, 그 부하의 주계대위인 張氏와 밀통해서 이 아이를 낳았지요. 그러다보니 일단 襄씨 자식인 사생아로……"21)

면접관인 일본인 교사 옆에 있던 조선인 교사의 설명에 아직 어린 작가는 "예리한 칼날로 심장을 찔린 듯한 충격"22)을 받고 굳어져 버린다. 더구나 일본인 교사로부터 '불쌍한 아이'라는 동정을 받고 "자신이 무척 천한 벌레"23)가 된 것처럼 느낀다. 이와 같은 자신의 불운한 생래적(生來的) 조건의 영향으로 조선의 유교사회에 대한 비판적인 시각과 생모에 대한 애증의 감정이 작가의 마음속에 싹트기 시작했다고 볼 수 있다.

작가가 친부와 적모(嫡母)에 의해 대구로 거주지를 옮겨 생활을 하면서도 기생인 생모의 추한 모습이 뇌리에서 떠나질 않았으며, "나는 호적상으로는 안(安)씨 집안의 후계자이고 명문의 자제이다. 그런데도 나의 피는 태어나기 전부터 신이 가장 꺼려하는 죄로 더럽혀져 있다"24)는 열등의식에 사로잡혀 있었다.

작가는 대구고등중학교 재학 시절 자신이 조선에 세 개밖에 없는 학교를 다니고 있다는 자부심을 안고 생모를 찾아 경주로 내려간 적이 있었다. 손님들을 대하고 있던 모친은 달려 나와 반갑게 맞아주었으나, 술상을 앞에 둔 손님들은 신기한 듯 작가를 쳐다본다.

---

21) 앞의 책, 「戶籍謄本」, p.228.
22) 앞의 책, 「戶籍謄本」, p.228.
23) 앞의 책, 「戶籍謄本」, p.228.
24) 앞의 책, 『遍歷の調書』, p.86.

그 눈에는 호기심이 있었고, 거만함이 있었다. 나의 학생복에 대한 존경은 조금도 찾아 볼 수 없었다. 그들에게는 내가 여전히 기생의 자식으로밖에는 보이지 않는 것이었다. 나는 혐오를 느꼈다.[25]

기생의 자식이라는 편향된 시선은 작가의 노력과는 상관없이 이미 생래적(生來的) 조건으로 결정되어 있었던 바, 자신이 속한 굴레를 벗어나지 않는 한 이의 해소는 불가능한 것으로 인식했다힌들 작가를 탓할 수는 없는 일이라 하겠다.

이상의 고찰을 통해 알 수 있듯이 생모와 관련된 작가의 내면세계는 자신의 현재위치를 규정하고 있는 모든 것으로부터 탈피하고 싶다는 욕망을 갖게 하기에 충분했던 것으로 보이며, 이를 실천하기 위해서는 생모의 그늘에서 벗어난 새로운 환경의 구축이 필요했던 것으로 생각된다. 이러한 작가의 심정은 일제에 의한 내선일체 정책에 쉽게 동화될 수 있는 토대로 작용하였으며, 결국은 황국신민화의 합리화를 위한 조선사회의 부정론으로 발전되었고, 마침내 일제말기의 국책적 작품들에 적극 반영되기에 이른 것으로 보인다.[26]

2) 조선인 아내에 대한 불만과 연민의 감정

자전적 작품에 묘사되는 조선인 아내에 대한 불만은 4살이나 연상이며 학문을 접하지 못한 구시대의 여성으로 대화가 통하지 않는다는 것에서 시작된다. 그러므로 젊은 여인에 대한 동경에서 비롯된 욕구불만은 아내를 멸시하는 것으로 표출된다.

---

25) 앞의 책, 『遍歷の調書』, p.103.
26) 김학동(2008.2), 「張赫宙 문학의 정서적 배경─親日로 표출된 生來的 열등의식과 부婚의 갈등」, 『日語日文學硏究』 제64집 2권, 한국일어일문학회

"사랑할 수가 없어, 절대로 사랑할 수가 없어. 당신과 나는 차이가 너무 많이 난다구. 나는 지금 18세 정도의 여자가 딱 좋단 말이야. 게다가 당신 같은 여자는 정말 질색이야."[27]

인용문의 조선의 아내 귀향(貴香)[28]이 26세로 묘사되고 있으므로 작가의 나이는 22세가 되는 셈인데, 이때는 이미 1남 2녀의 자녀를 두고 있었고 머지않아 차남이 다시 태어날 무렵의 일이다. 이 말을 들은 귀향은 "당신이 무슨 일을 하던 저는 결코 불평하지 않겠다"[29]며 그냥 집에 남아 있게 해달라고 애원한다. 생모의 반대도 있었지만 감수성이 예민하고 모질지 못한 작가는 쉽사리 아내와 헤어지지도 못한다. 오히려 포악한 성격의 시어머니 밑에서 여러 자식을 건사하느라 애쓰는 아내의 모습에 연민의 정을 느끼기도 한다.

어떠한 질책과 모함에도 묵묵히 참고 살아온 아내. 오랜 세월의 압박을 참고 참아오면서 쌓인 분노. 그리고 유일하게 의지할 수 있었던 남편에게 배신당한 마음의 고통. 그러한 것들이 오늘 이렇게 그녀로 하여금 최후의 반항을 하게 만들고 있다. 아내의 반항이 크면 클수록 지난날의 아내의 불행한 인내가 크게 부각되는 것이었다.[30]

『푸른 북녘』에서 가족을 버리고 젊은 소학교 여선생과 함께 간도로 떠나려 하자 그처럼 참을성이 많던 아내 귀향(貴香)이 따지고 드는 모습을 묘사한 장면이다. 대부분의 사람들이 조혼으로 가정을 꾸리어 살아가고 있던 시대였던 만큼 이러한 상황을 맞게 된 귀향이야말

---

27) 앞의 책, 『遍歷の調書』, p.152.
28) 본명은 金貴行.
29) 앞의 책, 『遍歷の調書』, p.152.
30) 張赫宙(1941), 『綠の北國』, 河出書房, pp.311~312.

로 구습으로 인한 최대의 피해자라 할 것이다. 귀향(貴香)에 대한 이러한 연민의 시선은 작가가 일본에서 게이코와 동거를 시작한 이후 일시 귀국하였다가 다시 돌아가면서 느꼈던 자책의 심정이 반영된 것으로 보인다.

그런데 이러한 아내에 대해 「僞善者」에서는 부정한 여인이며, 게이코와 결혼하려는 자신을 방해하려는 모진 여인으로 그려내고 있다.

> 그는 英子(장녀 – 필자)가 태어났을 때의 그 꺼림칙한 소문을 의심해 보지 않고 오늘에 이르렀다. 그 무렵의 그의 육체로는 아이가 생길 리가 없었다.[31]

아내 귀란(貴蘭)이 그와 혼인을 올리기 전에 다른 남자와 정을 통하여 자신의 큰딸 영자를 낳았다는 식으로 이야기를 전개하고 있는데, 이를 입증하기 위해 작가는 자신이 아직 아이를 가질 수 없는 15세에 결혼한 것으로 설정[32]하고 있다. 그러나 그 무렵의 작가의 행적을 종합적으로 고찰해보면 17세 무렵에 결혼한 것으로 판단되고 있어서, 조선의 아내를 부정한 여인으로 몰고 가기 위한 설정이 아닌가 생각된다. 뿐만 아니라, 지금까지의 말이 없고 참을성이 많던 여인에서 악독한 여인으로 변신시키기도 한다.

> "여기의 자식들을 전부 죽이고 자결하겠어요. 18년간 고생한 첩에게 안겨준 원한을 원한으로 갚겠어요. 원귀가 되어 평생 따라다니겠어요."[33]

31) 앞의 책, 「悲しい魂(「僞善者」第二部)」, p.59.
32) 張赫宙(1949.6), 「僞善者」, 『小說界』, p.31.
33) 앞의 책, 「悲しい魂(「僞善者」第二部)」, p.59.

이와 같이 「僞善者」에 등장하는 조선의 아내는 다른 작품과는 사
뭇 다른 모습으로 묘사되는데, 이는 몸져누운 귀란(貴蘭)으로부터 "죽
기 전에 꼭 한 번 당신(작가-필자)을 만나고 싶다"[34]며 조속히 돌아
와 달라는 애원 섞인 내용의 편지를 받은 이후의 죄책감을 해소하기
위한 방편으로 보인다. 또한 게이코와의 새로운 출발을 다짐하면서
조선의 가족들과는 의도적으로 거리를 두려는 의지의 표출로도 생각
된다.

그러나 말년의 작품인 『폭풍의 시』에는 조선의 전처가 아예 등장
하지 않는다. 잊혀질리 만무한 과거의 아픔이지만 자신의 심정을 작
품을 통해 토로하지 않고도 견딜 수 있을 만큼의 여유를 갖게 된 결
과로 생각된다.

3) 조선과 일본의 자녀에 관한 묘사

조선의 자녀에 관한 묘사는 귀화이전의 작품인 『인간의 굴레』 3부
작과 「僞善者」이외의 작품에서는 보이지 않는다. 그 중에서도 『푸른
북녘』에서는 가족을 버리고 떠나기 전에 자식들의 잠든 모습을 응시
하는 작가의 애절한 심정을 잘 나타내고 있다.

얼굴 아래쪽에 한쪽 손을 대고 있는 딸, 작은 입을 꼭 다물고 가벼운
숨소리를 내고 있는 장남. 그는 가슴이 막혀 숨을 제대로 쉴 수 없었고
울지 않으려 이를 악물고 그 방을 나왔다. (…중략…) 아내의 방에 살며
시 들어가, 거무죽죽한 아내의 자는 얼굴에, (나는 죄인이오. 내 죄 때문
에 당신은 앞으로 힘든 고생을 하겠구료)라고 그는 중얼거렸다. 그리고

---

34) 앞의 책, 「僞善者」, p.24.

어미 팔 밑에 얼굴을 묻고 잠들어 있는 아이(차남)를 들여다보다가 참지 못하고 살짝 안아 올려 볼을 비볐다.[35]

이와 같은 조선의 자녀들에 대한 안타까운 연민의 정에도 불구하고 일본으로 귀화한 이후의 작품에서는 이들에 대한 언급을 찾아볼 수 없다. 『편력의 조서』에 전처와의 사이에 자식이 하나 있었음을 암시하고 있으나 갓난아이 시절에 병으로 사망한 것으로 묘사하고 있다. 자전적 소설에 다섯이나 되는 자식 이야기를 쓰지 않고 있다는 것은 감정을 추스르기 어려울 만큼의 깊은 상처를 작가 자신이 안고 있다는 반증으로 생각된다. 그러나 한반도에 6·25전쟁이 발발하자 "조선인 아내와의 사이에 태어난 자식들이 남북으로 나뉘어 싸우는 사태에 직면한 것을 염려"[36]하여 1951년 7월 매일신문사의 후원으로 한국에 들어온다. 이로써 작가는 항상 한국에 있는 자식들의 안위를 걱정하고 있었음을 알 수 있다.

한편 게이코와의 사이에서 태어난 일본의 자녀들은 초기의 「仁王洞時代」와 『인간의 굴레』 3부작, 『고독한 영혼』을 제외한 모든 자전적 작품에 등장한다. 일본의 자식들에 관한 묘사 역시 "한일 혼혈인이 아이(장남—필자)의 경우는 순수한 조선인이 갖지 않아도 될 슬픔이 또 하나 추가될지도 모른다"[37]와 같은 연민의 감정을 담아내고 있는 경우가 많다. 또한 자식을 낳을 때마다 "태어날 아이를 사생아로 만드는 것이 주는 충격"[38]이 매우 컸다는 고백을 함으로써 일본

---

35) 앞의 책, 『綠の北國』, p.166.
36) 白川 豊(2000.12), 「張赫宙作·長編<嗚呼朝鮮>をめぐって」, 『日本學』 19, 東國大學校日本學硏究所, p.131.
37) 앞의 책, 「民族」, p.101.
38) 앞의 책, 「戶籍謄本」, p.233.

의 자식들에 대한 복잡한 심경을 토로하고 있다.

그럼에도 불구하고 많은 자전적 작품에서 일본의 자식들만을 묘사하고 있는 것은 앞으로 작가와 함께 살아가야할 존재로서 일본인 독자들에게 알릴 필요가 있었던 것이고, 조선의 자녀들은 잊고 싶은 고통의 존재였음을 말해주고 있다 하겠다.

4) 일본인 아내 게이코의 역할

일본인 아내 게이코(桂子)는 「民族」(1946)에 처음 등장하는데, 이후의 모든 작품에서 주인공인 작가와 함께 주요 등장인물로 묘사된다. 그리고 그 대부분은 민족을 떠난 사랑으로 조선인인 작가를 선택하여 여러 자식을 낳았으며, 패전 전후의 궁핍한 삶을 헤쳐나가기 위해 고군분투하는 모습으로 형상화된다.

그러나 『편력의 조서』(1954)에서는 조선의 가족으로부터 작가에게 돌아오라는 연락이 올 때마다 "당신을 이렇게 괴롭게 해서 죄송해요. 나만 없으면 당신은 괴로워할 필요가 없어요"[39]라며 발작을 일으키는 게이코의 모습을 그려낸다. 결국 이 일이 발단이 되어 작가와 게이코는 이혼까지도 결심하지만 겨우 화해하는 장면으로 작품을 끝맺는다.

또한 「다른 풍속의 남편」(1958)에서도 가족들의 경조사에 잘 참석하지 않는 작가를 빗대어 "결코 작가의 아내가 되는 것이 아니었다"[40]거나 "민족이 다르면 이렇게나 풍속이 다른 것이냐"면서 빈정대는 게이코에 분개한다.

---

39) 앞의 책, 『遍歷の調書』, p.216.
40) 앞의 책, 「異俗の夫」, p.165.

> 한 개인의 별난 성격을 그 대로 민족의 특성으로 단정하고 민족적 모
> 멸을 주는 것에 대해 진작부터 불만을 가지고 있던 나는, 나의 그 불만을
> 알고 있을 아내가 너무나도 간단하게 민족을 끄집어 낸 것에 대해 분노
> 가 끓어올랐다.[41]

두 사람의 이와 같은 마찰은 계속되어 당분간 별거에 합의 하는
것으로 「다른 풍속의 남편」은 막을 내린다. 이러한 설정은 작가 자
신은 물론이요, 남편을 사랑하여 결혼한 게이코마저도 민족의 벽을
넘어서지 못하고 있으며, 이로 인해 발생된 간극이 부부의 결합을
갈라놓을 정도로 심각하게 발전할 수 있음을 보여주고 있다. 끝임
없이 민족을 넘어서려는 노력을 기울여온 작가가 자신을 가장 잘 이
해하고 있는 사람이라 여겼던 아내와의 사이에 심각한 민족적 갈등
이 존재하고 있다는 전개를 통해 작가적 행적에 대한 아이러니를 엿
볼 수 있다.

5) 생부와 嫡母의 존재

작가는 14세 되던 해에 대구에 있는 생부의 집으로 들어가 중학교
를 다녔으며, 적모(嫡母)의 영향으로 성당에 나가 세례까지 받는 등
비교적 착실한 소년기를 보내게 된다. 그러나 『편력의 조서』에서는
당시의 친부에 대한 작가의 인식이 매우 좋지 않았던 것으로 묘사하
고 있다.

> 생부 쪽에서는 자신의 조상에 대한 제사를 지내 줄 후계자가 생긴 것

---

41) 앞의 책, 「異俗の夫」, p.165.

에 안심하였으나 서로 간에 애정은 없었다. 나는 생부와 얼굴을 마주하는 것이 두렵고 왠지 싫었다.[42]

게다가 생부는 기생인 생모와의 사이에서 태어난 작가를 천대시하고 있었던 관계로 이따금 "아무리 가르쳐도 너는 싹수가 노랗다. 태생이 비천한 것은 교육으로는 안 되는군"[43])과 같이 노골적으로 멸시하기도 하였다.

그런데 '인간의 굴레 3부작' 중의 두 번째 작품인 『아름다운 억제』(1941)에서는 두 사람의 화해와 융합의 과정을 그려내고 있어 주목을 끈다. 『아름다운 억제』는 「집」과 「아름다운 억제」로 제각기 독립된 작품을 한데 묶어 놓은 형태를 취하고 있는데, 생부와의 관계는 주로 「집」의 4, 5장에서 작가의 분신인 '정영'의 마음속에 쌓인 불신의 벽을 허물어가는 과정을 통해 묘사된다.

「집」의 제 4, 5장에서는 정영이 생부를 따라 소작농의 수확을 점검하기 위해 돌아다니며 느끼는 인간적인 따스함이 집중적으로 부각된다. 그리고 선산에 같이 올라가 한동안 자신을 보살펴준 적모(嫡母)의 묘소에 절을 하는 등 가족을 위해 노력해야겠다는 정영의 다짐으로 작품을 맺는다.[44]

한편 작가를 집으로 받아들인 적모(嫡母)는 혼신의 힘을 기울여 그의 정신적인 안정을 위해 노력하는데, 그 방편의 하나가 교회를 다니게 하여 과거의 잘못을 회개시키는 것이었다. 그리고 "너는 생모에 대한 것은 모두 잊어야한다. 나 이외에는 너의 어머니는 없다"[45]

---

42) 앞의 책, 『遍歷の調書』, p.94.
43) 앞의 책, 『遍歷の調書』, p.94.
44) 앞의 논문, 「장혁주의 『인간의 굴레(人間の絆)』3부작 론」, p.277.
45) 앞의 책, 『遍歷の調書』, p.85.

는 말로 확실하게 자신의 아들이 되어줄 것을 당부한다. 이러한 적
모(嫡母) 덕택에 작가는 비교적 안정되고 풍족한 중학시절을 보내게
된다.

그런데 적모(嫡母)가 사망하자 작가는 "애석한 마음과 비애가 솟아
오르기 전에, 아! 이제는 호적등본을 정정할 수 있겠다 는 기쁨이 내
마음을 채웠다"[46]는 회상을 「戶籍謄本」에 적고 있다. 사생아로 살아
온 고통을 강조한 것으로 생각되지만, 작가에 있어서의 적모의 존재
를 엿볼 수 있게 한다.

이상과 같이 장혁주의 자전적 작품 전반에 대한 고찰을 통하여 작
가를 둘러싼 가족관계의 양상과 작가적 심경을 확인해 보았다. 자전
적 작품의 일반적인 특징이라고도 할 수 있겠지만, 장혁주의 작품
역시 자신을 둘러싼 가족의 이야기를 그려내는 데 치중하고 있으며,
이는 생모와 조선의 처를 비롯한 가족의 문제가 작가적 인생에 많은
영향을 미치고 있기 때문이라 하겠다.

그리고 장혁주의 일제말기의 친일행적과 패전 이후에 일본으로 귀
화하는 일련의 과정 역시 이와 같은 가정적 환경과 밀접한 관계가
있음을 짐작할 수 있다.

1936년 무렵의 장혁주는 이미 조선문단에서 환영받지 못하는 처
지가 되었을 뿐만 아니라, 생래적(生來的) 열등의식에서 비롯된 조선
의 유교사회에 대한 경멸과 조혼(早婚)한 조선인 아내로부터 탈피하
고 싶다는 열망이 크게 작용하고 있었다. 이 무렵 소설가 백신애와
의 간통사건으로 도쿄에서 도피생활을 하고 있던 작가는 게이코를
만남으로써 일본에의 정착을 결심하게 되었고, 때마침 일제의 중국

---

46) 앞의 책, 「戶籍謄本」, p.231.

침략이 본격화 되면서 내선일체에 의한 황국신민화가 적극 추진되었
는데, 조선의 모든 것에서 탈피하고 싶었던 작가에게는 일제의 정책
에 협조를 망설일 하등의 이유가 없었다 하겠다.[47] 또한 말년에까지
일선동조론을 언급하며 자신의 친일행위를 정당화시키려던 노력 역
시 한국과 일본에 가정을 꾸렸던 작가적 환경에서 비롯된 것이라 할
수 있다.

4. 맺음말

이 글에서는 장혁주의 자전적 작품 전반에 대한 개략적인 검토를
통하여 작가적 체험에 토대를 둔 형상화의 실태를 확인하고 가족에
대한 작가의 인식과 태도를 고찰하였는데, 일본으로의 귀화(1952) 이
전과 이후의 작품이 그 성격을 달리하고 있음을 알 수 있었다.

귀화 이전의 전반기 작품에서는 주로 작가 자신의 불운한 생래적
(生來的) 조건으로 고통 받은 어린 시절을 그려내거나 전처와 이혼하
여 젊은 여성과 자유연애를 즐기고 싶다는 욕망을 그려내고 있다.
이에 비해 후반기 작품에서는 게이코와 일본 자녀들의 존재를 부각
시키는 한편으로, 조선의 가족에 대한 의도적인 폄하를 통해 일본에
서의 가정생활을 정당화하려는 경향을 보인다.

귀화 직후의 자전적 작품들은 떳떳한 일본인으로서의 삶을 시작한
작가가 비교적 여유로운 가운데 과거를 회상하는 입장에서 집필했음
을 알 수 있었다. 따라서 조선의 전처에 대한 험담을 찾아보기 힘들

---

47) 앞의 논문, 「張赫宙 문학의 정서적 배경」, p.47.

며, 감정을 드러내지 않는 비교적 냉정한 묘사로 일관하고 있다는 특징을 지닌다.

이상과 같은 장혁주의 자전적 작품 전반에 대한 고찰을 통하여 생모와 조선의 처를 중심으로 한 가족의 문제가 작가적 인생에 많은 영향을 미치고 있음이 확인되었다. 그리고 작가의 생래적(生來的) 열등의식에서 비롯된 조선의 유교사회에 대한 경멸과 조혼(早婚)한 아내로부터 탈피하고 싶다는 작가의 열망은 결국 일제말기의 친일행적과 일본으로 귀화하는 일련의 행보에 직접적인 영향을 미치고 있었다 하겠다.

『편력의 조서(遍歷の調書)』

가족에 대한 회한의 해소를 위한 자학적 글쓰기

1. 머리말

노구치 가쿠추(野口赫宙, 張赫宙)[1]는 평생에 걸친 적극적인 창작활동으로 많은 작품을 남겼으며, 창작물 중에는 자신의 파란만장한 생애를 담아낸 자전적 작품이 많이 포함되어 있다. 이와 같은 자전적 작품은 대부분 기생의 사생아라는 자신의 출생배경에 대한 회한과 조혼(早婚)한 연상의 아내에 대한 불만에서 비롯된 정신적 고뇌를 형상화하고 있다.

그 중에서도 『편력의 조서』는 1952년 10월 일본으로의 귀화를 달성한 직후에 집필한 대표적인 자전적 장편으로, 일본인 아내 노구치 게이코(野口桂子)와 맺어진 과정의 합리화와 그 필연성을 강조하고자

---

1) 1905~1997. 보통 장혁주(張赫宙)라는 필명으로 불리는 작가의 본명은 장은중(張恩重)이고, 일제말기의 창씨명은 노구치 미노루(野口稔)였는데, 1952년 일본으로 귀화하면서 이를 일본명으로 등록하였다. 張赫宙라는 필명도 귀화한 뒤에는 노구치 가쿠추(野口赫宙)로 바꾸었다.

한 저서라 할 수 있다.[2] 그런데 이 과정에서 조선의 생모 및 전처에 대한 애증을 그려냄과 동시에 그들과의 인연을 무리하게 정리하려 했던 죄책감을 피력하고 있는 관계로, 작가의 생모와 전처에 대한 애증과 연민이 뒤섞인 회한으로 점철되어 있다. 또한 게이코와의 동거를 시작한 이후에 다른 여성들과 가졌던 불륜을 고백하는 것으로 그녀에 대한 사랑과 신뢰를 표현하려 했다는 특징을 지닌다.

이와 같은 작가의 체험을 소설로 완성한 목적은 스스로의 정신적 카타르시스를 얻기 위함이라 할 수 있는데, 이를 효과적으로 달성하기 위한 방편으로 선택된 것이 '자학적 글쓰기'였던 것으로 보인다. 이러한 자학적 글쓰기는 자신의 정신적 카타르시스만을 위한 것이 아니라, 독자들의 이해와 동정을 얻기 위한 효과적인 수단으로 인식하고 있었다 하겠다.

그런데 노구치 가쿠추(=張赫宙)의 자전적 작품에 대한 연구는 필자의 「張赫宙의 자전적 작품에 대한 비교고찰」[3] 이외에는 찾아보기 어렵다. 필자는 이 논문을 통해 친일적 행적에 영향을 미친 가정적 환경과 말년에까지 일선동조론을 주장[4]한 작가의 내면세계를 규명하고, 아직 정립되지 않은 작가적 행적에 대한 사실을 보완하려는 노력을 기울였다. 그렇지만 노구치 가쿠추의 모든 자전적 작품을 고찰의 대상으로 삼고 있는 관계로『편력의 조서』에 대한 깊이 있는 연구에는 이르지 못하고 있다.

그러므로 이 글에서는 노구치 가쿠추의 대표적인 자전적 작품『편

2) 김학동(2008.2), 「張赫宙 문학의 정서적 배경-親日로 표출된 生來的 열등의식과 早婚의 갈등」, 『日語日文學研究』, 韓國日語日文學會, p.45.
3) 김학동(2009.2), 「張赫宙의 자전적 작품에 대한 비교고찰」, 『한국일어일문학회』 제68집.
4) 이러한 주장을 담고 있는 대표적인 저서로 野口赫宙(1977), 『韓と倭』, 講談社가 있다.

력의 조서』에 묘사된 갈등양상을 고찰하여 작가의 가족에 대한 회한의 실체를 규명하고, 스스로의 정신적 카타르시스와 독자의 이해를 이끌어내기 위한 자학적 글쓰기의 유형 및 그 효과를 살펴봄으로써 작품이 지닌 의의와 한계를 확인해보고자 한다.

2. 가족에 대한 회한의 실체

『편력의 조서』는 작가의 숙원이던 일본으로의 귀화가 받아들여짐으로써 일본인 아내 노구치 게이코(野口桂子)[5]와 안정된 삶을 시작한 직후에 집필한 작품이다. 생래적(生來的) 열등의식과 조선의 아내로 인한 고뇌, 그리고 자신의 여성편력으로 게이코가 겪었던 고통의 시간을 자학적인 글쓰기로 완성함으로써, 스스로의 정신적 카타르시스를 추구함과 동시에 그녀의 노고에 답하고자 한 작품이라 할 수 있다.

작품은 집필에 전념하고 있던 작가가 식량조달에 분주하던 게이코와의 사소한 다툼을 빌미로 유키에(雪枝)라는 젊은 여성과 불륜관계를 맺는다는 내용으로 시작된다. 이후에는 주인공인 작가(私-나)와 유키에의 불안한 동거생활을 그려내는 한편으로, 자신에게 태생적 불운을 안겨준 생모에 대한 애증과 조혼(早婚)한 조선의 아내에 대한 불만 섞인 연민의 정, 그리고 백신애(白信愛)[6]와의 연애사건과 같은 과거의 회한을 되돌아보는 형식으로 전개된다.

---

5) 본명 노구치 하나코(野口はな子).
6) 1908~1939, 소설가. 1929년 「나의 어머니」로 등단. 대표작으로 「꺼래이」(1934), 「赤貧」(1934)이 있다.

결과적으로 현실보다는 과거의 굴절된 작가적 체험을 그려내는 데 중점을 두고 있다 하겠는데, 자신의 행위로 인해 초래된 과거의 회한을 자학적인 글쓰기로 고백하고 있다는 특징을 지닌다.

1) 생모에 대한 부정적인 인식

『편력의 조서』에 등장하는 생모는 매우 부정적인 모습으로 묘사되는데, 이와 같은 작가적 태도는 자신의 현재의 모든 고통이 생모의 격정적인 성격과 성적 난행에 기인된 것이라는 인식에 토대를 두고 있다.

작가7)는 14세 되던 해 경주의 생모 곁을 떠나 생부와 적모(嫡母)가 있는 대구로 와서 중학을 다니게 된다. 이 무렵 적모로부터 생부의 전력과 자신의 출생 환경을 듣게 됨으로써 생래적(生來的) 열등의식에 빠진다.

양반 가문의 후손인 작가의 생부는 젊은 시절에 술과 여자에 빠져 재산을 탕진하였으나, 적모와 혼인한 뒤에는 구(旧)한국군에 들어가 주계대위(主計大尉)로 임명된다. 이후 직위를 이용한 재산 축적으로 생활이 안정될 무렵 기생인 작가의 생모를 만났다.

> 당시 사단장의 첩이던 나의 생모는 자식을 원하던 사단장의 씨를 잉태한 것이 아니라 주계대위의 아이를 갖게 되었는데, 한번은 낙태에 성공하였지만 두 번째는 아무래도 떨어지지 않아서 아이를 낳았다. 그것이 나였다. (…중략…) 생모는 이일을 은폐하기 위해 사단장 곁을 도망친 뒤

---

7) 작가의 분신으로 등장하는 주인공의 이름은 안광성(安光星)이지만, 전 작품을 통해서 한두 번 정도 밖에 사용되지 않고 나(私)로 나온다. 이 글에서는 이를 작가로 표기하고자 한다.

그가 죽을 때까지 먼 지방에 숨어있었기 때문에 퇴역한 주계대위는 살아
남을 수 있었다.(85)[8]

적모를 통해 출생의 비밀을 알게 된 작가는 "생모가 자신을 낳게
된 간통죄"(80)를 짊어지고 살 수밖에 없었으며, "나의 피는 태어나
기 전부터 신이 가장 꺼려하는 죄로 더럽혀 있었다"(86)는 자학으로
스스로의 존재를 부정하기에 이른다. 결국 소년 시절의 작가는 "음
행, 간음, 호색, 추파"와 같이 자신과는 상관없다고 생각했던 말들이
"자신의 생모를 떠올리는 순간 죄의식이 싹트는 것"(82)을 느끼면서
지닐 수밖에 없었으므로 정서적인 불안정은 필연적인 것이었다.

또한 생모가 경영하는 기생을 둔 여관 겸 술집에서 어린 시절을
보낸 작가는 아침에 생모의 방에서 "노랗게 시들어버린 남자가 나오
는 것"(108)에 혐오감을 느꼈으며, 다른 방들의 뜰에 놓여 있는 남녀
한 쌍의 신발을 볼 때마다 "생모를 포함한 이 집의 모든 사람은 죄
인"(105)이라는 생각을 하게 된다.

생모에 대한 부정적인 인식은 성적 문란에 의한 도덕적 타락뿐만
이 아니라 그녀의 격정적인 성격에 기인된 바도 적지 않다. 대구고
등보통학교(이하 '대구고보') 재학 중이던 작가는 경주의 생모를 찾은
적이 있는데, 말을 듣지 않는다며 어린 동기(童妓)를 마구 때리는 생
모의 신경질적인 모습을 보게 된다. 이때 작가는 한학 서당을 이삼
일 빠졌다고 심한 체벌을 당했던 자신의 어린 시절을 떠올린다.

생모가 알아차리고 나를 잡아 뺨을 때린다. 너무 때려서 자신의 손이

---

8) 이 글에서는 野口赫宙(1954), 『遍歴の調書』, 新潮社를 텍스트로 하였다. 괄호( ) 안
  의 숫자는 텍스트의 쪽수를 가리킨다. 이하 같음.

아팠던지 내 어깨를 물어뜯었다. 마치 암컷동물이나 다름없었다. 그리고
마지막으로 내 몸을 마당으로 내던졌다. 나는 마당의 돌에 머리를 세게
부딪쳐 인사불성이 되었다. 7일 정도 나는 생사를 헤맸다.(107~108)

뿐만 아니라 생모는 "도박꾼이던 기둥서방과 싸우면서 그의 코를
물어뜯기"도 하였으며, "같은 업종의 마담 팔을 물어뜯어 전치 1개
월의 중상"(113)을 입히는 등 누구에게나 폭력을 휘둘렀다. 그러므로
작가의 생모는 화류계의 기골 찬 여성이자 "이 업계의 보스"(110)적
인 존재였던 것이다.

생모는 간혹 "남자란 친구들과 어울리며 술이라도 한 잔씩 하고
기생 하나라도 상대를 해봐야지"(112)라면서 늘 음울한 표정을 짓고
있는 작가를 나무랐다. 생모의 관점에서는 작가의 언행이 남자답지
못하여 늘 성에 차지 않았던 것이다. 그러나 이러한 생모의 격정적
인 성격은 문학 소년으로서의 예민한 감수성을 지니고 있던 작가에
게 큰 비극이었음에 틀림없다.

그러나 한편으로는 강한 모성애를 느끼기도 한다.

　　생모는 내가 온 것을 알아차리고 깜짝 놀랐다. (…중략…) 나는 생모의
팔에 안겼다. (…중략…) 생모의 눈에서 눈물방울이 뚝 떨어짐과 동시에
나도 하염없이 울기 시작했다. 그녀로부터 젖 향기가 났으며, 그녀의 따
뜻한 가슴도 어린 시절을 떠올리게 했다. 탯줄로 모체에 연결된 이래의
그리움과 애정이 내 맘의 모든 이성을 마비시켰다.(102~103)

증오심의 이면에 존재하는 모성애에 대한 갈구를 엿볼 수 있는데,
이러한 내면세계는 장차 생모와의 인연을 끊고 새로운 삶을 모색하
려는 작가의 양심에 많은 고통을 안겨주게 된다.

　　그러나 이상에서 고찰한 바와 같이 성적으로 문란하고 폭력적인
생모의 존재가 어린 작가에게 미친 악영향은 매우 컸던 것으로 보인
다. 그러므로 작가는 생모의 나락의 세계로부터 빠져나오기 위해 혼
신의 노력을 기울였으며, 서미싯 몸이 『인간의 굴레에서(Of Human
Bondage)』(1915)를 통해 자신의 과거를 고백함으로써 정신적인 카타르
시스를 얻었던 것처럼 노구치 가쿠추도 자전적 작품을 집필하여 새
출발을 다짐했던 것이다.9)

2) 조선의 아내에 대한 불만과 자유연애에 대한 갈망

　　작가는 대구고보 2학년 겨울방학 때 경주의 생모를 찾았다가 그녀
의 강요로 4살 연상의 귀향(貴香)10)과 결혼을 하였다. 귀향이 20살로
묘사되고 있으므로 작가의 나이 16세 때라고 할 수 있으나, 실제로
는 작가의 나이 17세, 귀향은 21세였던 것으로 보인다.11)

　　작품에서 작가는 생모의 추태로 인해 성에 대한 혐오를 느끼고 있
었다고 언급하고 있지만 "불덩어리 같이 뜨거운 피부에 닿자 모든
것이 용해될 듯한, 한없이 계속 불탈 것 같은 정욕이 솟아나 불꽃처
럼 순식간에 사라졌다"(133~134)라든가, "파도처럼 밀려왔다 빠져나
가는 완전히 불타버린 그것은 무엇인가"(134)와 같은 표현으로 첫날

---

9) 김학동(2008.5), 「張赫宙의 『인간의 굴레(人間の絆)』 3부작 론－작가적 체험의 형
　　상화를 통한 자기 합리화의 시도」, 『日本語文學』 제41집, 日本語文學會. p.272.
10) 본명은 김귀행(金貴行).
11) 작가의 행적을 면밀히 검토해보면 14세 때 대구의 생부의 집으로 들어온 뒤, 이
　　듬해인 15세 때 계성학교에서 1년가량 수학하다가 그만두었고, 16세에 대구고보
　　에 입학하여 이듬해인 2학년 겨울 방학 때 생모를 찾았다가 결혼하였는데 그 때
　　나이는 17세가 되어 있었다. 자전적 작품 「戶籍謄本」에서는 15세 때 결혼한 것으
　　로 되어 있으나 이는 조선의 아내가 불륜으로 장녀를 낳았다는 것을 뒷받침하기
　　위한 설정으로 보인다.

밤을 치렀음을 묘사한다.

그런데 결혼식을 치른 뒤 혼자만 대구로 돌아온 작가는 경주의 친구인 정(鄭)으로부터 "바보 같은 놈아, 너는 처음부터 다른 사람의 여자를 들인 거야"(138)라는 말을 듣는 것으로 설정하여 귀향(貴香)을 부정한 여인으로 몰고 간다. 그리고 시간이 지난 뒤 경주의 생모로부터 딸이 태어났으나 폐렴으로 죽었다는 소식을 듣고 당황해하고 있을 때, 또 다시 정(鄭)으로부터 일수를 헤아려보면 알 것이라는 말을 듣고 심각한 혼란에 빠진다.

이와 같은 정서적 불안정 속에서 학업을 지속하던 작가는 대구고보 4학년 때 동맹휴업에 가담했다가 무기정학을 당했는데, 그 분풀이로 "불륜의 자식을 낳은 여자와 인연을 끊어 달라"(145)는 편지를 생모에게 보내기도 한다. 생모는 뜬소문이니 믿을 것 없다는 답신을 보내왔으나 작가는 "소문이 진짜라는 것을 인정하는 것"(145)이 두려워 그런 답신을 보내온 것으로 생각한다.

귀향(貴香)이 불륜을 저질렀다는 설정은 게이코와의 결합을 정당화하기 위한 방편으로 생각되는데, 작품 속에 다섯이나 되는 조선의 자식을 전혀 그려내지 않고 있는 것만으로도 작가의 속내를 어느 정도 짐작할 수 있다 하겠다. 즉 조선의 자식을 그려낼 경우 자식까지 버린 냉혈한이라는 비판에서 자유로울 수 없었을 것이기 때문이다.

작가는 대구고보를 좋지 않은 성적으로 졸업한 탓에 취직도 어려웠고 대학에 진학하지도 못하였다. 이러한 불만이 "살친당(殺親當), 부婚타도회, 자유연애그룹, 종교박멸운동"(147) 등의 사상을 가진 단체에 관여하거나, 민족해방운동을 빙자하여 술을 마시고 다니게 만들었다. 이에 대해 작가는 "민족의 본능은 절반 이하였고, 실은 생모와

貴香에 대한 불만이 당시 행동의 주체였다"(148)고 고백하고 있다.

결국 작가는 생모의 격한 성정을 두려워하여 주저하던 투쟁을 시작한다.

> 내가 이렇게 타락한 데에는 원인이 있습니다. 저 며느리입니다. 저는 싫습니다. 아무런 애정도 느낄 수 없습니다. 조혼이 정말로 싫습니다. 제발 저 사람과 이혼하게 해주세요.(148)

성인이 된 작가는 귀향과 이혼하게 해달라고 애원을 해도 생모가 말을 들어주지 않자, "어머니도 몇 명이나 남자를 바꾸지 않았습니까, 마음에 들지 않는다는 이유로"(149)와 같은 막말도 서슴지 않는다. 한편 앓아누운 생모를 간병하기 위해 약을 달이는 귀향의 생기 잃은 모습을 바라보며 "생모가 貴香의 생기를 다 소모시켰다"(150)는 생각을 하기도 한다. 생모의 억압보다도 자신과 이혼하려는 어린 남편으로 인해 고통을 받고 있을 것이라는 사실을 애써 외면하고 있는 것이다.

마침내 작가는 "세월이 흐르면 정이 생길지도 모른다"며 한 가닥 희망을 품고 있던 귀향에게 이혼을 요구한다.

> 절대 안돼요, 절대로 사랑할 수 없어요. 당신과 나는 나이 차이가 너무 나요. 난 지금 18세 정도의 여성이 좋단 말이요. 게다가 당신 같은 구식 여자는 질색이요.(152)

작가의 나이 22세, 귀향은 26세가 되었을 때의 일이다. 이 말을 들은 귀향은 이미 친정 부모님이 모두 돌아가셔서 갈 곳이 없으니 이곳에 남아 있게만 해달라고 애원한다. 그런데 실제로 이 무렵에는 이미 셋이나 되는 자식을 두고 있을 때였으므로 귀향이 이들을 데리고 친정으로 간다는 것은 무리가 있었다. 이러한 입장의 귀향을 쫓아낸다는 것은 독자들의 비난을 자초하는 일이라는 점을 고려한 것인지, 작품에서는 조선의 자식들을 밝히지 않고 있다.

이때부터 작가는 기생집을 들락거리기 시작하는데, 자신의 타락을 모두 귀향의 탓으로 돌린다. 결국은 소설가 백신애(白信愛)와의 연애 사건12)으로 그녀의 남편에게 간통죄로 고소당할 위기에 놓이자 자신이 해외로 떠나는 것에 합의를 본다. 이에 따라 1936년 여름 무렵 나가사키(長崎)를 거쳐 상해(上海)로 간다고 하고는 도쿄에 정착하게 된다.

이후 약 8년의 세월이 흘러 미군의 공습으로 신음하는 도쿄에서 작가는 생모로부터 귀향이 위독하니 돌아오라는 "애원조"(224)의 연락을 받는다. 친구 고영(孤影)으로부터도 뼈만 앙상하게 남은 귀향이 "자네를 보고 싶다는 말을 반복"(225)하고 있으니 돌아와 달라는 편지가 왔다. 그러나 게이코가 세 번째 아이를 가진 채 연일 이어지는 폭격에도 아랑곳 않고 잠만 자는 상황을 빌미로 돌아가지 않는다.

얼마 지나지 않아 "자네와 같이 냉혹한 인간이 있다는 것에 놀랐다"(227)는 말과 함께 귀향이 사망했다는 소식을 고영으로부터 받는다. 그러자 작가는 "귀향이 죽어 한숨을 돌렸고, 오랜 동안 끊어내지 못하던 인연이 풀렸다"(227)며 기뻐한다. 귀향의 죽음을 진심으로 기

---

12) 『편력의 조서』, 181쪽에서 194쪽에 걸쳐서 백신애와의 밀회를 상세히 묘사하고 있다. 이러한 정황에 대하여 남부진은 백신애의 신상에 관한 것을 포함하여 사실에 가까운 것이라고 「＜内鮮結婚＞の文學：張赫宙作品を中心に」, 『人文論集』55(1)(2004.7)에서 밝히고 있다.

뻐하지는 않았겠지만 게이코와의 법적인 결합이 가능해진 것에 한숨을 돌렸다는 말로 이해할 수 있을 것이다.

이와 같이 작가는 강요된 조혼에 의해 초래된 불행한 인연들을 끊어내고 일본으로 도피하여 정착하게 되었다. 그리고 자신의 불행을 잉태했던 조국과 민족 역시 쓰라린 애증의 상징일 뿐이었으므로, 이로부터 해방되고 싶다는 욕망이 강하게 작용하고 있었을 것이며, 이것이 작가를 친일적 글쓰기로 몰아간 주된 원인이라 하겠다.

3) 게이코의 헌신적인 사랑에 대한 죄의식

작가의 생래적(生來的) 열등의식과 강요된 결혼에 의한 불행했던 삶은 게이코를 만나면서 새로운 전환점을 맞게 된다. 게이코는 하숙집을 하는 숙모를 도와주러 왔다[13]가 시인[14]인 작가의 우울한 모습에 일종의 보호본능을 느끼고 관심을 갖게 된다. 그녀는 "조선의 아내인 貴香에게 이혼을 요구하여 당사자가 승낙을 했음에도 불구하고 생모가 이를 받아들이려 하지 않아서 법률상 자유롭지 못하다"(50)는 작가의 고백을 듣고도 가까운 신사로 올라가 둘만의 결혼식을 올린다.

두 사람이 동거에 들어간 것을 알게 된 게이코의 부친이 반대하였으나 그녀의 작가에 대한 깊은 사랑을 꺾지는 못하였다. 작가는 게이코의 헌신적인 보살핌으로 건강을 되찾으면서 집필활동에 힘을 쏟아 나름의 여유 있는 생활을 보낼 수 있게 되었고, 자식도 둘이나 낳

---

13) 작품에서는 소학교 교사인 게이코가 한가한 시간에 숙모의 집에 온 것으로 묘사하고 있으나 실제로는 교사로 근무한 흔적을 찾아보기 어렵다.

14) 장혁주는 시를 한편도 남기지 않고 있는데, 작품에서는 시인으로 등장한다. 그러나 작품 여러 곳에 아동소설을 쓰고 있다거나, 식민지 조선에 살고 있는 일본인 2세에 관한 글을 쓴다는 등 소설가라는 것을 완전히 감추지는 못하고 있다.

는다. 그런데 작가는 "스스로의 일본어를 능숙하게 만들 수 있는 계기를 찾을 수 있었던 것이 게이코이며, 그녀의 마음을 빌려서 성취해야한다"(56)는 목적의식으로 게이코와 함께 하게 되었다고 작품의 여러 곳에 밝히고 있다. 즉 완벽한 일본어 습득을 위해 동거하였음을 토로하고 있는 것이다.

이러한 와중에도 조선의 생모는 빨리 돌아오라는 편지를 자주 보내왔다. 평소에는 별로 관심을 보이지 않던 게이코가 장녀 요코(洋子)를 낳기 전날에는 우울한 얼굴로 "또 뭔가 심각한 말을 썼나요"(215)라고 물어온다. 작가는 별일 아니라고 얼버무렸지만 "어머니는 너무 심해요"(216)라며 울음을 터뜨린다.

> "당신을 이렇게 괴롭혀서 미안해요. 저만 없으면 당신은 괴로워할 필요가 없었을 거예요. 어머니는 날 증오하고 있는 거예요"(216)

출산을 앞둔 게이코의 발작은 작가에게 상당한 불안과 충격을 안겨주었으며 그녀에 대한 믿음과 환상이 깨졌다는 생각을 갖게 만든다.

> 그 폭발은 게이코를 다시 보게 만들었다. 게이코는 지금까지 생모와 貴眷의 일을 전혀 언급하지 않았었다. 모든 것을 알고 이해해주고 있다고 쉽게 생각한 것이 잘못이었다. (…중략…) 내가 게이코와 함께 산 것이 잘못이었다. 게이코는 불행하다고 나는 생각했다.(218)

이와 같은 작가의 독백은 게이코를 사랑한 마음에서 비롯된 것이라 할 수 있을 것이나, 이 일이 있은 후에는 게이코도 자신의 주장을 나름대로 솔직하게 드러내기 시작한다. 특히 첫 아이를 낳고부터는

체면을 가리지 않는 생활력을 발휘하였는데 작가에게는 이것이 불만
이었다.

셋째 아이를 가진 게이코가 전쟁 막바지의 계속되는 폭격에도 불
구하고 피곤하다며 잠만 자고 있을 때 고국으로부터 귀향이 사망했
다는 소식이 날아들었다. 작가는 임신 중인 게이코에게 "그 사람이
죽었다는 군"이라고 짧게 전한다.

> 게이코는 아무런 표정도 없이 서 있었다. (…중략…) 말은 하지 않았지
> 만 그녀가 얼마나 貴香에 대해서 신경을 쓰고 있었는지 그 얼굴에 나타
> 나 있었다. 나는 게이코의 지금까지의 마음의 고통을 생각하고 미안한
> 생각이 들었다.(229)

작가의 전처인 귀향의 존재가 게이코의 마음속에 큰 부담으로 존
재하고 있었음을 묘사하고 있는데, 그만큼 자신의 속내를 드러내지
않고 참아온 게이코에 대한 감사의 마음을 전하고 있는 문장이라 하
겠다.

패전을 앞둔 1945년 5월에는 생모의 사망 소식을 전해 듣는다. 이
때도 만삭인 게이코를 핑계 삼아 고국에 돌아가지 않았다. 그리고
얼마 지나지 않아 작가는 일본의 자녀 셋을 데리고 게이코의 호적에
데릴사위로 입적하여 떳떳한 가족 관계를 이루게 된다. 게이코는
"겨우 해냈군요. 10년이나 걸렸어요"(239)라며 기뻐한다.

일제의 패전으로 작가는 새로운 국면에 직면하였으나 다행히 영화
를 만드는 재일조선인[15])을 만나 시나리오를 써주면서 비교적 풍족한

---

15) 작품에서는 '제3국인'이라는 약간은 경멸 섞인 말로 표현한다. 아마도 장혁주 자
   신을 친일파로 몰아 살해하겠다는 협박을 해온 재일조선인 단체에 대한 반발에
   서 비롯된 것으로 보인다. 자신이 친일파로서 재일조선인들로부터 살해 협박을

생활을 하게 된다. 그런데 같은 사무실에 근무하는 유키에(雪枝)라는 17살이나 어린 여성과 관계를 갖게 된다. 이를 눈치 챈 게이코가 반발하자 집을 나가 동거에 들어가더니 임신까지 시킨다.

그러나 작가는 게이코와 자식들이 눈앞에 어른거려 집으로 향하는데, 그를 맞은 게이코가 "제가 잘못했어요. (…중략…) 함부로 아무 말이나 한 것이 후회스러워요"(292)라고 눈물을 흘리며 돌아와 달라고 애원한다. 유키에도 "첩 생활은 싫다"(301)며 당신의 자녀들을 생각해서라도 헤어지고 싶다는 의사를 밝힌다. 결국 유키에는 중절수술을 받고 시골에서 그녀를 기다리고 있는 남자에게로 돌아간다.

이상과 같은 작품의 전개는 자칫 작가 자신의 도덕적 타락은 물론이요, 게이코마저도 이를 용인한 무분별한 인간으로 인식시킬 우려가 있으나, 자신의 어리석은 행동을 끝까지 인내하고 기다려줌으로써 가정을 지켜준 게이코에 대한 감사의 마음을 우회적으로 표현하려는 집필 의도에 의한 것이었다 하겠다.

3. 자학적 글쓰기의 내용과 효과

앞장에서 고찰한 바와 같이 『편력의 조서』는 조선의 생모와 전처 귀향, 그리고 집필 당시의 아내인 게이코(桂子) 세 사람에 대한 회한을 담아내는 데 주력한 작품이라 할 수 있다. 생모에 대한 회한은 자신의 일그러진 삶의 원천이라는 인식에 바탕을 둔 증오를 그려낸 반면에, 귀향에 대해서는 아무런 애정을 느끼지 못하는 연상이며 구식

받은 정황을 그려낸 작품으로 「脅迫」(1953)이 있다.

의 아내라는 불만과 함께 연민의 감정을 그려내는데 힘을 쏟고 있다. 그리고 게이코에 대해서는 자신을 나락의 구렁에서 구해주었으며, 작가의 터무니없는 여성편력까지 감내하면서 패전 전후라는 궁핍하고 혼란스러운 시기에 가정을 지켜온 것에 대한 감사의 마음을 담아내고 있다.

그런데 이러한 내용의 고백만으로는 자칫 작가의 추악한 행태에 대한 독자들의 혐오와 질타를 유발시킬 뿐, 스스로의 정신적 카타르시스를 달성하거나 작가로서의 입지를 굳히기도 어려웠을 것이다. 그러므로 자신의 행적에 대한 적당한 비판과 참회를 수반하는 글쓰기가 필요했다 하겠는데, 이의 해결을 위해 선택된 방법이 바로 '자학적 글쓰기'였던 것으로 보인다. 따라서 이 글에서 말하는 '자학적 글쓰기'는 스스로에 대한 실질적인 자학을 담은 내용뿐만이 아니라, 자신의 행동에 대한 변명이나 합리화를 위한 목적으로 시도된 글쓰기까지 포함된 개념이라 할 수 있다.

『편력의 조서』에서 작가는 자신의 입장을 합리화하고 일본인 독자들의 반향을 얻어내기 위한 방편으로 게이코와 꾸린 현재의 가정에 가치를 두는 전개를 보인다. 즉 조선의 생모나 아내 귀향과의 일그러진 관계는 모두 게이코를 만나기 위한 운명적인 것이었다는 전개를 보임으로써 작가의 행적을 비난하기 어렵게 만들고 있다. 또한 자신의 비도덕적인 행태에 대해서는 자학적인 글쓰기로 독자의 비판을 차단하는 효과를 노리고 있다. 그러나 실제로는 이러한 자학적인 글쓰기가 미묘하게 자신을 합리화하는 경우도 있어서, 반드시 참회를 동반하고 있다고 말할 수는 없다.

1) 양친과 嫡母에 대한 회한의 표출

백신애와의 연애사건으로 도쿄로 도피한 작가가 돌아오지 않자 생모는 조속히 돌아오라는 "독을 담아 퍼붓는" 내용의 편지를 자주 보내온다. 그러나 작가는 "나는 생모와 아내인 貴香으로부터 도망쳐왔다. 생모의 말대로 한다면 나는 또 그 사음(邪淫)의 지옥으로 떨어질 것이다"(34)라며 응하지 않는다.

> 짓이기고 비틀어서 더 이상 비참해질 수 없을 만큼 생모는 독기를 품어댔다. 그 독에 나는 향수를 느낀다. 사리를 벗어난 견인력이 내 마음을 잡아끈다. 그것은 마력이었다.(35)

이러한 문장을 자학적 글쓰기라 할 수는 없지만, 생모의 독설에도 불구하고 자신이 그녀에게 인간적인 애정과 향수를 느낀다는 역설적인 표현으로 독자들의 관심과 동정을 이끌어 내고 있음을 알 수 있다. 이러한 역설적인 표현기법은 자신이 피해자가 아니라 정신적인 가해자의 입장에 있을 때 보다 큰 효과를 발휘하게 된다.

적모는 감수성이 예민한 14살의 작가를 대구에 있는 자신의 집으로 받아들여 온갖 곤란을 인내하며 보살펴왔다. 그런데 대구고보의 졸업을 앞두고 방황하기 시작한 작가는 그가 꼭 "출세할 것"이라는 신념을 버리지 않던 적모에게 큰 근심을 안겨준다. 이후 적모는 위암으로 자리에 눕더니 결국 사망하고 만다.

> 겨울도 깊은 시기에 그녀는 고목처럼 마르더니 주님 곁으로 불리어 갔다. 나는 슬픔으로 울었다. 그러나 마음 깊은 곳에서 솟아오르는 단장의 슬픔이 아니라는 것을 의식하고 부끄럽게 여겼다. 아무리 잘 해줘도 타

인의 자식에 불과했던 것이다.(146)

작가를 위해 헌신한 적모의 죽음 앞에서 진심으로 슬퍼하지 못하는 자신을 자책하고 있으나, 이는 자신 만의 문제가 아니라 '타인의 자식'이라서 그렇다는 보편적인 인간의 본성을 말하고 있음을 알 수 있다. 그렇다면 굳이 자책까지 할 필요가 있는가라는 의문이 생기는데, 자신의 섬세한 인간적인 감수성을 그려냄으로써 독자들의 신뢰를 회복하려는 작가의 목적이 숨겨져 있다 하겠다.

적모가 사망한 4년 뒤에 생부가 뇌일혈로 쓰러져 운명을 하였다.

나는 상주로서의 역할을 다했다. 우리는 부자지간의 두터운 애정은 끝내 갖지 못했지만, 삼강오륜의 의리의 정은 충분히 느끼고 있었다. 나는 嫡母 때와 마찬가지로 부친의 죽음을 단장의 심정으로 슬퍼하지 못함을 참회했다.(155)

생부의 죽음에 임해서도 '단장의 심정으로 슬퍼하자 못했다'며 자신을 자책하고 있으나, 이와 같은 부자지간의 입장은 일반적인 현상이라고도 할 수 있는 것인 바, 굳이 참회하는 모습을 그려내지 않더라도 비판의 대상이 되는 일은 없을 것이다. 그럼에도 불구하고 과장된 표현을 쓴 것은 작가의 인간성을 부각시키기 위한 방편에 의한 것이라 하겠다.

일제의 패전을 앞 둔 1945년 5월에 고향의 지인인 고영으로부터 생모의 위독을 알리는 편지가 왔다. 그러나 작가는 만삭인 게이코를 염려하여 돌아가지 않았다. 결국 얼마 지나지 않아 작가의 비인간성을 비난하는 내용과 함께 생모의 사망 소식을 알려왔다.

　　나는 생모를 증오하고 있었지만, 옳고 그름을 떠나서 본능적인 슬픔이
밀려왔다. (…중략…) 하나밖에 없는 자식인데도 장례식에 가지 않았다는
것이 죄가 아니고 무엇인가라며 자신을 꾸짖었다.(237)

　생모의 장례식에 가지 못한 죄책감을 자책으로 위로하고 있으나,
적모나 생부의 사망 때와는 달리 비교적 자연스런 문장으로 완성되
었다는 생각을 갖게 한다. 그런 한편으로 왠지 가식적인 분위기가
감돌고 있음을 느낄 수 있는데, 이어지는 작품의 내용을 통해 그 이
유를 확인해 볼 수 있다.

　　"어머니 저것을 보세요. 저는 도저히 갈 수 없었단 말이에요"
　　그때 경보가 울렸다. 나는 또 생모의 영혼에게 말했다— 저것 보세요.
오늘도 수천의 사람이 죽어가고 있어요.(238)

　인용문은 작가가 슬픔으로 주변의 신사에 가서 울고 있을 때, 이
를 염려한 만삭의 게이코가 자녀들의 손을 잡고 자신을 찾아 올라오
는 모습을 보고 중얼거린 내용이다. 때마침 공습경보가 울리자 지금
이곳에서는 수천의 사람들이 전쟁으로 죽어가고 있으니 생모의 사망
이라는 슬픔에 빠져있을 겨를이 없다는 말을 하고 있는 것이다.
　이와 같은 생모의 죽음에 대한 자학적인 글쓰기는 만삭인 게이코
와 연일 폭격을 당하는 도쿄의 상황논리가 미묘하게 교차되면서 일
본인들의 마음을 파고드는 효과를 발휘하고 있다. 자신을 낳아준 생
모의 사망으로 인한 슬픔보다도 일본인 아내 게이코와 자식들의 안
전을 중시하고 폭격으로 죽어가는 일본인들에 대한 아픔을 앞세움으
로써 일본인 독자들의 관심과 우호적인 시선을 효과적으로 이끌어

내고 있음을 알 수 있다.

2) 귀향에 대한 연민과 자학적 글쓰기

조선의 아내 귀향(貴香)에 대한 자학적 글쓰기는 그녀가 자신으로 말미암아 고통의 나락에 빠지게 되었다는 연민의 감정에서 비롯된다. 작가는 대구고보를 졸업한 뒤 특정한 직업도 없어 살친당(殺親當)이니 조혼철폐니 하며 몰려다니다가 구식이고 나이 많은 여자는 싫다며 귀향에게 이혼을 요구한다. 그러자 그녀는 갈 곳이 없으니 이 집에 머물러 있게 해달라고 울며 애원한다. 작가는 자책의 상념에 젖는다.

> 나는 더 이상 싸울 상대가 없다는 듯이 멍하게 지냈다. 나만 귀향을 사랑할 수 있다면 만사가 행복해질 것 같은 기분이 들었다.(153)

작가의 여성편력으로 인한 최대의 피해자는 그의 아내 귀향이라 할 수 있을 것인데, 이를 잘 알고 있으면서도 스스로의 감정을 추스르지 못하는 고통을 담아내고 있다. 『편력의 조서』에서는 실제로 존재하는 여러 자녀들을 묘사하지 않고 있는데, 귀향의 입장에서 그 많은 자식을 데리고 집을 나갈 수는 없는 노릇이었다. 또한 모든 것을 감내하며 가정을 지킬 각오를 하고 있는 귀향을 내쫓는다는 것은 더 큰 정신적 고통을 불러올 뿐이라는 작가적 고뇌가 엿보이기도 한다. 이 문장을 자학적이라고 할 수는 없지만 솔직한 표현으로 자신의 감정을 드러내고 있어서 독자의 공감을 얻기에 충분하다 하겠다.

작가는 대망의 일본문단 등단16)의 기쁨을 귀향과 함께 하려고 시내의 백화점에 가서 엘리베이터를 탄 적이 있다. 그런데 귀향이 엘리베이터를 나오자마자 멀미로 토하는 바람에 불쾌해진 작가는 그녀를 혼자 집에 보낸다.

> 나는 자신이 수치를 느끼는 것이 당연한 것 같기도 하고 부당한 것 같기도 했다. 처음 타보는 엘리베이터로 속이 울렁거리는 것은 전혀 창피한 일은 아니지 않는가, 이째서 좀 더 친절하게 위로해주지 않았을까 하는 가책의 마음이 밀려왔다. 두 개의 모순된 마음이 자기혐오로 바뀌어 나를 괴롭혔다.(174)

귀향을 대하는 작가의 상반된 마음을 엿볼 수 있는 인용문이라 하겠는데, 인간적으로는 연민의 정을 느끼면서도 젊은 이성을 갈구하는 자신의 기준에 미치지 못한다는 불만을 지니고 있음을 알 수 있다. 그런데 이러한 자책적인 문장을 통해서 작가 자신의 마음을 털어 놓음으로써 자신의 입장을 거부감 없이 전달하는 효과를 얻고 있다는 점이 이 작품의 특징이라 하겠다.

작가는 백신애와의 연애사건으로 대구를 떠나면서 "이것이 평생의 이별이 될 것이오. (…중략…) 당신의 일은 알아서 결정하시오"(196)라는 말을 남긴다. 그러자 귀향은 당황한 듯 '연락선의 노래(連絡船の歌)'를 크게 틀어놓는다. 작가는 그 슬픈 가락을 통해 "울며 가슴을 쥐어뜯는 귀향의 모습을 떠올린다. 홀로 남는 사람의 심정을 생각하며 (자신을) 잔인하다"(196~197)고 자책한다. 그리고 집을 나서면서도 "나는 울었다. 망설였다. (…중략…) 우리 집을 한번 바라보았다. 검게

---

16) 1932년에 「餓鬼道」가 일본의 문예잡지 『改造』에 입선하면서 화려하게 일본문단에 등단한 일을 말함.

그을린 貴香의 얼굴이 지붕 위에 떠올라 있었다"(197)와 같이 애절한 심정을 감추지 못한다. 여기도 앞에서와 마찬가지로 가해자로서 자신을 자책하는 모습을 통해 스스로의 회한을 토로하고 독자의 이해를 구하려는 자학적 글쓰기가 효과를 발휘하고 있다 하겠다.

일본에 체류하던 작가는 병상에서 위독한 귀향이 만나고 싶어 하니 빨리 돌아오라는 고영의 서신을 받았음에도 만삭인 게이코를 핑계로 응하지 않고 있었는데, 결국 "자네와 같이 잔혹한 인간이 있다는 것에 놀랐다"는 말과 함께 그녀의 사망 통지서를 보내온다.

나는 자신을 돌아보는 것이 두려워졌다. 고영이 지적한 의미에서의 잔혹한 인간인 것만이 아니었다. 貴香이 죽은 것에 대해 한숨을 돌리고, 오랫동안 끊어내지 못하던 인연을 정리한 것을 기뻐하고 있었던 것이다. 그 마음은 추악한 것임에 틀림없었지만 나는 그 추악함을 배척할 수가 없다. 그런 잔인한 마음의 소유자라는 것이 두려웠다.(227)

『편력의 조서』의 작가적 체험 중에서 가장 중요하면서도 민감한 작가의 감정을 드러내고 있는 문장으로, 이러한 심정적 고백을 위해 집필한 것으로 여겨질 만큼 핵심적인 내용이라 할 수 있다. 작품을 통해서 이와 같은 고백을 한다는 것은 귀향으로 인한 자책의 마음이 그만큼 컸다는 것을 의미하는 것이지만, 게이코에 대한 믿음과 사랑으로 이를 극복하고 나아가 귀향의 죽음을 기뻐할 수밖에 없었던 작가의 태도는 일본인 독자들을 감동시켰을 가능성을 배제하기 어려우며, 여기에 집필의 또 다른 목적이 있었던 것으로 보인다.

3) 게이코에 대한 감사와 자학적 글쓰기의 효과

작가는 게이코가 자식을 낳고부터 여성으로서의 조신함을 잃고 퉁명스러워졌다는 것을 구실로 17살이나 차이가 나는 유키에와 동거에 들어간다. 그러나 게이코와 유키에의 이성적인 판단 덕분에 다시 집으로 돌아오게 된다.

> "어서 오세요. 밋짱(아이 이름 – 필자), 아빠야."
> 라고 말하며 등에 업은 아기를 나에게 내보였다. 아이는 열 때문인지 눈물이 고인 듯한 눈으로 나에게 아빠 아빠하고 손을 내밀었다. 나는 아기를 안아 올려 급히 방으로 들어갔다. 눈물이 흘러 넘쳤다. 그 순간 게이코가 와락 달려들어 내 손을 잡았다. 커다란 눈물방울이 볼과 입 주위를 적셨다.(291)

이어지는 게이코의 "내가 잘못했어요. (…중략…) 너무 퉁명스럽게 대꾸를 하는 게 아니었어요"(292)라는 말을 들으며 작가는 "내 피 속에는 악마가 깃들어 있다"며 자책에 빠진다. 그리고 게이코가 그동안 겪었던 마음고생을 털어놓자 "나는 나이를 먹어감에 따라 생모의 피가 날뛰기 시작한다"(293)며 자신이 증오하던 생모의 남성편력을 이어받고 있음에 두려워한다.

이와 같은 자학적인 글쓰기는 "색시공욕시공(色是空欲是空)"이라는 글귀를 인용한 뒤, "내가 저지른 많은 간음죄를 어떻게 청산할 것인지 생각했다. 참회할 수도 없었다"(304)는 독백으로 이어진다. 그리고 작품은 "몸이 움츠러드는 기분"(305)으로 게이코가 차려온 붉은 팥밥17)에 젓가락을 옮기는 장면으로 막을 내린다.

---

17) 일본에서는 축하의 의미로 팥밥을 먹는다.

이상의 고찰로 확인해본 바와 같이 『편력의 조서』는 작가의 생래적(生來的) 열등의식과 생모의 강요로 인한 조혼(早婚), 그리고 일제말기의 친일적인 글쓰기로의 경도와 같은 복합적인 상황 속에서 자신의 여성편력이라는 기질이 더해짐으로써 발생한 과거의 행적을 자학적인 글쓰기를 통해 함축적으로 담아낸 작품이라 하겠다.

4)『편력의 조서』의 한계

『편력의 조서』와 같은 자학적인 글쓰기는 과거의 기억에 대한 회한과 집착으로부터 자유로워지고 싶다는 카타르시스적 욕망에서 비롯된 것이라 하겠는데, 독자들의 이해와 동정을 이끌어 내기 위한 방편으로서의 역할도 염두에 두고 있었던 것으로 보인다. 작가의 이와 같은 시도는 이 글의 고찰을 통해 확인해 보았듯이 어느 정도 성공을 거둔 것으로 평가할 수 있다.

그러나 귀향과의 사이에 태어난 다섯이나 되는 자녀[18]들에 대해서는 전혀 언급하지 않고 있다는 점에서 자전적 작품으로서의 『편력의 조서』가 지닌 목적과 한계를 짐작할 수 있다. 한국에 버리고 온 자녀들에 대한 작가의 회한은 6·25전쟁을 취재하기 위해 위험을 무릅쓰고 한국을 방문[19]하게 된 동기를 밝힌 르포「조국 조선으로 날아가다(제1보)」에 잘 나타나 있다.

---

18) 白川豊(1989),「張赫宙研究」(동국대대학원 박사학위논문)에서는 2남 2녀로, 南富鎭·白川豊(2003),「張赫宙日本語作品選」(勉誠出版)에서는 2남 3녀로 나오는데, 후자가 맞는 것으로 생각된다.

19) 장혁주가 6·25를 취재하기 위해 한국을 방문한 것은 1951년 7, 8월과 1952년 10월로, 첫 번째 한국을 방문했을 때는 재일조선인의 한국으로의 귀국이라는 명목이었으므로, 일본으로 되돌아 갈 수 있을 지 알 수 없는 상황이었다.

(…전략…) 전처가 죽음에 임박해서 나를 찾았고, 생모 또한 세상을 하직할 때 나를 불렀지만 나는 갈 수가 없었다. (…중략…) 두 사람이 사망한 뒤에는 장남이 여동생 둘을 데리고 서울로 갔다가 동란에 휘말렸다. 그는 공산군에 잡혀 죽고, 여자 아이 둘은 남쪽으로 도망쳐 친척집을 전전하다 쫓겨나 큰 아이는 폐병에 걸렸다. (…중략…) 아이들이 이쪽으로 올 수 없다면 이쪽에서 가면된다. (…후략…)[20]

6·25전쟁의 사실적인 취재에 바탕을 둔 르포에 그동안 거의 언급하지 않았던 조선의 가족, 특히 자녀들에 대한 내용을 구체적으로 밝히고 있다는 점에서 인용된 자료는 매우 소중한 가치를 지닌다. 물론 자녀들에 관한 내용이 사실과 다를 수는 있지만 그들을 만나기 위해 위험을 무릅쓰고 한국으로 떠나겠다는 작가의 각오에는 깊은 부정이 엿보이고 있다. 그러나 『편력의 조서』에는 이와 같은 한국의 자녀들을 전혀 묘사하지 않고 있는 사실을 통해 확인되듯이 자신의 작가적 행적을 충실히 담아내고 있다고 하기는 어렵다. 따라서 자전적 작품을 통한 정신적 카타르시스의 추구라는 집필의 목적 달성에도 일정한 한계를 내포하고 있다 하겠다.

노구치 가쿠추(=張赫宙)의 자전적 작품들은 『편력의 조서』를 통해 알 수 있듯이 조선사회와의 인연을 끊고 일본인이 되려는 열망으로 점철되어 있다는 특징을 지닌다. 이러한 작가적 심정은 일제의 내선일체 정책에 쉽게 동화될 수 있는 토대로 작용하였으며, 결국은 황국신민화의 합리화를 위한 조선사회의 부정론으로 발전되었고, 마침내 일제말기의 국책적 작품들에 적극 반영되기에 이르렀다 하겠다.[21] 작가의 이와 같은 왜곡된 정서는 봉건적 조선사회가 안고 있

---

20) 張赫宙(1951.9), 「祖國朝鮮に飛ぶ(第一報)」, 『每日情報』, 每日新聞社, p.6.

년 사회구조의 모순에 그 원인이 있다는 점에서 조선적인 것을 경멸하여 일본인이 되고자 했던 배경에 대해 주의를 기울일 필요가 있을 것이다. 그러나 한민족 전체를 황국신민화로 내몰려 했던 행위는 작가로서의 양심의 문제일 뿐만 아니라 그 책임에서도 자유로울 수 없다.

4. 맺음말

이 글에서는 노구치 가쿠추(野口赫宙)의 대표적인 자전적 작품『편력의 조서』에 묘사된 갈등양상을 고찰하여 작가의 가족에 대한 회한의 실체를 규명하고, 스스로의 정신적 카타르시스와 독자들의 이해를 이끌어내기 위한 자학적 글쓰기의 내용 및 그 효과를 확인해보았다.

그 결과 작가의 생모와 전처 귀향, 그리고 일본인 아내 게이코에 대한 연민의 감정과 죄책감을 자학적인 글쓰기로 담아내고 있음을 알 수 있었다. 즉 자신에게 태생적 불운을 안겨준 생모와 조혼(早婚)한 조선의 아내에 대한 애증과 불만 섞인 연민의 정, 그리고 인내와 사랑으로 가정을 지켜준 게이코에 대한 자책적인 회한을 그려낸 작품이라 하겠다.

이러한 글쓰기는 과거의 기억에 대한 회한과 집착으로부터 자유로워지고 싶다는 카타르시스적 욕망에서 비롯된 것이라 하겠는데, 독자들의 이해와 동정을 이끌어 내기 위한 방편으로서의 역할도 염두에 두고 있었던 것으로 보인다. 작가의 이와 같은 시도는 이 글의 고

---

21) 김학동(2008.2), 「張赫宙 문학의 정서적 배경－親日로 표출된 生來的 열등의식과 부혼의 갈등」, 『日語日文學硏究』, 韓國日語日文學會, p.44.

찰을 통해 확인해보았듯이 상당히 치밀하게 전개되고 있음을 알 수 있었다.

그러나 귀향과의 사이에서 태어난 다섯이나 되는 자녀들에 대해서는 전혀 언급하지 않고 있다는 점에서 자신의 작가적 행적을 충실히 담아내고 있다고 하기는 어렵다. 따라서 자전적 작품을 통한 정신적 카타르시스의 추구라는 집필의 목적에도 일정한 한계를 내포하고 있다 하겠다. 작가에게 큰 회환으로 남아있을 조선의 자녀들이 등장하지 않는 자전적 작품의 집필로는 과거의 행적으로부터 완전히 자유로워질 수는 없었을 것이기 때문이다.

그리고 자전적 작품을 통해 확인되는 작가의 일본에 대한 열망은 일제의 내선일체 정책에 쉽게 동화될 수 있는 토대로 작용하였으며, 결국은 황국신민화의 합리화를 위한 조선사회의 부정론으로 발전되었고, 마침내 일제말기의 국책적 작품들에 적극 반영되기에 이르렀다 하겠다.

『음지의 아이(ひかげの子)』
태생적인 열등의식과 음란한 바람기의 형상화

1. 머리말

장혁주(張赫宙)라는 이름으로 왕성한 집필활동을 해왔던 작가가 노구치 가쿠추(野口赫宙)로 필명을 바꾼 것은 일본으로 귀화한 직후인 1952년 10월의 일이다. 장혁주라는 필명 시기에는 자신의 불운한 태생적 운명을 담아낸 자전적 소설 및 일제말기의 친일적인 장·단편, 그리고 6·25전쟁을 형상화한 작품과 같이 자신의 민족과 관련된 소설의 집필에 매달려왔다. 그러나 노구치 가쿠추(이하 가쿠추) 시기에는 귀화한 직후의 몇 작품을 제외하면 주로 일본의 사회현상을 소재로 삼거나 추리소설 등의 집필에 전념하였다.[1]

귀화한 가쿠추가 일본의 사회현상에 관심을 기울여 출간한 본격적인 장편은 『젊은 여자(若い女)』(1956)와 『음지의 아이(ひかげの子)』(1956)

---

1) 「脅迫」(1953), 『편력의 조서(遍歴の調書)』(1954), 「戶籍騰本」(1954), 「다른 풍속의 남편(異俗の夫)」(1958)과 같은 자전적 단편과, 말년의 작품 『한과왜(韓と倭)』(1977), 『도자기와 검(陶と劍)』(1980)은 예외적으로 조국과 관련된 내용을 담고 있다.

라 할 수 있다.『젊은 여자』는 전쟁으로 개인적인 삶을 희생당한 젊은 여성을 주인공으로 당시의 사회가 안고 있던 여성에 대한 차별문제를 다룬 작품이고,『음지의 아이』는 게이샤(芸者)의 자식이라는 태생적인 운명을 안고 살아가는 젊은 여성의 고뇌를 형상화한 작품으로 작가의 자전적 요소를 많이 내포하고 있는 작품이라 할 수 있다.

그러나 이들 작품에 대해서는 존재 정도만 알려져 있을 뿐 본격적인 연구가 이루어지지 못함으로써 귀화 이후의 가쿠추 문학의 특성과 그 가치를 제대로 파악하지 못하고 있었다.[2] 이러한 현상은 조선인으로서 일본으로 귀화한 작가의 작품에 엿보이는 가족적 갈등과 특수한 환경의 인간에 대한 무의식적인 차별과 같은 중요한 문학적 테마를 간과한 결과라 할 수 있을 것이다.

이 글에서는 가쿠추의『음지의 아이』에 대한 고찰을 통하여 게이샤의 자식이라는 사회적 편견을 짊어지고 살아야 하는 숙명적인 고뇌와 인간의 성적갈망에 대한 작가의 인식을 확인하고, 생모와 관련된 작가적 체험과의 관련성에 대해 살펴보고자 한다.

2. 숙명적인 음란(淫亂)의 굴레를 형상화 한
　　『음지의 아이』

『음지의 아이』는 패전 직후의 궁핍에서 벗어나 활기를 띠기 시작

---

2) 다만 필자의 「張赫宙의 문학과 패전국민의 삶」(2008.8)에서『젊은 여자』를 비교적 구체적으로 논하고 있으나,『음지의 아이』에 대해서는 필자의『張赫宙의 일본어 작품과 민족』(2008.10)에서 간략히 언급하고 있을 뿐이다.

한 1950년대 중반의 일본을 배경으로, 20대 초반의 여주인공 후사코 (房子)가 게이샤인 생모에게 버림받고 할머니와 고모가 운영하는 도쿄 인근 유곽의 계산대에서 일을 하며 겪게 되는 열등의식과 선천적인 음란(淫亂)으로 인한 갈등을 그려내고 있다.

후사코는 비록 유곽의 계산대에서 일을 하고 있지만 여염집 규수(しろうと)와 같은 청순한 모습을 지니기 위해 노력한다. 그러나 점잖은 손님들로부터 '게이샤 같지는 않지만, 그렇다고 여염집규수 같지도 않다'(121)[3]는 말을 듣는 경우도 있어서 자신이 다른 사람들에게 게이샤(くろうと)로 보일지도 모른다는 강박관념에 시달린다.

매춘에 대해 강한 거부감을 지닌 후사코는 게이샤로서 유곽의 살림을 이어가길 바라는 조모와 고모의 강요에 좌절과 갈등을 겪으면서도, 평범한 여성으로서의 결혼을 꿈꾸며 각기 나이와 성격을 달리하는 네 명의 남성 야마기시(山岸), 다카노(高野), 시노자키(篠崎), 모토하시(本橋)와 사귀게 된다.

> (책장 위의 네 개의 사진) 시노자키는 멋지게 폼을 잡고, 다카노는 온순하게, 야마기시는 중년답게 침착하고, 모토하시는 고학생의 어두운 모습을, 네 명의 남성은 각각의 특징 있는 얼굴을 하고 있었다.(66)

여러 남성과 교제를 시도하면서 여염집 규수와 같은 결혼을 꿈꾸던 후사코였지만 게이샤의 딸이라는 열등의식과 네 남성의 이기적인 행태 및 유곽에 대한 편견으로 마음의 상처만 입게 된다. 또한 부친과 자신을 버리고 다른 남성을 쫓아 떠난 생모의 음란을 이어받았을

---

3) 이 글에서는 野口赫宙(1956.11), 『ひかげの子』(新潮社)를 텍스트로 삼았다. 괄호 ( ) 안의 숫자는 텍스트의 쪽수를 나타낸다. 이하 같음.

것이라는 두려움에 떨면서도 후사코 역시 여러 남성들과 육체적 관계를 맺음으로써 스스로의 숙명적인 음란성을 확인하고 절망한다. 결국 누구의 자식인지 원하지 않는 임신을 하게 되자, 자신과 같은 운명의 자식을 낳고 싶지 않다는 생각으로 중절수술을 받는다. 그리고 신의 세계에 귀의하기 위해 오사카에 있는 교회의 수양시설로 떠나게 된다.

이와 같이 『음지의 아이』는 후사코의 태생적 열등의식과 자신의 음란한 성적욕구가 생모의 저주받은 피를 이어받은 때문이라는 두려움과 자학을 그려내는데 초점을 맞추고 있다.

1) 태생적인 열등의식

후사코의 열등의식은 게이샤인 생모에게서 태어났다는 것과, 현재의 부친이 자신의 생부가 아닐 수 있다는 의구심에서 비롯된다. 이러한 의구심은 후사코를 게이샤로 만들 수 없다는 부친에게 "저 아이가 네 자식인지 아닌지 의심해본 적은 없느냐?"(14)며 공박하던 조모의 말을 통해서 더욱 굳어지게 된다. 그리고 후사코의 고모인 오기누(お絹) 조차도 "후사코는 생모인 미도리(翠)를 꼭 닮은 것이 얄밉스러워"라며 생모를 닮았다는 것을 강조할 뿐, 부친과의 연관성에 대해서는 언급조차 않는다. 조모와 고모의 이와 같은 반응은 후사코로 하여금 "나는 아버지의 자식이 아니다"(47)는 자조적인 생각을 갖게 한다.

또한 생모가 다른 남자와 눈이 맞아 자신을 버리고 떠나버렸다는 배신감도 후사코의 열등의식을 심화시킨다. 고등학교에 진학하여 통학열차로 학교에 다니고 있던 후사코는 어느 날 "많이 컸구나"라며 말을 걸어온 부인이 자신의 생모라는 것을 느낀다. 그러나 그 부인이 나이 많은 남성을 따라 냉정한 모습으로 자신의 곁을 떠나버리자, 이번의 만남으로 지금까지의 생모에 대한 환상이 깨진 것을 안타까워한다.(8~10)

후사코를 보살피고 길러준 것은 조모 옷타(おった)였는데, 그녀는 유곽의 경영자였으며 자신의 딸과 아들을 모두 유곽의 종사자로 만들었다. 그리고는 후사코마저도 게이샤로 만들어 가업인 유곽의 대를 잇게 하려고 애를 썼다. 이와 같은 조모와 생모인 미도리는 "후사코를 그림자처럼 따라 다니"며 청정하게 있고 싶은 그녀에게 "음란한 기운을 일깨우는 존재"(36)였다.

이처럼 유곽을 경영하는 조모와 게이샤 출신의 생모라는 혈통적 배경을 짊어진 채 유곽의 일상을 지켜볼 수밖에 없는 계산대에서 일을 하는 후사코는 게이샤가 되라는 주변의 압력과 자신이 언제 생모와 같은 음란한 성행(性行)의 주인공이 될지 알 수 없다는 불안감에 사로잡혀있다.

그런데 후사코의 이러한 열등의식과 불안감은 자신과 같은 게이샤의 자식이라는 처지를 극복하고 잡지의 특별기고가로 활약하고 있는 사십대의 유부남 야마기시(山岸)를 만나면서 새로운 전기를 맞는다.

　　이렇게 많은 사람이 모두 행복한 배경에서 출생했다고는 할 수 없겠지요? 그렇다 하더라도 천한 출생의 우리들이 살아갈 자격이 없다는 증명이 되는 것도 아니지요. 살아봅시다.(56)

　　나는 게이샤의 자식이라든가 애비 없는 자식이라고 놀림 받으며 자란 지난날은 모두 잊었습니다. 그것은 내가 열등감에서 벗어났다는 증거겠

지요? 후사코 씨도 자신의 과거를 잊어야합니다. 구애되어서는 안 됩니다.(69)

야마기시는 이처럼 태생적인 열등의식으로 괴로워하는 후사코의 고통을 해소할 수 있는 이론적 근거를 제시하고 삶에 대한 자신감을 심어준다. 후사코 역시 야마기시에게서 "사십을 넘긴 중년인데도 어딘가 섹시한 구석이 있는 화류계의 요염함"(37)을 느끼고 있었으므로 두 사람은 서로에 대한 동질의식을 확인함과 동시에 호감을 넘어서는 사랑의 감정을 느끼게 된다.

그러나 야마기시를 제외한 다른 세 남성은 유곽에 대해 "사회의 기생충(社會の寄生虫)"(117)이라거나, 게이샤의 딸과 결혼하는 것을 집안에서 반대한다는 말을 무심코 뱉어냄으로써 후사코를 깊은 절망에 빠뜨린다.

어릴 적부터 알고 지냈으며 후사코와 결혼하기 위해 대학에 진학하지 않고 공무원이 된 다카노(高野)는 결혼 이야기가 나오자 "어머니가 장사하는 주제에 눈이 높아지고 말이지. 격식이라든가, 집안이라는 말을 꺼내기 시작하는 데는 놀랬다니까"(42)라며 후사코의 열등의식을 자극하고는 맥없이 물러난다. 그러자 후사코는 "확실하게 게이샤의 딸이라서 며느리로 받아들일 수 없다고 말해주는 편이 차라리 나았다"며 자신의 태생적인 운명에 체념하듯 중얼거린다.

네 명의 남성 가운데 보수적인 남녀 관계에 대해 비판하며 자유롭고 개방적인 삶을 지향하는 시노자키는 후사코의 갑갑하고 우울한 마음을 달래주었으며 활기차고 즐거운 시간을 보낼 수 있는 유일한 상대였다. 그런데 이러한 시노자키 역시 유곽과 게이샤에 대해서는 매우 부정적인 시각을 지니고 있음을 알게 된다.

게이샤가 있는 세계도 진기하고 나쁘지는 않지만 그것은 탐험 같은 호기심이겠지. 그곳은 아무래도 사십이 넘은 노인이 가는 곳이지!(71)

작품에서는 이상과 같은 유곽과 게이샤에 대한 편견이 다카노와 시노자키 뿐만이 아니라, 노동자의 해방과 사회개혁을 꿈꾸는 모토하시(本橋)와 후사코의 열등의식을 치유하기 위해 노력했던 야마기시에게조차 존재하고 있음을 그려내고 있다. 그러므로 후사코는 "남자란 모두 똑 같다며 매도하고 싶은 심정"(104)에 사로잡힌다.

『음지의 아이』에서는 이처럼 태생적인 환경과 직업에 대한 사회적인 편견의 벽을 넘는다는 것이 어려울 뿐만 아니라, 그와 같은 운명을 짊어지고 태어난 당사자도 생래적인 열등의식의 그늘에서 쉽사리 벗어나지 못하는 현실적인 갈등을 그려내고 있다. 이러한 갈등의 구조는 후사코에게 호감을 가지고 접근했던 남성들의 이중적인 태도에서 보다 극대화되고 있으며, 그들의 사고방식이 미래적이고 이상적인 것을 추구하고 있음에도 불구하고 결정적인 순간에는 현실적인 삶에 바탕을 둔 저속한 인식으로 전환된다는 점에서, 인간의 불완전하고 이기적인 속성을 파헤치고자 한 작가의 의도를 확인해 볼 수 있다.

2) 숙명적인 '음란'의 굴레

작품을 관류하는 후사코의 또 다른 고통은 생모인 미도리(翠)의 음란한 바람기를 자신이 이어받고 있을 지도 모른다는 두려움이다. 이러한 두려움은 자유연애를 동경하며 남녀 간의 성적인 접촉에 관대한 시노자키와 함께 영화를 보러갔다가 키스신에 흥분하여 도망치듯

극장을 빠져나온 시점부터 현실적인 문제로 부각된다.

> 오늘 자신에게 이상한 기분을 일으킨 것이, 그렇다, 미도리(翠)라고 생
> 각했다. 미도리에게 물려받은 음란한 피가 그곳에서 그러한 식으로 날뛰
> 었던 것이다.(82)

또한 그녀는 슨즈(駿豆) 철도에서 자신에게 말을 걸었던 부인이 냉
정하게 자신을 떠나가는 장면을 떠올린다.

> 문득 후사코는 '미도리'라고 생각했다. 자신의 몸 안에 그 사람의 피가
> 흐르고 있다. 그것은 그날 슨즈전차 안에서 본 그 부인이었다. 미도리라
> 는 이름의 혐오스런 여체였다. 후사코는 그날부터 소녀의 마음에 깃들어
> 있던 숭고한 모친의 모습을 지웠다.(98)

후사코에게 말을 걸고 지긋이 바라보았던 부인이 자신의 생모라는
것을 그녀는 바로 알아챘으나, 이내 자신의 존재를 잊은 듯 노신사
와 함께 열차를 내려 사라져가는 모습에 마음의 상처를 입는다. 이
후 그녀는 자신의 육체적 욕구를 만족시키기 위해서라면 가족까지도
쉽게 버릴 수 있는 생모의 음란함을 증오하다 못해 자신이 그러한
성향을 이어받았을지도 모른다는 두려움에 휩싸인다.

> 후사코는 자신의 몸속을 흐르고 있는 저주받은 피 때문에 자신은 파멸
> 할 것이라며 두려워했다. 그 저주받은 피를 자신의 몸 안에 지니고 있다
> 는 것을 혐오한 나머지 옆에 있던 컵을 재떨이에 던져 깨진 조각으로 손
> 목의 동맥을 잘랐다.(126)

상처가 깊지 않아 후사코의 첫 번째 자살시도는 미수에 그쳤지만, 그녀의 이와 같은 과격한 반응은 자신을 버리고 떠난 생모의 음란한 바람기에 대한 평소의 반감이 그만큼 깊었으며, 자신의 육체 안에 잠재해 있는 음란한 독성이 그 모습을 드러내는 것이 두려웠기 때문이다.

자살시도가 있은 지 얼마 지나지 않아 자고 있던 그녀를 겁탈하려 한 손님에게 과도한 저항을 하였다는 이유로 유곽의 경영자이자 고모인 오기누(お絹)의 심한 잔소리를 듣게 된다. 그러자 이번에는 다량의 수면제를 복용하여 자살을 시도한다. 인격을 짓밟힌 후사코의 목숨을 건 저항이었으나 삼일간의 혼수상태 끝에 깨어남으로써 두 번째 자살시도 역시 실패로 끝난다.

피폐한 심신을 이끌고 후사코가 찾아간 곳은 그동안 정신적인 위안을 받아온 야마기시의 거처였는데, 그의 사랑 고백을 듣고 순결을 바치게 된다. 그런데 야마기시와의 관계를 통해서 정신적인 위안을 얻으면서도 육체적인 쾌락의 노예로 전락해가는 자신의 모습에 전율하게 된다.

작품에서는 이와 같은 후사코의 모습을 객관화시키는 방편으로 야마기시 이외의 세 남자, 즉 하급 공무원으로 소심한 다카노, 자유연애를 동경하며 남녀 간의 성적인 접촉에도 관대한 시노자키, 고아로 성장하여 어려운 생활 속에서도 평등사회를 위한 혁명을 꿈꾸는 모토하시를 등장시켜 그녀를 바라보는 다양한 시각을 그려내고 있다.

그런데 후사코가 이상과 같은 젊은 세 남자를 제쳐두고 사십대 중반의 유부남인 야마기시에게 처녀를 바친 것은 그가 그녀의 내적인 고통을 이해줄 수 있는 상대로 생각하고 있었기 때문이었다. 그러나

작품에서는 후사코의 이러한 행동이 초래할 불행에 대해서 예견하고
있다.

> 제일 정감(情感)이 옅은 야마기시에 신뢰감을 갖는 것은 다른 세 사람
> 에게 마음을 주는 것이 두려웠기 때문으로, 세 사람 각자에게 보내는 애
> 정을 종합한 변태적인 모습으로 야마기시에게 향하는 자신의 모습을 아
> 직 알지 못하고 있었다.(127)

작가가 후사코의 현재의 상황을 설명적으로 묘사하여 그녀를 통해
전달하려는 메시지를 암시하고 있다는 점에서 이례적이라 하겠으나,
후사코의 내면에 대한 깊이 있는 전개로 독자들의 이해와 흥미를 떨
어뜨릴 수 있다는 점을 고려한 의도적인 것으로 보인다.

이후에도 후사코와 야마기시의 관계는 지속되었지만 "자신의 진
정한 괴로움은 야마기시조차 이해하지 못하고 있다"(161)고 후사코가
느끼기 시작하면서 두 사람의 관계는 한계를 드러낸다. 그렇지만 야
마기시의 육체를 탐닉하는 자신의 모습에서 생모인 미도리를 떠올리
고는 "그녀의 더러운 피를 한 방울 남김없이 흘려보내고 싶다"(166)
는 절망에 빠진다.

결국 후사코는 야마기시의 보수적인 속박과 알 수 없는 괴리로부
터 탈피하기 위한 수단으로 시노자키와도 육체적인 관계를 맺는다.
이와 같은 후사코의 행동은 시노자키와 함께 야마나카호수(山中湖)에
서 다른 젊은이들과 어울리면서 촉발되었다고 할 수 있는데, 그동안
자신이 소극적인 자세로 살아온 것은 "메이지(明治) 냄새가 나는 야
마기시의 체취의 영향"(182)이라는 깨달음과 밀접한 관련을 지니고
있다. 그리고는 "야마기시와 두 번 다시 만나고 싶지 않다"(183)는 생

각을 굳히며 "상쾌한 감각의 청춘"을 즐기고자 노력한다.

이와 같은 후사코의 변화는 자신과 같은 생래적 열등의식을 극복하고 작가로서의 삶을 살고 있다고 믿었던 야마기시야말로 음란한 바람기에서 벗어나지 못한 인간이라는 판단에서 비롯된 것으로 볼 수 있다.

> 태어날 때부터 죄를 짊어지고 있다는 것을 요즘 다시 생각하기 시작했어. 간통의 자식, (…중략…) 다른 사람들과 생성의 방법(生成のされ方)은 같다고 위로하며 잊고 있었는데, 아내가 이를 빌미로 험담하는 바람에 다시 생각하게 되었어.(137)

야마기시의 아내가 후사코의 편지를 발견하고 그의 음란한 바람기가 태생적인 조건에서 비롯된 것인 양 비난하는 바람에 다시 열등의식에 사로잡히게 되었다는 말을 하고 있다. 결과적으로 야마기시는 자신이 태생적인 열등의식에서 벗어나지 못하고 있음을 스스로 폭로하고 있는 것이다. 이와 같은 야마기시의 고백은 내면에 감춰져 있던 선천적인 음란한 바람기가 후사코라는 매개체를 통해 표면화 되었고, 이것이 게이샤의 자식으로 태어났다는 태생적인 열등의식을 다시 불러일으켰다는 것으로 이해할 수 있다.

그리고 후사코의 음란한 바람기를 알아차린 야마기시는 질투로 가득한 말을 난폭하게 쏟아낸다.

> "후사코에게는 역시 모친의 피가 날뛰기 시작한 것은 아닌지 걱정된다는 것, 그것은 결혼한 뒤에도 친구와 사귀지 않고는 견디지 못하는 마음이야. 실은 바람기가 아닐까?"

후사코는 슬픈 마음에 고개를 숙였다. 듣기 힘든 말을 가장 듣고 싶지

않았던 사람에게 들었다고 생각했다.(200)

야마기시의 이상과 같은 비난은 그 자신 아내를 버리고 후사코를 탐닉하는 음행과 크게 다를 바가 없는 것이므로 많은 모순을 드러냄과 동시에 그동안의 위선적인 언행을 스스로 폭로하는 결과를 초래하였다. 결국 야마기시와 후사코는 그들의 바람과는 달리 선천적인 음란함에서 전혀 벗어나지 못하고 있는 것이다.

야마기시의 깊은 질투심에 놀라고 집념어린 애무에 실증을 느낀 후사코는 사회혁명을 꿈꾸는 모토하시를 떠올리며 새로운 탈출구를 모색한다.

그곳에 있는 한낮 같은 건강함이 그립다. 더럽혀진 세계는 고하마(小浜, 유곽이름－필자)에 있는 것이 아니라 후사코의 마음속에 있었던 것이다.(201)

이처럼 후사코는 모토하시가 추구하려는 사회개혁이나 사상적인 문제의 당위성 여부를 떠나 그를 통해 밝은 태양을 느끼는 반면, 야마기시의 자주색 정염은 지극히 불건전한 것으로 인식하게 된다.(194) 결국 후사코는 자신들과는 다른 세계를 살고 있는 모토하시라는 존재를 통해서 야마기시와 자신의 진정한 모습을 확인함으로써 깨달음을 얻게 된다. 그리고는 자신이 물려받은 미도리의 더러운 피가 같은 처지에서 살아온 야마기시로 인해 더욱 활개를 치게 될 것이라는 경계심을 늦추지 않는다.

작품은 이상과 같이 선천적인 음란함의 굴레에서 벗어나는 것이 쉽지 않다는 것을 그려내고 있다. 야마기시가 후사코에게 특별한 의

미를 지닌 존재로 인식되었던 것은 그와 같은 악순환의 고리를 끊어
버리고 사회적 편견으로부터 자유로운 삶을 영위하고 있으며, 그를
믿고 따른다면 자신 역시 태생적인 굴레로부터 벗어날 수 있다고 생
각했던 까닭이다. 그러나 야마기시 역시 자신과 마찬가지로 태생적
인 열등의식과 음란함으로부터 벗어나지 못하고 있음을 깨닫고부터
는 더 이상 특별한 존재로 인식하지 않게 된다.

3) 후사코의 존재기반으로서의 유곽

후사코의 모토하시에 대한 동경은 많은 가족을 부양하기 위해 자
신을 희생할 수밖에 없는 게이샤 마사요(政代)의 가엾은 처지와, 그녀
를 이용해 돈을 벌어보려는 인간군상을 지켜보며 느낀 환멸과 저항
의식이 싹트면서 보다 구체화되었다.

> 후사코는 한마디 불평도 없이 지내는 마사요의 굳은 심기에 놀랐지만,
> 그만큼 마사요의 어깨에 가난이 짓누르고 있음을 알고 그 가난이 두려워
> 졌다. 사람들은 그녀의 가난을 미끼로 돈벌이하려 매달려 있는 자들에
> 저항을 시도하다가 맥없이 패배한 마사요에게 애달픈 마음을 가지기보다
> 는 조소와 증오를 보냈다.(110)

가난한 사회적 약자들의 고통을 생각한 후사코는 모토하시의 "가
난은 죄악입니다! 그러므로 가난을 없애지 않으면 안됩니다"(110)라
는 외침을 떠올리게 된다. 모토하시의 이 말은 가난한 인간은 인간
으로서의 권리와 존엄성을 침해받기 십상이므로 가난은 인간을 인간
답게 살지 못하게 하는 죄악이라는 것이다. 그리고 가난은 가진 자

들의 중층적인 착취에 의해 쉽게 탈피할 수 없으므로 사회혁명을 통해 그 악순환의 고리를 끊어내야 한다는 의미를 담고 있다.

그러나 한편으로 모토하시의 단편적인 생각에 묘한 위화감을 느끼기도 한다.

> "아가씨(후사코－필자)가 언젠가 자신의 혈통을 말씀하신 적이 있지요?"
> "그것은 이 낡은 사회를 무너뜨리면 일거에 해결될 것입니다."
> "그럼, 그때는 유곽이나 게이샤 같은 것도 없어지겠네요?"
> "물론입니다! 그런 것들은 사회의 기생충이니까요."
> "저 같은 것은 죽어버리면 되겠네요! 살아있는 한 이 더러운 피는 정화되지 않아요."(116~117)

모토하시의 유곽과 게이샤에 대한 부정적인 시각은 후사코의 태생적 조건과 성장 배경 역시 부정하는 결과를 초래하게 된다. 그러나 후사코는 자신의 피를 혐오하면서도 그것이 자신의 삶의 밑바탕을 이루고 있음을 부정할 수 없는 관계로, 모토하시의 말을 인정한다면 자신의 존재의미도 잃고 마는 모순에 빠지게 된다. 그러므로 후사코가 모토하시에게서 느끼는 위화감은 그의 혁명적 사고가 자신과 같은 운명의 사람들까지 포용하지 못하고 있다는 불안감에서 오는 것이라 하겠다.

그런데 모토하시는 후사코와 같은 사람들의 해방을 위해 노력하는 자신을 평가해주지 않고 오히려 화를 내는 그녀를 이해하지 못한다. 이러한 상황은 두 사람이 만날 때마다 반복되었으며, 유곽과 게이샤에 대한 모토하시의 비판이 타당하다고 생각하면서도 자신의 존재를 부정하는 듯한 태도에 반발심이 생겨서 그를 따르고 싶다는 마음은 생기지 않는다.

이처럼 방황을 계속하던 후사코는 누구의 씨앗인지 알 수 없는 아이를 임신하게 된다. 결국 그녀는 태생적인 음란함에서 벗어나지 못하고 자신과 같은 운명을 걷게 될지도 모를 아이를 잉태하고 만 것이다. 고민하던 후사코는 소파수술을 받았고, 음란한 바람기를 자책하던 그녀는 교회를 찾아가 참회의 눈물을 흘린다. 그리고 본격적인 참회와 신앙에 귀의하기 위한 수양을 떠나게 된다.

　　후사코는 다른 세 사람의 사진은 짐 속에 넣었지만, 모토하시의 사진은 그대로 두었다. 모토하시가 있는 세계와 자신이 지금부터 들어가려는 세계는 너무나 동떨어져 있었다.(226)

교제하던 네 남자 중에서 모토하시의 사진만을 남겨놓은 채 남은 세 남자의 사진을 가방에 챙겨 넣은 후사코의 행동은 많은 여운을 남긴다. 사회개혁을 꿈꾸는 모토하시에 대한 희망을 지니고 있으면서도 그의 사회개혁의 실천에는 동조할 수 없는 후사코의 복잡한 내면세계를 상징하고 있는 것으로 보인다.

자신을 음란한 바람기로 내몰았던 사람들을 피해 떠나면서도 그들의 사진을 챙겨간다는 것은 그들과의 관계에 대한 향수를 지니고 있다는 것을 의미하는 것으로 생각할 수 있다. 그리고 신앙의 길을 걷기로 결심한 후사코가 모토하시의 사진을 챙기지 않은 것은 신앙까지도 부정하는 과격한 이상주의로서의 공산주의적 혁명과는 함께 할 수 없다는 작가적 입장이 반영된 것으로 보인다.

수양지인 오사카(大阪)로 향하는 열차가 출발할 즈음에 나타나 떠

나는 이유를 묻는 모토하시에게 후사코는 "앞으로 신을 섬기며 살고
싶다"(225)고 말한다. 지금의 행동은 인생을 망치는 길이라며 만류하
는 그에게 "누구도 이해할 수 없는 고뇌"가 있다는 말을 남기고 떠
난다.

이상과 같이 『음지의 아이』는 태생적인 열등의식을 지닌 채 선천
적인 음란한 바람기에 대한 과도한 경계심으로 스스로의 삶을 파탄
에 이르게 한 여주인공을 그려내고 있으나, 자신의 구제를 위해 신
에게 귀의한다는 소극적인 방법으로 작품을 맺고 있다. 결과적으로
후사코와 같은 태생적인 숙명을 안고 살아가는 인간은 스스로의 힘
으로 그 굴레에서 벗어나기는 어려우므로 신에 귀의하는 것으로 그
고리를 끊어 낼 수밖에 없다는 결론을 내리고 있는 것이다.

3. 『음지의 아이』에 엿보이는 작가적 체험

『음지의 아이』의 출간을 전후한 시기에도 「脅迫」(1953), 『편력의 조
서(遍歷の調書)』(1954), 「戶籍騰本」(1954), 「다른 풍속의 남편(異俗の夫)」
(1958) 등과 같은 저서가 출간되었을 정도로 가쿠추(張赫宙)는 평생에
걸쳐 많은 양의 자전적 작품4)을 집필하였다.

그중에서도 『편력의 조서』는 기생출신의 생모에게서 사생아로 태

---

4) 「仁王洞時代」(1934), '인간의 굴레 3부작'인 『인간의 굴레(人間の絆)』(1941.2), 『아
름다운 억제(美しい抑制)』(1941.6), 『푸른 북녘(綠の北國)』(1941.10)과 『고독한 영
혼(孤獨なる魂)』(1942), 「民族」(1946), 「偽善者」(1949), 「脅迫」(1953), 『편력의 조서
(遍歷の調書)』(1954), 「戶籍騰本」(1954), 「다른 풍속의 남편(異俗の夫)」(1958), 『폭풍
의 시(嵐の詩)』(1975) 등이 있다.

어났다는 열등의식과 자신도 생모의 음란한 피를 물려받아 여성편력을 지속하고 있다는 자책5) 섞인 두려움을 그려낸 작품으로 작가의 대표적인 자전적 소설이라 할 수 있다.

그런데 이와 같은『편력의 조서』의 내용이 이 글에서 고찰을 시도한『음지의 아이』와 매우 유사하다는 점이 주목된다.『음지의 아이』는 작가적 체험을 직접적으로 형상화했다기보다는 작가가 지니고 있던 정신적 갈등을 허구로서의 소설로 완성을 시도한 작품으로서, 시대 및 게이샤가 등장하는 유곽이라는 공간적 배경은 달리하고 있지만 작품을 통해 전달하고자 하는 중심테마는 크게 다르지 않다는 것을 알 수 있다.

먼저『음지의 아이』의 중년 작가 야마기시가 겪는 태생적인 열등의식과 음란한 바람기를 물려받았으므로 자신도 똑 같은 길을 걷게 될 것이라는 강박관념은『편력의 조서』의 작가적 체험과 거의 일치하고 있다. 그러므로『음지의 아이』를 관류하는 정서적 배경은 작가의 내면적 체험에 바탕을 두고 있다고 할 수 있다.

중학교에 들어갈 나이가 되자, 이것이 너의 부친이라며 대면시켰을 때는 참으로 묘한 기분이 들었다. 혐오인지 수치심인지 너무나 창피했고, 이 남자와 생모가 나를 잉태시켰다는, 어렴풋이 알기 시작한 성적인 비밀까지 떠올리자 생모라는 존재가 한없이 불결하게 느껴졌다.(54)

---

5) 노구치 가쿠츄(장혁주)는 17세라는 어린 나이에 기생인 생모의 강요로 4살 연상의 조선여인과 결혼하여 여러 자식을 두었으나, 소설가 백신애와의 연애사건으로 추방되어 도쿄에 정착하였다. 도쿄에서는 게이코(圭子)라는 일본여성과 동거하여 다시 여러 자식을 낳게 되는데, 이 와중에도 젊은 여인과 바람을 피우다 게이코와 불화를 일으키기도 한다.『편력의 조서』는 이와 같은 자전적 체험을 바탕으로 집필된 작품이다.

인용문은 야마기시가 기생인 생모와 함께 생활하다가 중학에 들어갈 무렵에 자신을 데려가겠다며 갑자기 나타난 생부와 대면했을 때의 기억을 떠올리는 장면이다. 이 내용은 『편력의 조서』에 보이는 것6)과 거의 동일하여 『음지의 아이』가 작가의 자전적 체험을 야마기시를 통하여 재현하고 있음을 확인시켜주고 있다.

또한 40대 중반의 작가가 유키에(雪枝)라는 젊은 여성과 주고받은 연애편지가 원인이 되어 일본인 아내 게이코(圭子)와 별거에 들어가는 『편력의 조서』의 내용7)도 『음지의 아이』에 그대로 재현 된다.

> 양자나 마찬가지로 거둬들여 공부시켜준 은혜로운 아내를 배반하고 당신을 사랑하는 죄를 생각할 때, 이런 자신이 당신에게 구애한다는 것이 얼마나 당신을 모욕하는 것인가 하고 여러 가지로 반성하면서도 역시 이러한 본심을 적고 있습니다.(99)

『음지의 아이』에서는 야마기시의 이 대사를 통해 그의 아내와의 관계를 짐작할 수 있을 뿐이지만, 『편력의 조서』에서는 작가의 분신인 야마자키(山崎)와 일본인 아내 게이코의 관계가 중심을 이루며, 유키에는 야마자키의 음란한 바람기의 대상으로 등장한다. 이와 같이 『편력의 조서』에 묘사되는 삼각관계, 즉 작가의 분신인 야마자키와 그의 아내인 게이코, 그리고 유키에라는 주요 등장인물 중에서, 야마

---

6) 野口赫宙(1954),『遍歴の調書』, 新潮社, p.94(父や嫡母たちが輕便鐵道で愈々到着するといふ日、その人たちの前につれ出されることが、裸で天日に曝されるように恥かしくなった。(…中略…) その時私は自分のからだが性行爲で汚されたやうな感じをはっきり受けた。それは私の生母がよその男と抱き合ってゐるのを見た時の感じに似てゐてもう少し複雜な奇怪な神経であった。この神経が永い間私を苦しめた。)

7) 앞의 책,『遍歴の調書』, p.4.

자키와 유키에의 내면세계와 이들의 관계를 부각시킨 작품이『음지의 아이』라 할 수 있다. 그러므로『편력의 조서』의 야마자키가 아내를 배반하고 유키에에게 접근하는 과정과 그 대화의 내용은『음지의 아이』의 야마기시와 후사코의 그것과 거의 일치한다.

결국『편력의 조서』에 등장하는 작가의 분신인 야마자키와『음지의 아이』의 야마기시는 동일한 인물로 형상화되고 있으며, 유키에와 후사코가 성장과정이나 유곽이라는 환경적 배경은 달리하고 있으나 두 사람 모두 중절수술을 한 뒤 현실적인 삶에서의 탈피를 시도한다는 점에서도 맥락을 같이 한다.

그리고『음지의 아이』에서 주요 테마로 다루고 있는 태생적인 열등의식과 음란한 바람기의 굴레는『편력의 조서』에서 보다 구체적으로 언급되고 있다.

> 내가 유키에로부터 찾고 있었던 것은 사음(邪淫)에 가까운 것이라고 생각했다. 관능에 젖어드는 자신과 도덕적이고자 하는 자신이 같은 사람이라는 것이 문제인 것 같은 기분이 들었다. 이중인격이라 생각하자 전율했다.8)

> 나는 내가 저지른 많은 간음죄를 씻어낼 수 있는 방법이 있을까 생각해보았다. 참회할 수도 없었다.9)

작가의 분신인 야마자키는 자신의 바람기를 문제 삼아 따지고 드는 일본인 아내와 다툰 뒤 집을 나와 유키에와 동거하면서 그녀와의 육체적인 쾌락에 빠져들게 되는데, 인용한 독백은 이러한 자신에 대

---

8) 앞의 책,『遍歷の調書』, p.294.
9) 앞의 책,『遍歷の調書』, p.305.

한 혐오를 담아내고 있다. 그리고 이러한 자신의 음란한 바람기는 "나의 피 속에는 악마가 숨어 있어"[10]라든가 "나는 나이를 먹어감에 따라 생모의 피가 활개를 치기 시작했다고 생각했다"[11]와 같이 기생이었던 자신의 생모의 음란한 바람기를 물려받은 숙명으로 간주한다. 그러므로 숙명적인 음란함에서 벗어나지 못하여 자책하고 번민하는『음지의 아이』의 후사코와 야마기시의 심정적 배경과 같이하고 있음이 확인되고 있다 하겠다.

또한『음지의 아이』의 주인공인 후사코와『편력의 조서』의 주요 등장인물 유키에가 자신들의 음란한 바람기를 청산해가는 과정 역시 매우 흡사함을 알 수 있다.

『편력의 조서』의 유키에가 야마자키와의 관계를 청산하고 그의 아내인 게이코에게 돌려보낼 결심을 하게 된 것은 자신의 행동으로 아비 없이 자랄게 될 그의 여러 자녀들을 염려한 이성적인 노력의 결과라 할 수 있는데,『음지의 아이』의 후사코도 이와 유사한 결심으로 야마기시와의 관계를 청산하려 한다.

> 야마기시의 자식들이 가엾다. 자신은 생모가 도망가는 바람에 엄마 없이 자랐는데, 야마기시의 자식들도 부친을 잃게 된다. 야마기시 자신이 아비 없는 자식이었음에도 그 운명을 자식들에게 강요할 수 있을까.(175)

이상의 고찰을 통해 확인해 보았듯이『음지의 아이』는 가쿠추의 자전적 작품인『편력의 조서』의 중심테마인 생래적 열등의식과 음란한 바람기의 굴레를 다루고 있다는 점에서 집필 목적을 같이 하는

---

10) 앞의 책,『遍歷の調書』, p.292.
11) 앞의 책,『遍歷の調書』, p.293.

작품이라 할 수 있다. 이는 결과적으로『음지의 아이』역시『편력의 조서』와 마찬가지로 주인공인 후사코를 통해 기생의 자식으로서 겪어야 했던 작가 자신의 열등의식과 결혼한 이후의 문란한 여성편력이 생모의 음란한 바람기를 물려받은 숙명적인 결과라는 것을 그려낸 작품이라 할 수 있을 것이다.

노구치 가쿠추가 여러 작품을 통해 자신의 태생적인 열등의식과 음란한 바람기를 형상화한 것은 자신의 내면에 잠재되어 있는 고통을 다양하면서도 반복적으로 독자들에게 풀어냄으로써 스스로의 정신적인 카타르시스를 추구하고자 했던 것으로 보인다.

4. 맺음말

이 글에서는 장혁주가 일본으로 귀화한 이후에 노구치 가쿠추라는 필명으로 집필한 장편『음지의 아이』에 대한 고찰을 통하여 게이샤의 딸로서 유곽에서 생활할 수밖에 없는 주인공 후사코의 열등의식과, 선천적인 음란함에 대한 강박관념으로 스스로의 인생을 파멸의 구렁으로 몰아가는 과정을 분석해 보았다.

그 결과 작가는 주인공들의 태생적인 열등의식과 음란성으로부터 탈피하려는 노력의 과정 및 그 좌절을 그려냄으로써 인간의 숙명적인 굴레를 벗어나는 것이 쉽지 않다는 것을 강조하고 있음이 확인되었다.

그리고 이와 같은『음지의 아이』가 시·공간적 배경은 달리하고 있을지라도 작가의 대표적인 자전적 저서인『편력의 조서』와 매우 유사한 전개를 보이고 있다는 데 주목하여 두 작품의 내용과 특징을 비교 고찰해보았다. 그 결과 『음지의 아이』 역시 『편력의 조서』와 마찬가지로 기생출신의 생모에게서 사생아로 태어난 작가 자신의 열등의식과 음란한 바람기로 인한 내면적인 갈등을 그려내고 있음을 알 수 있었다.

노구치 가쿠추는 평생에 걸쳐 많은 자전적 작품을 남겼으며, 그 대부분이 생모에게 책임을 전가시킬 수밖에 없는 생래적인 열등의식과 여성편력으로 인한 내면의 갈등을 그려내는 데 치중하고 있다. 그런데 허구적 소설로 가장된 『음지의 아이』에서 조차 이와 같은 작가의 체험적 고뇌를 그려내고 있다는 점에서, 생모로 인해 작가가 지녔던 열등의식과 여성편력의 성향으로 인한 강박관념이 어느 정도였는지 짐작하고도 남는다 하겠다.

제5부 새로운 작가적 모색으로서의
추리소설

『호상의 불사조(湖上の不死鳥)』

1. 머리말

노구치 가쿠추는 장혁주라는 필명으로 집필한 일제 강점 말기의 친일작품[1]으로 인하여 해방된 조국에 돌아올 엄두를 내지 못한 채, 패전으로 신음하는 일본민중의 참상을 그려내는 등[2] 새로운 작가적 모색을 시도하였다. 얼마 후 조국에서 6·25가 발발하자 이에 대한 취재와 소설 창작[3]으로 민족의 비참한 현실에 관심을 보이는가 싶

1) 『칠년의 폭풍(七年の嵐)』(1941), 『和戰 어느 쪽도 不辭하다(和戰何れも辭せず)』(1942), 『浮沈(浮き沈み)』(1943), 『광야의 처녀(曠野の乙女)』(1941), 『開墾』(1943), 『행복한 신민(幸福の民)』(1943), 『이와모토 지원병(岩本志願兵)』(1944) 등이 있다.
2) 『고아들(孤兒たち)』(1946), 『젊은 여자(若い女)』(1948), 단편집 『사람의 선함과 악함(人の善さと惡さと)』(1947) 등이 있다.
3) 르포로는 「조국 조선으로 날아가다-제1보(祖國朝鮮に飛ぶ-第1報)」, 『每日情報』(1951.9), 「고국의 산하(故國の山河)-제2보」, 『每日情報』(1951.11), 「허덕이는 한국(喘ぐ韓國)」, 『明窓』(1951.7), 「조국 조선의 고뇌(祖國朝鮮の苦惱)」, 『地上』(1952.2), 「계속되는 한국의 불안(韓國の不安はつづく)」, 『地上』(1952.11) 등이 있고, 소설은 「부락의 남북전(部落の南北戰)」(1952), 「避難民」(1952), 「異國의 아내(異國の妻)」(1952), 「부산항의 파란 꽃(釜山港の靑い花)」(1952), 「부산의 여간첩(釜山の女間諜)」(1952), 「눈(眼)」(1953), 『아ー 조선(嗚呼朝鮮)』(1952), 『無窮花』(1954) 등이 있다.

더니 고국으로 돌아가려는 희망을 버렸다는 듯이 이내 일본으로 귀
화하였다. 귀화한 뒤에는 일본사회의 급격한 산업화 속에서 신음하
는 민중의 삶을 담아내려는 노력4)을 기울였다.

그리고 작가 말년인 1975년에는 일제강점말기의 행적을 미화시켜
정리한 자전적 작품『폭풍의 시(嵐の詩)』를 출간하였으며,『韓과 倭(韓
と倭)』(1977),『도자기와 검(陶と劍)』(1980)을 통하여 한민족과 일본민족
의 동질성을 강조하였는데, 이 역시 작가의 새로운 민족관을 피력하
였다기보다는 과거의 친일행적에 대한 학문적인 차원에서의 미화를
시도한 것이라 할 수 있다.

한편, 귀화한 일본인 작가로서의 주체적인 행보를 이어가던 노구
치 가쿠추는 1950년대 말에 결핵·암·한센병이라는 난치병으로 고
통 받는 환자들의 삶을 그려낸 3부작『검은 지대(黑い地帶)』(1958),『암
병동(ガン病棟)』(1959),『검은 대낮(黑い晝間)』(1959)을 집필하여 일본사회
에 대한 관심과 휴머니즘적 자세를 보다 분명히 하였다.5)

그런데 이들 3부작 중에서 마지막 작품인『검은 대낮』을 추리소설
의 형태로 완성함으로써 새로운 문학 장르에 대한 작가적 관심을 엿
볼 수 있게 하였다.『검은 대낮』의 출간을 전후한 시기는 추리소설
에 대한 다양한 모색이 시도되었음이 확인되고 있는데, 이후 3년 동
안 14편이나 되는 추리소설을 관련 잡지 및 단행본으로 발표하였다.
그 중에서도 1962년 2월에 단행본으로 출간된『호상의 불사조(湖上の
不死鳥)』는 작가가 거주하고 있는 지방의 선거에 관련된 암투를 그려

---

4) 대표적인 장편으로『음지의 아이(ひかげの子)』(1956),『아름다운 저항(美しい抵抗)』
   (1957),『검은 지대(黑い地帶)』(1958),『암병동(ガン病棟)』(1959),『검은 대낮(黑い
   晝間)』(1959)을 들 수 있다.
5) 김학동(2009.12),「노구치 가쿠추(野口赫宙)의『검은 대낮(黑い晝間)』론」,『인문과
   학연구』제12집, pp.46~47.

낸 본격적인 추리소설로서 노구치 가쿠추의 새로운 작가적 모색을 확인해 볼 수 있는 작품이라 할 수 있다.

그러나 아직까지 이와 같은 노구치 가쿠추의 추리소설에 관한 구체적인 언급이나 본격적인 연구를 찾아보기 어려운 실정이다. 그러므로 이 글에서는 이상과 같은 노구치 가쿠추의 추리소설에 대한 전반적인 검토와 함께, 이의 대표작이라 할 수 있는『호상의 불사조』의 고찰을 통하여 작가의 추리소설에 대한 인식과 집필에 임한 태도 및 방법 등을 살펴보고자 한다. 또한 이들 추리소설이 노구치 가쿠추 문학에서 차지하는 위상을 확인해보고, 일평생 순문학적인 참여문학의 집필에 매달려온 작가가 추리소설이라는 장르로 경도되어간 배경에 대해서도 고찰하고자 한다.

2. 野口赫宙의 추리소설에 대한 관심과 작품

1932년부터 일본문단에서 활동을 시작한 노구치 가쿠추(장혁주)는 1945년 8월 해방 이전에 집필된 작품만 하더라도 장편 10여 편과 중·단편 60여 편, 기타 콩트나 희곡, 기고문 등은 그 수를 헤아리기 어려울 정도6)이고, 일제의 패전 이후 1997년 사망할 때까지 출간한 장편만 하더라도 20편을 넘기고 있어서, 평생에 걸쳐 왕성한 집필활동에 매달려 왔음을 알 수 있다. 그리고 그 대부분의 작품은 한민족과 일본민족간의 융합을 강조한 것이거나, 일본 사회의 부정적인 현실을 고발하는 내용과 같은 일종의 참여문학의 성격을 지닌 순문학

6) 김학동(2008),『張赫宙의 일본어 작품과 민족』, 국학자료원, p.25.

에 가까운 것이라고 할 수 있다.

그런데 이러한 노구치 가쿠추가 1960년을 전후한 비교적 짧은 시기에 추리소설이라는 장르에 관심을 가지고 많은 양의 작품을 발표했다는 것은 매우 이례적인 일이라 하지 않을 수 없다.

노구치 가쿠추가 잡지에 발표하거나 단행본으로 출간한 추리소설은 다음과 같으며, 장편『검은 대낮』을 제외하면 모두 잡지에 연재하는 형식으로 발표 되었다.[7]

- 「キリシタン如來騷動」, 『宝石』, 1959년 6월호
- 「二重まる殺人事件」, 『探偵實話』, 1959년 9월호
- 「斷崖」, 『探偵實話』, 1959년 10월호
- 「市松人形殺人事件」, 『探偵實話』, 1959년 11월호
- 「小坂館殺人事件」, 『探偵實話』, 1959년 11월호
- 『黑い眞晝』, 東都書房, 1959년 11월 간행
- 「零点五」, 『宝石』, 1959년 12월호
- 「死者の勝利」, 『探偵實話』, 1960년 1월호
- 「墜落者」, 『探偵實話』, 1960년 2월호
- 「望鄕の殺人」, 『探偵實話』, 1960년 4월-8월호(5회 연재)
- 「黑い渦」, 『宝石』, 1960년 7월호
- 「湖上の不死鳥」, 『探偵實話』, 1961년 4월-9월호(6회 연재) ; 1962년 2월 도토(東都)書房에서 단행본으로 출간
- 「新羅王館最後の日」, 『宝石』, 1961년 11월호
- 「赤い月餠」, 『宝石』, 1962년 7월호

이상의 자료를 통해 알 수 있듯이 노구치 가쿠추의 추리소설은

---

7) 노구치 가쿠추의 추리소설에 관련된 작품 목록은 필자의 자료조사에 기초하여 발표 및 출간 순으로 정리한 것임.

1959년 6월부터 1962년 7월의 3년 사이에 추리소설 전문 잡지인『探偵實話』와『宝石』을 통하여 집중적으로 발표 및 간행되었다. 그런데 이 기간에는 추리소설만이 아니라 패망한 고구려 후예들이 약광왕(若光王)을 따라 일본의 무사시(武藏)[8]에 정착한 이후의 생존을 위한 투쟁을 그려낸『무사시 병영(武藏陣屋)』(1961.10)과 같은 장편 역사소설도 출간되었으므로 가쿠추의 창작열을 짐작하고 남음이 있다.

그러나 1962년 7월에 발표한「붉은 월병(赤い月餠)」을 마지막으로 1975년의 자전적 장편『폭풍의 시(嵐の詩)』가 출간될 때까지 10여 년 동안 눈에 띄는 집필활동이 확인되지 않고 있다. 그 이유에 대해서는 확실히 단정하기는 어려우나, 추리소설을 통한 새로운 작가적 모색이 한계에 부딪힌 결과일 것이라는 추측이 가능하다.

그런데 노구치 가쿠추의 추리소설을 분석해보면 대부분의 작품이 단순한 흥미본위의 전개를 하고 있는 것이 아니라, 일본의 사회현상이나 역사적 사건 등을 소재로 삼아 인간의 삶과 관련된 다양한 문제의식을 제기하고 있다는 점에서 주목된다. 즉 문학작품과 추리소설의 융합이라는 새로운 형태의 작가적 시도가 확인되고 있는 것이다.

1) 역사적 사건을 소재로 삼은 작품과 그 특징

노구치 가쿠추의 추리소설 중에서「천주교여래 소동(キリシタン如來騷動)」,「新羅王館 최후의 날(新羅王館最後の日)」,「붉은 월병(赤い月餠)」과 같은 작품은 역사적 사건을 소재로 하면서 현대적인 재해석을 시도하고 있다는 특징을 지닌다.

---

8) 지금의 도쿄도(東京都)의 대부분과 사이타마현(埼玉縣) 및 가나가와현(神奈川縣)의 일부.

「천주교여래 소동」은 사이타마현(埼玉縣) 가와구치시(川口市) 시바즈카고시(芝塚越)의 여의륜관음당(如意輪観音黨)에서 청동 십자가와 예수를 안고 있는 마리아상이 발견된 사건을 소재로 한 작품이다. 여의륜관음당에는 여의륜관음(如意輪観音)·약사여래(藥師如來)·아미타여래(阿彌陀如來)가 각각의 감실 안에 보관된 채 안치되어 있었는데, 이중에서 아미타여래 감실만은 "문을 열면 눈이 멀게 된다"9)는 전설로 인해 수백 년 동안 그 실체를 알지 못하고 지내왔던 것이다. 그런데 1956년 가와구치시 교육과에서 시의 문화재보호를 위해 아미타여래 감실을 열고 조사한 결과 아미타여래좌상과 함께 청동 십자가와 마리아상이 발견되었다.

청동 십자가와 마리아상을 아미타여래좌상과 함께 감실에 넣어 봉인한 채 사람들로 하여금 열지 못하게 한 것은 에도막부(江戶幕府) 초기인 겐나(元和) 9(1623)년에 있었던 에도(江戶)10)의 천주교인들에 대한 탄압과 깊은 관련이 있다. 이 탄압으로 서양의 신부와 에도 일대의 천주교인 그리고 그 가족들 87명이 순교하였는데, 이러한 탄압에도 불구하고 에도막부 직할지의 수장이던 부친의 덕택으로 살아남은 세례명 루시나(Luciana)라는 천주교도가 청동 십자가 및 마리아상과 깊은 관계가 있다는 말이 전해지고 있다.11)

노구치 가쿠추는 이상과 같은 자료와 구전되는 내용을 토대로 「천주교여래 소동」을 집필하였는데, 루시나라는 세례명만 전해지고 있

---

9) 野口赫宙(1959.6),「キリシタン如來騷動」,『宝石』(東京) p.179.

10) 현재의 도쿄(東京) 일원, 에도시대 막부(幕府)의 소재지.

11) 埼玉縣, 1988「新編埼玉縣史通史編3近世1」, 川口市, 1988「川口市史通史編上卷」, 矢島 浩, 1965「潜伏キリシタンの研究―芝越塚のマリア觀音を中心に」, コミュニティ ;「元和のキリシタン彈壓事件に隱された秘話」―http://www.bell.jp/pancho/kasihara_diary/2007_06_01.htm

는 인물을 '리에'라는 이름을 가진 주인공으로 등장시켜 당시의 상황을 그려내고 있다. 천주교인들에 대한 탄압의 참상과 함께 부친의 영향으로 살아남게 된 리에의 심적 갈등을 섬세하게 묘사하면서, 청동 십자가와 마리아상이 존재하게 된 연유와 이들을 아미타여래좌상의 몸체 안에 보관하게 된 미스터리를 추리소설의 형태로 전개해 나간다.

이상과 같이 「천주교여래 소동」은 에도막부의 천주교에 대한 박해 속에서 아미타여래좌상의 몸체 안에 은밀하게 보관되어온 청동 십자가와 마리아상에 얽힌 이야기를 추리소설의 형태로 전개하고 있지만, 역사적인 미스터리에 대한 작가적 관심을 비교적 사실적으로 그려낸 작품이라 하겠다. 그러므로 본격적인 추리소설이라기보다는 작품 서두의 '해설'을 통해 언급하고 있듯이 '미스터리적인 이야기'를 다룬 작품이라 할 수 있을 것이다. 그러나 비록 이 작품이 미스터리를 담아낸 역사소설의 성격이 강하다 할지라도 추리소설 전문 잡지에 게재된 노구치 가쿠추 최초의 추리적 소설이라는 점에서 의의가 있다 하겠다.

「新羅王館 최후의 날」은 무사시에 자리 잡고 있던 신라후예의 집단거주지 신라촌(新羅木村)의 멸망에 이르는 과정을 소재로 삼은 역사소설로서, 지배세력 간의 암투를 추리소설 형식으로 그려내어 독자들의 흥미를 이끌어 내려한 작품이다.[12] 작품의 시대·공간적 배경은 남북조시대와 무로마치(室町) 초기(1330~60)의 혼전을 거듭하던 무사시로 설정되어 있지만, 고구려인의 집단 기주지인 고마향(高麗鄕)과

---

12) 김학동(2009.11), 「野口赫宙(張赫宙)의 『무사시 진영(武藏陣營)』과 「新羅王館 최후의 날(新羅王館最後の日)」론」, 『日本文化學報』 제43집, 韓國日本文化學會, p.234.

의 역사적인 원한관계를 중심으로 전개되는 관계로, 수적으로 열세였던 신라계 후예들의 종족보존을 위한 치열한 삶에 대해서도 비교적 소상히 그려낸다. 그러나 작품의 주된 목적은 신라향의 마립간 요시후쿠(義福)와 그 측근들의 의문의 죽음을 둘러싼 대립과 갈등의 구조를 추리소설의 형태로 완성하는데 있었다고 할 수 있다.

「붉은 월병」은 나가사키항(長崎港) 개항의 시조인 나가사키 진자에몬(長崎甚左衛門)의 양자였던 마쓰우라 우곤요리나오(松浦右近賴直)가 뜻하지 않는 살인혐의에 몰렸다가 우여곡절 끝에 무죄를 인정받게 되는 과정을 추리소설의 형태로 그려내고 있다. 작품은 규슈(九州)의 3대 세력으로 패권 다툼에 열중하던 류조지(龍造寺)·오토모(大友)·시마즈가(島津家)가 벌인 1584년의 오키다나와테(沖田畷) 전투를 전후하여 마쓰우라 요리나오가 나가사키항을 관장하던 포르투갈인 아르메다(アルメーダ)의 인질로 들어가면서 시작된다.

작품 속의 마쓰우라 우곤요리나오는 당시의 히젠(肥前)[13]을 관할하던 다이묘(영주) 아리마 하루노부(有馬晴信)의 막내 동생으로 등장하는데, 하루노부는 류조지 다카노부(龍造寺隆信)와 전쟁을 앞두고 마쓰우라의 양부인 진자에몬에게 조총을 구해달라는 부탁을 한다. 그러자 진자에몬은 조총을 구하기 위한 자금을 빌리려고 나가사키의 거상인 아르메다에게 마쓰우라를 인질로 보낸다. 그런데 주인공 마쓰우라가 아르메다의 저택에 들어온 그날 공교롭게도 아르메다의 애첩이 독살되는 바람에 그는 살인혐의로 체포될 운명에 처한다. 자신이 함정에 빠진 것을 알아챈 마쓰우라는 재빨리 아르메다의 저택을 빠져나온 뒤 진범을 잡기위해 많은 노력을 기울인다.

---

13) 현재의 나가사키(長崎), 사가(佐賀) 지역.

결국 마쓰우라는 아르메다의 애첩을 살해한 진범이 뛰어난 변장술로 의술이 능한 신부의 행세를 하며 여성을 농락하는 등 이중적인 생활을 하던 아르메다 자신이었다는 것을 밝혀내는데, 아르메다의 애첩이 그의 이중적인 생활을 눈치 채고 의심하는 바람에 살해한 것으로 묘사된다.

그러나 이와 같은 전개를 보이는 「붉은 월병」은 시대·공간적 배경에 있어 역사적인 사실에 바탕을 두고 있으면서도, 주인공 마쓰우라와 살인범 아르메다의 형상화에 많은 허구가 존재하고 있음을 알 수 있다. 먼저 마쓰우라는 작품에서 결혼을 하지 않은 양자로 등장하고 있으나 실제로는 진자에몬의 데릴사위였으며, 아리마 하루노부의 친동생도 아니었다. 또한 나가사키의 포르투갈 거상이자 의술을 지닌 신부로 등장하는 살인범 아르메다 역시 루이스 아르메다(Luis Almeida)라는 실존 인물을 형상화한 것으로 생각되지만, 실제와는 상당히 다르게 그려내고 있음을 알 수 있다. 루이스 아르메다는 포르투갈에서 의사면허를 취득했으나 상인으로서 일본에 왔다가 뜻한바 있어 포교와 의술활동에 전념했던 존경받는 인물[14]이기 때문이다.

그리고 마쓰우라나 아르메다와 관련된 자료 중에서 아르메다의 첩이 살해되었다는 내용은 찾아볼 수 없는 관계로, 노구치 가쿠추가 어떤 내용을 토대로 「붉은 월병」을 집필하였는지 확인되지 않고 있다. 그러나 살인사건을 제외한다면 시대·공간적인 정황배경에 있어서는 사실에 입각한 전개를 보이고 있음을 부정하기 어렵다. 그런데 문제는 「붉은 월병」에 등장하는 이중인격자이자 살인범인 아르메다가 현재 일본에서 성인으로 추앙받고 있는 루이스 아르메다의 명성

---

14) ルイス・デ・アルメイダ；フリー百科事典『ウィキペディア(Wikipedia)』.

에 자칫 누를 끼칠 우려가 있다는 점이다. 등장인물의 이름과 활동 시기가 거의 같은데다가, 한때 상인으로 활약했으며, 의술에 뛰어난 신부였다는 특징 등에서 일치하고 있기 때문이다.

2) 일본의 사회현상에 대한 고발로서의 추리소설

앞에서 고찰한 역사적 사실을 소재로 삼은 세 편의 추리소설을 제외한 나머지 작품은 모두 일본의 사회현상이나 재일조선(한국)인에 대한 작가의 문제의식을 담아낸 작품이라 할 수 있다.

먼저, 잡지에 연재하지 않은 전작 장편『검은 대낮(黒い畫間)』은 한센병 환자 요양소에서 벌어지는 연속 살인사건을 다루면서 한센병에 대한 사회적 인식과 환자들의 내적 갈등을 그려낸 작품이다. 그리고 결핵환자 요양소의 실태를 다룬『검은 지대(黒い地帶)』(1958) 및 암환자들의 투병생활을 지켜보는 의사들의 고뇌를 그려낸『암병동(ガン病棟)』(1959)과 함께 난치병으로 고생하는 환자들의 고통을 그린 3부작 중의 마지막 장편이다.

『검은 대낮』을 통해 작가가 말하고자 하는 것은 전근대적이고 비인간적인 '나병 예방법'의 영향으로 초래된 왜곡된 인식을 바로 잡고, 한센병과 관련한 정확한 지식과 정보를 사회전반에 알림과 동시에, 환자들의 인간적인 삶을 보장할 수 있는 제도적 장치를 마련해야 한다는 것으로 집약할 수 있다.

이와 같은『검은 대낮』은 한센병 환자에 대한 사회적 편견과 냉대를 고발함으로써 일본사회의 관심을 불러일으키려는 휴머니즘적 작가정신에 토대를 두고 있다 하겠으며, 독자들의 흥미와 관심을 이끌어내기 위한 추리소설로서의 전개를 보이고 있다는 특징을 지니고 있다.

그리고 5회에 걸쳐 연재된 「망향의 살인(望鄕の殺人)」은 고향에 돌아갈 날을 기다리며 살아가는 재일조선(한국)인들의 고난에 찬 삶을 북송선 만경봉호와 관련지어 그려낸 작품이다. 남과 북으로 갈라진 조국의 영향으로 초래된 재일 사회의 분열과, 돈을 벌기 위해 수단과 방법을 가리지 않는 동포사회에 대한 작가의 부정적인 인식을 그려낸 작품이라 할 수 있다.

「零点五」는 미군정 치하의 매춘부들이 마약을 투여 받는 병사들과의 관계 속에서 자신들의 삶을 망쳐가는 현실을 그려내고 있으며, 「검은 소용돌이(黑い渦)」는 일제 말기에 전쟁을 피해 시골로 피난 온 도시인들과 갈등을 빚는 일본농촌 생활의 단면을 소재로 삼고 있는데, 연속적으로 일어나는 살인사건의 범인을 추적해 가는 추리소설 특유의 긴박감을 느낄 수 있다.

이 밖에도 「斷崖」, 「이치마쓰(市松)人形殺人事件」, 「고사카(小坂)館殺人事件」, 「죽은 자의 승리(死者の勝利)」, 「墜落者」와 같은 작품이 있으며, 이들 작품은 일반적인 추리소설과 마찬가지로 흥미위주의 전개를 보이는 경향이 짙다 하겠으나, 사회현상에 대한 문제의식을 담아내고 있다는 점에서는 작가의 다른 작품과 크게 다르지 않다 하겠다.

이상의 고찰을 통해 살펴본 바와 같이 노구치 가쿠추의 추리소설은 미스테리적인 요소를 지닌 역사적 사건에 대한 관심을 표출하거나 부정적인 사회현상의 고발을 위한 방편으로 집필되었다는 특징을 지니고 있다. 그러므로 인간의 삶을 문학적으로 형상화한다는 진지한 작가적 의식이 부각되지 못하고 무시되기 쉬운 것도 사실이다.

그리고 제3장에서 고찰하게 될 『호상의 불사조』 역시 일본의 사회현상에 대한 문제의식을 담아낸 장편추리소설로서, 작가의 추리소설에 대한 인식과 집필 방법 등을 확인해 볼 수 있는 중요한 작품이라 할 수 있다.

3. 추리적 사회소설로서의 『호상의 불사조』

『호상의 불사조』는 잡지 『탐정실화(探偵實話)』에 1961년 4월호부터 9월호의 6회에 걸쳐 연재한 뒤 1962년 2월에 도토(東都)書房에서 단행본으로 출간되었다. 작품은 일본 지방 소도시15)의 유지인 네가미 쇼노스케(根上庄之助)의 의문의 죽음을 계기로 촉발된 추악한 지방선거의 실체와 음모, 그리고 돈과 치정에 얽힌 인간관계를 범인의 추적이라는 추리소설의 형태를 통해 그려내고 있다.

1) 추리소설로서의 구성

52세인 네가미 쇼노스케는 제재소 사장, 초카이(町會) 의장, 소방단장 등과 같은 직책을 가진 지역의 재력가이자 정치적 실세였을 뿐만 아니라, 여성편력이 심하여 그 관계가 매우 난잡했으므로, 그의 죽음을 둘러싼 의혹도 실타래처럼 복잡하게 얽혀있다. 사건의 해결을 맡은 고바야시(小林) 형사는 반전에 반전을 거듭하는 범인의 추적에 진땀을 흘리다가 결국은 미처 생각지도 못했던 초카이 의원(議員)인 하

---

15) 작가는 자신이 살고 있는 사이타마(埼玉)현의 히다카(日高)시 일대를 작품의 배경으로 삼았다고 '후기'에서 밝히고 있다.

세가와 히코지로(長谷川彦次郎)를 범인으로 검거하게 된다.

네가미 쇼노스케는 정부(情婦)인 오토키(お時)의 집에서 뜨거운 밤을 보낸 뒤 새벽녘에 집으로 돌아와 깊은 잠에 빠졌으나 소방훈련을 알리는 종소리에 마지못해 소방단장으로서의 정장을 차려입고 단원들이 기다리는 소학교 운동장으로 향한다. 그러나 훈화를 시작한 직후 뇌출혈로 단상에서 굴러 떨어지는 바람에 곧바로 히요시(日吉) 병원으로 옮겨진 뒤 언어장애와 반신불수 상태에서 언제 회복될지 모르는 장기 입원에 들어간다.

그런데 입한 한 지 며칠 지나지 않아 사망한 채 발견되었으며, 침대 모서리에 후두부를 부딪친 것이 직접적인 사망원인으로 진단되었다. 따라서 사망 시간을 전후하여 병실을 드나들었던 인물들이 살인 혐의를 받게 되었다. 쇼노스케의 장남인 쇼이치(庄一)와 장녀 가요코(加代子), 소방단원인 기하치(喜八), 다른 개인병원장인 요시노(吉野)와 그의 정부(情婦)인 오토키(お時),16) 이시이 후미코(石井文子)와 그녀의 딸이자 간호사인 이시이 미쓰코(石井光子), 그리고 쇼노스케의 또 다른 정부인 모토야마 사치코(本山幸子)가 사건을 맡은 고바야시(小林) 형사의 용의선상에 올라온 인물들이다. 진범인 하세가와 히코지로는 당초부터 이 명단에 포함되어 있지 않았다.

이와 같은 용의자들 중 단순하게 쇼노스케의 돈을 노리고 범행을 저질렀다고 판단되는 것은 그의 자녀들과 정부인 모토야마 사치코, 그리고 그의 정부이자 요시노와도 정부의 관계를 맺고 있는 오토키 였다. 이시이 후미코는 15년 전에 자신의 남편을 죽인 것이 쇼노스케라고 확신하고 이의 복수를 갚고자 하였으며, 그녀의 딸인 미쓰코

---

16) 오토키(お時)는 쇼노스케와 요시노 두 사람의 정부(情婦)인 셈이다.

도 마찬가지였다. 그리고 기하치는 집안의 선산을 쇼노스케에게 강
탈당한 일과, 자신의 여동생을 속여 애까지 낳게 한 뒤 돈 몇 푼으로
인연을 끊음으로써 자살로 몰고 간 원한을 갚고자 하였다. 요시노는
국회의원 선거 과정에서 자신이 받은 거액의 뇌물과 관련된 내막을
쇼노스케가 자세히 알고 있었다는 점과 오토키를 사이에 둔 연적(戀
敵)이었다는 점 때문에 용의선상에 올라 있었다. 그리고 이들은 모두
사건을 전후하여 병실을 출입했다는 사실이 목격자와 증인 등을 통
해서 확인되었다.

작품은 이상의 용의자들과 고바야시 형사간의 줄다리기보다도 용
의자들 사이에 서로를 범인으로 추정해가는 과정을 훨씬 흥미롭게
그려내고 있으며, 독자들도 각각의 용의자들이 지닌 약점으로 인해
진범일 수도 있다는 생각을 버리지 못한다. 그러나 불법정치 자금과
관련하여 쇼노스케가 받은 여러 통의 협박장의 필적이 하세가와 히
코지로의 것임을 확인한 고바야시 형사는 결국 히코지로가 요시노
의사의 복장으로 변장하고 저지른 살인이라는 것을 밝혀내게 된다.

그러나 히코지로가 쇼노스케의 병실에 들어가기 직전에 부친의 원
수를 갚고자 치사량의 모르핀을 주사한 간호사 이시이 미쓰코(石井光
子)의 범죄는 모른 채 눈감아 준다는 내용으로 막을 내린다. 이러한
고바야시 형사의 결정은 쇼노스케에게 억울하게 살해당한 부친의 복
수를 감행한 미쓰코에 대한 동정심에서 비롯된 것으로 그려진다.

2) 일본의 사회현상에 대한 고발

『호상의 불사조』의 세키네 쇼노스케는 제재소 사장, 초카이(町會)
의장, 소방단장 등 그가 지닌 열 개가 넘는 직함만큼이나 활발한 활

동을 하는 지방의 유지로 등장한다. 그러므로 어떠한 형태로든 그와 관계를 맺지 않은 지역민은 거의 없을 정도로 폭넓은 대인관계를 형성하고 있었으나, 많은 경우에 있어서 부정과 부패를 동반한 이해타산적인 것이었다고 할 수 있다. 그리고 기하치라는 소방단원이 기억하고 있는 여성관계만 하더라도 6명을 넘고 있었으므로(124)[17] 그의 복잡한 치정관계를 짐작하고 남음이 있다. 그러므로 쇼노스케의 죽음은 이상과 같이 정치권력 내지는 금전관계, 또는 치정 등에 얽힌 복잡한 사건으로 전개되는 것이다.

정치적인 문제는 현재 초카이 의장이었던 그가 국회의원 선거에 개입하면서 후보자인 이시카와 야타로(石川弥太郎)와 사카타 고시로(坂田幸四郎) 양쪽 진영으로부터 돈을 받았다가 낙선한 사카타 고시로 진영의 협박을 받으면서 발생한다. 사카타 진영의 돈을 받아 쇼노스케에게 건네준 것은 하세가와 히코지로였는데, 2백만엔이라는 거금 중에 85만엔만을 전해주고 나머지는 착복하는 바람에 검찰에 소환되는 등 곤란한 입장에 처하게 된다.

하세가와 히코지로가 115만엔이라는 거금을 착복한 것은 어차피 부정적인 선거자금이라서 공공연히 노출될 일이 없을 것이라는 자만심과, 초의회 의원(町議員)인 그가 선거자금을 확보하여 의장이 되고 싶다는 욕망에 의한 것이었다. 그런데 쇼노스케가 자신이 받은 돈의 액수를 발설한다면 그의 욕망은 물거품이 되고 말 것 이라는 불안감에 쇼노스케를 살해하게 된다.

작품에서는 결국 쇼노스케가 선거자금 문제로 히코지로의 손에 죽

---

17) 이 글의 제3장과 제4장에서는 野口赫宙(1962), 『湖上の不死鳥』(東都書房)을 텍스트로 삼았다. ( ) 안의 숫자는 텍스트의 쪽수를 가리킨다. 이하 같음.

은 것으로 결론을 짓고 있으나, 사망 직전에 이시이 미쓰코 간호사에 의해 치사량의 모르핀을 주사 맞았다는 점을 생각할 때, 그간의 복잡한 치정관계 역시 그를 죽음으로 몰고 갔음을 간과할 수 없다.

이시이 미쓰코의 모친 후미코는 세키네 쇼노스케와 사귀다가 그가 먼저 다른 곳으로 장가를 가는 바람에 마지못해 이시이 다케시(石井猛)에게 시집을 간 뒤 미쓰코를 낳았다. 그러나 이후에도 쇼노스케는 남편과 딸이 있는 후미코를 찾아와 관계를 요구했으며, 이를 알게 된 다케시에 쫓겨 숲으로 달아나 격투를 벌이다가 그를 죽이고 만다. 그러므로 이 사실을 알게 된 미쓰코는 때마침 자신의 병원에 입원한 쇼노스케를 살해하기로 모친과 공모하였던 것이다.

그러나 자신의 아버지 다케시를 죽인 것은 쇼노스케가 아니라, 거액의 채무 연장을 부탁하기 위해 찾아왔다가 부친과 쇼노스케의 다툼 현장을 목격하고 이를 숨어서 지켜보던 히코지로의 범행이었음을 작품의 대단원에서 고바야시 형사가 밝혀낸다.(185) 그렇지만 쇼노스케의 행위 역시 살인에 버금가는 것이었음을 부정하기 어렵다. 그리고 이시이 부녀 이외에도 기하치의 여동생처럼 쇼노스케에게 처녀를 바쳤으나 버림받는 바람에 자살한 경우에서 볼 수 있듯이, 치정관계로 인해 그를 살해하려는 생각을 가진 사람들이 많이 있었다는 점에서, 그의 문란한 여성관계는 사회혼란의 한 원인이 되고 있는 것이다.

이상과 같은 정치권력과 치정문제에 반드시 따라붙는 것은 불법적이고 비정상적인 금전거래라 할 수 있을 것이다. 어떤 면에서는 돈을 노리고 정치권력을 탐하거나 치정관계를 만들어 내는 경우도 있다는 점을 생각하면 재물에 대한 탐욕이야말로 인간사회에서 자행되는 추악한 행태의 원점이라고 할 수 있을 지도 모른다. 그러므로 작가는 『호상의 불사조』에 묘사되는 인간관계의 저변에 언제나 검은 돈의 흐름이 함께 하도록 그려내고 있는 것이다.

3) 기하치(喜八)라는 인물을 통한 해학의 시도

노구치 가쿠추는 추리소설로서의 『호상의 불사조』를 완성하는데 있어 기하치라는 인물을 등장시켜 해학의 도입을 시도하였다.

소방대원인 기하치는 평소에 소방단장이기도 한 세키네 쇼노스케로부터 칠칠치 못하다는 이유로 무시당한다. 그러나 기하치는 자신의 선산을 헐값으로 강탈해갔으며, 여동생을 죽게 만든 쇼노스케에 대한 원한을 잊지 않은 채 복수를 다짐하고 있었다.

> 기하치는 소방단의 임시점검을 언제 할 것인지 아무에게도 발설하지 않은 자신의 입이 무거움에 만족했다. 임시점검을 불시에 해보자는 말이 간부회에서 나왔을 때, 기하치는 망설이지 않고 자원했던 것이다. 그렇지만 평소에 말이 많은 기하치를 신용하는 사람은 한 명도 없었다.(4~5)

임시점검을 책임지고 수행하겠다는 기하치의 자원에 대해 쇼노스케 역시 "자네는 요란한 광대를 고용한 듯해서 말이야"(5)라는 말로 모두의 웃음 자아냈다. 그러나 기하치는 쇼노스케가 정부인 오토키의 술집에 들렀다가 체력을 소모하고 새벽녘에 집으로 돌아가는 것을 확인한 뒤 그가 곤히 잠들었을 이른 아침에 화재경보의 종을 요란하게 울리며 임시점검을 실시하였던 것이다.

결과적으로 피곤에 지친 몸을 이끌고 임시점검에 참가할 수밖에 없었던 쇼노스케는 "그러면 지금부터 '폐회'의 인사말을 시작하겠습니다"(10)와 같은 실언을 거듭하여 대원들을 폭소의 도가니로 몰아넣더니 기하치에 대한 분함과 굴욕을 삭이지 못하고 단상 아래로 굴러 떨어진다. 기하치는 이로써 평소에 원한이 깊었던 쇼노스케에 대한 복수를 멋지게 달성했던 것이다.

그렇지만 기하치는 사지를 쓰지 못하고 언어장애까지 일으킨 쇼노스케를 찾아가 선산을 돌려달라고 요구하는 과정에서 병실 여러 곳에 지문을 남겼으며, 합의문서에 억지로 인장을 받아 황급히 빠져나오는 모습을 목격한 사람이 있었기 때문에 가장 유력한 용의자로 지목된다.

> "나는 완전히 노이로제에 걸렸어. 요즘 불면증에 시달린다구. (…중략…) 이제는 이판사판, 내가 범인이라고 형사에게 달려가고 싶은 기분이야. 내 맘을 잡을 수가 없어"(64)

또 다른 용의자인 요시노(吉野)가 병실에서 나왔다는 증언을 한 전보 배달원 야요(矢代)를 잡고 하소연하고 있는 기하치의 모습은 순진한 듯하면서도 우스꽝스럽다. 그는 결국 자신이 가장 유력한 용의자라는 불안감을 떨치기 위해 고바야시 형사와는 별도로 독자적인 범인의 추적을 전개하게 되는데, 제법 진지한 추리력에 사건은 더욱 복잡한 양상을 띠게 된다. 이러한 기하치의 역할은 건조하기 쉬운 작품의 흐름에 해학을 더해주지만, 자칫 추리소설 특유의 긴장감을 떨어지게 만드는 원인으로도 작용한다.

이상과 같이 전개되는 『호상의 불사조』는 복잡하게 얽힌 사건의 전개와 각각의 용의자들이 지닌 살인의 필연성에 대한 치밀한 묘사를 통해 추리소설로서의 트릭을 한껏 구사한 작품이라 할 수 있다.

그렇지만 살인사건이라는 공포심을 거의 느낄 수 없는 온건한 전개를 보이고 있어서 일반적인 추리소설보다는 훨씬 긴장감이 떨어진다고 할 수 있다.

이와 같은 현상은 작품의 '후기'에서 소설의 내용과 '비슷한 사건'이 실제로 있었다고 언급하고 있듯이, 당초부터 흥미본위의 추리소설 집필에 목적이 있었던 것이 아니라, 지방 도시의 부패한 선거풍토와 돈과 권력을 배경으로 한 유지들의 타락한 행태를 고발하는 데보다 큰 목적이 있었기 때문인 것으로 생각된다.

달리 말하면, 일본의 사회현상을 고발하기 위한 작품을 집필하면서 독자들의 흥미를 이끌어내기 위해 추리소설의 형태를 취하고 있는 것이다. 그러나 이러한 시도는 자칫 사회소설도 아니고 추리소설도 아닌 다소 애매모호한 작품으로 전락할 수 있는 여지를 내포하고 있는 것도 사실이라 하겠다.

4. 추리소설을 통한 새로운 작가적 모색

노구치 가쿠추가 추리소설을 집필하게 된 동기는 난치병으로 고통받는 환자들의 삶을 그린 3부작 중 마지막 작품인 『검은 대낮』을 탐정소설의 형태를 빌어 완성하고 있다는 점에서 엿볼 수 있다. 그러나 이러한 시도가 그다지 좋은 반응을 얻지 못한 것으로 보인다.

몇 해 전, 추리 장편 제1작인 『검은 대낮』을 출간했을 때, 작품의 완성도에 대해서는 평판이 나쁘지 않았지만, 그려진 세계가 나병원(癩園)이라

는 어두운 곳이라서 독자들이 싫어했다.(189)

　『호상의 불사조』의 '후기'에 보이는 이러한 언급은 한센병 환자 수용소라는『검은 대낮』의 공간적 배경에 대한 독자들의 불만을 참고하여 좀 더 밝은 공간적 배경을 가진 새로운 작품을 집필하였다는 것으로 이해할 수 있다. 그러나 여기에는 자칫 휴머니즘적인 집필 자세를 포기하고 독자들이 원하는 흥미 본위의 추리소설로 방향을 전환하겠다는 것처럼 인식될 우려를 내포하고 있는 것이 사실이다.

　노구치 가쿠추는 난치병으로 고통 받는 일본민중의 삶을 그려낸 휴머니즘적 작품을 통해서 일제의 국책에 협력했던 조선인 작가라는 인식에서 탈피하여 귀화한 작가로서의 입지를 굳혀가고 있었다 하겠는데, 3부작 중 마지막 작품인『검은 대낮』을 추리소설의 형태로 완성했다는 점에서 두 가지를 생각해 볼 수 있다. 첫째는 사회소설로서의 자신의 작품에 대한 독자들의 관심을 유도하기 위한 방편으로 추리적 기법을 도입했을 가능성이고, 둘째는『검은 대낮』의 집필과 맞물려 작가의 추리소설에 대한 관심이 고조되고 있었을 가능성에 대한 것이다.

　한편으로 필자는 일본인 부인 노구치 게이코(野口桂子)와의 사이에서 태어난 다섯이나 되는 자녀들의 경제적인 뒷바라지를 위한 방책의 일환이었을 가능성을 배제하지 않고 있다. 1938년에는 장남, 40년에는 차남 등의 순으로 자녀들이 계속 태어났으므로, 1960년 무렵은 이들이 차례로 대학에 진학할 시기였기 때문이다. 즉 돈을 마련하기 위한 방편으로 추리소설의 집필에 관여했을 것이라는 심증이 있으나, 이를 뒷받침할만한 작가의 언급이나 증언을 확보하지 못하고 있다.

　노구치 가쿠추는『호상의 불사조』의 '후기'를 통해 추리소설의 집
필에 임한 자신의 입장과 심경을 구체적으로 언급하고 있는데, 이러
한 언급은 그의 모든 추리소설의 성격을 결정짓는 것으로, 당시의
작가적 태도를 엿볼 수 있는 중요한 내용이라 할 수 있다. 먼저, "나
는 무사시노(武藏野) 일각에 살고 있다. 무사시노를 전방에 감싸 안고
지치부(秩父) 연봉으로 이어지는 산들을 등에 진 도시와 마을들이 이
이야기의 배경"(189)이라고 언급하여 자신이 살고 있는 무사시노(武藏
野)의 아름다운 풍경 속에 자리 잡은 도시와 농촌을 작품의 배경으로
삼았음을 밝힌다. 가쿠추 자신의 연고지를 비판적인 입장에서 그려
내고 있다는 점에서 무사시노에 대한 작가의 애착과 주인의식을 엿
볼 수 있다.

　그런데 "인간이 모이는 곳에는 악의 뿌리도 또한 이에 질세라 창
궐"하는 것이 문제라며 작품 집필의 직접적인 동기를 밝힌다.

　　예를 들면, 정치에 얽힌 불법행위가 있다. 선거가 있을 때마다 자칫 법
　에 저촉될 수 있는 불법행위를 아무렇지 않게 저지른다. (…중략…) 이에
　가담하지 않으면 따돌림으로 마을에서 살 수 없을 정도다.
　　장소가 풍광명미(風光明媚)한만큼 그러한 내면생활의 추악함이 한층 부
　각되는 것이다.
　　명예욕과 물욕에 사로잡힌 보스(정・재계의 우두머리－필자)들이 얽혀
　있는 또 하나의 추악한 일면은 치정(癡情)이라는 욕심이다.(190)

『호상의 불사조』를 통해서 작가 자신이 살고 있는 지방의 선거를
둘러싼 불법행위와 정・재계 유지들의 추악한 행태를 추리소설의 형

태로 그려내려 했다고 밝히고 있는데, 독자들의 흥미와 긴장감을 이 끌어 내는데 힘을 쏟는 일반적인 추리소설과는 반대의 입장에 있음 을 알 수 있다.

또한 『호상의 불사조』를 집필하면서 심혈을 기울인 세 가지 사항 에 대해 언급한다. 그 내용은 1) 트릭(trick)을 구사하기 위해 노력했 으며, 2) 1인칭 관찰자 시점에서 벗어나 각각의 등장인물의 시각에 서 전개하는 '다각형 기법(多角形の手法)'을 도입했고, 3) 코믹한 인물 을 등장시켜 재미있게 그려내려 했다는 것으로 요약할 수 있다. 이 러한 작가적 시도는 작품의 주요 등장인물 중 기하치(喜八)라는 코믹 한 인물의 설정이 다소 미흡하다는 것 말고는 어느 정도 성공을 거 두고 있다고 평가할 수 있다. 그러므로 『호상의 불사조』는 추리소설 이라는 장르를 통해 인간의 삶과 사회현상을 담아내려는 노력을 기 울인 작가적 입장과, 다양한 집필기법이 시도된 정황을 확인해 볼 수 있는 작품이라 하겠다.

이와 같은 노구치 가쿠추의 추리소설 집필에 대한 집념을 반영하 듯 1959년 6월의 「천주교여래 소동」을 시작으로 1962년 7월의 「붉 은 전병」에 이르기까지 약 3년이라는 기간 동안 3편의 장편과, 11편 의 중·단편 소설이 잡지에 연재되거나 단행본으로 출간되었다. 그 런데 이 글의 고찰을 통해 확인해 보았듯이 대부분의 작품들이 역사 적 사실에 대한 작가의 관심을 표출하거나 부조리한 사회현실을 고 발하는 방편으로 집필되었다는 특징을 지닌다. 그러므로 이러한 집 필 경향을 통해서 순문학이나 사회문학에 미스테리를 도입하려했던 가쿠추의 노력을 엿볼 수 있는데, 이는 "한때는 순문학적 미스테리 를 쓰려고 했다"(191)는 작가의 고백을 통해서도 확인되고 있는 사실이라 하겠다.

그런데 새로운 작가적 모색이라 할 수 있는 이러한 노력이 3년 정도 지속된 뒤에는 10여 년간 눈에 띄는 작품 활동을 하지 않았다는 점을 고려할 때, 그러한 노력이 성공을 거두었다고 보기는 어려울 것이다.

5. 맺음말

이 글에서는 노구치 가쿠추의 추리소설에 대한 전반적인 검토와 함께, 이의 대표작이라 할 수 있는 『호상의 불사조(湖上の不死鳥)』의 고찰을 통하여 작가의 추리소설에 대한 인식과 집필에 임한 태도 및 방법 등을 확인해보았다.

노구치 가쿠추(장혁주)는 일제강점기인 1932년에 일본문단에 등단하여 집필활동을 시작한 뒤 1997년 사망할 때까지 단행본 30여권과 많은 중·단편 및 평론 등의 일본어 작품을 남겼다. 그리고 그 대부분은 한·일 양국의 민족적 정체성에 관련된 문제를 다루거나 왜곡된 사회상을 고발한 순문학에 가까운 참여문학적 성격을 지닌 작품이었다.

그런데 1960년을 전후 한 3년 동안은 많은 양의 추리소설을 집중적으로 발표함으로써 그동안의 문학적 행보에서 벗어나 새로운 작가적 시도를 모색하였다. 이 시기에 발표된 추리소설의 특징은 단순한 흥미본위의 긴장감과 사건전개의 트릭이라는 종래의 장르적 특성을 답습한 것이 아니라, 작가가 그동안 지향해온 순문학 내지는 사회소

설로서의 내용을 토대로 하면서 독자들의 흥미를 이끌어내기 위해
추리소설적 전개를 도입하고 있다는 점에 있다.

다루고 있는 소재에 있어서도 미스터리로서의 역사적 사건에 대한
관심을 표출하거나 일본사회의 부조리를 추리소설의 형식으로 고발
하는 작품이 많았다고 할 수 있다. 그중에서도 『호상의 불사조』는
작가가 거주하고 있는 지방 소도시의 선거에 관련된 부정과, 지방
유지들의 타락한 모습을 추리소설적 기법을 도입하여 완성한 가쿠추
의 대표적인 작품이라 할 수 있다. 특히 추리소설이라는 장르를 통
해 인간의 삶과 사회현상을 담아내려는 노력을 기울인 작가적 입장
과, 다양한 집필기법이 시도된 정황을 확인해 볼 수 있는 작품이라
하겠다.

그러나 3년가량 지속되던 노구치 가쿠추의 새로운 문학적 시도는
이렇다 할 문단의 평가를 받지 못한 채, 1963년 무렵부터 이후 10여
년간 별다른 집필활동을 하지 않은 것으로 확인되고 있다. 이와 같
은 집필의 중단은 순문학에 추리소설적 기법의 도입이라는 새로운
작가적 모색이 별다른 성과를 거두지 못한 것과 무관하지 않은 것으
로 판단된다.

『검은 대낮(黑い晝間)』

1. 머리말

노구치 가쿠추(野口赫宙)[1]는 장혁주(張赫宙)라는 필명으로 일제 강점 말기와 패전 직후의 일본에서 활동하던 작가가 1952년 10월 일본으로 귀화하면서 사용하기 시작한 또 다른 필명이다.

해방 이전의 장혁주 문학은 '초기의 민족적 집필기(1930~1933)', '과도기적 글쓰기(1934~1938)', '국책 영합적 집필기(1939~1945)'와 같이 나눌 수 있으며, 일본의 패전 직후부터 귀화할 때까지를 '휴머니즘적 집필기'로 정의[2] 할 수 있다. 해방 이전의 문학에서는 기생출신 첩의 자식으로 태어났다는 생래적 열등의식과 조혼한 연상의 아내에 대한 불만, 그리고 일제에 대한 저항과 영합의 과정을 확인해 볼 수 있다.

---

1) 1905~1997, 본명 장은중(張恩重), 일제강점말기 창씨명은 노구치 미노루(野口稔)였으며, 이를 일본 귀화명으로 등록하였다.
2) 김학동(2008), 『張赫宙의 일본어 작품과 민족』, 국학자료원, pp.12~13.

한편 조국의 해방에도 불구하고 자신의 친일행적으로 인해 고국에 돌아올 수 없었던 장혁주는 패전 직후의 일본민중의 고통을 그려내어3) 새로운 작가적 모색을 시도하였다. 이후 한국전쟁이 발발하자 위험을 무릅쓰고 이를 취재하기 위해 한국을 방문하여 많은 르포형식의 기사를 통해 조선민족의 참상을 일본에 전했으며, 이를 토대로 한 장편을 집필4)하기도 하였으나, 이러한 와중에 일본으로 귀화하였다.

노구치 가쿠추의 문학은 『편력의 조서(遍歷の調書)』(1954)와 같은 자전적 작품으로 자신의 과거를 회고한 뒤, 일본사회의 모순과 소외된 민중의 고단한 삶을 그려내어 일본으로 귀화한 작가로서의 사명의식을 담아내고자 노력하고 있다는 특징을 지닌다. 이와 같은 작품으로는 『음지의 아이(ひかげの子)』(1956), 『아름다운 저항(美しい抵抗)』(1957), 『검은 지대(黒い地帯)』(1958), 『암병동(ガン病棟)』(1959.5), 『검은 대낮(黒い眞晝)』(1959.11), 『호상의 불사조(湖上の不死鳥)』(1962) 등을 들 수 있다.

이러한 작품 가운데 이 글에서 고찰을 시도한 『검은 대낮』은 한센병5) 환자 요양소에서 벌어지는 연속 살인사건을 다루면서 한센병에 대한 사회적 인식과 환자들의 내적 갈등을 그려낸 작품이다. 이 작

---

3) 『고아들(孤兒たち)』(1946), 『젊은 여자(若い女)』(1948), 단편집 『사람의 선함과 악함(人の善さと惡さと)』(1947) 등이 있다.

4) 르포로는 「조국 조선으로 날아가다－제1보(祖國朝鮮に飛ぶ-第1報)」, 『毎日情報』(1951.9), 「고국의 산하(故國の山河)－제2보」, 『毎日情報』(1951.11), 「허덕이는 한국(喘ぐ韓國)」, 『明窓』(1951.7), 「조국 조선의 고뇌(祖國朝鮮の苦惱)」, 『地上』(1952.2), 「계속되는 한국의 불안(韓國の不安はつづく)」, 『地上』(1952.11) 등이 있고, 소설은 「부락의 남북전(部落の南北戰)」(1952), 「避難民」(1952), 「異國の妻)」(1952), 「부산항의 파란 꽃(釜山港の青い花)」(1952), 「부산의 여간첩(釜山の女間諜)」(1952), 「눈(眼)」(1953), 『아－ 조선(嗚呼朝鮮)』(1952), 『無窮花』(1954) 등이 있다.

5) 『검은 대낮(黒い眞晝)』에서는 주로 나병(癩病)으로 표기하고 있으나, 이 글에서는 이 말 속에 차별과 편견이 내재되어 있다는 일반적인 인식을 고려하여 한센병으로 표기하고자 한다. 다만, 작품의 인용문 등에서는 그대로 표기하고자 한다.

품은 결핵환자 요양소의 실태를 다룬『검은 지대』및 암환자들의 투병생활을 지켜보는 의사들의 고뇌를 그려낸『암병동』과 함께 난치병으로 고생하는 환자들의 고통을 그린 3부작 중 마지막 장편이다.

이와 같은『검은 대낮』은 한센병 환자에 대한 사회적 편견과 냉대를 고발함으로써 일본사회의 관심을 불러일으키려는 휴머니즘적 작가정신에 토대를 두고 있다 하겠다. 그리고 독자들의 흥미와 관심을 이끌어내기 위한 추리소설로서의 전개를 보이고 있다는 특징을 지니고 있는데, 이후에 집필된 많은 추리소설의 선구적인 작품이라 할 수 있다.

그러나 이러한 일련의 노구치 가쿠추의 문학에 대한 선행연구는 찾아보기 어려운 실정이며, 문학적 가치를 인정받지 못하던 추리소설에 대한 진지한 연구를 찾아보기 어려운 가운데『검은 대낮』도 예외가 될 수 없었다. 그러므로 이 글에서는 한센병 환자 요양소에서 발생한 살인사건을 추리소설의 형태로 완성한 작가의 의도와 작품의 구성 및 전개의 특징을 고찰하고, 인간으로서의 존엄성을 박탈당한 한센병 환자의 지난한 삶을 그려낸 작가의 인본주의적 자세를 확인해보고자 한다.

2. 추리소설로 완성된『검은 지대』의 문학적 특성

1) 추리소설로서의 구성과 전개

『검은 대낮』은 1950년대 말의 구마모토(熊本)현에 위치한 한센병 요양소6)를 시·공간적 배경으로 삼고 있으며, 이곳에 격리되어 생활하고 있는 2천명에 달하는 환자의 삶을 그려내고 있다. 작품은 요양소 내부에서 연속적으로 발생한 살인 사건을 해결하기 위해 동분서주하는 야마자키(山崎) 형사의 사고와 관찰자적 시점을 중심으로 전개되며, 그 밖의 사건에 관련된 핵심인물의 행적과 언행이 중층적으로 묘사된다. 요양소 내부에서 발생한 살인의 주된 동기는 한센병 환자들의 정상인에 대한 열등의식 및 인간으로서의 삶을 포기할 수밖에 없는 좌절과 분노, 그리고 이러한 불운한 처지를 조금이라도 보상해줄 수 있을 것으로 생각한 돈에 대한 집착에서 비롯된 것으로 설정하고 있다.

사건의 발단은 한센병 환자로서 요양소 내의 자치회장을 오랫동안 역임한 후루야마 라이조(古山雷藏)의 갑작스런 죽음에서 시작되고 있으며, 살인의 유력한 용의자였던 간호사 아오야먀 미사코(靑山美沙子)와 한센병 환자 마쓰다 조타(松田常太)가 수사가 진행되는 과정에서 연속적으로 살해됨으로써 사건은 더욱 복잡하게 얽혀간다.

야마자키 형사는 후루야마 라이조와 아오야마 미사코에게 원한을 지니고 있던 16세의 소녀 환자 오구라 하쓰에(小倉初枝)를 제1의 용의자로, 마쓰다 조타로 하여금 자신의 라이벌인 후루야마를 살해하도록 사주했으나 실패한 바 있는 오카노 도시오(岡野俊夫)를 제2의 용의자로 지목하고 이들의 수사에 전념한다. 그런데 오카노가 범인이라는 사실을 확인해주는 여러 가지 물증이 너무 쉽게 드러나는 것에 의심을 갖게 되면서 그를 범인으로 몰아가는 제3의 용의자로 수사를

<hr>

6) 구마모토현(熊本縣)에 위치한 국립요양소 기쿠치게후엔(菊池惠楓園)을 말하는 것으로 생각된다. 1958년에 병상수가 2,200이었으므로 작품의 내용과 거의 일치한다. (國立療養所菊池惠楓園－http://www.hosp.go.jp/~keifuen/enkaku.html)

확대한다. 결국 오카노에게 혐의를 덮어씌우기 위해 승거를 조작한 진범 가와카미 신지(川上眞治)를 체포함으로써 작품은 막을 내린다.

가와카미 신지는 경증환자로서 요양소에 있는 소학교 교사로 근무하고 있으며, 하이쿠(俳句)집 '아소(阿蘇)'의 발행자로서 많은 환자들의 존경을 받고 있는 인물로 등장한다. 따라서 그가 살인범으로 검거될 때까지는 야마자키 형사만이 그를 명목상의 용의자 선상에 올려놓았을 뿐, 그를 범인으로 의심하는 사람은 거의 없었다.

하지만 그가 비록 경증환자로서 정상인과 거의 다름없는 외모를 지니고 있었던 것은 사실이나, 한센병 환자였다는 병력으로 인해 받아 온 인간적인 차별에 여러 차례 자살을 시도한 바 있다. 결국 가와카미는 후루야마가 죽으면 자신에게 돌아올 유산 20만엥[7]을 미리 받아 사회에 복귀하고 싶다는 욕망에서 그를 살해한다. 후루야마는 자신이 죽은 뒤에 그의 구집(句集)을 발행해주는 조건으로 20만엥을 가와카미에게 주겠다는 유서를 남기고 있었기 때문이다. 그러나 이러한 정황을 눈치 챈 아오야마 미사코 간호사와 그를 따르던 환자 마쓰다 조타마저 살해하지 않을 수 없게 된다.

『검은 대낮』은 이상과 같이 추리소설의 구성과 전개를 보이면서도, 한센병 환자들이 걸어왔던 절망적인 상황과 좌절을 상세히 그려냄으로써, 이들에 대한 국가와 사회의 관심을 호소하고 있다는 특징을 지닌다.

---

7) 野口赫宙(1959), 『黒い眞晝』, 東都書房, p.233. 봉급자가 20년 동안 한 푼 안 쓰고 모을 만큼 많은 돈.

2) 한센병 환자의 삶을 추리소설로 형상화한 목적과 동기

『검은 대낮』에서 시대적 배경으로 삼고 있는 1950년대는 '결핵', '암', '한센병'이라는 3대 난치병에 대한 수술과 치료약의 개발이 활발히 진행되고 있었으나, 이러한 질병으로 여전히 많은 사람이 목숨을 잃던 시기였다. 노구치 가쿠추는 일본으로 귀화한 뒤 자신의 민족과 관련된 문제에서 벗어나 점차 일본의 사회문제에 대한 관심을 기울이기 시작하였는데, 그 중에서도 당시의 3대 난치병으로 신음하는 서민들의 실상을 휴머니즘적 시각에서 그려낸 3부작 『검은 지대』 『암병동』 『검은 대낮』이 대표적인 작품이라 할 수 있다.

그런데 『검은 대낮』은 순수하게 환자들의 고통과 이를 지켜보는 의사 및 가족의 애환을 그려내고 있는 『검은 지대』나 『암병동』과는 다르게, 환자들의 고달픈 삶을 추리소설로 형상화하고 있다는 점에서 집필 목적의 변화를 엿볼 수 있게 한다. 이와 같은 『검은 대낮』에 대한 독자들의 평가는 『호상의 불사조』의 '후기'를 통해 확인해 볼 수 있다.

> 지난해에 추리장편 제1작 『검은 대낮』을 출간했을 때, 작품의 완성도에 관한 평가는 나쁘지 않았지만, 그려진 세계가 나병 요양소라는 어두운 장소였기 때문에 독자들이 좋아하지 않았다. 그 쓰라린 경험을 바탕으로 이번에는 명랑한 배경을 소재로 삼기로 했다.[8]

『호상의 불사조』는 작가가 거주하고 있는 지방도시[9]의 단체장 및 지방의회의 선거를 둘러싸고 지역의 유지들이 벌이는 암투과정을 그

---

8) 野口赫宙(1962),「あとがき」,『湖上の不死鳥』, 東都書房, p.189.
9) 현재의 사이타마현(埼玉縣) 히타카시(日高市).

려낸 본격적인 추리소설이라 할 수 있는데, 이 작품의 '후기'를 통해서 『검은 대낮』 역시 추리소설로 집필했음을 밝히고 있다.

그러므로 『검은 대낮』은 『검은 지대』와 『암병동』에 이어 난치병 환자의 고통을 다룬 휴머니즘적 사회소설이면서, 『호상의 불사조』로 이어지는 추리소설의 시발점에 위치하는 작품이라 할 수 있다. 그리고 『검은 대낮』을 마지막으로 난치병으로 신음하는 환자들을 다룬 작품은 막을 내리고, 당분간 추리소설 형태의 작품에 몰두10)하게 된다.

노구치 가쿠추가 『검은 대낮』을 통해 한센병 환자들의 고통을 추리소설의 형태로 형상화한 이유에 대해서는 작가 자신이 언급하고 있지 않으므로 단언하기는 어려우나, 다음과 같이 두 가지로 생각해 볼 수 있다.

첫째는, 난치병 환자들의 실상을 다룬 이전의 두 작품 『검은 지대』와 『암병동』에서 시도한 구성적 틀을 벗어나 추리소설이라는 새로운 자극적인 형태로 한센병에 대한 독자들의 관심을 유도하고자 했을 가능성이다.

둘째는, 난치병을 다룬 제3의 소설을 쓰기 위해 한센병 환자의 삶을 취재하는 등의 준비를 마쳤으나, 도중에 추리소설에 대한 관심이 증폭되면서 이의 해소를 위해 양자를 병립시키는 방법으로 집필을 시도했을 가능성을 생각해볼 수 있다.

그렇지만, 『검은 대낮』을 추리소설로 집필하였으나 "그려진 세계가 나병요양소라는 어두운 장소였기 때문에 독자들이 좋아하지 않았

---

10) 이후 잡지 『探偵實話』를 중심으로 「망향의 살인(望鄕の殺人)」(1960.4~8)을 비롯한 여러 작품을 발표하였다.

다"는 말을 남기고 있음을 고려할 때, 두 번째 이유에 의해 집필되었을 가능성이 더 크다고 할 수 있다. 이는 『검은 대낮』 이후에 많은 추리소설이 집필되었다는 점을 통해서도 확인되고 있다 하겠다.

3. 한센병의 국가 및 사회인식에 대한 문학적 고발

1) 한센병 환자들의 고통에 대한 형상화

『검은 대낮』은 세 건의 살인사건을 추적해가는 야마자키 형사와 용의자들의 대응을 추리소설의 형식으로 완성하고 있으나, 공간적 배경이 되는 한센병 요양소 'K・K원(園)'의 실체와 환자들의 고통스런 삶에 대해 상세히 묘사하고 있다.

> 8월, 태양이 홀로 불타는데 바람은 잠을 자니, 병동은 찜통이 되어 나병환자들은 숨쉬기에 버겁다. 피부의 모공이 막히고 땀샘이 소멸된 탓에 입을 벌린 채 괴롭게 숨을 헐떡이는데, 땀은 빨간 혀에서 방울져 떨어진다. 혀에서 떨어지는 땀방울은 어떤 환자의 경우 하루에 1.8리터를 기록했다.(1)[11]

한 여름, 피부가 문드러져 땀구멍이 막힌 탓에 땀이 방울져 떨어지는 빨간 혀를 내밀고 헐떡이는 환자들의 모습을 생생하게 묘사하고 있다. 그리고 한센병 환자들이 검은 안경을 쓰는 이유에 대해서

---

11) 이 글에서는 野口赫宙(1959), 『黑い眞晝』(東都書房)를 텍스트로 삼았다. 괄호 ( ) 안의 숫자는 텍스트의 쪽수를 가리킨다. 이하 같음.

도 설명한다.

> 검은 안경을 쓴 환자는 모두 눈을 깜박이지 못하는 상태가 되어 있다.
> 깜박이지 못하는 눈은 잘 때조차도 눈알을 드러내게 된다. 광선이 눈을
> 멀게 하고 쉽게 손상을 입는 탓으로 눈을 못 쓰게 되기도 한다.(38)

　많은 한센병 환자들이 검은 안경을 쓰고 있는 것은 그들의 일그러
진 얼굴을 감추려는 것이라기보다 눈을 깜박이지 못해서 초래되는
눈의 손상을 막기 위한 고육지책이라는 사실을 언급하고 있는데, 속
세의 사람들이 미처 생각하지 못하는 고통 속에서 살고 있는 환자들
의 비애를 전달하려는 작가적 노력이 엿보인다.

　이밖에도 '코가 함몰되고 입이 왼쪽으로 비뚤어져 있어서 흥가흥
가하고 말이 샌다'(3)라든가, '모든 말초신경이 죽어있어 화상도 동상
도 타박상도 느끼지 못하는 탓에 농양이 생겨도 치료를 받을 생각을
하지 않는다'는 등의 환자들의 신체적 상태에 대해서도 상세하게 묘
사함으로써, 이들이 받고 있는 고통을 사실적으로 담아내고 있다. 결
국 한센병이라는 것은 온몸의 감각이 서서히 마비되어 감에 따라 신
체가 그 기능을 잃고 썩어드는 무서운 병으로, 타인에게 전염될 수
있다는 점에서 세간의 공포를 불러일으킨다.

　그러므로 속세에서 정상적인 인간으로서의 삶을 살다가 한센병에
걸린 것을 처음 알았을 때의 공포와 절망은 상상을 초월한다.

> 공포가 엄습해왔다. 나병균에 감염되었다는 선고를 받았을 때의 절망
> 이 뚜렷이 야마자키의 마음에 밀려왔다. 충격으로 돌아버릴 것 같았다.
> 나병환자의 마음이 그 충격으로 추하게 일그러져가는 경로가 보이는

듯 했다. 절망 끝의 체념! 그 체념은 깊고도 냉엄하고 처참했다.(217)

한센병 요양소에 살다시피 수사를 진행해온 야마자키 형사는 자신
의 발가락 사이가 물러 진물이 나는 것을 보고 나병에 걸렸다는 착
각에 빠진다. 인용문은 아직 한센병에 감염되었다는 확진을 받지도
않은 야마자키 형사의 절망과 체념을 묘사한 것으로, 실제로 감염되
었다는 확진을 받은 환자의 절망적인 심정이 어떠한 것인지 짐작하
게 만든다.

이상과 같이 추리소설로서 전개되는 『검은 대낮』은 작품 전반에
걸쳐 한센병에 걸린 환자들의 신체적 특징과 그들의 심정을 세심하
게 묘사하고 있어서, 작가의 말대로 단순한 추리적 흥미에만 관심을
가진 독자로부터는 긍정적인 평가를 받기가 어려웠을 것으로 보인다.

2) 나병에 대한 국가적 대응의 실체

일본의 한센병에 대한 국가적 대응은 1907년에 제정된 '나병 예방
에 관한 건(「癩予防ニ關スル件」, 法律第11號)'에 의해 환자의 격리·박멸
정책이 시행되면서부터라 할 수 있다.12) 이후 1931년에 '나병 예방
법(癩予防法)'으로 개정된 뒤에는 '민족정화', '나병 없는 일본(無癩日
本)'이라는 구호 아래, 모든 환자를 강제로 격리수용하여 새로운 환
자의 발생을 근절하려는 정책이 강력히 추진되었다.

『검은 대낮』에서는 당시의 권력에 의해 강제로 수용된 환자와 그
가족들이 당했던 박해의 실상을 상세히 그려내고 있다. 그리고 이와

---

12) 2005, 「ハンセン病の歴史」, 社団法人 好善社, p.3. : http://www.kt.rim.or.jp/~kozensha/
CONTENTS/hansen-history.pdf

같은 관권의 행사와 관련하여 자신들을 보호하기 위한 것으로 이해하기 쉬운 일반인들의 그릇된 인식에 대해서도 "그것은 어디까지나 나병 환자를 비인간(非人) 취급하려는 생각"(219)에서 비롯되고 있다는 비판을 가한다. 이러한 '비인간' 취급은 전쟁이 격화되면서 극에 달한다.

> 전쟁 중 사태가 악화되자, 나환자는 모두 죽여야 된다는 폭론을 토한 군인이 있었다. 물자가 부족한 전쟁 중에 나환자를 먹여 살리는 것은 쓸데없는 짓이라는 것이다. 나환자에게는 생명도 없고 감정도 없는 것처럼 취급하였다.(46)

작품에서는 이와 같이 비인간으로 취급받던 한센병 환자가 끌려간 뒤에 그 집에 들어가 요란스럽게 소독을 함으로써 주변 사람들에게 극심한 공포감을 심어주었으며, 이로 인해 가족들이 받게 되는 사회의 차별과 편견은 그들의 삶을 유지하기 어려울 정도로 집요하여 자살에 이르는 경우가 적지 않았음을 폭로한다.

그리고 한센병 환자를 적발하여 강제 수용시키고, 그 가족들의 행적을 끝까지 추적하여 직장을 가질 수 없도록 만들었던 권력의 앞잡이로 전직 경찰 아오야마 이와오(青山岩雄)를 등장시킨다.

> 아오야마 이와오는 법을 지키는 것에 대해 엄격했다. 그것이 국가를 위한 것이라고 굳게 믿고 있었다. 몸은 비록 일개의 순사에 머물렀지만 충군애국(忠君愛國)의 치성을 다하는 일에는 누구에게도 뒤지지 않는다고 자부하고 있었다.
>
> 그러므로 죄와 부정을 보고 그냥 지나치지 못하는 성격이었다. 더구나 나병은 업보이자 용서할 수 없는 죄였다. 나병의 단종설(斷種說)을 절대

적으로 지지했다. 불과 2만 남짓한 적은 숫자이므로, 이들을 외딴섬으로 유배 보내 독물을 투여해서 안락사 시켜야 한다고 생각하고 있었다.(85)

파시즘 권력의 하수인으로서 맹목적인 충성심으로 무장한 아오야마 순사는 한센병 환자에 대해 그들 자신의 잘못으로 인해 천벌을 받은 것이며, 시급히 멸종시켜야할 인류사회의 적으로서 인식하고 있음을 알 수 있다. 그러므로 한센병 환자들을 적발하여 강제 수용 시키는 일이야말로 천황에 충성하고 국가를 사랑하는 것이라 믿고 이의 실천을 위해 노력하는 것이다. 그런데 그의 이와 같은 사고와 행동은 "한센병 환자는 역병을 퍼뜨리는 위험한 존재이고, 강제로 격리시켜서 멸종시켜야 할 존재"13)라는 낙인을 찍은 '나병 예방법'에 의해 정당화 되고 있었음은 재언을 요하지 않는다.

이와 같은 '(舊)나병 예방법'은 1953년에 '(新)나병 예방법'으로 개정되어 새로이 시행되었다. '(新)나병 예방법'은 "각 현(縣)에 17~8명의 권고원(勸告員)을 두고 나병환자를 방문하여 입원(入園)을 권유"(129)하였으며, 세간에 알려지지 않도록 '절대 비밀주의'를 취하였다. 그러나 '(新)나병 예방법' 역시 요양소에의 수용절차만 개선되었을 뿐, 강제격리정책을 영속・고정화한 것이나 다름없었다.14) 따라서 이 법에 의해 한센병으로 낙인찍힌 사람은 사회의 편견과 차별의 대상이 될 수밖에 없었으며, 인간으로서의 존엄성과 사회에서 자유롭게 살 수 있는 기본권을 박탈당하고 말았던 것이다.

그러나 다행스러운 것은 1943년에 미국에서 '프로민(promin)'이라

---

13) 2006, 「ハンセン病の歴史」, 『ハンセン病ニュース』, 全癩協 : http://www.rivo. mediatti.net/~nanya/index.html
14) 전게주 13), 「ハンセン病の歴史」, 『ハンセン病ニュース』.

는 한센병 특효약이 개발되어 1947년부터는 일본에서도 사용됨으로 써 환자수가 급격히 줄고 있으며,[15) 신규환자는 거의 발생하지 않고 있다는 점이다. 따라서 2006년 현재 일본에 거주하고 있는 한센병 환자 수는 4000명 가량[16)이며 대부분이 노령인 관계로 그 숫자는 급격히 줄어들고 있다.

결국 일본은 1996년에 '전환협(全患協 : 전국한센병환자협의회)'의 끈질 긴 노력에 의해 한센병 환자에 대한 강제 격리정책의 기반이 되었던 '나병 예방법'을 폐지하였다.

3) 한센병에 대한 사회적 인식의 형상화

『검은 대낮』은 '나병 예방법'에 의해 강제 수용된 환자와 그 가족 에 대한 사회의 차별과 냉대의 다양한 실상을 섬세한 필치로 그려냄 으로써 사회 일반의 인식이 얼마나 무지하고 배타적인 것인지 진지 하게 폭로한다.

요양소에서 생활하고 있는 유다 신타로(湯田新太郎)와 오구라 하쓰 에(小倉初枝)는 아직 18세와 16세의 어린 청년과 소녀로, 신약인 프로 민 덕택에 12회나 무균검사에 합격했을 만큼 정상적인 몸으로 회복 되었으므로 바깥 세상에 나가도 전혀 지장이 없었다. 그러나 이들을 치료해 온 아오야마 미사코(青山美沙子) 간호사는 "나병증명서라는 전 력을 달고서 세상에 나가본들 나병환자라는 사실에서 벗어날 수 없 는 현실"(89)을 생각하며, 이들 두 사람 역시 평생을 요양소에서 지내 게 될 것이라는 독백을 한다. 취직을 위해 자신의 연고와 관계없는

---

15) 전게주 12), 「ハンセン病の歴史」.
16) 전게주 13), 「ハンセン病の歴史」, 『ハンセン病ニュース』.

지역으로 간다한들 출신지에 조회하면 이내 한센병 경력이 밝혀질 것이고, "무균증명서를 가지고 있다 해도 통하지 않기 때문"(175)이다.

그런데 이와 같은 타인에 의한 멸시와 냉대보다도 가족에 의해 버려지는 고통을 겪은 환자는 스스로의 존재가치를 완전히 상실하게 된다.

유다 신타로는 모친과 함께 한센병 요양소에 강제 수용되었다. 모친은 결핵이 동시에 발병하여 사망하였으나, 유다는 신약 프로민을 복용하여 완전히 건강을 회복하였다. 요양소에서 단연 돋보이는 아름다운 청년으로 성장한 그에게 관심을 가지고 접근한 것은 20대 초반의 아오야마 미사코 간호사였다. 그녀는 유다가 오구라 하쓰에와 사귀는 것을 질투하여 '사회에서 정착할 수 있다면 함께 나가 살고 싶다'는 마음에도 없는 말을 건넨다. 평소에 정상인으로서의 젊은 간호사 아오야마를 동경하고 있던 유다는 이 말을 곧이듣고 무균증명서를 휴대한 채 부친을 만나러 세상으로 나간다.

> "무엇하러 왔어" 부친은 화가 나 있었다. 자식의 이름을 들은 것만으로도 짜증을 냈다. (…중략…) 그리고 자신은 짜증을 낼 권리가 있다고 자식에게 말해주고 싶은 듯 했다. 유다는 부친을 만나러 온 것을 후회했다. 이런 식으로 냉대 받을 것을 알고 있었기 때문에 여태껏 집에 돌아가고 싶다는 생각을 하지 않고 지내왔던 것이다. (…중략…)
> 너는 나병이다. 세상은 나병을 혐오한다.
> 지금은 네가 나병이라는 것을 인근 마을사람들은 잊어가고 있다. 제발 우리 집을 위해 너는 죽은 것으로 해다오.(171~173)

부친은 유다의 존재가치를 송두리째 무너뜨려 자칫 죽음의 구렁으로 몰고 갈지도 모를 폭언을 쏟아낸다. 이러한 부친의 태도는 후처인 지금의 아내가 "신타로와 인연을 끊는 것을 조건"(173)으로 들어온 것에서 비롯된다. 그러므로 부친과 후처 사이에서 태어난 두 자식을 위해서라도 신타로가 살아있어서는 안 되는 것이었다.

한센병이 완치된 18세 소년을 대하는 부친의 태도에 비현실적인 면이 없지 않지만, 『검은 대낮』은 이처럼 친부임에도 불구하고 자신들의 삶을 위해서는 친자식까지 버리는 냉엄한 이기주의적인 현실을 그려냄으로써, 한센병에 대한 사회인식의 저열함을 폭로하고 있는 것이다.

또한 작품은 봉오도리(盆踊り)[17] 행사로 환자들과 춤을 추던 요양소의 직원과 간호사들이 느끼는 위화감을 묘사하여 한센병 환자들을 진정으로 이해할 수 있는 공간이 이 세상에는 존재하지 않음을 시사하기도 한다.

춤추고 있던 환자들이 옆으로 비켜섰다. 보고 있던 여직원과 간호사들이 원을 만들기 시작했다. 조금 주저하는 기색이 보였다. 공기로 전염되는 병이라서 넓은 창공 아래라고는 하지만 역시 기분은 불쾌했다.(138)

매일 같이 프로민 주사를 맞고 있는 환자들에게는 균이 나오지 않는다는 것을 잘 알고 있는 요양소의 직원과 간호사들 역시 환자들에 대한 차별과 편견에서 자유롭지 못함을 알 수 있다. 특히 이곳의 간호사들이야말로 세간의 한센병 환자에 대한 편견이 얼마나 부당한 것인지 몸으로 느끼고 있음에도 불구하고, 그들의 마음속 깊은 곳에는 이기적인 경계심이 자리하고 있는 것이다.

이상과 같이 『검은 대낮』에서는 한센병 환자들이 사회의 편견은

---

17) 백중날인 음력 7월 15일 밤에 남녀가 모여 춤을 추는 일본의 전통적인 행사.

물론이요, 자신들을 치료해주는 간호사를 비롯하여, 피를 나눈 혈육으로부터도 버림받고 있는 현실을 그려내고 있다.

4. 좌절과 체념, 그리고 왜곡된 인간성

1) 요양소의 독특한 사회성

『검은 대낮』의 주 무대인 한센병 요양소는 사회로부터 격리된 환자들이 생활하는 좁은 공간이다. 이들은 깊은 좌절과 체념, 그리고 분노를 공유하고 있으므로 동병상련의 정으로 서로를 위로하며 지낼 것 같지만, 오히려 비이성적인 환자들의 삶이 부각되는 곳이다. 육신이 썩어가는 중에도 혀와 성기만은 죽을 때까지 그 기능을 잃지 않으며(6), 요양소의 생활 역시 속세와 다름없는 자본주의적 생활방식을 유지하고 있기 때문이다.

속세에서 결혼을 했더라도 요양소에 들어오면 새로운 배우자와 살림을 꾸릴 수 있는데, 서로 좋은 이성을 차지하려는 분쟁이 끊이지 않는다. 이 때 남성 환자에 비해 여성 환자의 수가 절반에도 미치지 못하는 관계로 배우자의 선택권이 여성에게 있다는 특징이 있다.

여성 환자가 남성을 고르는 기준은 속세와 마찬가지로 좋은 남자로서 넉넉하게 돈이 있으면 더할 나위 없었다. 다만 여기서 '좋은 남자'라는 것은 얼굴이 잘생기고 못남이 아니라, 나병의 진행정도의 경중을 말한다. 나병이 가벼우면 그만큼 얼굴의 손상이 적고 원형을 유지하여 속세의 인간에 가깝기 때문이다. 그리고 연령의 차이도 그다지 문제되지 않는다.

건강하고 세상살이에 약삭빠르면 그만이었다.(24)

요양소 환자들의 독특한 사회성이 확인되고 있으나, 이성적인 가치로서 존중되어야할 인간적인 면모는 배제되고, 생활의 방편으로서의 건강한 육체와 돈, 그리고 세상을 살아가는 요령만이 그들의 가치 기준이 되고 있음을 알 수 있다.

한편 이처럼 경쟁적으로 배우자를 선택하여 살림을 차린 환자들이 낙태를 일삼자 요양소 내의 가톨릭 성당은 이를 막기 위한 교화에 노력한다. 그러나 요양소 측은 오히려 한센병의 감염을 방지한다는 명목으로 낙태를 유도하고 있었는데, 작품은 "부부가 된 환자들은 오히려 이를 반기듯 태아를 살해하고 있었다"(14)는 표현을 통해 환자들의 무책임한 성적욕망을 그려내고 있다. 이러한 묘사는 자칫 모든 환자가 낙태를 자행하고 있다는 식으로 잘못 받아들여질 우려가 있지만, 그만큼 환자들의 인간적인 정서가 훼손되어 있음을 부각시키려는 작가의 입장이 반영된 것이라 하겠다.

그런데 요양소의 환자들이 안고 있는 보다 심각한 문제는 서로간의 인간적인 멸시와 차별이 일상화되어 있다는 점이다.

> 환자들 사이에서 전과자에 대한 차별은 속세의 그것보다도 강하다. 살고 있는 세계가 좁은 만큼 그 차별은 전과자에 있어서는 참기 어려운 고통이다. '멸시'와 '차별'에 의해 쓰라린 체험을 맛본 환자들이 그 멸시와 차별을 행사한다는 것은 모순이다.(173)

작품은 이와 같은 멸시와 차별을 받은 전과자가 이를 견디지 못하여 탈옥을 감행한 뒤 장기 복역수로 지내기를 원하기도 한다며 환자들의 왜곡된 인간성을 문제 삼는다. 그러나 이러한 문제의식의 이면에는 환자들을 강제 수용하여 인간적인 삶을 앗아간 국가와, 이를 맹목적으로 추종하며 차별과 편견으로 일관한 사회전반에 대한 비판이 자리 잡고 있다 하겠다.

2) 정상인에 대한 동경

요양소에서 생활하는 환자들은 한센병과 관계없는 정상인에 대한 강한 동경을 지니고 있다. 특히 경미한 증상을 보이다가 완치된 환자의 경우는 이성으로서의 상대를 선택할 때 정상인에 더욱 집착한다. 『검은 대낮』에서는 요양소에서 교편을 잡고 있으며 하이쿠 잡지를 주재하고 있는 28세의 가와카미 신지(川上眞治)와 18세의 아직 어린 청년으로 장차 가와카미와 같은 교사가 되겠다는 꿈을 가진 유다 신타로(湯田新太郎)가 이와 같은 욕망을 지닌 인물로 묘사된다.

유다는 자신과 마찬가지로 경미한 증세가 완치된 두 살 아래의 오구라 하쓰에(小倉初枝)와 사귀고 있었지만 요양소의 간호사인 이십대 초반의 아오야마 미사코(青山美沙子)를 연모하고 있었다. 그러므로 "나를 신부로 맞아줄래?"(152)라는 미사코의 마음에 없는 말을 믿고 속세에서의 생활을 준비하기 위해 요양소 밖으로 나가 부친을 만난다. 그러나 부친의 냉대가 심할 뿐만 아니라, 무균증명서만으로는 정상적인 생활이 어렵다는 것을 깨닫게 된다. 그래도 고향에서 멀리 벗어나 살아보겠다는 마음으로 돌아온다.

그런데 유다로부터 같이 속세로 나가자는 말을 들은 미사코는 냉정하게 거절한다.

"당신 순정적인 건가요? 놀랐어요. 겉치레 말을 진심으로 받아들이는 사람이 있나요? 좀 더 냉정하게 생각해봐요. 내가 당신과 함께 나가서 어떻게 살아요? 바보가 아니면 생각해보면 알거예요"(181)

결국 유다는 미사코로부터 받은 모욕으로 인해 "건강인 전체를 대상으로 확대되는 극도의 분노"를 지니게 되었고, "열등감이 비굴함을 불러일으켜 추한 모습"(183)으로 전락한다. 그리고 유다는 미사코에게 멸시를 당한 뒤 비로서 그에게 버림받은 하쓰에의 슬픔을 이해하게 되었으며, 유다가 현재 느끼고 있는 분노가 하쓰에의 마음속에도 있었음을 깨닫게 된다.(184) 유다가 느끼는 분노와 배신감은 한센병에 대한 속세의 편견을 넘어서려는 욕망에서 비롯된 것이라 할 수 있으나, 편견이라는 현실의 벽은 넘지 못하고 마음에 깊은 상처만 남기게 된 것이다.

새끼손가락만 약간 틀어져 있을 뿐 외관상 정상인과 다를 바 없는 가와가미 역시 건강인을 아내로 맞으려는 생각을 지니고 있었는데, 속세에 있을 때 자신이 한센병에 걸렸다는 사실을 알고 떠나버린 여인에 대한 복수의 의미도 담고 있었다. 그러므로 "여성 환자와는 추호도 결혼을 하지 않겠다"(24)는 생각을 지니고 있었으나, 제자인 하쓰에처럼 정상인과 다름없는 아름다운 소녀의 모습에는 그 역시 마음을 빼앗기고 있었다. 그러나 하쓰에가 같은 제자인 유다 신타로와 사귀고 있다는 것을 알고는 아오야마 미사코 간호사에게 마음을 돌린다. 그렇지만 그녀 앞에서는 "자신의 병이 생각나서 벼랑이 무너지는 열등감"(27)에 사로잡히곤 한다.

그런데 문제는 그녀가 지니고 있는 한센병 환자에 대한 인식에 있었다.

"(…전략…) 누가 이런 곳을 좋아하겠어요. 같은 값이면 보통의 병원에서 일하는 것이 좋겠지요? 이런 문둥병…… 어머, 죄송해요! 가와카미상에게 한 말이 아니에요. (…후략…)"(29)

미사코의 이 말은 가와카미의 자존심에 큰 상처를 남겼으며, 그의 마음속에 품고 있던 미사코에 대한 동경과 환상을 일시에 무너뜨렸다. 마음의 등불을 잃은 가와카미의 머릿속에는 자신을 버리고 떠난 여인의 모습과 미사코가 중첩되어 떠올랐으며, "미사코 앞에서 느꼈던 열등감이 깊은 원한"(33)으로 남게 된다.

이러한 가와카미의 미사코에 대한 동경과 좌절은 그가 지닌 한센병에 대한 열등의식에 의해 촉발되었음을 부정하기 어렵지만, 미사코의 환자들에 대한 멸시와 편견은 가와카미에게 회복하기 어려운 상처를 남기게 된다. 결국 미사코는 가와카미의 범행을 눈치챘다는 이유로 살해당하지만, 그녀의 죽음이 가와카미가 안고 있던 열등의식과 자존심의 상처에 의한 복수의 성격이 크다는 것을 부정하기 어렵다.

3) 분노로 표출되는 체념과 좌절

국가권력에 의해 사회로부터 격리된 채 요양소라는 좁은 공간을 삶의 터전으로 살아가는 환자들은 한센병으로 낙인찍히는 순간 극심한 좌절과 정신적 혼란을 겪게 된다. 그리고 이때의 충격으로 실성하여 요양소 내의 정신병동에서 생활하거나, 깊은 체념에 빠진 채 나름의 활력소를 찾기 위해 노력한다. 그렇지만 환자들은 쌓여가는 분노를 억제할 방도를 찾지 못한 채 방황하고 있으며, 『검은 대낮』에 그려진 살인사건은 이러한 분노의 표출이라는 맥락에서 전개 된다.

작품은 줄거리를 이끌어 가는 관찰자로서 비교적 비중 있게 묘사되는 가와카미를 통해 환자들의 내면에 자리한 분노를 상세히 담아낸다. 그 중에서도 가와카미 자신이 지닌 심적 고통을 형상화하는데 주력한다.

가와카미의 분노를 일으키는 내적 고통은 정상인을 대하면서 느끼는 열등의식에서 비롯되고 있는데, 요양소에서 생활하고 있는 아오야마 간호사, 형무소의 간수, 심지어는 살인사건을 수사 중인 야마자키 형사와 같이 주변의 정상인 모두가 그의 열등의식을 부추긴다.

> "안에 있는 접수처에 말해봐"라며, 간수는 가와카미를 흘깃 보더니 요양소에서 온 것을 알고 아무렇게나 대답했다. (…중략…) 간수가 자신을 단번에 환자라고 알아본 것에 대해 비굴해졌다. 깊은 못에 빠진 듯한 절망을 견디지 않으면 안 되었다. 열등감이 슬픈 모습으로 솟구쳐 오르는 것을 도저히 억누를 재간이 없었다.(69)

살인미수 혐의로 요양소 내의 형무소에 수감 중인 마쓰다 조타(松田常太)를 면회 간 가와카미는 정문의 수위가 반말로 대꾸를 하자 자신이 한센병 환자라는 것을 알아차린 결과라는 짐작으로 인용문과 같은 절망에 빠진다. 자신의 병은 완치되었기 때문에 정상인과 다름없다는 자신감이 허물어진 것이다. 그렇지만 수위가 자신을 환자로 생각한 것은 겉으로 드러난 신체적 특징보다는 그가 수위를 대하는 태도에 의한 것일 가능성이 크다는 점을 고려할 때, 가와카미의 지나친 열등의식이야말로 정신적 고통의 주된 원인이라 할 수 있을 것이다.

가와카미는 결국 "이런 곳에 언제까지 있어야 하는 것일까? 납골당에 뼈를 묻을 때까지 있어야 하는 운명은 고통스럽다"(95)는 독백을 흘리기도 하고 "죽고 싶다"며 염세관에 빠지기도 한다. 결국 그는 "돈이 있으면 된다. 돈만 있다면 속세로 나갈 수 있다"(95)는 생각으로 후루야마 라이조를 살해하게 되었고, 그 과정에서 환자를 능멸하던 아오야먀 간호사 역시 죽음을 당하는 것이다.

이처럼 가와카미의 표면적인 살해 동기는 무척 단순해 보이지만, 오해와 편견으로 자신들을 냉대하는 사회에 대한 분노와, 평생을 속세와 격리된 채 음울한 요양소에서 생활해야한다는 체념이 보다 근본적인 원인으로 작용하고 있다 하겠다.

이와 같은 한센병 환자의 열등의식과 좌절에 의한 분노는 유다라는 소년을 통해서도 형상화된다.

> 평소에 남몰래 거울을 보고 대체로 건강한 사람과 다름없는 얼굴을 하고 있다는 것은 알고 있었다. 그리고 얼굴이 일그러진 2천명의 환자 속에 있을 때는 눈에 띄는 좋은 남자로 보여도, 아주 건강한 사람들 속에서는 어딘가 자신이 못해 보인다는 생각에 겁이 났다. 아무래도 눈썹이 옅은 것은 부정할 수 없었다.(165)

유다의 외양은 건강한 사람과 별반 다름이 없으나 그의 내면은 이미 열등의식으로 가득 차 있음을 알 수 있다. 그런데 이러한 열등의식에서 비롯된 불안감은 전혀 근거 없는 것이 아니었다. 아오야마 간호사의 결혼하고 싶다는 말에 흥분하여 속세로 나간 유다는 사회의 냉대는 물론이거니와 부친으로부터도 철저하게 외면당하는 고통을 맛보았기 때문이다. 그리고 함께 살 것처럼 그를 부추기던 아오

야마 간호사의 변절에 "복수하고 말겠다는 분노"(183)를 가슴 속에
품게 된다.

이처럼 『검은 대낮』은 한센병이 완치되어 무균증명서까지 지니고
있는 가와카미와 유다 같은 사람들까지 국가와 사회, 그리고 가족들
의 냉대 속에서 체념의 고통스런 삶을 살 수밖에 없는 현실을 그려
내고 있다. 그리고 환자들의 가슴속 깊은 곳에 응어리져 있는 분노
가 그 출구를 찾지 못할 때, 살인이라는 극단적인 행동으로 표출될
수 있다는 경각심을 불러일으키고 있는 것이다.

결국 『검은 대낮』을 통해 작가가 말하고자 하는 것은 전근대적이
고 비인간적인 '나병 예방법'의 영향으로 형성된 왜곡된 인식을 바
로 잡고, 한센병과 관련한 정확한 지식과 정보를 사회전반에 알림과
동시에 환자들의 인간적인 처우를 위해 노력할 필요하다는 것으로
집약할 수 있을 것이다.

5. 맺음말

이 글에서는 노구치 가쿠추(野口赫宙)의 『검은 대낮(黑い晝)』에 대
한 고찰을 통하여 추리소설의 형식으로 한센병 환자들의 고통을 담
아낸 작가적 의도를 확인하고, 요양소에서 암울한 죽음을 기다릴 수
밖에 없는 환자들의 비인간적인 삶을 그려낸 작가의 인본주의적 자
세를 조명하였다.

『검은 대낮』은 한센병 환자 요양소에서 벌어지는 연속 살인사건
을 다루면서 한센병에 대한 사회적 인식과 환자들의 내적 갈등을 그

려낸 작품으로, 결핵환자 요양소의 실태를 다룬『검은 지대(黑い地帯)』(1958) 및 암환자들의 투병생활을 지켜보는 의사들의 고뇌를 그려낸『암병동(ガン病棟)』(1959)과 함께 난치병으로 고생하는 환자들의 고통을 그린 3부작 중의 마지막 장편이다.

이와 같은『검은 대낮』은 한센병 환자에 대한 사회적 편견과 냉대를 고발함으로써 일본사회의 관심을 불러일으키려는 휴머니즘적 작가정신에 토대를 두고 있다 하겠으며, 독자들의 흥미와 관심을 이끌어내기 위한 추리소설로서의 전개를 보이고 있다는 특징을 지니고 있는데, 이후에 집필된 많은 추리소설의 선구적인 작품이라 할 수 있다.

결국『검은 대낮』을 통해 작가가 말하고자 하는 것은 전근대적이고 비인간적인 '나병 예방법'의 영향으로 초래된 왜곡된 인식을 바로 잡고, 한센병과 관련한 정확한 지식과 정보를 사회전반에 알림과 동시에, 환자들의 인간적인 삶을 보장할 수 있는 제도적 장치를 마련해야 한다는 것으로 집약할 수 있을 것이다.

이처럼 이 글에서 고찰한『검은 대낮』을 비롯한 환자들의 고통을 다룬 3부작은 일본으로 귀화한 작가로서의 사명의식을 담아내고자 노력하고 있다는 특징을 지닌다. 그러나 세 번째 작품인『검은 대낮』을 추리소설의 형태로 완성한 이후에는『호사의 불사조』를 비롯한 많은 장·단편 추리소설의 집필에 매달림으로써, 가난하고 병든 일본민중에 대한 작가적 관심이 약화되고 있음을 엿볼 수 있게 한다.

『망향의 살인(望鄕の殺人)』과
재일동포사회에 대한 작가의 인식

1. 머리말

일제 강점말기의 친일적 글쓰기로 인해 고국에 돌아올 엄두를 내지 못한 장혁주(張赫宙)는 1952년 10월 일본으로 귀화한 뒤 노구치 가쿠추(野口赫宙)[1]라는 필명으로 집필을 계속하였다. 귀화한 작가로서의 입지를 확보하기 위해 노력하던 그는 1950년대 말에 결핵·암·한센병이라는 난치병으로 고통 받는 환자들의 삶을 그려낸 3부작『검은 지대(黑い地帶)』(1958),『암병동(ガン病棟)』(1959),『검은 대낮(黑い晝間)』(1959)을 집필하여 일본사회에 대한 관심과 휴머니즘적 자세를 부각시켰다.

---

1) 노구치 가쿠추(野口赫宙)는 장혁주(張赫宙)라는 필명으로 활동했던 장은중(張恩重, 1905~1997)이 1952년 10월 일본에 귀화한 뒤 사용하기 시작한 또 다른 필명이며, 귀화명은 노구치 미노루(野口稔)였다. 이 글에서는 장혁주라는 필명을 사용하고자 한다.

그런데 이들 3부작 중에서 마지막 작품인『검은 대낮』을 추리소설의 형태로 완성함으로써 새로운 문학 장르에 대한 관심을 보이는가 싶더니, 이후 3년 동안 14편2)이나 되는 추리소설을 관련 잡지에 발표하거나 단행본으로 출간하였다.

이러한 추리소설 가운데 1960년 4월부터 8월에 걸쳐『探偵實話』에 연재한『망향의 살인(望鄕の殺人)』은 일제 패전 직후의 혼란한 시대를 배경으로 재일동포사회에서 벌어지는 연속살인사건을 다루고 있어 주목된다. 특히 이 작품은 범인의 추적이라는 추리소설 본래의 목적보다도 재일동포들의 생활상과 사상적 대립의 묘사에 치중하고 있으며, 조국과 동포들에 대한 애증의 감정이 잘 드러나 있다는 특징을 지닌다.

이 글에서는 일제 패전 직후의 재일동포들의 삶과 사상적 대립을 소재로 삼은『망향의 살인』을 분석하여 재일동포사회의 정치적 분열과 갈등, 친일행위에 대한 합리화의 시도 및 작가의 동포사회에 대한 부정적인 인식에 관해 고찰하고, 작품에 투영된 작가적 입장과 집필 목적 등을 확인해보고자 한다.

---

2) 이를 연대순으로 정리하면 「キリシタン如來騷動(키리시탄 여래 소동)」,『宝石』(1959.6), 「二重まる殺人事件(이중 살인사건)」,『探偵實話』(1959.9), 「斷崖」,『探偵實話』(1959.10), 「市松人形殺人事件(이치마츠 인형 살인사건)」,『探偵實話』(1959.11), 「小坂館殺人事件(고사카관 살인사건)」,『探偵實話』(1959.11),『黒い眞畫(검은 대낮)』東都書房(1959.11), 「零点五(영점오)」,『宝石』(1959.12), 「死者の勝利(죽은 자의 승리)」,『探偵實話』(1960.1), 「墜落者(추락자)」,『探偵實話』(1960.2), 「望鄕の殺人(망향의 살인)」,『探偵實話』(1960.4~8), 「黒い渦(검은 소용돌이)」,『宝石』(1960.7), 「湖上の不死鳥(호상의 불사조)」,『探偵實話』(1961.4~9), 「新羅王館最後の日(신라왕관 최후의 날)」,『宝石』(1961.11), 「赤い月餠(붉은 월병)」,『宝石』(1962.7)과 같다.
이중에서「망향의 살인」은 일제 패전 직후의 재일동포사회를 그려내고 있으며, 「키리시탄 여래 소동」, 「신라왕관 최후의 날」, 「붉은 월병」은 역사적인 사건을 소재로 하면서 현대적인 재해석을 시도하고 있다. 나머지 작품들은 일본사회의 병폐현상에 대한 고발의 일환으로 집필된 추리소설이라 할 수 있다.

2. 재일동포사회의 정치적 분열과 갈등에 대한 형상화

『망향의 살인』은 갓 임용된 스물 세 살의 하스미 가즈오(蓮見和夫)라는 일본인 경찰관이 우연한 기회에 재일동포의 연속 살인사건에 연류 된 뒤, 10년이 넘는 세월에 걸쳐 사건의 전말을 파헤쳐가는 과정을 그려내고 있다. 작품은 일제의 패전 직후부터 1959년 재일동포의 북한송환이 본격화되는 시기까지를 시대적 배경으로 삼고 있으며, 연합국의 통치 아래 재기를 모색하던 일본이 소위 '제3국인'으로 불리던 재일조선인의 범죄에 적극적으로 대처하지 못하는 상황에서 벌어지는 살인사건을 다루고 있다.

재일조선인 6명이 연속으로 살해되는 과정을 그려낸 장편 추리소설인 만큼 사건은 매우 복잡하게 전개되고 있으며, 담당 경찰인 하스미는 범인이 잡히는 마지막 순간까지 한반도 분단의 영향으로 인한 사상적 대립과 친일파 척결 문제를 둘러싼 갈등으로 인해 초래된 사건으로 확신하고 사건의 해결에 임한다.

그러나 작품의 종결에서는 밀수업자이자 카바레 등을 운영하던 재일조선인이 돈과 치정에 얽혀 저지른 범행이었음이 밝혀지고, 경찰의 수사망에서 벗어나기 위해 동포들의 갈등과 대립을 교묘하게 이용한 사건으로 일단락 짓게 된다.

작품에서는 이러한 재일조선인사회의 갈등과 대립을 시간의 흐름에 따라 순차적으로 묘사함으로써 단순한 흥미위주의 추리소설이 아니라, 사실에 바탕을 둔 현실감이 느껴지는 줄거리로 완성하고 있으며, 당시의 시대적 상황과 동포들의 생활상을 엿볼 수 있게 한다.

1) 일제의 패전과 재일조선인사회의 분열

일제 패전 직후에 결성된 재일조선인 단체들은 먼저 강제징용동포
들의 고국 송환을 서두르는 한편으로, 친일파의 처리문제와 해방된
조국건설의 방향을 둘러싸고 첨예한 대립을 시작하였다.

> 조련(朝連)은 처음에 주의주장(主義主張)을 내세우지 않고 재일조선인의
> 대동단결을 위한 단체였지. 그러던 것이 공산주의 일색이 되고 나서 반
> 공사상가들이 빠져나간 거야(1-273)3)

실제로 일제 패전 직후에 강제연행자의 귀국문제 등을 논의하기
위해 여러 재일조선인 조직이 탄생하였는데, 1945년 10월 15일에 결
성된 재일조선인연맹(在日朝鮮人連盟, 이하 '조련'이라 함)이 대표적인 단
체로 부각되었다. 조련은 결성 준비대회를 열었던 9월 10일 무렵만
하더라도 민족주의자, 사회주의자, 대일협력자, 협화회 간부와 같이
다양한 성격의 인물들이 모여들어 동포들의 생활과 귀국문제 등 긴
급한 현안들에 대해 논의하기 위한 목적을 지니고 있었다.

그러나 조련은 점차 좌파 그룹의 사회주의자, 노동운동가들에 의
해 장악되어 갔는데, 이에 대해 재일조선인문제 연구자인 김찬정(金
贊汀)은 "우파, 친일파라고 불리는 사람들 중에는 친일 경력자가 많
았던 관계로 재일동포사회가 그들에게 혐오감을 품고 조직에서 배제
했기 때문"4)이라고 언급한다.

---

3) 제1부, p.273. 『探偵實話』에 게재된 『망향의 살인(望鄕の殺人)』은 1960년 4월호-
   제1부, 5월호-제2부, 6월호-제3부, 7월호-제4부, 8월호-제5부로 되어있다.
   괄호 ( ) 안의 숫자는 인용한 내용의 해당 부와 쪽수를 가리킨다. 이하 같음.
4) 김찬정 저, 박성태·서태순 역(2010.5), 『재일한국인 백년사』, 제이앤씨, p.156.

『망향의 살인』에서는 이처럼 동포사회에서 배제된 친일경력자들의 입장을 상세히 묘사한다.

> 조련의 행동대 놈들이 나를 불러내 린치를 가한다고 했습니다. 전쟁범죄자라느니 친일파라면서 말이죠.
> "우익-건청(建靑)-이쪽이 더 무섭습니다. (…중략…) 복싱선수나 가라데, 그리고 불량배들도 이쪽에 있습니다. -저는 양쪽으로부터 위협을 받고 있습니다."(1-277)

이처럼 동포사회 조직으로부터 배척당하고 신변의 위협을 느끼며 전전긍긍하던 친일협력자들은 연합국사령부(GHQ)가 공산주의 세력과의 연계를 강화해가던 조련을 경계하고 있다는 사실에 주목한다. 또한 한반도의 38선 이남 지역의 실질적인 지배세력인 미국 역시 공산주의 세력의 확산 방지에 힘을 쏟고 있다는 현실을 이용하여 반공을 내세운 단체의 결성을 서두르게 된다.

> 좌익 단체가 결성되고 나서는 얼마동안, (친일협력자들은) 동포들로부터 배척당했음이 틀림없다. 그 울분이 김광률(金光律)로 하여금 집단 K를 만들게 했다. 그리고 좌익에서 분리된 다른 조직을 가진 우익단체 C동맹을 좌지우지하다가 대동단결하여 '민단(民團)'을 결성하게 되었다.(3-270)

조련에서 쫓겨난 사람들은 천황을 폭사시키려 했다는 이유로 사형언도를 받고 복역했던 박열(朴烈)과, 만주와 중국에서 독립운동을 펼치다 체포되어 15년 형을 언도받고 복역 중이던 민족주의자 이강훈(李康勳)을 추대하여 1946년 1월에 신조선건설동맹(新朝鮮建設同盟, 이하 '건동'이라 함)을 결성하였다. 즉 자신들의 친일행위를 상쇄시키기 위해 민족주의적인 인물을 전면에 내세운 뒤, 건동의 투쟁노선이 공산주의 노선을 따르는 조련과의 대립에 있음을 부각시켰다. 또한 1945년 11월에는 반공주의를 천명하며 조련으로부터 분리된 일파가 조선건국촉진청년동맹(朝鮮建國促進靑年同盟, 이하 '건청'이라 함)을 결성하였다.

일제 패전.직후에 결성된 재일조선인 관련 단체는 이상과 같이 조련과 건청 그리고 건동이 대표적이라 할 수 있는데, 이들 단체의 본격적인 대립은 조국에 대한 연합국의 신탁통치를 둘러싸고 발생한다. 조련은 신탁통치에 찬성한 반면 건동과 건청은 반대하는 입장을 내세우면서 "단순한 사상과 견해의 대립만으로 그친 것이 아니라, 서로의 조직을 넘어뜨리려는 폭력사태로 발전"5)하게 되었다. 이들의 대립은 1946~7년에 걸쳐 격화되었으며, 살인사건까지 일어나는 매우 심각한 상황이었다.

『망향의 살인』에서는 번잡한 길거리에서 저격당해 사망한 카바레 경영자 김규술(金奎述)의 살해사건 등을 이러한 갈등과 대립의 산물로 묘사한다.

> 사장님은 이전에 단체의 중요 임원이었습니다. 정보부원이었지요. 그때에 반동분자를 상당히 많이 적발했습니다. 그 자들이 우익 단체인 K회에 흘러들었습니다.(2-278)

김규술은 사업의 이권을 둘러싼 알력 및 여성을 사이에 둔 암투 등과 같이 기타의 갈등 요인과도 관련되어 있어 살해 동기를 명확히 단정하기는 어렵다. 그러나 하스미 형사는 김규술이 조련에 몸을 담고 있을 때 친일반동분자로 적발하여 내쫓았던 무리들에 의해 살해

---

5) 朴慶植(1992.12), 『在日朝鮮人・强制連行・民族問題』, 三一書房, p.58.

된 것으로 단정하고 이들을 쫓는데 주력함으로써, 재일조선인사회의 복잡하게 얽혀 있는 문제에 더욱 깊이 빠져들게 된다.

『망향의 살인』의 전반부에서는 이처럼 친일파 척결문제와 조국건설의 형태를 둘러싼 재일동포사회의 대립과 갈등을 시간의 흐름에 따라 형상화하고 있으며, 이러한 혼란한 상황 속에서 삶을 영위하는 동포들의 다양한 군상을 그려내는데 초점을 맞추고 있다.

2) 이데올로기 대립으로 변질된 재일동포 조직에 대한 비판

결성의 목적이 달랐던 건동과 건청은 북한의 공산주의정권을 지지하는 조련에 대항하고 그 세력의 확대를 견제하기 위해 1946년 10월 재일본조선거류민단(在日本朝鮮居留民團, 이하 '민단'이라 함)으로 통합하게 된다. 그리고 1948년 8월 이승만을 수반으로 한 대한민국 정부가 수립되자 민단을 재일동포사회의 공식단체로 인정하여 '재일대한민국거류민단'으로 개칭하였다.

이로써 재일동포사회의 조직은 친일파 척결에 관한 문제보다는 남북으로 갈라진 조국의 영향으로 북한 정권을 지지하는 조련과 남한 정권의 부속기관이 된 민단으로 나뉘어 대리전을 펼치게 된다.

『망향의 살인』역시 이러한 시대적 상황을 고스란히 반영하여 전개된다.

> 살해당한 것은 도쿄에 살고 있는 부자라더군. 살해한 것이 우익 청년이라는 것을 보니 살해당한 것은 좌익이겠지. (…중략…)
> "민족의 슬픔, 모국은 두 개로 쪼개져―― (…중략…)"
> "중립은 양쪽으로부터 적대시 당하고 (…후략…)"(2-274)

작가는 이처럼 작품의 전반적인 구성에 있어 연속적으로 발생하는 살인사건의 원인이 조국의 남북 이데올로기에 영향을 받은 조직 간의 갈등과 대립에서 발생하고 있다는 설정을 유지함으로써 재일동포 사회가 처한 현실을 고발한다. 그런 한편으로 여전히 민족주의적인 입장을 견지하며 중립을 지키려는 일부세력의 존재에 대해서도 묘사하여 사건의 전개를 복잡하게 만든다.

> 친일파 전력이 없음에도 우익에 가담한 것은 민족주의 사상을 지니고 있었기 때문으로, 조국의 사대주의적 민족성을 증오하는 사람 중의 하나였다고 한다. 좌익단체를 소련의 주구라 하고, 친미파(親美派)를 매국노로서 배척하는 언동을 전욱(全旭)은 공개석상에서 맹렬히 토로했다.(3-272)

작품에서는 이처럼 좌우 이데올로기의 정치적 대립으로부터 중립을 지키며 민족주의적인 입장에서 통일을 외치던 전욱과 같은 인물 역시 살해되고 만다. 이러한 전개는 이승만 정권의 뜻에 따라 "박열과 같은 민족주의자를 민단 지도부에서 배제하고 한때 융화단체 간부나 친일파로 불린 사람들을 지도부로 교체하며 반공노선을 강화"[6] 함으로써 발생한 동포사회의 갈등을 형상화한 것이라 할 수 있을 것이다.

재일조선인사회의 움직임에 능동적으로 대처하지 못하고 있던 일본정부는 1947년 5월 새로운 '일본국헌법'의 시행과 함께 일본거주 외국인을 효과적으로 통제하기 위한 '외국인등록령'을 공포하였다. 이러한 일본정부의 조치는 '조련의 활동가들이 자신들의 세력기반의 확대를 위해 남북조선을 빈번하게 왕래하고 있다는 사실을 파악'[7]한

---

6) 앞의 책, 『재일한국인 백년사』, p.178.

GHQ의 지시에 따른 것이라 할 수 있다.

당시의 이러한 상황은 작품의 흐름에도 영향을 미치고 있다.

> 이번에 출입국관리령에 의해 외국인 등록제를 시행하게 되었다. 이 등
> 록제에 의해 제3국인의 해외여행의 길이 열리게 되었다. (…중략…) 국적
> 을 한국으로 한 사람은 반공이고, 국적을 조선으로 한 사람은 조련계이
> 거나 중립계였다.(3-274)

동포들의 신분증명서에 한국이라는 국적이 기재되기 시작한 것은
대한민국정부가 수립된 이후인 1950년 2월부터의 일이므로 작품의
내용에 오류가 있음을 알 수 있다. 그러나 한반도에 정부가 수립될
때까지 국적이라기보다는 단순한 기호로써의 '조선'을 기재하도록
되어 있었으며, 북한 정권을 지지하거나 중립적인 입장을 취하는 사
람은 지금도 여전히 국적란에 '조선'으로 기재되어 있는 것은 사실
이다. 이로써 작가는 대한민국정부의 수립으로 인해 서로 다른 국적
을 지닌 동포들의 대립과 갈등의 골이 깊어졌음을 강조하고 있음을
알 수 있다.

조련과 민단의 대립은 이후에도 계속되었지만 재일동포의 대부분
은 민단이 아닌 조련을 지지하고 있었다. 그 요인으로는 한국정부가
재일동포에 대한 무대책으로 일관한 반면, 북한의 공산정권은 1954
년 8월에 '재일조선인은 공화국의 공민'이라는 남일 외상의 성명을
발표하고 재일조선인의 권리옹호를 강력하게 주장[8]하는 등 동포사
회에 대한 관심과 지원을 아끼지 않았기 때문이다.

---

7) 앞의 책, 『재일한국인 백년사』, p.166.
8) 앞의 책, 『재일한국인 백년사』, p.205.

이후의 북한 정권은 재일동포사회의 지지를 바탕으로 이들의 귀국
운동을 활발히 전개함으로써 1959년부터 본격적인 북한송환을 실시
하게 된다. 그러나 이를 극렬히 반대하는 민단의 데모대가 일본적십
자사에 난입하는 사건9)이 발생하는 등 고국송환문제를 둘러싸고 재
일동포사회의 대립은 격화되었다.『망향의 살인』에서는 "우익단체의
습격을 경계하고 있다. 남한정부의 첩자가 이 센터에 폭탄을 설치하
는 순간에 체포되었다"(5-281)와 같이 당시의 정황을 상세히 묘사한다.

한편 북한송환동포 명단에 연속살인 사건의 혐의자 중 한사람인
박이준(朴二俊)이 포함된 사실을 확인한 하스미 형사는 그를 체포하기
위해 일본적십자 귀국센터로 찾아간다. 그러나 박이준은 "당신은 저
를 체포할 수 없습니다. 이 센터에 들어온 순간 여기는 더 이상 일본
이 아니기 때문입니다"(5-281)라는 말을 한다. 박이준은 억울하게 죽
은 형 박병준의 복수를 갚고자 민족주의자 전욱을 살해하였는데, 그
의 형이 살해된 것은 동포여성을 사이에 둔 이성적 갈등에서 비롯된
것으로 밝혀진다.

박이준과 마주한 하스미 형사는 10년이 넘는 오랜 추적과정을 회
고하며 씁쓸한 독백을 흘린다.

> 이 사건 당초부터 나는 이들의 좌우사상의 대립과 항쟁에 휘말린 꼴이
> 었다. 도중에 연속살인이 일어나면서 사상대립의 형태에서 개인의 원한
> 으로 전환되었다. 그리고 지금은 다시 사상 대립의 형태를 띰으로써 세
> 번이나 그 모습을 바꾸며 나를 압박했다.(5-281)

---

9) 1959년 12월에 귀환자 사무를 다루기 위해 세운 일본적십자사 귀국센터의 폭파를
계획한 민단원이 체포되는 사건이 발생했다.

　작품의 마지막 장면에서 토로하는 하스미 형사의 독백에는 6명이
살해되는 연속살인사건을 담당한 경찰관이었음에도 불구하고 범인
체포를 위한 뚜렷한 기준도 세우지 못하고 방황하였음을 한탄하는
심정이 고스란히 담겨있다. 이와 같은 하스미 형사의 행적은 금전이
나 치정에 얽힌 원한의 살인이라고 단정하기 어려울 정도로 복잡하
게 얽힌 재일동포사회의 정치·사회적인 단면을 효과적으로 형상화
하려 한 작가적 노력의 산물이라 할 수 있을 것이다.

　이처럼 추리소설이라는 형태로 집필된 『망향의 살인』은 일제 패
전 직후부터 재일동포의 북한 송환이 본격화되는 1959년까지를 시
대적 배경으로 삼아 동포사회의 정치적 갈등과 대립을 충실하게 그
려내고 있는 작품이라고 할 수 있다. 바꾸어 말하면 격동하는 재일
동포사회의 단면을 추리소설이라는 형태로 완성한 작품이라 하겠는
데, 동포들의 움직임에 촉각을 곤두세우고 있던 작가가 추리소설이
라는 장르에 깊은 관심을 보이던 시기와 중첩되면서 탄생한 작품이
라 하겠다.

3. 재일동포사회에 대한 애증의 시선

　『망향의 살인』은 일제 패전 직후의 재일조선인사회에서 벌어지는
연속살인 사건을 다루고 있는 만큼 이들의 생활상에 대해서도 비교
적 상세히 묘사하고 있다. 당시의 재일조선인은 "마치 전승국의 일원
인 것처럼 기세가 등등하고, 어깨에 힘을 주고 있어서 다루기 힘들
다"(1-272)는 일본 경찰의 말을 통해 알 수 있듯이 치외법권적인 상황

에서 살아가는 위험한 존재로서 형상화된다.

이처럼 일본 경찰력의 사각지대에 놓여있던 재일조선인과 약간의 재일중국인 등의 외국인을 '제3국인'이라 불렀는데, 작품에서는 통상 재일동포를 가리키는 말로 사용된다. 그리고 이 말은 "요즘 각지의 구 일본군 물자 집적소 습격의 8할은 제3국인의 소행"(1-284)이라는 작중 인물의 인식에서 볼 수 있듯이, 일본사회의 불안을 조장하는 마이너스적인 존재로서의 이미지를 내포하고 있다.

> 경찰서장으로부터 "마지막으로 한 가지 더, 제3국인에게 발생한 사건으로 우리 일본 및 일본시민에게 직접적인 피해가 없다고 판단된 경우에는 너무 깊이 관여하지 말고 방관적인 입장을 취하라는 통달이 있었다." (1-274)

재일조선인들은 일본의 경찰이 자신들의 불법행위를 단속하려 하면 해방국민으로서의 권리를 주장하였고, 머지않아 조국에 귀국할 신분이라는 것을 강조하며 일본경찰의 개입을 강력히 항의한다. 작품에서는 이들에 대해 "자신들 민족끼리의 싸움에 일본 경찰이 개입하는 것을 싫어하는 민족근성"(2-282)을 지니고 있을 뿐만 아니라, "외국인등록제도 없고, 호적도 없고, 있는 것이라곤 미곡(米穀)통장뿐"(2-283)이라는 식으로 재일조선인과 관련된 사건을 해결하는 것이 사실상 불가능한 정황을 상세히 묘사한다.

그리고 일제 패전 직후의 생활은 너나 할 것 없이 헐벗고 굶주리는 경우가 많았는데, 생활기반이 보다 열악한 재일동포들의 삶은 더욱 심각했다. 소비재 부족으로 곳곳에 암시장이 자연발생적으로 생겨났고, 쌀과 술 같은 통제물자도 밀매가 성행하였는데, 동포들은 막

걸리와 같은 밀조주를 만들어 파는 등 암시장을 통해 생존을 이어가
는 경우가 많았다.

통칭 이노우에(井上)로 불리는 이상달(李相達). 조선 경상남도 고성군 출
신. 1932년에 일본으로 건너와 토목인부로 터널공사장 등에서 일한 경험
이 있다. 전쟁 중에는 규슈(九州)의 탄광에 징용되어 일했다. 작년부터 F경
찰서 관내에 이주한 뒤 밀조주를 만들어 생계를 유지하고 있다.(2-263)

재일조선인은 이상달과 마찬가지로 일제의 식민지배 구조의 모순
으로 인해 조국을 버리고 일본으로 흘러들어와 막노동에 종사하거
나, 일제의 중국침략 이후에 탄광 등으로 징용당해 끌려왔다가 조국
의 해방을 맞이한 경우가 대부분이라 할 수 있다. 그러나 조국에 돌
아간다 해도 삶의 터전을 마련하기 어려웠던 이들은 미래에 대한 불
안감 속에서도 패전국 일본에서 나름의 생활을 영위해야만 했다. 그
러므로 이들은 암시장에서의 활동뿐만 아니라, 고물상이나 넝마주이
같은 각종의 허드렛일을 마다하지 않았다.

작가는 이들 동포들의 살아남기 위한 몸부림을 연민의 시각에서
그려내는 한편으로, '식기와 밥상, 젓가락 등은 청결'하여 위생적이
라고 묘사하거나, '조선의 부인은 매우 부지런하다'는 등 동포사회에
대한 친근감을 담아내기도 한다. 또한 "동정하기 시작하면 인정이
넘쳐나고 한없이 연민해 마지않는다"(2-273)와 같이 동포들의 풍부한
인간성을 강조하기도 한다. 그리고 조선인 시장을 철거하려는 일본
당국의 처사와 동포들의 곤혹스런 입장에 대한 묘사에서도 동족의 지
난한 삶을 동정어린 시선으로 응시하는 작가의 모습을 엿볼 수 있다.
그런데 이와 같은 동정 어린 시각과는 대조적으로 동포사회에 대한

비판과 멸시의 감정이 스며있는 묘사가 여러 곳에서 확인되고 있다.

> 현청 소재지인 이곳 T시도 전재(戰災)를 면하지 못했다. 불에 탄 지역
> 에는 지주의 허가도 받지 않고 제3국인이 멋대로 가건물을 지었으며, 먹
> 고 마실 수 있는 가게가 들어섰다. 셋 중에 하나라도 조선계가 섞여 있으
> 면 골목 전체가 마늘 냄새로 물들고 빨간 고추장색으로 변해버린다.
> (2-266)

이처럼 장혁주는 동포들의 열악한 생활에 대한 이해와 동정심을
담아내는 한편으로 멸시의 감정이 내포된 문장들을 통해 자신의 속
내를 드러내기도 한다. 또한 "제3국인으로 보이는 것을 좋아하지 않
고 어떻게든 일본인으로 보이고 싶어 하는 그러한 조선인은 패전 이
전에는 많이 있었다"(1-276)는 식의 표현을 통해 동포들의 식민지 근
성을 비판하기도 하는데, 자신의 친일행적을 돌아보지 않는 듯한 작
가적 자세에 위화감과 모순이 느껴지기도 한다.

그리고 재일조선인의 세련되지 못한 일본어 발음에 대해서도 나름
의 표현기법을 동원하여 멸시의 감정을 드러낸다.

> 「이야, 고레와 사케떼 나이(いや、これは酒<u>テ</u>ない : 아니, 이것은 술
> 이 아니야)」
> 「소코떼 오차떼모 또우떼쓰까(そこ<u>テ</u>お茶<u>テ</u>も上う<u>テ</u>すか : 그런데,
> 오차라도 어떻습니까)」(밑줄 및 한글 번역－인용자) (1-288)

밑줄 부분은 작가가 일부러 히라가나(平仮名)를 쓰지 않고 동포들의
열악한 발음을 강조하기 위해 가타카나(片仮名)로 쓴 곳을 표시한 것
이다. 당시의 재일조선인의 많은 수가 체계적인 일본어를 배울 기회

를 갖지 못한 채 생계수단을 찾아 일본에 흘러들어 왔거나 강제 징용된 경우가 많았던 관계로 이들이 구사하는 일본어는 어깨너머로 배운 어설픈 발음일 수밖에 없었을 것이다. 일본인 작가 중에는 이 같은 발음의 묘사를 통해서 당시의 재일조선인에 대한 인식을 담아내는 경우가 있었는데,[10] 장혁주는 이를 재일조선인이 지닌 우스꽝스러운 특징으로 강조함으로써 동포들에 대한 멸시의 감정을 드러내고 있는 것이다.

또한 작중의 인물을 동원하여 조국의 전쟁을 냉소하기도 한다.

> 제3국인 전체가 범죄자 취급을 받는 경향이 있는 요즘, 이 사망자를 위해 불필요한 고생을 하고 싶지 않을 것이다. 전후에 너무 거만하게 굴고 법을 지키지 않았던 그들 자신에게 원인이 있었다. 이들의 조국에 동란이 발발하여 38선의 남과 북이 유혈의 참사를 반복하고 있다할지라도, 아— 안됐다는 감정 이상으로 느껴지지 않는다. (4-273)

인용문은 재일조선인 김광률의 살해 사건을 자살로 단정 짓고 종결하려는 일본경찰의 움직임에 대한 하스미 형사의 독백이다. 그러나 이러한 독백은 작품 전반을 관류하는 하스미 형사의 언행과 일치하지 않는 감정적인 내용을 담아내고 있다는 점에서 매우 어색하다. 특히 작품의 전개와 상관없는 6·25전쟁을 거론하며 한국(조선)인들의 참상을 조소하는 듯한 내용에는 작가의 뒤틀린 내면이 엿보인다 하겠다.

---

10) 일본의 유명한 작가 엔도 슈사쿠(遠藤周作, 1923~1996) 역시 일본의 패전 직후를 다룬 작품『내가 버린 여자(わたしが・すてた・女)』(1964, 文芸春秋社)에서 돈 벌이에 혈안이 된 재일조선인을 묘사하는 가운데,『망향의 살인』과 같은 방식으로 열악한 발음을 표현하고 있다.

실제로 작가는 6·25가 발발하자 1950년과 1951년에 전장인 한국을 방문하여 취재한 뒤 많은 르포를 통해 조국의 참상을 일본에 전하였으며, 이를 소재로 한 장편 『아- 조선(嗚呼朝鮮)』(1952)과 『無窮花』(1954)를 집필하여 일본문단의 주목을 받기도 하였다. 그럼에도 불구하고 『망향의 살인』의 주인공을 통해 엉뚱한 인식을 표출함으로써 그 진정성에 의문을 갖게 만들고 있다.

이러한 작가적 태도는 '제3국인'으로 불리고 있던 재일조선인에 대한 일본경찰의 인식을 그려내려는 방편으로 이해할 수도 있겠지만, 동포사회에 대한 부정적인 인식을 담아내고 있는 전후 문맥을 고려할 때, 집필 당시의 작가적 태도와 의식의 단면을 보여주는 것이라 해도 좋을 것이다.

4. 친일에 대한 합리화의 시도

『망향의 살인』에는 친일 전력을 지닌 인물들이 많이 등장한다. 그리고 그들 대부분은 재일동포사회의 좌우 양 진영으로부터 배척을 당하고 살해 위협에 직면하는 등 생존의 불안을 느끼게 된다.

(김광률과 정찬) 이 두 사람은 친일 또는 전범 추방을 좌익으로부터 받았다고 하는데, 그 근거는 그러한 친일 전력에 있을 것이다. (2-286)

김광률은 전 헌병보(憲兵補), 박병준(朴丙俊)은 지원병, 정찬(丁鑽)은 전 은행원이다. (…중략…) 구 일본을 충실하게 섬겼다는 점에서 일치하고 있다. 좌익 단체가 결성되고 나서는 얼마동안, (…중략…) 동포들로부터

배척당했음이 틀림없다. 그 울분이 김광률로 하여금 집단 K를 만들게 했다. (3-270)

작품에서는 인용문에 보이는 세 사람을 친일행적이 있는 대표적인 인물로 등장시키고 있으며 결국 이들은 모두 연속 살인의 희생자가 되고 만다. 줄거리의 전개에 있어서도 "종전 직후의 혼란기에 동포에게 린치를 당한 일이 있어 복수심이 강했다"(4-282)와 같은 표현을 통해서 이들의 죽음이 과거의 친일행적을 둘러싼 알력과 무관하지 않은 것처럼 그려진다. 결말에 이르러서야 이들의 죽음이 과거의 친일행적과 직접적인 관계가 없다는 것이 밝혀지지만, 범인이 잡힐 때까지는 친일행적을 문제 삼은 재일조선인 단체의 소행인 것처럼 전개된다.

그런데 이들 세 사람은 각자의 논리를 동원하며 자신들의 친일에 대해 적극적으로 변명한다. 헌병보 출신인 김광률은 "대동아전쟁(大東亞戰爭)이 한창일 때, 우리 조선민족에게도 징병의 영예"(2-267)가 내려졌기 때문에 자랑스럽게 헌병을 자원했다는 말을 한다. 식민지 국민으로서의 고통이 일본인과 같은 대접을 받을 수 있는 황군(皇軍)을 자원하게 만들었다는 것이다.

박병준의 부친 역시 다음과 같이 과거를 회상한다.

내 아들은 말이지, 소학교 때, 너는 군인이 될 수 없잖아, 야이 조선놈아! 라는 말을 들은 것을 무척 분하게 생각했었는데, 그 뒤 고용살이 들어간 집의 주인 아들에게도 같은 말을 듣게 되자 매우 소침해졌다더군. 그런 까닭에 지원병제도가 실시되자 가장 먼저 지원해 떠났다구. (2-273)

안삼수(安三守)라는 친일경력을 지닌 인물 역시 "일본국에 충성을 다하여 모범적인 군인이 되는 것이 조선의 입장을 좋게 한다고 믿고 있었으며, 일본국을 위해 최선을 다하는 것은 바로 조선을 위한 것이라는 신념"(4-282)이 있었다고 회고한다.

이처럼 장혁주는 친일경력자들이 처해있던 상황을 적극적으로 묘사하여 이들의 입장을 대변한다. 특히 하스미 형사로 하여금 재일조선인과의 대화에서 "같은 민족이었다면 그렇게까지 원한으로 생각하지 않을 일도 이민족 사이에서는 민족적인 응어리로 남기 때문에 골치 아픈 것이다"(2-265)라는 말을 하게 하는데, 이는 평소의 작가가 지니고 있던 생각과 크게 다르지 않은 내용이다. 1952년 7월 28일자 『도쿄신문(東京新聞)』에 게재한 글 "민족이라는 녀석(놈)은 이질적인 것만을 찾아내 강조하고 반발하고 증오하고 투쟁하기 때문에 골치 아픈 것이다"라는 내용과 거의 일치하고 있기 때문이다.

장혁주는 이 글에서 한국(조선)인이 가지고 있는 민족의식을 폄하하는 발언을 쏟아낸다.

> 닮은 민족이라고 하면 한일 양 민족만큼 친근한 사이도 없을 것이다. (…중략…) 이 정도로 닮은 한일 양 민족이 세계에서 가장 시끄럽게 민족 문제를 일으키는 이유는 무엇일까? (…중략…) 그것은 '한일합방'이라든가 '일본의 한국 침략'과 같은 정치에만 원인이 있는 것은 아니라, 서민의 그러한 감정은 이러다할 이유가 없는 경우가 많다. (…중략…) 요즈음 골똘히 생각해보았는데, '닮은 사람끼리의 증오'라고 혼자 단정을 내리고 말았다. 대개의 경우 인간은 상대가 너무 자신과 닮아 있으면 혐오하는 것 같다.[11]

---

11) 張赫宙(1952.7.28), 「조선인의 반성(朝鮮人の反省)－숙명의 민족감정(宿命の民族感情)」, 『東京新聞』.

이상은 「조선인의 반성(朝鮮人の反省)－숙명의 민족감정(宿命の民族感情)」이라는 제목으로 투고된 글의 일부로서, 필요 이상의 민족적 감정을 지니고 있는 조선인은 반성해야 한다는 취지의 주장을 펼치고 있다. 그리고 "한마디로 말하면, 패자의 강자에 대한 반발이자, 피학자(被虐者)의 압박자에 대한 반공(反攻)"이고, 조선인의 "대일 감정은 숙명"이라는 말로 글을 맺고 있다.

이 글의 요지는 한일 양 민족은 세계에서도 드물게 가까운 민족으로서, 한국민족이 일본민족에 대해 품고 있는 민족감정이라는 것은 형제지간의 단순한 질투의 성격에 지나지 않는 것이므로, 숙명적으로 영원히 계속될 수밖에 없다는 것이다. 즉 한일 양 민족은 통합해서 하나의 민족으로 살아도 전혀 무리가 없는 유사한 민족이라는 작가의 생각을 피력하고 있는 것이다.

이러한 장혁주의 입장은 말년에 집필한 『한과 왜(韓と倭)』(1977)를 통해서 고대의 한일 관계사를 고찰하고, 한민족과 일본민족의 동질성을 강조한 것과 맥락을 같이하는 것이라 할 수 있으며, 이것은 바로 일제의 조선에 대한 식민지배를 정당화했던 친일적 글쓰기의 합리화와 무관하지 않다 하겠다. 일제강점말기의 작가는 황국신민화의 당위성을 외치며 조선 청년의 황군 입대를 독려했던 『이와모토 지원병(岩本志願兵)』과 같은 작품을 많이 집필했기 때문이다.

장혁주가 한일 양 민족의 단일화에 나름의 확신을 가지고 민족의 경계를 허물기 위해 노력했다면 그의 주장이 지닌 타당성 여부를 진지하게 검토할 필요성이 제기된다. 그러나 일제 패전 직후에는 "식민지 정책이 실시되던 당시의 비참한 조선의 상황은 생각만 해도 의분을 금할 수 없다"[12]거나 "지난날의 과오를 재차 범해서는 안 될 뿐만 아니라 (…중략…) 자신을 포함해서 총 비판 총 반성을 하지 않으면 안 된다"13)면서 과거의 친일행위에 대해 진심으로 반성한다는 입장을 표명한 바 있다. 그러므로 필요에 따라 변전되는 그의 언행에서 진정성을 기대하기는 어렵다 하겠다.

장혁주는 1952년 일본에의 귀화14)를 계기로 일제말기의 친일적 글쓰기를 반성하던 패전 직후의 모습에서 점차 자신의 입장을 옹호하는 집필 경향을 보이기 시작한다. 1960년에 집필된『망향의 살인』은 그 과도기로서의 성격을 엿볼 수 있는 작품으로서, 특히 친일행적을 지닌 세 사람의 등장인물에 대한 동정적인 형상화를 통해 자신의 친일에 대한 우회적인 변명을 시도하고 있다고 할 수 있다.

5. 맺음말

이 글에서는 장혁주의 추리소설『망향의 살인』을 분석하여 동포 사회의 정치적 분열과 생활을 응시하는 작가의 인식을 고찰하고, 친일행위에 대한 합리화의 시도 및 작품에 투영된 작가적 입장 등을 확인해보았다.

장혁주의 추리소설은 미스터리적인 요소를 지닌 역사적 사건에 대한 관심을 표출하거나 부정적인 사회현상의 고발을 위한 방편으로

---

12) 張赫宙(1946.3),「日本國民に寄せる」,『創建』, p.14.

13) 앞의 책,「日本國民に寄せる」,『創建』, p.11.

14) 장혁주는 해방된 조국을 버리고 일본에 귀화한 자신의 행위에 대해 "한국 조야가 자신을 환영하지 않을 뿐 아니라 반역자 취급을 하고 있기 때문"(조선일보 1952.10.14)이라고 밝혔다.

집필된 경우가 많았던 만큼, 단순한 흥미본위의 전개에서 벗어나 인간의 삶과 관련된 다양한 문제의식을 제기하고 있다.

『망향의 살인』은 이와 같은 성향을 지닌 작가가 일제 패전 직후의 재일조선인이 안고 있던 여러 문제를 포괄적으로 담아낸 작품으로, 동포들의 열악한 생활상과 친일에 대한 인식, 그리고 분단된 조국의 영향으로 사상적 대립이 격화되는 상황을 형상화한 작품이라 할 수 있다.

이 과정에서 동족의 지난한 삶을 연민어린 시선으로 응시하는 작가의 모습이 확인되는 경우도 있으나, 동포사회에 대한 비판과 멸시의 감정이 담긴 묘사 역시 산재되어 있어서, 조국과 동족에 대한 작가의 애증 섞인 내면을 엿볼 수 있게 한다.

또한 『망향의 살인』은 친일경력을 지닌 인물들이 동포사회의 냉대와 폭력으로 인해 범죄자로 전락해 가는 과정을 그려냄으로써, 이들 역시 멸시와 배척이 아닌 관용으로 포용해야할 동포라는 점을 강조하기도 한다. 이러한 내용의 배경에는 친일적 글쓰기로 인하여 조국과 동포사회로부터 배척당한 뒤 일본으로 귀화한 작가적 경험이 자리하고 있는 것으로 보인다.

결국 『망향의 살인』은 형식적으로는 추리소설의 형태를 취하고 있으나, 궁극적으로는 재일동포사회에 대한 작가의 인식과 친일협력자로서 겪어야 했던 고통을 간접적으로 형상화한 작품이라 할 수 있다. 그러므로 동포들의 고단한 생활과 사상적 대립을 응시하는 안타까운 시선의 이면에 냉소적인 자세가 엿보이는 것은 어쩌면 당연한 것이라 하겠다.

제6부 장혁주(野口赫宙)의
문학과 민족의 굴레

『무사시 진영(武藏陣屋)』과「新羅王館 최후의 날」
고대 한반도 도래인의 형상화에 엿보이는 민족적 갈등

1. 머리말

일제 패전 이후의 노구치 가쿠추(張赫宙)는 일본인으로서의 작가적 삶을 모색하던 와중에도 조선의 생모 및 아내에 대한 애증을 담아낸 자전적 소설[1]을 비롯하여, 장편 『무사시 진영(武藏陣屋)』(1961.10) 및 중편 「新羅王館 최후의 날(新羅王館最後の日)」(1961.11)과 같은 고대 한반도 도래인(渡來人)을 소재로 한 작품을 집필함으로써, 자신의 가족에 대한 회한과 함께 귀화한 일본인으로서의 민족적 정체성의 갈등을 드러내기도 하였다. 그렇지만 이러한 작품에 대한 평단의 언급이나 선행연구는 찾아보기 어려운 실정이다.

이 글에서는 고대 한반도 도래인의 생존을 위한 지난한 삶을 그려내어 민족적 뿌리를 강조한 『무사시 진영』과 추리소설의 형태로 집필된 「新羅王館 최후의 날」의 시대·공간적 배경 및 내용을 분석하

---

1) 「脅迫」(1953), 『편력의 조서(遍歴の調書)』(1954), 「戶籍謄本」(1954), 「다른 풍속의 남편(異俗の夫)」(1958), 『폭풍의 시(嵐の詩)』(1975)가 있다.

고, 작품에 투영된 귀화인으로서의 작가적 의식을 고찰하고자 한다.

2. 『무사시 진영』과 「新羅王館 최후의 날」의 시대・공간적 배경

『무사시 진영(武藏陣屋)』(1961.10)은 8세기 무렵 일본의 무사시(武藏)[2] 에 정착한 고구려 후예들이 가마쿠라 막부(鎌倉幕府)의 멸망이라는 혼란 속에서 새로운 정권을 창출하려는 아시카가 다카우지(足利尊氏)[3]에 대항하여 벌이는 세 차례의 전투를 중심으로 그려내고 있다. 이 시기는 고구려 후예들이 왕족인 약광왕(若光王)을 따라 무사시에 정착 (716년)한 지 6백여 년이 지난 1330~60년 무렵으로, 아시카가 다카우지가 등장하여 세력을 확보한 뒤 요시노(吉野)로 난을 피한 고다이고(後醍醐)천황을 견제하기 위해 교토(京都)에 고묘(光明)천황을 세웠던, 이른바 남북조시대라는 혼란기에 해당한다.

「新羅王館 최후의 날(新羅王館最後の日)」은 『무사시 진영』의 출간 직후인 1961년 11월 『寶石』을 통해 발표되었으며, 무사시에 정착한 신라 유민의 지배자 마립간과 그 주변 인물들의 몰락을 그리고 있다. 이 작품은 가마쿠라 막부의 몰락으로 초래된 혼란이 아시카가 다카우지에 의해 평정된 직후의 불안정한 시기를 배경으로, 무사시에 정착한 이래 지속된 고구려 유민과의 대립과 신라왕관(新羅王館)의 지배권을 둘러싼 암투 과정을 역사추리소설의 형태로 그려내고 있다는

---

2) 현재의 도쿄(東京)都 및 사이타마(埼玉)縣의 대부분과 가나가와(神奈川)현의 일부.
3) 1305~1358, 무로마치 막부(室町幕府)의 초대 쇼군(將軍).

특징을 지닌다.

『무사시 진영』과「新羅王館 최후의 날」은 이상과 같이 매우 유사
한 시·공간적 배경을 바탕으로 하고 있는 것이 사실이나, 공간적
배경의 범위에 있어서는 큰 차이를 보인다.「新羅王館 최후의 날」의
공간적 배경이 신라인의 집단 거주지와 그 주변지역으로 한정되는
반면, 『무사시 진영』의 고구려 후예들은 무사시를 벗어난 지역의 큰
전투에도 참가하고 있으므로, 공간적 배경 역시 이러한 전투지역을
따라 그 영역이 확대된다. 주요 전투는 아시카가 다카우지 세력의
본거지인 가마쿠라(鎌倉)와 무사시 일대의 사쓰다야마(薩埵山) 및 가와
무라(河村)城을 비롯하여, 가마쿠라를 점령하고 교토로 진격하는 과정
등을 그리고 있는데, 역사적 사실을 비교적 충실하게 반영하고 있음
을 알 수 있다.

한편「新羅王館 최후의 날」이 무사시의 御房山 주변에 자리 잡은
신라왕관(新羅王館)이라는 비교적 좁은 지역을 공간적 배경으로 삼고
있으나, 중편소설이라는 제한된 지면에 신라왕관의 멸망을 추리소설
의 형태로 담아내려는 본래의 목적은 충분히 달성된 것으로 보인다.
그리고 신라촌 주변을 흐르고 있는 "야나기세(柳瀬)강 건너에 고마(高
麗)족이 살고 있다"[4]는 직접적인 표현을 통해서「新羅王館 최후의
날」의 공간적 배경이 『무사시 진영』의 고마향(高麗鄉)과 인접해 있으
며, 고구려와 신라계 후손의 피할 수 없는 운명적 관계를 짐작하게
만든다.

이상과 같이 『무사시 진영』과「新羅王館 최후의 날」의 시대·공
간적 배경의 유사성과 연속성, 그리고 내용의 중첩을 통해서 두 작

---

4) 野口赫宙(1961.11),「新羅王館最後の日」, 『宝石』, p.20.

품의 깊은 연관성을 확인해 볼 수 있다.

3. 『무사시 진영』과 高麗族의 민족적 정체성

1)『무사시 진영』의 구성과 전개

　『무사시 진영』의 주인공 고마 유키다카(高麗行高)는 남북조(南北朝)의 대립이라는 전란 속에서 점차 세력이 약해져가는 남조(南朝)에 대한 지지를 고수한 채 2천여 명의 고마향(高麗鄕) 주민을 이끌고 북조(北朝)의 아시카가 세력과 세 번에 걸친 큰 전투를 치른다. 작품은 각 전투에 이르는 과정을 하나의 부(部)로 설정하여 모두 3부로 구성되어 있다.

　제1부는 남조의 유력한 세력인 닛타 요시마사(新田義貞)[5]가 에치젠(越前)의 후지시마(藤島) 전투(1338)에서 아시카가에게 패하여 사망한 직후, 오슈(奧州)에서 재기의 기회를 엿보고 있던 기타바타케 아키이에(北畠顯家)[6]의 지원요청에 유키다카가 호응하여 참가한 첫 번째 전투를 그려내고 있다. 치열한 전투 끝에 아시카가의 본거지인 가마쿠라(鎌倉)를 점령하고 교토로 진격하던 유키다카는 어깨와 목에 중상을 입었고, 이번 거사의 중심인 아키이에가 전사함에 따라, 후일을

---

5) ?~1338. 1335년 아시카가 다카우지(足利尊氏)가 가마쿠라에서 반기를 들자 대군을 이끌고 내려왔으나 대패하였고, 이듬해에는 교토로 진격해오는 다카우지軍에게 효고(兵庫)에서 패했다. 천황의 아들 쓰네나리(恒良)・다카나가(尊良) 親王을 호위하여 호쿠리쿠(北陸)로 갔으나 1338년 에치젠(越前) 후지시마(藤島) 전투에서 전사하였다.

6) 1318~1338. 1338년 이즈미(和泉)의 이시즈(石津)에서 전사.

도모키로 하고 일시적으로 장악했던 가마쿠라에서 철수하여 무사시
로 돌아온다.

제2부는 아시카가 다카우지와의 불화로 가마쿠라에 내려온 동생
아시카가 다다요시(足利直義)로부터 형을 몰아내기 위한 거사에 동참
해줄 것을 요청받은 유키다카가 이에 응하면서 치르게 되는 전투를
중심으로 그려낸다. 유키다카는 지금까지 적으로 싸웠던 인물을 돕
는다는 것은 옳지 않다는 주변의 반대를 무릅쓰고 180명의 휘하만을
거느린 채 사쓰다야마(薩埵山) 전투에 선발대로 참가한다. 그러나 다
다요시의 소극적인 전투와 성급한 후퇴로 휘하 군사의 대부분을 잃
고 7명만 간신히 살아 돌아온다.

제3부는 닛타 요시오키(新田義興)와 닛타 요시무네(新田義宗)가 주도
하는 아시카가 막부의 토벌에 동참하였다가 패한 뒤 약간의 군사만
을 이끌고 가와무라(河村)城에서 농성하며 끝까지 저항하는 과정을
그려내고 있다. 결국 유키다카는 휘하의 군사 전부와 동생 다카히로
(高廣)마저 잃고 혼자 살아남았으며, 고마족(高麗族)의 본거지인 고마향
(高麗鄉)도 적의 손에 들어가 폐허가 된다.

이상과 같이『무사시 진영』에 묘사된 세 번의 전투는 역사적 사실
에 입각하여 전개되고 있다 하겠으나, 섬세하고 박진감 넘치는 전투
장면과 주인공 유키다카의 민족적 갈등으로 고뇌하는 모습은 작가적
노력의 결실이라 할 수 있을 것이다.

2) 高麗鄉의 존속방법을 둘러싼 신·구세대의 갈등

『무사시 진영』은 고마족의 젊은 지도자이자 주인공 유키다카의
호전적인 태도와 그가 치르는 전투를 중심으로 그려내고 있으나, 부

친인 유키스미(行純)는 수양도장인 다문방(多門房)에서 기도에 전념하며 그의 아들과 고마(高麗) 일족에게 정치적 중립을 지킬 것을 여러 차례 호소한다.

> 선친은 임종에 즈음하여 '고마가(高麗家)의 혈통을 이어가야한다. (…중략…) 이를 위해서는 구석으로 내몰려 너무도 보잘 것 없고 불안이 엄습해도 참을 수 있을 때까지 참아야 한다'는 것을 간곡히 말씀하셨습니다. (…중략…) 우리들은 어떤 난세라 하더라도 어떠한 권력의 학대가 있더라도 굴하지 않는 마음을 가져야합니다. 전쟁에는 휘말려들지 않는다는 강한 의지 말입니다.[7]

이와 같은 유키스미의 간절한 호소는 그의 4대 조상이 가마쿠라 막부(鎌倉幕府)의 겐지가(源氏家)의 여인을 아내로 맞아들이면서 맺게 된 인연 때문에, 막부에 대항하여 반란을 일으킨 닛타가(新田家)의 토벌에 고마족을 이끌고 참가했다가 두 동생을 잃은 아픔에서 온 것이었다. 그런데 이번에는 닛타가(家)가 아시카가와 반목하게 되면서 전란이 일어났고, 아들인 유키다카를 필두로 하는 고마족의 젊은이들이 닛타가(家)에 합류하여 아시카가 정권을 무너뜨리려는 움직임을 보이자 심각한 불안에 휩싸인다. 즉 누가 적이고 아군인지 분간하기 어려운 전란에 휘말림으로써 직면하게 될 멸족의 위험을 경계한 것이다.

그러나 유키다카를 비롯한 고마족 젊은이들의 생각은 달랐다. 강하게 보이는 아시카가에 붙어서 고마향의 영지를 노리는 무리들을 징벌하고 "고마족의 깃발을 드높이 휘날릴 기회"[8]를 놓쳐서는 안 되

---

7) 野口赫宙(1961), 『武藏陣屋』, 雪華社, p.29.

며, 현재의 적을 물리치기 위해서는 과거의 적과도 협력해야한다는
신념을 굽히지 않는다.

그렇지만 고마족 신·구세대 간의 이와 같은 갈등은 고려향의 보
존을 둘러싼 방법론적인 차이에 불과한 것으로, 그 바탕을 이루는
혈통에 대한 보존의식은 맥락을 같이 한다고 할 수 있다. 유키스미
는 전란으로 두 동생을 잃은 노파심에서 소극적인 생존전략을 호소
한 반면에, 유키다카는 젊은 혈기를 앞세워 적극적인 방법으로 종족
의 보존을 꾀하고자 했던 것이다.

『무사시 진영』에 묘사된 이와 같은 신·구세대의 갈등은 인간이
지닌 보편적인 속성의 하나에 지나지 않는다고 할 수도 있겠으나,
여러 차례 멸족의 위기에 처하면서도 그 명맥을 유지해온 투쟁의 원
동력이자 고마족의 생명력을 반증하는 것이라 하겠다.

3) 고마 유키다카(高麗行高)의 내면에 잠재된 혈통의식의 실체

유키다카는 자신이 속한 고마족의 생존과 번영을 추구하면서도 야
마토(大和)인의 나라에 살고 있는 이방인이라는 열등의식에 사로잡혀
있다. 전투에 임한 유키다카는 적장으로부터 '게반징(外蕃人)'이라는
말을 듣고 심각한 민족적 정체성의 혼란에 빠진다.

> (…전략…) 蠻人이든 外蕃이든 같은 말이다. 유키다카는 심장이 멈추는
> 듯한 기분이 들었다. 머릿속의 피가 완전히 빠져나갔다. 허무하고 슬프고
> 뭐라 형용할 수 없는 고독이었다. 그것은 업신여긴다거나 멸시하는 것과
> 는 차원이 다른 기분이었다. (…중략…) 무엇을 위한 전쟁인지 묘한 기분

---

8) 『武藏陣屋』, pp.30~31.

에 빠졌다. (…후략…)9)

'外蕃人'이라는 한마디에 스스로의 존재 가치가 허물어지고 있는 유키다카의 심정이 잘 묘사되어 있다. 야마토에 살고 있다는 주인의 식으로 자신들의 운명을 걸고 전투에 임했건만, 야마토인들로부터 남의 문제에 끼어드는 '외국의 야만인' 취급을 받게 되자 스스로의 행위에 대한 정당성을 상실하고 만 것이다.

유키다카가 임한 전투는 자신들의 생존을 위한 것으로서 '外蕃人'으로 멸시 당할수록 더욱 치열한 싸움을 전개하여 스스로의 권익을 찾아야하는 것이었지만, 그의 내면에 잠재 되어 있는 열등의식은 스스로의 혈통을 부정하게 만든다.

> 유키다카는 일족의 체내에 흐르고 있는 피는 더 이상 고구려의 피가 아닌 것으로 생각하고 싶었다. 유키다카의 집안은 고구려인의 종가로서 다른 종족과의 결혼을 가능한 한 피해왔지만, 다른 집안사람들은 오래 전부터 에죠(蝦夷)나 야마토인과 맺어져 있었다. 부친인 유키스미 역시 지금은 순수한 고구려인이 아니었다.10)

유키다카의 이러한 생각은 자신의 5대 조상 때부터 야마토인과 결혼하여 피가 섞이기 시작했다는 사실에 토대를 둔 것으로, 외부의 사람과 이야기 할 때도 "저의 피 속에는 아주 적은 양의 고마(高麗)밖에 전해지지 않고 있다"11)는 말을 하기도 한다. 이와 같은 유키다카의 반응은 차별받지 않고 주변의 야마토인들과 동등한 입장에서 살

9) 『武藏陣屋』, p.94.
10) 『武藏陣屋』, p.30.
11) 『武藏陣屋』, p.19.

고 싶다는 내면의 본능적인 욕구가 표출된 것이라 하겠다.

그러나 유키다카는 거듭된 전투로 휘하의 군졸이 거의 절멸할 위기에 몰리자 자신의 아내가 자식들을 데리고 무사히 피난했을 것이라는 믿음으로 자신을 위로하며 종족유지에 대한 강한 욕구를 보인다.

허나, 혹시 잘못되어 모두 죽었다 해도 할 수 없다. 내가 또 낳으면 되는 것이고, 동생인 다카히로(高廣)도 살아 있다. 어디엔가는 고마족의 피가 남아 있을 것이다.[12]

동생인 다카히로 역시 전사하고 말았으므로 이와 같은 유키다카의 독백은 실제 상황과 관계없는 자신의 바람에 불과한 것이지만, 부친의 얼굴을 떠올리고는 "걱정하지 마세요. 고마족의 피는 이어질 겁니다"[13]라고 외치는 장면을 통해 혈통의 존속에 대한 집착을 엿볼 수 있게 한다.

결국 유키다카의 이방인의식과 자신의 혈통에 대한 부정은 그의 내면 깊숙이 자리한 고마족 의식에 의해 유발된 것으로, 오히려 그의 민족적 혈통의식의 뿌리 깊음을 반증하고 있다 하겠다. 그러므로 작품의 대단원은 무슨 일이 있어도 종족의 혈통을 유지해야 한다던 부친의 모습을 떠올리고, 그의 인도에 따라 새로운 삶을 개척하려는 의지를 불태우는 장면으로 맺고 있는 것이다.

---

12) 『武藏陣屋』, p.286.
13) 『武藏陣屋』, p.286.

4. 역사추리소설 「新羅王館 최후의 날(新羅王館最後の日)」

「新羅王館 최후의 날」은 무사시에 자리 잡고 있던 신라후예의 집단 거주지 신라촌(新羅木村)의 멸망에 이르는 과정을 소재로 삼은 역사소설로서, 지배세력 간의 암투를 추리소설 형식으로 그려내어 독자들의 흥미를 이끌어 내려한 작품이다. 그러므로 중편소설이라는 지면상의 제약을 고려한다 하더라도『무사시 진영』에서 확인되는 민족적 정체성에 대한 집착과 회의, 현지 야마토인들과의 갈등 등은 거의 묘사되지 않고 있다.

그리고 작품은 고구려인의 집단 거주지인 고마향(高麗鄕)과의 역사적인 원한관계를 중심으로 전개되는 관계로, 수적으로 열세였던 신라계 후예들의 종족 보존을 위한 험난한 삶에 대해서도 비교적 소상히 그려낸다. 그러나 신라왕관(新羅王館)에 불을 지르고 교토로 떠나는 주인공 요시미쓰(義光)의 행동을 통하여 신라인의 명맥을 이어가기보다는 일본인으로 동화해 살겠다는 의지를 담아냄으로써, 『무사시 진영』에 엿보이던 민족 정체성의 추구라는 집필의도와는 그 성격을 달리한다.

1) 역사 소설로서의 특징

「新羅王館 최후의 날」의 도입부에는 신라의 마립간 일행이 지토(持統)천황 원년(678)에 무사시에 정착하게 된 과정14)을 비교적 상세히 언급하여 앞으로 전개될 내용이 이들 신라후예들의 역사적 사건

---

14) 「新羅王館最後の日」, 『宝石』, p.17 ; 작품의 내용과 역사적 사료의 비교검토는 이 글의 제5장에서 구체적으로 시도하였다.

이 될 것임을 분명히 한다.

또한 거의 같은 시기에 정착한 고구려후예들과의 갈등을 그려냄으로써 이들과의 관계가 사건에 미칠 영향을 암시하고 있다.

"복수입니다. 우리 신라 일족을 얄밉게 생각하고 있는 무리의 소행이 틀림없습니다. 히자오레(膝折れ)에서 미조누마(溝沼) 일대를 샅샅이 뒤져 늪 근처에서 일곱 명의 도망친 무사가 숨어 살고 있는 것을 확인하였습니다. 그 패잔 무사들이야말로 우리 신라향민(新羅鄉民)이 6백 5십년간 두려움에 떨던 고마향(高麗鄉)의 인간입니다."15)

그리고 『무사시 진영』에서 활약하던 고구려 후예들의 몰락한 이후의 모습을 그려내고 있어서 두 작품의 줄거리의 연속성을 확인해 볼 수 있다.

지난 쇼헤이(正平) 7년(1352) 윤2월, 고테사시하라(小手指原) 전투에서 패한 닛타족(新田族)의 앞잡이 노릇을 하다가 아시카가(足利) 장군(將軍)의 수색을 피해 사방으로 흩어진 고마족(高麗族) 일당에 틀림없습니다. 장군(將軍) 편을 든 우리 신라 일족을 증오한 행위인 것 같습니다. 도련님께서는 당연히 그 복수를 하셔야만 합니다. 그 때는 우리 일족(一党)은 물론이요 향민(鄉民) 3천이 모두 일어나 고마족을 토벌할 각오입니다.16)

고테사시하라 전투는 『무사시 진영』에 묘사된 세 번의 전투 중에 마지막을 장식하는 중요한 전투이자, 닛타 요시오키(新田義興)와 요시무네(義宗)가 주도하는 아시카가 막부 토벌의 선발대로 나섰던 유키

---

15) 「新羅王館最後の日」, 『宝石』, p.18.
16) 「新羅王館最後の日」, 『宝石』, p.18.

다카 일행의 완전한 몰락을 초래한 전투이기도 하다. 그러므로 「新羅王館 최후의 날」에 보이는 위와 같은 내용은 『무사시 진영』과 맥락을 같이하는 것이며, 동일한 역사적 사실에 근거하고 있음을 알수 있다.

그런데 「新羅王館 최후의 날」에서 주요 소재로 다루고 있는 무사시의 고구려와 신라계 후손들의 대립에 대해 『무사시 진영』에서는 전혀 묘사하지 않고 있을 뿐만 아니라, 무사시에 신라인이 정착해 살고 있다는 언급조차 보이지 않는다. 이러한 현상은 고구려 후손의 집단거주지로서 현재까지 명맥을 유지해오고 있는 고마군(高麗郡)[17]에 착목한 작가가 『무사시 진영』을 통해 그 선조들의 삶의 투쟁을 먼저 그려낸 뒤, 고구려 유민들과 거의 같은 시기에 정착하였으나 그 행적이 묘연한 신라후예들에 대한 의문을 풀기 위해 「新羅王館 최후의 날」을 집필한 결과로 보인다.

2) 추리소설에 대한 작가의 관심과 구성상의 특징

「新羅王館 최후의 날」의 시대·공간적 배경은 『무사시 진영』과 마찬가지로 남북조시대와 무로마치 초기의 혼전을 거듭하던 무사시로 설정되어 있지만, 작품의 주된 목적은 신라향의 마립간 요시후쿠(義福)와 그 측근들의 의문의 죽음을 둘러싼 대립과 갈등 구조를 추리소설의 형태로 완성하는 데 있었다고 할 수 있다. 노구치 가쿠추의 추리소설에 대한 관심은 1959년에 출간한 『검은 대낮(黑い晝間)』을 통해 본격적으로 시도되었으며, 이후에도 많은 추리소설을 발표하였

---

17) 현재의 히다카(日高)市.

는데,「新羅王館 최후의 날」역시 이러한 작가적 관심을 반영한 작품으로 보인다.

고구려와 신라계 후손의 대립이라는 역사적 배경은 독자의 호기심을 불러일으킴과 동시에 살인범에 대한 추리를 어렵게 만드는 효과적인 소재로 활용되고 있다 하겠는데, 이와 같은 양 진영의 대립은 8세기 무렵 무사시에 정착한 이래 수적으로 우세한 고구려후예들이 신라후예들을 괴롭혀왔다는 사실과 깊은 관련이 있다. 이러한 괴롭힘은 신라가 고구려를 멸망시킴으로써 조국을 등지고 떠나올 수밖에 없었던 원한에서 비롯된 것으로 묘사된다.

> 그 중에서도 제일 숫자가 적은 신라인은 고구려인과 백제인 쌍방으로부터 미움을 받았다. 양국 모두 모국이 신라에 의해 멸망당했다는 원한이 있었기 때문이다.[18]

신라의 후예들은 이와 같은 괴로운 처지에서 탈피하기 위해 아시카가 세력을 돕는 것으로 자신들의 안전을 도모하고자 하였고, 고구려는 아시카가에 대항하는 세력에 가담함으로써 신라와 고구려계 후예들의 대립은 심화된다. 그리고 이들 양 세력의 싸움이 아시카가 측의 승리로 끝나자 고구려 후손들은 지리멸렬 흩어지고 만다. 그런데 양 진영의 갈등이 종식될 무렵에 신라의 마립간 요시후쿠(義福)와 측근들이 의문의 죽음을 당함으로써 그 배후에 고구려 세력이 있다는 의심을 갖게 만든다.

그러므로「新羅王館 최후의 날」의 주인공이자 마지막 마립간이 되는 요시미쓰(義光)는 범인을 추적하는 과정에서 고구려계 잔당들과

---

18)「新羅王館最後の日」,『宝石』, p.20.

심각한 갈등을 빚는다. 그러나 신라계 내부 지배층의 한사람인 아직
기가 범인이었음이 밝혀지면서 사건이 해결되자, 요시미쓰는 자신이
직접 신라왕관(新羅王館)에 불을 지른 뒤 교토로 떠난다.

그런데 작품의 서두에는 다음과 같은 해설이 첨부되어 있다.

> 세상일은 가능하면 냉정하게 자신의 신변에서부터 살피는 것이 좋지
> 않을까 생각합니다. 흥분한 나머지 엉뚱한 사람을 범인이라고 의심할 수
> 도 있으니까요. ─ 이 이야기는 그러한 교훈을 우리들에게 잘 전달하고
> 있습니다. 그리고 당신을 먼 옛날로 이끌어 줄 것입니다.19)

작품 소개의 성격을 지닌 이 글은 작가의 말이라기보다는 잡지사
편집 관계자의 코멘트임을 짐작할 수 있는데, 독자들의 흥미를 이끌
어내기 위해 먼 과거역사의 이색적인 사건을 추리소설의 형태로 완
성하려한 의도를 확인해 볼 수 있다. 그러나 이것이 잡지사의 입장
이라 할지라도 역사적인 사실에 가탁하여 일본에 정착한 한반도 도
래인의 존재를 부각시키려한 작가적 입장은 전혀 고려하지 않은 채
상업적이고 타자적인 코멘트를 작품의 서두에 싣고 있다는 점에서
아쉬움이 남는다.

5. 高麗郡 및 新羅鄕의 형상화와 사료적 근거

1)『무사시 진영』의 高麗郡

『무사시 진영』의 주인공인 고마 유키다카(高麗行高)는 나라(奈良)시

---

19)「新羅王館最後の日」,『宝石』, p.17.

대에 고구려 유민을 이끌고 무사시(武藏)에 정착하여 고마군(高麗郡)을 개척한 약광왕(若光王)의 제32대 후손으로 등장한다. 19세의 청년인 유키다카는 부친 유키스미(行純)의 뒤를 이은 고마관(高麗館)의 주인으로서 동족 2천여 명을 통솔하고 있으며, 양친 및 두 남동생과 함께 살고 있다.

그런데 작품에서 소재로 삼고 있는 고마족(高麗族)의 존재에 관한 기록은『續日本紀』영구(靈龜) 2년(716) 5월 조(條)에서 확인된다.

> 스루가, 가이, 사가미, 가즈사, 시모사, 히타치, 시모쓰케 7국의 고려인 1799명을 무사시국으로 이주시켜 처음으로 고마군을 두었다.
> (駿河, 甲斐, 相模, 上總, 下總, 常陸, 下野七國の高麗人千七百九十九人を以て武藏國に遷し, 始めて高麗郡を置く)[20]

고구려 유민집단을 이끌고 정착한 若光王에 대해서는『續日本紀』대보(大寶) 3년(705) 4월 조(條)에 "從五位下高麗若光에 王의 姓을 내리다(從五位下高麗若光に王(こしき)の姓を賜う)"[21]에서 그 존재가 확인되고 있다. 그리고 고려군(高麗郡)의 영역 내에 건립된 고려신사(高麗神社)의 제신(祭神)으로 약광왕(若光王)을 모시고 있다는 사실을 통해서도 이러한 내용이 뒷받침 되고 있을 뿐만 아니라, 고려신사의 궁사(宮司 : 신관)직은 지금도 고려가(家)의 직계 후손이 맡고 있다.

한편,『무사시 진영』의 주인공 및 주변인물과 역사적 배경 등의 설정에 대해서는 '후기'에서 작가 자신이 직접 밝히고 있다.

---

20) 金達壽(1986),「高麗王若光と高麗神社」,『古代朝鮮と日本文化』, 講談社學術文庫, p.72.
21) 위의 책,「高麗王若光と高麗神社」,『古代朝鮮と日本文化』, p.71.

高麗家의 계보와 히타카초(日高町)22) 향토사 연구시리즈를 참고하였습니다. 이들 지방 향토사가의 연구에 의존하는 바가 매우 컸습니다.23)

이 뿐만이 아니라 주인공 유키다카의 직계 후손인 고마 히로시게(高麗博茂)씨가 작품의 무대가 되는 지역의 안내를 해주었다는 말을 덧붙임으로써, 기본적인 줄거리가 역사적 사실에 토대를 두고 있음을 확실히 밝히고 있다.

이상의 고찰을 통해 알 수 있는 것은 『續日本記』에 의해 고려군과 약광왕의 존재가 명백히 확인되고 있으며, 이후의 역사적 궤적은 히타카초 향토사 연구시리즈에 구체적으로 기술되어 있고, 약광왕을 모신 신사와 이를 지켜온 고려가(家) 궁사(宮司)의 증언을 통해서도 고려족의 행적이 구체적으로 입증된다는 것이다.

이상의 고찰을 통해 확인해 보았듯이 『무사시 진영』은 비교적 명백한 사료와 증언을 바탕으로 집필된 역사소설임을 부정하기 어렵다 하겠다.

2)「新羅王館 최후의 날」의 新羅鄕

「新羅王館 최후의 날」에서는 신라 유민이 무사시에 정착하게 된 과정을 다음과 같이 묘사한다.

마립간(麻立干)의 초대(初代)는 지토(持統)천황 원년(서기687년)에 교토에서 동쪽으로 내려와 이 땅에 도착했다. 한 사람의 각간(角干－大將)과

---

22) 나라(奈良)시대인 716년 고마(高麗)郡 설치. 1878년 사이타마(埼玉)縣 이르마(入間)郡에 편입. 현재의 히다카(日高)市 지역.
23)「あとがき」,『武藏陣屋』, p.303.

두 사람의 아지키(阿喰-副將)를 데리고 왔는데, 모두 이곳을 영주(永住)의 땅으로 정했다. 처음에는 御房山에 御殿을 세워 살았으나, 그로부터 650여 년이 지나는 사이 어느 틈엔가 평지로 주거가 옮겨 왔다. 중신 집안의 지위는 세습되어 오늘날에 이르렀으며, 마립간의 관(館)을 수호하고 있다.[24]

마립간은 신라의 왕을 지칭하는 호칭이므로 내용상의 모순을 드러 내고 있다. 그러나 작품에서 말하는 마립간이란 나라(奈良)에 와 있던 전승국 신라의 왕자를 말하는 것으로, 고국에서의 왕위 계승 다툼에 패했다는 소식을 듣고 일행과 함께 무사시에 정착한 인물을 가리키고 있음[25]을 알 수 있다. 그리고 신라 유민을 지배해온 그의 자손들 역시 마립간으로 불린다.

또한 작품은 신라향의 존재에 대해서도 분명히 언급한다.

당시의 동국(東國)에는 신라와 백제, 그리고 고구려 이민이 상당수 들어와 있었는데, 이들이 뒤섞여 모국의 투쟁을 이어받은 형태로 분쟁이 끊이지 않았다. (…중략…) 이에 애를 먹은 야마토(大和)조정은 겐쇼(元正) 천황 靈龜2년(서기 716년)에 각각의 민족 별로 지역을 정해 주어 거주지를 분리시켰던 것이다.[26]

삼국의 후예들을 분리 정착시켰다는 서기 716년의 기록은 앞에서 언급한 『續日本紀』의 내용을 말하는 것으로, 이 문헌에는 고구려인 1799인을 무사시국(武藏國)으로 이주시켰다는 내용만 있을 뿐, 백제와 신라의 후예들에 관한 내용은 보이지 않는다. 무사시에 신라군(新羅

24) 「新羅王館最後の日」, 『宝石』, p.17.
25) 「新羅王館最後の日」, 『宝石』, p.20.
26) 「新羅王館最後の日」, 『宝石』, p.20.

郡)을 두었다는 사실은 『續日本記』의 다른 기록에서 확인27)해 볼 수 있는데, 이는 준닌(淳仁)천황 때인 758년의 일이다. 그러므로 작품에 언급된 신라향의 설치 연대와 차이가 있으나 이는 작가의 단순한 실수이거나 또 다른 사료를 참고했을 가능성을 생각해볼 수 있다.

그렇지만 『日本書紀』의 지토(持統)천황 원년(686) 4월조에 "투화한 신라의 승니 및 백성 남녀 22인을 무사시국(武藏國)에 살게 하였다."28)는 내용이 확인되고 있어서, 신라 유민 역시 고구려 유민과 비슷한 시기에 무사시국에 정착하기 시작하였다는 것을 알 수 있다.

한편 『무사시 진영』의 경우에는 집필에 사용한 참고문헌 등을 '후기'에서 비교적 상세히 소개하고 있는 반면에, 문예잡지 『寶石』에 실렸던 「新羅王館 최후의 날」의 경우는 그 소재의 근거를 밝히고 있는 문헌이 확인되지 않고 있어서 내용의 신빙성에 대해 단언하기 어려운 면이 있다.

그러나 「新羅王館 최후의 날」이 『무사시 진영』의 출간 직후에 발표되었다는 점을 생각해볼 때, 작가가 참고한 자료에 있어서는 큰 차이가 없을 것으로 보인다. 작가는 『무사시 진영』을 집필함에 있어 "「參考太平記」를 참고로 했다"고 밝히고 있으며, 여기에서 부족한 점은 "신편무사시풍토기고(新編武藏風土記稿)에 의지하는 바가 컸다"29)고 말하고 있으므로, 「新羅王館 최후의 날」에서 소재로 삼고 있는 신라왕관(新羅王館)의 소멸에 관한 내용 역시 이들 자료가 바탕을 이루고 있는 것으로 생각된다.

27) 『續日本記』(1935.12), 新訂增補國史大系第2卷, 國史大系刊行會, p.254 ; (天平寶字2年 8月) 癸亥(24). 歸化新羅僧卅二人. 尼二人. 男十九人. 女廿一人. 移武藏國閑地. 於是. 始 置新羅郡焉.
28) 田溶新(2005), 『完譯日本書紀』, 一志社, p.566.
29) 「あとがき」, 『武藏陣屋』, p.303.

6. 『무사시 진영』과 「新羅王館 최후의 날」에 투영된 작가적 입장

노구치 가쿠추의 역사소설 『무사시 진영』과 「新羅王館 최후의 날」 은 『아름다운 저항(美しい抵抗)』(1957), 『검은 지대(黒い地帶)』(1958), 『암 병동(ガン病棟)』(1959), 『검은 대낮(黒い晝間)』(1959)과 같이 일본사회의 모순과 사회적 약자들을 그려내는데 열중하던 직후의 작품이며, 「망 향의 살인(望郷の殺人)」(『探偵實話』, 1960.3~7), 「호상의 불사조(湖上の不死 鳥)」(『探偵實話』, 1961.4~9)와 같은 대중적 탐정소설의 집필과 시기를 같 이 하는 작품이다.

바꾸어 말하면, 작가의 조국과 관련된 문제나 자신의 성장과정을 소재로 한 자전적 작품의 집필에서 한걸음 물러나, 일본으로 귀화한 작가로서의 주인의식과 독자확보라는 현실적인 목표를 지니고 집필 에 전념하던 시기에 고대 한반도 도래인을 소재로 한 『무사시 진영』 과 「新羅王館 최후의 날」이 발표되었다는 것이다.

이와 같이 한반도 도래인을 소재로 삼은 작가적 심정은 『무사시 진영』의 '후기'를 통해 엿볼 수 있다.

본서의 주인공은 반(反) 아시카가 다카우지의 입장에서 南朝 측에 가담 하여 20년이라는 세월에 걸쳐 싸워서는 지고, 또 이겼다고 생각했는데 지는 비극을 반복하였습니다. 영지와 영민(領民)을 모두 잃고, 아시카가 측에 항복하여 겨우 집(家)만을 보전 받았습니다. 죽음에 임해서는 자손 대대로 무슨 일이 있어도 무사는 되지 말라는 유언을 남겼습니다. (…중 략…) 그러한 고뇌를 좀 더 농후하게 써넣을 수 있었다면 철학적인 분위 기로 완성되지 않았을까하고, 필력의 부족함이랄까, 붓이 전투 쪽으로 치 우치는 경향을 어쩔 수 없었습니다.30)

　　노구치 가쿠추는 인용한 후기를 통해서 작품의 주인공이 "자손 대
대로 무슨 일이 있어도 무사는 되지 말라"는 유언을 남긴 것에 대해
좀 더 심층적으로 접근하지 못한 것을 아쉬워하고 있다. 즉 주인공
유키다카의 '종족의 보존을 위해서는 일본의 토착세력인 야마토인들
과의 대립을 피해야한다'는 내용의 유언에 담긴 그의 내면세계를 좀
더 체계적이고 섬세하게 그려내지 못한 것을 자책하고 있는 것이다.

　　이와 같은 후기의 내용에는 일본으로 귀화한 조선인 작가의 내면
에 잠재된 민족적 갈등이 엿보이고 있으며, 스스로의 생존을 위해서
는 민족의식을 드러내어 일본인들과 대립하지 말라는 자신에 대한
다짐을 느낄 수 있다.

　　그리고 작가의 부정적인 언급과는 달리 유키다카를 고뇌하게 만들
었던 민족 정체성의 문제에 있어서도 보다 높은 차원의 형상화가 시
도되었음이 확인된다. 이러한 작가적 노력은『무사시 진영』의 주인
공이자 고구려 후손인 유키다카를 통해 보다 구체적으로 실현되고
있다.

　　유키다카는 적장으로부터 게반징(外蕃人)이라는 민족차별적인 말을
듣고 충격을 받아 전의를 상실한 채 깊은 고뇌에 빠지거나,[31] 자신
의 혈통에는 이미 야마토인의 피가 흐르고 있으므로 더 이상 고구려
의 후예가 아니라는 생각[32]을 가져보려 노력한다. 그러나 결국은 자
신이 고구려의 후손이며 그 명맥이 끊겨서는 안 된다는 것을 자각하
는 장면으로 작품은 막을 내린다.

　　이와 같이 작품에서 강조되고 있는 주인공 유키다카의 정체성의

---

30)「あとがき」,『武藏陣屋』, pp.301~302.
31)『武藏陣屋』, p.94.
32)『武藏陣屋』, p.30.

혼란과 이방인의식은 일본으로 귀화한 이후의 작가가 당면한 문제와 맥락을 같이하는 것이라 할 수 있다. 그러므로 『무사시 진영』은 귀화한 일본인으로서의 주체적인 삶을 살아가려는 노력에도 불구하고 여전히 한국(조선)인이라는 민족의식에서 벗어나지 못하던 내면의 갈등을 역사소설이라는 형태를 빌어 표출한 작품으로 평가 할 수 있을 것이다.

한편「新羅王館 최후의 날」은 1960년 무렵에 집필된 많은 추리소설과 맥락을 같이 하는 작품이라 할 수 있으나, 무사시에 정착한 한반도 후예들의 역사적인 삶을 소재로 삼고 있다는 점에서 일본으로 귀화한 작가의 내면의식이 반영되고 있음을 부정하기 어렵다. 비록 자신이 일본으로 귀화하였지만 이 땅에는 고대로부터 한민족이 공존해왔다는 사실을 부각시킴으로써, 자신의 행위 역시 과거 선조들의 행적과 크게 다를 바 없음을 강조하고자 한 것으로 보인다. 그리고 이러한 작가적 노력은 귀화인이라는 열등의식을 극복하고 주체적인 삶을 살아가기 위한 방편의 일환으로 보아 무방할 것이다.

7. 맺음말

이 글에서는 고대 한반도 도래인의 생존을 위한 투쟁을 그려낸 노구치 가쿠추(野口赫宙, 張赫宙)의 『무사시 진영(武藏陣屋)』(1961.10)과「新羅王館 최후의 날(新羅王館最後の日)」(1961.11)의 시대·공간적 배경 및 내용을 검토 분석하고, 작품에 투영된 귀화인으로서의 작가적 의식을 고찰하였다.

『무사시 진영』은 일본의 무사시(武藏)에 정착한 고구려후예들이 가마쿠라 막부(鎌倉幕府)의 몰락으로 초래된 남・북조시대의 혼란 속에서 종족의 보전을 위해 전개했던 치열한 싸움을 박진감 넘치게 그려낸 작품으로, 도래인(渡來人)으로서의 민족적 정체성의 혼란과 이방인 의식을 심도 있게 다루고 있음을 확인해 보았다.

「新羅王館 최후의 날」 역시 무사시를 터전으로 삼고 있던 신라인의 영지 신라촌(新羅木村)과 이를 다스리던 신라왕관(新羅王館)의 멸망에 이르는 과정을 그려낸 역사소설로서, 지배세력 간의 암투를 추리소설 형식으로 형상화하여 독자들의 흥미를 이끌어 내려한 작품이라는 것을 알 수 있었다.

그런데 『무사시 진영』과 「新羅王館 최후의 날」이 조국과 관련된 문제나 자신의 성장과정을 소재로 한 자전적 작품의 집필에서 한걸음 물러나, 일본으로 귀화한 작가로서의 주인의식과 독자확보라는 현실적인 목표를 지니고 창작에 전념하던 시기에 발표되었다는 점에서 주목된다.

이와 같은 작가적 행보는 가쿠추가 비록 일본으로 귀화하였지만 자신의 내면에 잠재되어 있는 민족의식으로부터 자유롭지 못했다는 것을 말해주는 것이며, 이 글에서 고찰한 두 작품은 이러한 갈등의 해소를 위한 노력의 결과라 할 수 있을 것이다.

결국 작가는 작품을 통해서 자신이 오랫동안 살아온 무사시의 히다카(日高) 지역이야말로 고구려 후예들이 정착했던 고마군(高麗郡)과 같은 곳이며, 일본으로 귀화한 자신의 행위 역시 과거 선조들의 행적과 크게 다를 바 없는 도래인으로서의 성격을 지니고 있음을 강조하고자 한 것으로 보인다.

『도자기와 검(陶と劍)』
임진왜란에 대한 긍정적인 평가와 한일 민족의 경계 허물기

1. 머리말

해방 이전의 장혁주 문학은 '초기의 민족적 집필기(1930~1933)', '과도기적 글쓰기(1934~1938)', '국책 영합적 집필기(1939~1945)'와 같이 나눌 수 있으며, 일본의 패전 직후부터 귀화할 때까지를 '휴머니즘적 집필기'로 정의[1]할 수 있다. 해방 이전의 문학에서는 기생출신 첩의 자식으로 태어났다는 생래적 열등의식과 조혼한 연상의 아내에 대한 불만, 그리고 일제에 대한 저항과 영합의 과정을 확인해 볼 수 있다.

한편 조국의 해방에도 불구하고 자신의 친일행적으로 인해 고국에 돌아올 수 없었던 장혁주는 패전 직후의 일본민중의 고통을 그려내어[2] 새로운 작가적 모색을 시도하였다. 이후 6·25전쟁이 발발하자

---

1) 김학동(2008), 『張赫宙의 일본어 작품과 민족』, 국학자료원, pp.12~13.
2) 『고아들(孤兒たち)』(1946), 『젊은 여자(若い女)』(1948), 단편집 『사람의 선함과 악함(人の善さと惡さと)』(1947) 등이 있다.

위험을 무릅쓰고 한국을 방문하여 많은 르포형식의 기사를 통해 조선민족의 참상을 일본에 전했으며, 이를 토대로 한 장편을 집필[3]하기도 하였으나, 이러한 와중에 일본으로 귀화하였다.

노구치 가쿠추의 문학은 『편력의 조서(遍歷の調書)』(1954)와 같은 자전적 작품으로 자신의 과거를 회고한 뒤, 일본사회의 모순과 소외된 민중의 고단한 삶을 그려내어 일본으로 귀화한 작가로서의 사명의식을 담아내고자 노력하고 있다는 특징을 지닌다.[4] 또한 1960년 무렵에는 많은 양의 추리소설을 잡지에 연재하고 그 일부를 단행본으로 출간하였는데,[5] 이는 일본 부인과의 사이에 태어난 자녀들[6]을 부양하기 위한 방편이었던 것으로 생각된다.

그런데 노구치 가쿠추라는 필명으로 활동하던 시기에도 멸망한 고

---

3) 르포로는 「조국 조선으로 날아가다 - 제1보(祖國朝鮮に飛ぶ-第1報)」, 『每日情報』(1951.9), 「고국의 산하(故國の山河) - 제2보」, 『每日情報』(1951.11), 「허덕이는 한국(喘ぐ韓國)」, 『明窓』(1951.7), 「조국 조선의 고뇌(祖國朝鮮の苦惱)」, 『地上』(1952.2), 「계속되는 한국의 불안(韓國の不安はつづく)」, 『地上』(1952.11) 등이 있고, 소설은 「부락의 남북전(部落の南北戰)」(1952), 「避難民」(1952), 「異國의 아내(異國の妻)」(1952), 「부산항의 파란 꽃(釜山港の靑い花)」(1952), 「부산의 여간첩(釜山の女間諜)」(1952), 「눈(眼)」(1953), 「아- 조선(嗚呼朝鮮)」(1952), 『無窮花』(1954) 등이 있다.

4) 이와 같은 작품으로는 『음지의 아이(ひかげの子)』(1956), 『아름다운 저항(美しい抵抗)』(1957), 『검은 지대(黑い地帶)』(1958), 『암병동(ガン病棟)』(1959.5), 『검은 대낮(黑い眞晝)』(1959.11), 『호상의 불사조(湖上の不死鳥)』(1962) 등을 들 수 있다.

5) 필자가 조사 정리한 자료에 의하면 총14편의 장·단편이 확인되고 있으며, 대표적인 작품으로는 「망향의 살인(望鄉の殺人)」, 『探偵實話』(1960년 4~8월호, 5회 연재)과 「호상의 불사조(湖上の不死鳥)」, 『探偵實話』(1961년 4~9월호, 6회 연재)가 있다. 이 중에서 『호상의 불사조』는 1962년 2월 東都書房에서 단행본으로 출간되었다.

6) 1938년 장혁주의 나이 33세 되던 해에 일본인 동거녀 노구치 게이코(野口桂子)와의 사이에서 장남이 태어난 이후 넷을 더 낳아 아들 다섯을 둔 것으로 알려져 있다. 그러므로 1960년 무렵에는 이 자녀들이 한창 대학에 진학하거나 사회에 진출하였을 것으로 생각되는데, 작가의 갑작스런 추리소설의 양산은 이들의 부양책임과 무관하지 않은 것으로 보인다. 참고로 장혁주는 일본으로 건너가기 전에 조혼한 한국인 부인과의 사이에도 2남 3녀를 둔 것으로 알려져 있다.

구려 후예들의 생존을 위한 투쟁을 다룬 『무사시 진영(武藏陣屋)』
(1961), 한반도의 백제(百濟) 및 가야(伽倻)와 일본의 야마토(大和・倭國)
정권의 친밀한 교류관계를 강조한 『韓과 倭(韓と倭)』(1977), 임진왜란
을 도요토미 히데요시(豊臣秀吉)의 민족회복이라는 염원을 실현하기
위한 전쟁이었다는 입장을 담아낸 『도자기와 검(陶と劍)』(1980) 같은
작품을 출간하여 한민족과 일본민족의 교류에 깊은 관심을 표명하였
다.

　이러한 일련의 작품들은 일본으로 귀화한 작가 자신의 정체성 문
제를 고대 한일관계사에 대한 독자적인 해석을 통하여 극복하려 했
다는 특징을 지닌다. 특히 『韓과 倭』에서는 고대 야마토의 영토에
백제와 가야가 포함되어 있었을 뿐만 아니라, 통일신라시대까지는
한반도에 단일민족이 존재하지 않았다는 주장을 통해서 현재의 한일
간의 민족적 대립을 무의미한 것으로 만들려는 노력을 기울인다.[7]
그리고 연이어 출간된 『도자기와 검』에서는 임진왜란의 발생배경과
전개과정을 일종의 동족 간의 내부 갈등으로 그려냄과 동시에, 신라
의 삼국통일 이후 정체되어 있던 양 지역의 교류를 촉진시킨 전쟁이
었다는 인식을 담고 있다.

　이처럼 작금의 한일 민족 간의 대립적인 구조를 부정하는 노구치
가쿠추의 작가적 입장은 일제가 조선을 합병하기 위한 논리로서의
'한일동족론(日鮮同族論)'[8]을 연상시키고 있어서, 친일적 글쓰기로 황

---

7) 김학동(2009.5), 「張赫宙의 문학과 민족의 굴레－한・일 고대민족의 교류를 형상
　화한 『韓과 倭(韓と倭)』를 중심으로」, 『日本學研究』 제27집, 단국대학교 일본연구
　소, p.405.
8) '한일동족론'이라는 말은 14세기 중엽의 『弘仁私記』와 『神皇正統記』와 같은 일본
　의 고문헌에서 확인된다.(홍윤기(2000.7), 『일본 천황은 한국인이다』, 효형출판)
　이러한 '한일동족론'이 본격적으로 주창되기 시작한 것은 일제의 조선에 대한 식

국신민화에 협력한 뒤 일본으로 귀화한 작가의 입장이 반영된 것이라는 단순한 결론에 이르기 쉽다. 그러나 먼저 작품의 내용에 대한 고찰을 통하여 작가의 사상적 토대를 검토할 필요가 있으며, 이를 바탕으로 양 민족을 바라보는 작가적 인식의 허와 실을 확인해 볼 수 있을 것이다. 그런데 이러한 노구치 가쿠추의 한일민족의 교류를 형상화한 작품에 대한 선행연구는 필자의 「張赫宙의 문학과 민족의 굴레-한·일 고대민족의 교류를 형상화한 『韓과 倭(韓と倭)』를 중심으로」9)가 유일할 정도로 거의 관심을 받지 못하고 있는 실정이다.

이 글에서는 임진왜란이라는 한일 간의 역사적 사건에 대한 독자적인 해석으로 양 민족 간의 경계를 허물고자 한 『도자기와 검』의 집필 배경 및 내용의 고찰을 통하여, 임진왜란에 대한 작가적 인식의 실체를 확인하고, 본서의 집필 목적이라 할 수 있는 한일 민족이데올로기 해체의 타당성에 대해 검토하고자 한다.

2. 노구치 가쿠추의 한·일 역사에 관련된 저작과 그 특징

노구치 가쿠추(장혁주)가 한·일 역사와 관련된 사건, 특히 임진왜란에 관심을 가지고 이를 소재로 삼은 것은 일제 강점 말기인 1939년에 장편 『가토 기요마사(加藤清正)』를 출간한 것이 처음이라 할 수 있다. 그리고 1941년에는 이의 속편을 집필한 뒤 『가토 기요마사』와

민지배가 시작되면서부터라고 할 수 있으며, 언어학자인 가나자와 쇼사부로(金澤庄三朗)는 『日鮮同祖論』(1929)을 출간하기도 하였다.
9) 김학동, 「張赫宙의 문학과 민족의 굴레-한·일 고대민족의 교류를 형상화한 『韓과 倭(韓と倭)』를 중심으로」.

묶어 『悲壯의 戰野(悲壯の戰野)』라는 제목으로 출간하였는데, 이것이 장혁주가 임진왜란을 소재로 계획한 4부작 '칠년의 폭풍(七年の嵐)'의 제1부이다. 제2부는 왜군의 선봉장 고니시 유키나가(小西行長)를 주인 공으로 『화전 어느 쪽도 불사하다(和戰何れも辭せず)』(1942)와 『浮沈(浮き沈み)』(1943)을 각각 출간하였다. 그런데 제3부에서는 이순신(李舜臣), 제4부는 중국의 강화사신 심유경(沈惟敬)을 주인공으로 집필하겠다던 당초의 계획은 실행되지 못했다.10)

한편 일제의 패전으로 친일적 집필활동을 문제 삼은 재일조선인 단체의 살해협박에 시달리던 장혁주는 1950년 3월에 영친왕(英親王)11)의 반생(半生)을 그린 『비원의 꽃(秘苑の花)』을 출간하여 주목을 받았다. 『비원의 꽃』은 조선의 황태자 영친왕이 당시의 조선 통감이 던 이토 히로부미(伊藤博文)에 이끌려 일본으로 건너간 뒤, 천황가(天皇家)의 일족인 마사코여왕(方子女王)과 결혼하고 일제의 최고위급 군인 이라 할 수 있는 육군 중장으로 패전을 맞을 때까지의 삶을 그려낸 작품이다. 장혁주가 이와 같은 영친왕의 반생을 작품으로 형상화한 것은 작가 자신 역시 영친왕과 마찬가지로 제국주의 침략의 희생양 이었음을 강변하여 스스로의 친일에 대한 사회적 비판을 희석시키려 는 목적이 있었던 것으로 판단된다.12)

이후 1952년 10월에 일본으로 귀화한 노구치 가쿠추는 급격한 산

---

10) 김학동(2008.3), 「張赫宙 문학과 壬辰倭亂」, 『日本語文學』 제36집, 한국일본어문학 회, p.214.

11) 高宗황제의 왕자 李垠은 1900년 8월에 '英親王'이라는 호칭을 받았다. 이후 1907 년에 皇太子가 되었으나 한일합방으로 王世子로 격하된다. 그리고 1926년 純宗이 승하하자 李王이 되었다. 그런데 英親王을 제외한 다른 호칭은 일본 황실과의 종 속 관계를 나타낸다고 하여 해방 이후에는 그다지 사용되지 않고 있다.

12) 김학동(2008.4), 「張赫宙의 『비원의 꽃(秘苑の花)』론—英親王의 半生에 투영된 작 가적 자화상」, 『인문학연구』 통권73호, 충남대학교 인문과학연구소, p.126.

업화의 모순과 고달픈 민중의 삶을 담아내려는 노력을 기울이는 한편으로, 장편 『무사시 진영(武藏陣屋)』(1961.10) 및 중편 「신라왕관 최후의 날(新羅王館最後の日)」(1961.11)과 같은 고대 한반도 도래인(渡來人)을 소재로 한 작품을 집필함으로써, 귀화한 일본인으로서의 민족적 정체성의 갈등을 드러내기도 하였다.

특히 『무사시 진영』은 8세기 무렵 고구려 후예들이 왕족인 약광왕(若光王)을 따라 일본의 무사시(武藏)[13]에 정착(716)[14]한 지 6백여 년이 지난 1330~60년 무렵을 시대적 배경으로 삼고 있으며, 고구려 후예를 이끌고 있는 젊은 주인공 고마 유키다카(高麗行高)가 가마쿠라 막부(鎌倉幕府)[15]의 멸망이라는 혼란 속에서 새로운 정권을 창출하려는 아시카가 다카우지(足利尊氏)[16]에 대항하여 벌이는 세 차례의 전투를 중심으로 그려낸다.

이 작품은 유키다카가 적장으로부터 게반징(外蕃人)[17]이라는 민족 차별적인 말을 듣고 충격을 받아 전의를 상실한 채 깊은 고뇌에 빠지거나, 자신의 혈통에는 이미 야마토(大和)인의 피가 흐르고 있어 더 이상 고구려의 후예가 아니라며 자학하는 모습을 그려내는데 치중한다. 그러나 결국은 자신이 고구려의 후손이며 그 명맥이 끊겨서는 안 된다는 것을 자각하는 장면으로 막을 내린다. 이러한 전개는 귀

---

13) 현재의 도쿄도(東京都)와 사이타마현(埼玉縣) 지역.
14) 金達壽(1986), 「高麗若光王と高麗神社」, 『古代朝鮮と日本文化』, 講談社學術文庫, p.72.
15) 1183(5)~1333, 가마쿠라(鎌倉)에 성립된 일본 최초의 무사 정권.
16) 1305~1358, 무로마치 막부(室町幕府)의 초대 쇼군(將軍).
17) 『武藏陣屋』의 주인공 유키다카(行高)는 이 '게반징(外蕃人)'이라는 말을 들은 심정을 "심장이 멈추는 듯한 기분이 들었다. 머릿속의 피가 완전히 빠져나갔다. 허무하고 슬프고 뭐라 형용할 수 없는 고독이었다. 그것은 업신여긴다거나 멸시하는 것과는 차원이 다른 기분이었다"(필자의 번역)와 같이 표현하고 있으므로, 이 말이 지닌 의미를 짐작해 볼 수 있다.

화한 일본인으로서의 주체적인 삶을 살아가려 노력하던 자신의 고통
을 고구려 후예들의 삶에 투영시켜 표출하려한 작가적 의도를 엿볼
수 있게 한다.[18]

그런데 노구치 가쿠추의 나이 72세 되는 해인 1977년에는 고대
한일관계사를 조명한 『韓과 倭』를 출간하여 한반도의 백제 및 가야
와 일본의 야마토 정권의 밀접한 관계를 강조한다. 작품은 「일본인
은 무엇인가(日本人は何だろう)」, 「신화 속의 진실(神話の中の眞實)」, 「남
한의 피를 잇는 천황(南鮮の血を継ぐ天皇)」, 「왜국에서 일본으로(倭國か
ら日本へ)」와 같이 크게 4부로 구성되어 있는데, 고대의 백제·가야·
야마토 정권이 하나의 영토로 존재했을 만큼 밀접한 관계를 유지했
으며, 고구려 및 신라와는 이질적인 관계에 있었다는 것을 주장하기
위해 집필된 저서라 할 수 있다.[19]

노구치 가쿠추는 이 저서를 통해 "어찌되었든, 상고(上古) 일본의
주권자와 한반도 남부의 관계는 이와 같은 생각을 해보고 싶을 정도
로 밀접했던 것이다. (…중략…) 한반도 남부와 열도는 마치 한 집안과
같은 상태에 있었다고 믿고 싶다"[20]는 입장을 밝히고 있어서, 한반
도 남부와 일본열도가 가능하면 하나의 민족과 같은 공동체로서 존
재했기를 바라는 염원에서 『韓과 倭』의 집필에 임했음을 짐작해 볼
수 있다.

이상과 같은 작가의 노력은 임진왜란에 대한 독자적인 인식과 새
로운 평가를 담아낸 『도자기와 검』에서 보다 발전된 논의로 전개되

---

18) 김학동(2009.11), 「野口赫宙(張赫宙)의 『무사시 진영(武藏陣屋)』과 「신라왕관 최후
　　의 날(新羅王館最後の日)」론」, 『日本文化學報』 제43집, 韓國日本文化學會, p.241.
19) 전게 논문, 「張赫宙의 문학과 민족의 굴레－한·일 고대민족의 교류를 형상화한
　　『韓과 倭(韓と倭)』를 중심으로」.
20) 野口赫宙(1977), 『韓と倭』, 講談社, p.135.

고 있다 하겠는데, 이 작품의 고찰을 통해서 말년의 작가적 이상이었다고 할 수 있는 '한일 민족의 경계 허물기'가 지닌 허와 실을 확인해 볼 수 있을 것이다.

3. 민족회복을 위한 전쟁으로서의 임진왜란을 형상화한 『도자기와 검』

노구치 가쿠추가 말년에 집필한 『도자기와 검』은 일제 강점 말기에 장혁주라는 필명으로 출간한 장편 『悲壯의 戰野』, 『화전 어느 쪽도 불사하다』, 『浮沈』의 내용을 한 권의 단행본으로 함축 정리했다는 느낌을 줄 정도로 유사하다. 그러나 일제 말기의 세 작품과 『도자기와 검』의 집필의 동기는 본질적으로 다르다.

일제 말기의 작품은 국책문학적 성격을 지니고 있는 관계로 왜군의 선봉장이었던 가토 기요마사(加藤淸正)와 고니시 유키나가(小西行長)의 인간미를 강조하는데 치중하면서, 일본의 침략에 대비하지 못한 조선의 무능을 비판한다. 즉 침략에 대응하지 못하여 강국의 지배를 받는 것은 하나의 역사적인 필연이라는 점을 강조함으로써 일제의 조선에 대한 식민지배를 우회적으로 정당화하려는 목적을 지닌 작품이라 할 수 있다.

이에 비해 『도자기와 검』은 제3자의 입장에서 침략국 일본과 피해국 조선을 넘나들며 각각의 상황을 세심하게 묘사하고 있다는 점에서 그 집필 목적을 달리하고 있음을 알 수 있다.

1) 『韓과 倭』의 후편으로서의 『도자기와 검』

노구치 가쿠추는 『도자기와 검』을 집필하게 된 동기와 목적을 저작의 '후기'에서 명확히 밝히고 있다. 『도자기와 검』이 상고(上古)의 일본열도와 한반도의 관계를 민족의 대이동이라는 입장에서 출간한 『韓과 倭』의 '제2부'라는 것을 언급한 뒤, 한일 "양 민족의 마음을 하나로 묶어주는 도자기(陶器)를 통해서" 임진왜란의 발생과 전개를 펼쳐보였다고 말한다.

> 상고(上古) 시대에는 매우 밀접한 관계로, 말하자면 양 진영은 일체(一體)가 되어있었는데 역사의 흐름과 함께 해협에 의해 분리되고, 거의 1천 년이라는 세월 동안에 각각 다른 방향으로 나아가게 되었다. 그러던 것이 '임진왜란(文祿・慶長の役)'이라는 돌발 사건의 발생에 의해 양 진영은 재차 근친 간의 '피의 울부짖음(血の叫び)'을 토하게 되었다. 그것이 전쟁의 형태로 나타났다는 것은 불행이라고 할 수밖에 없지만, 피와 마음의 연결을 재현하였다는 점에서 일종의 역사적 운명을 느낀다.(229)[21]

『韓과 倭』는 중국의 동안(東岸)에 거주하던 고대의 왜(倭)가 한반도 서남부와 일본 규슈(九州) 북부지역에 정착하면서 이들 지역을 아우르는 하나의 국가와 같은 형태를 갖추고 있었는데, 동족으로서의 한일 간의 민족적 뿌리는 여기에서 시작되었다는 내용을 담고 있다.[22] 그리고 이러한 관계는 백제와 가야, 야마토 정권이 성립된 뒤에도 지속되었다는 것이다. 그런데 신라의 삼국통일에 의해 일본과의 관

---

21) 이 글의 제3장에서는 野口赫宙(1980), 『陶と劍』(講談社)를 텍스트로 삼았다. 괄호 ( ) 안의 숫자는 텍스트의 쪽수를 가리킨다. 이하 같음.

22) 전게 논문, 「張赫宙의 문학과 민족의 굴레－한・일 고대민족의 교류를 형상화한 『韓과 倭(韓と倭)』를 중심으로」.

계가 단절되었다가 임진왜란에 의해 민족적인 관계의 복원이 시도되었는데, 이러한 관점에서 『도자기와 검』을 집필하게 되었다는 것으로 이해할 수 있다.

그러나 작가의 말처럼 아무리 민족의 회복을 위한 전쟁이었다 하더라도 일방적인 침략으로 인한 살육의 만행을 정당화하기는 어렵다. 그러므로 『도자기와 검』에서는 이러한 비난을 피해가기 위한 수단을 강구하게 되는데, 무모한 전쟁을 일으킨 원흉으로서의 도요토미 히데요시가 아니라, 예술에 대한 깊은 조예와 한민족에 대한 그리움을 지닌 인간으로서 묘사하기 위해 노력한다. 그리고 과거의 역사에 대한 타자적인 기술을 통하여 무엇이 선이며 정의이고, 무엇이 악이고 불의인지 의식할 필요를 느끼지 못하게 만든다.

> 나는 지금 여기에 임진왜란 7년간의 전쟁을 펼쳐 보이려 하는데, 4백년이라는 긴 세월이 베일이 되어, 당시의 전쟁에 얽혀 전장(戰場)과 그 배후의 세계에서 숨 쉬고 있던 사람들의 움직임을 그림 이야기책의 하나로서 그려낼 마음의 여유를 지니고 있다.(6)

만일 당시의 전쟁이 작금에 이르러 발생한 일이었다면 그 참혹함에 감히 '임진왜란'과 같은 소재를 다루지 못했을 것이라는 말을 하고 있는데, 이는 참혹한 전쟁으로서의 임진왜란을 인정하고 있으면서도 작가 자신의 목적하는 바에 의해 그 내용이 변질될 것임을 예고하고 있는 것과 다름이 없다. 그러므로 『도자기와 검』은 전쟁으로 인한 폐해를 그려내기 보다는 '민족의 회복'을 위한 전쟁이었다는 긍정적인 입장에서 임진왜란과 관련된 인물들의 개인적인 입장을 조명하는데 주력한다.

2) 도요토미 히데요시의 조선 도자기에 대한 애착과 '韓'에 대한 동경

『도자기와 검』의 실질적인 주인공은 도요토미 히데요시라 할 수 있으며, "나는 히데요시라는 전국무장(戰國武將)을 좋아한다"는 작가의 말을 통해서 알 수 있듯이, 작가가 히데요시에게서 느끼는 개인적인 매력이 집필 동기의 한 요인이 되고 있다. 그러므로 히데요시가 명(明)나라를 정복한다는 명목으로 조선에 20만 대군을 상륙시키는 과정은 그 나름의 정당화된 필연성을 지니게 된다.

이와 같은 필연성은 히데요시가 다도(茶の湯)를 좋아했다는 사실에서 비롯된다. 히데요시가 즐겼던 다도는 결코 유희가 아니고 "살아 있는 마음의 수련으로서의 방법"(224)으로 묘사된다. 혼란한 전국의 통일이라는 과업을 수행하는 도중에 발생하는 많은 고민과 번뇌를 한 잔의 차를 통해서 다스리는 것이다. 그러던 중 우연히 조선에서 건너온 '이도차완(井戶茶碗)'이라는 투박하고 서민적인 도자기(陶器)를 접하면서부터 급격히 조선에 대한 관심을 기울이게 된다.

조선의 도자기는 일종의 서민의 일상생활을 위한 집기였다. 특별히 아름다운 것, 고급스런 것을 만들려는 마음이 전혀 없는 도자기였다. 거기에는 뜻밖에도 조선인의 민족적인 본능이 나타나 있었는데, 그것이 와비(侘び)[23]에 통하고 있었던 것이다. 그것은 즉 히데요시의 마음이자 야마토(大和)[24]였으며, 그리고 그 옛날 신대(神代)[25]로부터 하나의 원천(源)에

---

23) 다도와 하이카이(俳諧)의 미적 이념의 한 가지. 간소함 속에서 발견되는 맑고 한적한 정취.
24) 『韓과 倭』에서 백제 및 가야와 함께 하나의 국가처럼 존재했다고 주장하는 일본의 고대국가.
25) (일본 신화에서) 신(神)이 다스렸다고 하는 시대, 진무천황(神武天皇) 이전(기원전 600년)까지의 시대.

서 이어져 내려온 동족(同族)의 마음이었던 것이다.(23)

도요토미 히데요시가 조선에서 건너온 소박한 도자기를 통해 당시 일본의 심오한 미적 경지라 할 수 있는 '와비'를 느낌으로써 조선의 마음을 이해할 수 있게 되었으며, 이는 결국 조선인과 일본인이 동족이기에 가능한 것이라는 결론에 도달하게 되는 것이다.

마침내 히데요시는 조선의 도자기를 통해서 "조선은 일본(大和)의 일부"(24)라는 생각을 굳히고 왜군을 조선에 상륙(침략)시킨다. 『壬辰錄』에는 히데요시가 조선에 상륙한 왜군의 만행을 예방하기 위해 '불필요한 살생과 난폭한 행동, 방화, 무리한 인력착취 등'을 금하는 엄격한 규율을 발령했다는 기록이 있다.(71) 또한 조선의 왕 선조(宣祖)가 왕도 한양을 버리고 북으로 피난길에 올랐다는 소식을 접하고 "이것은 무언가 잘못되었다. 국왕에게 사신을 보내어 왜 피난을 가야했는지 알아보도록 하라"(90)는 전갈을 보냈다. 그리고 접수한 왕도와 각 지역의 조선인들을 동화시키기 위해 많은 노력을 기울이는데, 이러한 조치들은 모두 "조선을 내국(內國)으로 생각"(91)하는 히데요시의 심중에 의한 것으로 작품은 전개된다.

이와 같은 도요토미 히데요시의 조선 도자기에 대한 애착과 조선인에 대한 동족의식은 "'이도차완(井戶茶碗)'에서 와비를 느끼고 혼을 빼앗기면서 그 마음속에 잠들어 있던 태고로부터의 '韓(고향)'26)에 대한 동경이 (…중략…) 갑자기 눈을 떴기 때문"이라는 작가의 부가적인 서술의 형태로 뒷받침되기도 하는데, '韓'에 '고향(ふるさと)'이라는

---

26) 노구치 가쿠추는 도요토미 히데요시가 동경하는 것은 작금의 조선이 아니라, 역사적으로 야마토 정권과 친밀한 관계에 있었던 당대의 정권을 지칭하는 말로 '韓'을 사용하고 있다.

말을 덧붙이고 있는 것이 인상적이다.

3) 麗倭와 降倭의 존재 의미

『도자기와 검』에서 려왜(麗倭)는 왜인의 혈통으로 조선에 거주하는 사람을 말하는데, 이들은 양민인 농민으로 살고 있는 경우는 드물고 학대와 멸시의 대상인 천민으로 삶을 유지하는 것으로 묘사된다. 려 왜는 왜군이 상륙하자 이들을 반겨 음식을 대접하기도 하고 지리적 인 안내 등을 자처하며 많은 도움을 준다.

> 이날 일본군이 내습했다는 소문을 듣고 뛰어오를 듯 기뻐한 것은 이들 麗倭였다. 그 숫자는 부산 시민의 8할을 차지했을 것이라고 나는 생각한 다. 그 麗倭가 일본군에 도움을 주었으므로 맨 먼저 상륙한 부대는 상륙 하는 순간의 불안감을 일시에 날려버리고 4백년에 걸쳐 단련해온 전국무 사(戰國武士)의 본모습을 발휘하여 눈 깜작 할 사이에 부산성을 함락시켰 던 것이다.(58)

당시 부산 시민의 8할이 일본군에 동조했을 것이라는 작가의 추측 성 언급은 그만큼 조선 정부에 대한 시민들의 반감이 컸다는 점을 부각시켜 일본의 침략을 정당화하는 한편, 일본과 관계를 맺고 있거 나 친근감을 느끼고 있는 사람이 많았다는 것을 강조하기 위한 것으 로 생각된다. 그렇다 하더라도 려왜(麗倭)의 존재를 통해 한일 간의 민족적 교류에 대한 평가를 시도하고 있다는 점에서 나름의 가치는 인정할 수 있을 것이다.

한편 이와 같은 려왜와는 상반된 입장에서 조선에 투항하는 왜군 이 속출하는 정황을 그려내기도 하는데, 작품에서는 이들을 '강왜(降

倭'로 부른다. 이들 강왜는 왜군이 비록 진주성의 치열한 전투에서 승리했다고는 하지만 '그 뒤에 찾아오는 기아(飢餓)와 황폐감'을 이겨내지 못하고 향수병에 걸려 조선의 여인을 찾아 방황하게 되면서부터 기하급수적으로 늘어나는 것으로 묘사된다.

> 조선 측에서는 이들 도망병을 降倭(항복한 왜병)라 부르고, 새로운 부대를 편성하여 '降倭隊'라 하였다. 이 降倭부대는 해가 갈수록 늘어갔다. 조선 측은 이 降倭부대를 후하게 대우하여 관직을 내리기도 하고, 물자공급에 있어서도 특별대우를 했기 때문이다.(172)

이러한 강왜(降倭) 가운데 대표적인 인물은 춘천 부근에서 수하 수백 명을 이끌고 가토 기요마사의 진영을 이탈한 사야카(沙也可-金忠善)라 할 수 있다. 사야카는 모하당(慕夏堂)이라는 호를 받았으며 종3품의 품계에 봉해졌다. 그는 왜군의 전술을 잘 알고 있었으므로 조선군에 큰 도움을 주었으며, 나중에 고니시 유키나가와 마주앉아 조선의 대표로서 강화협상에 임하기도 하였다.[27]

작품은 이들 강왜(降倭)가 조선군에 쉽게 항복한 이유로서 단지 "번(藩)[28]을 벗어나 나라를 바꾼다는 식의 가벼운 마음"(190)에서 일으킨 행동이었다는 해설을 덧붙인다. 이 말은 일본 내에서 잘못을 저질렀을 때 자신이 속한 '번(藩)'을 이탈하여 다른 '번'으로 도망쳤던 것처럼, 왜병들이 일본에 있는 하나의 '번'처럼 조선을 인식하고 있었다는 말을 하고 있는 것이다. 즉 동족으로서의 의식을 재차 강조하고 있다 하겠다.

---

27) 中村榮孝(1969), 「朝鮮役の投降倭將金忠善」, 『日鮮關係史の研究,中』, 吉川弘文館, p.436.
28) 일본의 에도(江戸)시대(1603~1868)의 영주인 다이묘(大名)가 다스리던 영지.

또한 이상과 같은 강왜 이외에도 이순신 장군의 활약에 의해 피난 길이 막힌 왜군이 많은 병사들을 남겨놓고 떠나갔다면서 "이 전쟁으로부터 3백 8십년이 지난 후에 서생포(西生浦)[29]에서 나는 이들 잔류 왜병들의 자손이라고 생각되는 사람들의 모습을 보았다. 나의 어머니도 그 중의 한사람이었던 것이다"(192)라고 언급하여, 작가 자신의 생모 역시 임진왜란 당시에 일본에 돌아가지 못한 왜병의 후손이라는 것을 밝힌다.

이러한 노구치 가쿠추의 언급은 그 내용의 실제 여부를 떠나 『도자기와 검』을 통해 자신이 전달하고자 하는 내용에 대해 스스로의 몸으로 이를 증명하겠다는 각오를 엿볼 수 있게 한다.

4) 同族의 역사로서의 임진왜란

『도자기와 검』은 왜군의 선봉장이었던 고니시 유키나가의 행적과 왜군 함대를 섬멸한 이순신의 활약에 대해서도 자세히 묘사한다.

고니시 유키나가는 또 다른 선봉장으로서 호전적인 인물이었던 가토 기요마사와는 다르게 협상을 통해 전쟁을 피하려 했으며, 전쟁이 시작된 뒤에도 강화를 위해 노력했다는 인간적인 면을 높게 평가한다. 고니시 유키나가를 향한 작가의 애정은 역사가들이 그를 그다지 좋게 평가하지 않는 것에 대한 불만을 통해서도 엿볼 수 있다.

주전파(主戰派)인 기요마사(淸正)가 국민들에게 인기가 있는 반면에, 유키나가(行長)는 참으로 인기가 없다. 나는 유키나가에게서 인텔리로서의 선한 면과 약한 면을 동시에 본다. 기요마사를 거친 무사의 모습으로 그

---

29) 울산 부근의 포구로, 작가의 생모의 고향.

려놓고 그 나름의 재미를 느끼기도 하지만, 고뇌하는 유키나가 쪽에도 깊은 동감을 느끼게 된다. 그가 천주교 신자였다는 점과 함께 겪어야 했던 괴로운 입장은 이해할 필요가 있다고 생각한다.(102)

가토 기요마사와 고니시 유키나가를 소재로 한 소설과 드라마 및 영화는 상당한 양에 이른다. 그 중에서도 엔도 슈사쿠(遠藤周作)의 『宿敵(上, 下)』(角川書店, 1985)은 임진왜란 당시에 보다 많은 공을 세우기 위해 경쟁했던 두 인물의 특징과 행적을 그려낸 작품으로 유명하다. 여기에서 엔도는 기요마사를 히데요시의 명령에 절대 복종하는 용맹한 장수의 모습으로 형상화한 반면에, 유키나가에 대해서는 자신의 개인적인 입장을 앞세워 히데요시와 조선왕을 속인 기회주의적인 인물로 그려낸다.

노구치 가쿠추가 유키나가에 대한 재평가의 필요성을 역설하는 이유는 조선과의 관계를 회복시키면 명나라와의 교역도 활성화될 것이라는 기대감으로 무모한 전쟁을 일으키려는 히데요시의 계획을 저지하기 위해 노력한 점을 높이 평가하고 있기 때문이다. 이러한 점에서 기요마사의 무사다운 면모를 이상적인 것으로 그려냈던 일제 강점 말기의 임진왜란 3부작과는 많은 차이가 있다 하겠다.

이순신의 활약에 대해서도 「남해의 대해전(南海の大海戰)」이라는 별도의 장을 만들어 매우 상세하게 그려내고 있다. 특히 거북선의 특징과 제작과정을 자세히 설명하면서 "현대식으로 말하면 거북선은 바다의 장갑차"라거나 "세계 최초의 잠수함"(118)이라며 그 성능을 높이 평가하고 있다.

또한 이순신이 치른 주요 해전을 묘사하는 가운데 학익진(鶴翼陳)을 펼쳐 왜선을 격멸시킨 한산대첩을 특히 강조한다.

이 해전에서 사용한 학익진법은 순신이 발명한 거북선과 마찬가지로 그의 창조적인 생각과 연구에 바탕을 둔 신전법이다. 1805년 트라팔가르 대해전에서 프랑스·스페인의 대연합 함대를 격파하여 대승을 거둔 영국의 제독 넬슨은 남몰래 이순신을 연구하여 이 학익진을 그 대해전에서 사용했다고 한다. 또 1906년 러시아 발틱함대의 내습을 쓰시마 앞바다에서 막아선 뒤 이를 궤멸시킨 일본해군의 도고(東鄕) 원수가 취했던 T자 전법도 이 학익진에서 힌트를 얻었다고 한다.(131)

임진왜란을 일으킨 도요토미 히데요시와 그의 장수 고니시 유키나가를 호의적으로 그려내면서 적국의 장수인 이순신을 세계에 자랑할 만한 명장으로 평가하고 있다. 이러한 점을 통해 작가의 집필 의도가 보다 명확하게 확인되고 있다 하겠는데, 작금의 한일 간의 민족 이데올로기를 초월하여 각 진영의 인물들이 처한 입장과 그들의 행적을 평가하려는 노력을 기울이고 있음을 알 수 있다. 이는 마치 현재의 한국인이 고대의 고구려·백제·신라가 벌였던 치열한 전투를 특별히 어느 편을 들지 않고 과거의 역사로서 받아들일 수 있는 것과 같은 효과를 얻고자 한 것으로 보인다.

5) 조선 도공의 일본 渡來와 자발성의 문제

『도자기와 검』의 마지막 장은 '도공대도래(陶工大渡來)'라는 제목으로 사쓰마(薩摩), 아리타(有田), 가라쓰(唐津), 하기(萩), 라쿠(樂)와 같이 전통적으로 일본을 대표하는 도자기의 산지가 모두 임진왜란을 전후하여 일본으로 건너온 조선 도공들에 의해 창건되거나 발전되어 왔다는 사실을 입증하고자 노력한다.

그런데 임진왜란에 의해 조선의 많은 도공들이 일본으로 끌려갔다는 것이 한국과 일본학계의 일반적인 정설이다.[30] 그러나 노구치 가쿠추는 이에 대한 반론을 제기한다.

> 동서(東西)의 역사가는 한결같이 '포로'설을 주장하면서 임진왜란은 '도자기 전쟁'이라고 규정한다. (…중략…) 각 영주(大名)들은 히데요시의 조선침략에 편승하여 전장(戰場)이나 그 주변의 도자기를 찾아다니며 도공을 생포한 뒤 강제로 연행했다는 것이다. 임진왜란 또는 이와 관련된 문서의 집필자로서 '포로설'을 취하지 않는 사람은 한 사람도 없다.(206)

가쿠추는 이와 같은 역사가들의 '포로설'이 실제와 다르다는 것을 증명하기 위해 노력한다. 왜군들은 철군을 위한 선박을 확보하지 못해 휘하 병력의 상당수를 남겨놓고 떠났을 뿐만 아니라, 이순신이 가로막고 있는 해상을 통과하는 것이 쉽지 않았기 때문에 도공을 강제로 끌고 가는 것은 불가능했다는 것이다.(207) 그리고 많은 도공들이 아내와 자녀들을 데리고 일본으로 건너왔는데, 이는 강제로 끌려왔다고 보기 어려운 증거라고 주장한다.

그런데 임진왜란을 계기로 일본에 정착한 조선의 도공들이 강제로 끌려간 것인지, 자의로 건너간 것인지에 관한 문제가 현재까지도 논란의 불씨로 남아 있다. 충청남도 공주시의 계룡산 입구에 있는 '박정자공원'에는 공주 출신으로 일본의 아리타(有田) 도자기의 원조로 추앙받고 있는 이삼평(李參平)을 기리는 추모비가 1990년에 건립되었다. 이 비는 일본의 아리타 지역에 거주하고 있는 도자기 산업 관계자들의 후원금으로 건립된 것인데, 비문에 이삼평이 '끌려갔다'고 하지 않고 '건너갔다'고 표기한 것에 대해 지역의 시민단체 등은 계속

---

30) 池亨(2003), 「天下統一と朝鮮侵略」, 『天下統一と朝鮮侵略』, 吉川弘文館, p.87.

문제를 제기해 왔다. 그리고 2006년에는 시민단체 등의 주도로 '붙잡혀 갔다'로 표기한 비석을 나란히 세움으로써 법정 다툼으로까지 번지게 되었다.[31]

한국의 시민단체들은 임진왜란을 미화하기 위한 일본 우익의 교묘한 술책으로 이삼평이 '반민족적인 매국노'로 전락하고 말았다는 주장을 펼치고 있는데, 실제로 추모비 건립에 많은 자금[32]을 지원한 아리타 지역 관계자들의 의도와는 사뭇 다른 주장이다.[33] 자금을 지원한 이들은 일본의 도자기 업계를 주도하면서 주체적인 삶을 살 수 있는 터전을 마련해 준 이삼평에 대한 감사의 표시로 추모비 건립을 추진했기 때문이다. 그런데 이삼평이 강제로 일본에 끌려온 도공이라고 규정한다면 이들 후손의 입장은 일본사회에서 이질적인 이방인 집단으로 전락함과 동시에, 애써 이룩한 자신들의 사회·경제적 입지도 약화되어 버린다는 모순을 지니게 된다.

노구치 가쿠추가 조선의 도공이 끌려간 것이 아니라 건너갔다는 주장을 펼치는 것은 이삼평의 후손들과 입장을 같이 하는 것이라 할 수 있는데, 완전한 한민족으로서의 민족적 이데올로기를 지니고 있는 한국 시민단체들의 입장과 조선인의 피를 이어받았지만 일본사회의 일원으로 살고 있는 노구치 가쿠추나 이삼평의 후손들이 느끼는 민족의식은 그 성격을 달리하고 있음을 알 수 있다.

즉 작금의 민족 이데올로기에 의한 한일 간의 대립과 갈등은 한민

---

31) YTN 뉴스, 2007.1.8.
32) 日貨 약 1억 8천만엥, 韓貨 약 20억 원에 상당하는 금액, 추모비 뿐만 아니라 그 주변을 도자기 공원으로 조성하는데 사용된 총 금액으로 판단됨.
33) 실제로 필자는 1998년 무렵 이 비석과 관련된 시민단체들의 항의에 직면한 충남 도청의 의뢰를 받아 이삼평에 관련된 일본의 여러 자료를 번역하여 제출한 바 있다.

족의 피를 이어받은 일본인들에게 혼란을 주고 있으며, 밀접하게 소
통했던 고대의 한일 교류사를 제대로 받아들일 수 있는 여력을 갖지
못하게 한다. 이런 점에서 한일 민족의 형성과 교류를 기존의 민족
이데올로기에 얽매이지 않고 새로운 시각에서 논하려는 노구치 가쿠
추의『韓과 倭』『도자기와 검』같은 작품이 의의를 지니게 되는 것
이다. 그러므로『도자기와 검』에서 펼치고 있는 노구치 가쿠추의 독
자적인 언설에 대해 역사적인 사실관계에 입각한 비판보다는 한민족
의 피를 이어받은 일본인들의 한일 양국을 바라보는 입장의 단면이
라는 측면에서 접근할 필요성이 제기되는 것이다.

4. 노구치 가쿠추의 민족의 경계 허물기에 대한 타당성의 검토

　노구치 가쿠추는 일본으로 귀화한 뒤 1997년 사망할 때까지 고구
려 후예들이 집단으로 정착한 고마군(高麗郡)[34]에 거주하며,『무사시
진영(武藏陣屋)』을 비롯한 많은 작품에서 한반도 도래인을 소재로 삼
거나 고마군 일대를 공간적 배경으로 삼았다. 이러한 작가적 행적은
이방인으로서의 고통스런 삶 속에서도 꿋꿋하게 미래를 개척해온 선
조들의 체취를 몸으로 느끼면서 일본으로 귀화한 자신의 곤란한 입장
을 옹호함과 동시에 스스로를 위로하기 위한 방편이었던 것으로 보인
다. 그리고 한편으로는 일본 민중들의 현실적인 삶에 대한 문제의식
을 담아낸 작품을 집필하여 귀화한 일본인 작가로서의 주체적인 입지

---

34) 현재의 사이타마(埼玉)현 히다카시(日高市).

를 구축하고자 노력하였다. 즉 자신의 혈통적인 뿌리를 항상 의식하는 가운데 일본인으로 동화되어 살기 위한 노력을 기울였던 것이다.

그런데 작가의 말년이라고 할 수 있는 시기에 고대 한일 민족의 교류와 임진왜란에 대한 독자적인 해석을 담아낸 『韓과 倭』와 『도자기와 검』을 출간하여 양 민족의 경계를 무너뜨리려는 시도를 하였다. 노구치 가쿠추의 이러한 시도는 일제 감정 말기의 친일행적과 일본으로 귀화한 자신의 행동을 변명하기 위한 노력의 일환으로 생각하기 쉽다. 그러나 한편으로는 일본으로 귀화한 조선(한국)인 작가로서의 생을 마감하는 입장에서 작금의 한일 간의 민족 이데올로기에 대한 심중의 회한을 토로했을 가능성도 배제하기 어렵다. 현재의 대립적인 민족 이데올로기 아래에서는 고대로부터 이어져온 혈통적 교류와 귀화한 많은 재일조선(한국)인들의 존재를 포용할 수 없다는 한계를 지니고 있기 때문이다.

그러므로 노구치 가쿠추가 한일 민족의 역사적인 교류의 실체를 밝힘으로써 혈통주의적인 민족의 구분이 별다른 의미를 지니지 못한다는 것을 입증하고 있다는 점에서 나름의 의의를 인정할 수 있을 것이다. 그리고 작가의 이러한 집필 태도는 작금의 소수민족의 존재와 다민족 문화의 가치를 존중하려는 추세와도 맥락을 같이 하는 것이라 할 수 있다.

그러나 민족 이데올로기로 인해 정치적 갈등이나 혈통적 소수자의 탄압과 같은 많은 문제를 안고 있음에도 불구하고 여전히 '민족'이라는 실체가 존재하고 있음에 주목할 필요가 있다. 노구치 가쿠추의 저작을 통해서도 확인되고 있듯이 혈통적 계통을 기준으로 한 한일 양 민족의 구분은 별다른 의미를 갖지 못한다고 해야 할 것이다.

그렇다면 현재의 인류를 얽어매고 있는 '민족'의 실체는 무엇인지 살펴볼 필요가 있는데, 민족의 개념에 대한 정의는 여러 학자에 의해 시도된 바 있다. 프랑스의 철학자이자 사상가인 에르네스트 르낭(Ernest Renan)은 "하나의 민족은 하나의 영혼이며 정신적인 원리입니다. 둘이면서도 사실 하나인 것이 바로 이 영혼, 즉 정신적인 원리를 구성하고 있습니다"[35]라고 정의한 바 있으며, 『상상의 공동체(Imagined Communities)』의 저자 베네딕트 앤더슨(Benedict Anderson)도 이와 유사한 입장을 취한다.[36] 그리고 한일 민족의 깊은 유대관계를 주장하는 가쿠추의 언설에 대해 일정부분 공감하고 있는 필자 역시 "민족이란 구성원의 개성과 자존의식이 통합적으로 발현되는 집단적 인격체"[37]라는 생각을 지니고 있다. 이러한 정의의 밑바탕에는 먼 과거의 특정한 혈통적 관계가 현재의 민족의 구성에 절대적인 영향을 미치는 것은 아니며, 한국과 일본 같이 오랜 시간 언어와 문화를 달리함으로써 서로 다른 운명공동체 의식을 가진 경우에는 현실적인 감각에서 민족이라 하기 어렵다는 인식이 깔려 있다고 할 수 있다.

작금의 일상에서 민족이라는 용어가 혈통적인 구별을 우선시하여 소수자를 억압하는 듯한 인상을 주는 것도 사실이지만, 이러한 현상은 다수자에 속한 일원이 자신의 언행을 합리화하기 위한 방편으로 민족을 남용함으로써 생긴 오해일 뿐, 공동체 의식으로서의 민족의 개념에 근본적인 문제가 있다고 보기는 어렵다.

역사적으로는 소수자 또는 약자로서의 집단이나 국가가 다수자 또는 강자로서의 집단이나 국가의 억압에 저항할 필요가 있을 때 민족

---

35) 에르네스트 르낭 지음, 신행선 옮김(2005), 『민족이란 무엇인가』, 책세상, p.80.
36) 베네딕트 앤더슨 지음, 윤형숙 옮김(2002), 『상상의 공동체』, 나남.
37) 김학동(2008), 「책머리에」, 『張赫宙의 일본어 작품과 민족』, 국학자료원.

이라는 개념 아래 쉽게 단결해왔음을 확인해 볼 수 있는데, 그 대표적인 예가 주변의 강대국에 둘러싸여 투쟁을 거듭해온 한민족의 역사라 할 수 있을 것이다. 즉 한민족의 역사는 동일 혈통으로서의 집단이 아니라 다수의 혈통으로 구성된 '집단적 공동체 의식'에 바탕을 둔 민족의 개념 아래 존속해왔다고 할 수 있을 것이다.

그러므로 노구치 가쿠추의 일련의 저작을 통한 한일 민족의 경계를 무너뜨리려는 노력은 한민족이 같은 혈통에 근거하여 존재한다는 잘못된 통념을 깨는 데는 도움이 될지언정, 한국인이 지니고 있는 민족의식의 본질을 꿰뚫어 이의 개선을 촉구하고 있다고 보기는 어렵다. 한국 민족주의의 뿌리는 임진왜란과 같은 무력에 의한 침략에 저항하는 과정에서 더욱 공고하게 자리 잡았기 때문이다. 그러므로 한일 간의 문화와 혈통적인 교류의 밀접함을 앞세워 이미 독자적인 민족으로서 정착한 한민족을 무력으로 흡수통합하려 한 전쟁을 미화시키는 것은 작가의 양심의 문제라 할 수 있다.

5. 맺음말

이 글에서는 일제 강점 말기에 장혁주(張赫宙)라는 필명으로 친일적인 집필활동을 하던 작가가 1952년 10월 일본으로 귀화한 이후에 노구치 가쿠추(野口赫宙)라는 필명으로 집필한 작품 중에서 『도자기와 검(陶と劍)』(1980)에 대한 고찰을 시도하였다. 임진왜란을 민족의 회복과 도자기(陶器)라는 문물교류를 위한 전생이었다는 인식을 담아낸 『도자기와 검』은 『한과 왜(韓と倭)』(1977)와 함께 한일 양 민족의 친밀한 교

류를 주제로 삼은 작가 말년의 회심작이라 할 수 있다.

『도자기와 검』은 도요토미 히데요시(豊臣秀吉)가 조선의 도자기를 접한 뒤 조선인이 일본(大和)인과 정서를 같이 하는 동족임을 확신하고 민족의 회복을 도모하기 위해 출병한 것이 임진왜란이라는 주장을 펼친다. 또한 왜군의 선봉장 가토 기요마사(加藤清正) 및 고니시 유키나가(小西行長)와 함께 이순신을 동일선상에서 호의적으로 평가함으로써, 임진왜란을 동족 간에 일어난 과거의 역사로 자리매김하려는 노력을 기울인다. 그리고 조선의 도공이 일본으로 끌려간 것이 아니라, 자발적으로 건너갔다는 입장을 취하기도 한다.

이러한 작가적 입장은 『한과 왜』에서 고대의 백제 및 가야가 일본의 야마토(大和) 정권과 하나의 국가처럼 친밀하게 교류한 사실을 부각시켜 한일 양 민족의 동질의식을 강조한 것과 맥락을 같이 한다. 즉 임진왜란이 단순한 침략전쟁이 아니라 민족을 회복하려는 히데요시의 순수한 열정에 의한 것이었음을 그려냄으로써, 대립과 갈등을 지속하고 있는 작금의 한일 간의 민족 이데올로기의 경계를 허물어 보겠다는 속내를 드러내고 있는 것이다.

『도자기와 검』을 통해서 임진왜란에 대한 긍정적인 인식을 심어주려는 노구치 가쿠추의 노력이 향후 한일관계의 발전에 나름의 역할을 할 가능성을 배제하기는 어렵다. 그러나 임진왜란이 무자비한 살육을 동반한 침략전쟁이었다는 인식이 선행되지 않는 한 민족의 통일이라는 미명 아래 자행되는 각종의 전쟁을 미화시킬 우려가 있으며, 가쿠추의 이러한 저작 역시 과거의 친일행적에 대한 변명 내지는 일본으로 귀화한 자신의 행위에 대한 정당화로 인식되는 것을 피하기 어렵다 하겠다.

민족의 굴레로서의 『韓과 倭(韓と倭)』

1. 머리말

장혁주[1]의 문학활동은 조선농민들의 저항과 투쟁을 그려낸 「餓鬼道」가 일본의 문예잡지 『改造』에 입선한 1932년부터 본격적으로 시작되었다. 그러나 1934년 무렵부터는 민족적 저항을 다룬 소설의 집필에서 한 걸음 물러나 조선의 풍습과 인정을 그려낸 「장례식날 밤에 생긴 일(葬式の夜の出來事)」(1934)과 같은 작품을 다수 발표하였다.

그런데 1936년 무렵에는 소설가 백신애(白信愛)와의 불륜사건으로 도쿄(東京)로 피신[2]하였다. 이후 줄곧 도쿄 인근에서 집필을 계속하던 장혁주는 1939년에 「조선의 지식인에게 호소함(朝鮮の知識人に訴ふ)」이

---

1) 이 글에서는 張赫宙와 野口赫宙라는 서로 다른 필명으로 집필된 작품을 망라하여 다루고 있지만, 일반적으로 널리 알려진 장혁주라는 필명으로 통일하여 논의를 전개하고자 한다.

2) 무婚으로 이미 처와 여러 자식을 거느리고 있던 장혁주는 백신애와의 간통사건으로 그녀의 남편에게 고소당할 위기에 처했으나 친구의 중재로 일본으로 도피하게 된다. 이와 관련된 내용은 자전적 작품 『편력의 조서(遍歷の調書)』(1954) 등에 자세히 소개되어 있다.

라는 평론을 발표하여 친일협력적인 자세를 분명히 한다. 그리고 일제가 패전할 때까지 가토 기요마사(加藤淸正)나 고니시 유키나가(小西行長)와 같은 임진왜란 당시의 왜장을 그려내거나,[3] 일제의 만주침략을 미화하고 조선청년의 황군입대를 독려하기 위한 작품[4]의 집필에 힘을 쏟았다.

일제의 패전을 접한 장혁주는 극심한 생활고에 시달리면서도 패전 직후의 일본민중이 겪고 있던 참상을 그려낸 작품을 여러 편 출간[5]하였으며, 영친왕의 반생을 다룬 전기적 소설 『비원의 꽃(秘苑の花)』(1950)으로 세간의 관심을 끌기도 하였다.

이후 6·25전쟁이 발발하자 한국을 방문(1951.7)한 작가는 취재한 내용을 바탕으로 많은 르포와 기사를 일본의 신문과 잡지에 기고[6]하는 등 조국의 참상에 깊은 관심을 보였으나, 1952년 10월에 일본으로 귀화하였다. 귀화 직후에도 한국을 다시 찾아 취재를 시도한 장혁주는 『아— 조선(嗚呼朝鮮)』(1952), 『無窮花』(1954)와 같은 장편을 비롯하여 6·25를 소재로 한 많은 단편[7]을 남겼다.

조국의 전쟁이 휴전으로 일단락을 짓자 장혁주는 자전적 작품 『편

3) 『加藤淸正』(1939), 『칠년의 폭풍(七年の嵐)』(1941), 『和戰 어느 쪽도 不辭하다(和戰何れも辭せず)』(1942), 『浮沈(浮き沈み)』(1943)이 있다.
4) 『광야의 처녀(曠野の乙女)』(1941), 『開墾』(1943), 『행복한 신민(幸福の民)』(1943), 단편집 『이와모토 지원병(岩本志願兵)』(1944) 등이 있다.
5) 『고아들(孤兒たち)』(1946), 『젊은 여자(若い女)』(1948), 『사람의 선함과 악함(人の善さと惡さと)』(1947)이 있다.
6) 「조국 조선으로 날아가다-제1보(祖國朝鮮に飛ぶ-第1報)」, 『每日情報』(1951.9), 「고국의 산하(故國の山河)-제2보」, 『每日情報』(1951.11), 「허덕이는 한국(喘ぐ韓國)」, 『明窓』(1951.7), 「조국 조선의 고뇌(祖國朝鮮の苦惱)」, 『地上』(1952.2), 「계속되는 한국의 불안(韓國の不安はつづく)」, 『地上』(1952.11) 등이 있다.
7) 「부락의 남북전(部落の南北戰)」(1952), 「避難民」(1952), 「異國의 아내(異國の妻)」(1952), 「부산항의 파란 꽃(釜山港の靑い花)」(1952), 「부산의 여간첩(釜山の女間諜)」(1952), 「눈(眼)」(1953)이 있다.

력의 조서(遍歷の調書)』8)(1954)를 통해 조선에 두고 온 생모와 전처에 대한 회한 및 일본인 동거녀 게이코(桂子)9)와의 관계 등을 고백한 뒤, 그늘진 일본사회에 대한 문학적 형상화10)로 방향을 전환하였다.

그런데 장혁주의 나이 72세 되는 해인 1977년에는 고대 한·일 관계사를 심층 조명한『韓과 倭(韓と倭)』를 출간하고, 3년 후인 1980년에는 임진왜란을 도자기 생산의 촉진을 가져온 문화전쟁이라는 입장을 반영한『도자기와 검(陶と劍)』을 펴냄으로써, 한·일 간의 역사와 민족적 교류에 대한 높은 관심을 보여주었다.

특히『韓과 倭』에서는 고대 야마토(大和·倭國)의 영토에 백제와 가야가 포함되어 있었을 뿐만 아니라, 통일신라시대까지는 한반도에 단일민족이 존재하지 않았다는 주장11)을 통해서 현재의 민족적 대립을 무의미한 것으로 만들려는 노력을 기울인다. 이러한 주장은 일제가 주창하던 식민사관과 매우 유사한 것으로서, 친일적 글쓰기로 황국신민화에 협조하였으며, 궁극에는 일본인으로 귀화한 장혁주 자신의 입장이 반영된 것으로 생각된다.

그러나 이러한『韓과 倭』에 대해서는 필자의 저서『張赫宙의 일본어 작품과 민족』(국학자료원, 2008)에서 개략적인 내용을 언급한 것 이외에는 아직까지 특별한 연구 성과를 찾아보기 어려운 실정이다.

그러므로 이 글에서는 말년의 장혁주가 혼신의 노력으로 완성한『韓과 倭』의 핵심적인 내용에 대한 고찰을 시도하여 작품에 엿보이는

---

8) 노구치 가쿠추(野口赫宙)라는 필명으로 집필하였다.
9) 본명 노구치 하나코(野口はな子)
10) 대표적인 장편으로『음지의 아이(ひかげの子)』(1956),『아름다운 저항(美しい抵抗)』(1957),『검은 지대(黒い地帯)』(1958),『암병동(ガン病棟)』(1959),『검은 대낮(黒い晝間)』(1959),『호상의 불사조(湖上の不死鳥)』(1962)를 들 수 있다.
11) 野口赫宙(1977),『韓と倭』講談社, pp.232~233.

작가의 한·일 고대사와 양 민족의 관계에 대한 인식을 검토해 보고
자 한다. 아울러 장혁주의 민족을 소재로 한 문학의 개략적인 검토
와 함께 민족적 정체성의 혼란을 초래한 작가적 환경에 대해서도 살
펴보고자 한다.

2. 張赫宙의 문학과 민족

장혁주의 집필활동은 일제 강점기인 1930년부터 1991년 무렵까지
계속된 것으로 확인되고 있다. 20대 중반에 민족적 저항의식으로 집
필을 시작한 이래, 일본으로 귀화한 직후 집필한『편력의 조서(遍歷の
調書)』(1954)에 이르기까지의 거의 모든 작품에서 자신이 속한 민족과
관련된 문제를 소재로 다루고 있다.

장혁주의 이와 같은 창작활동과 관련하여 필자는 '초기의 민족적
집필기(1930~1933)', '과도기적 집필기(1934~1938)', '국책 영합적 집필
기(1939~1945)', '휴머니즘적 집필기(1946~1952)'와 같이 분류12)한 바

---

12) 김학동(2008),『張赫宙의 일본어 작품과 민족』, 국학자료원, p.12.
　　① 초기의 민족적 집필기의 작품 :「白楊木」(1930),「餓鬼道」(1932),「하쿠타 농장
　　　(追田農場)」(1932),「쫓기는 사람들(追われる人々)」(1932),「少年」(1933),「산신
　　　령(山靈)」(1933),「奮起하는 者(奮い起つ者)」(1933) 등이 있다.
　　② 과도기적 집필기의 작품 :「권이라는 남자(權といふ男)」(1933.12),「아내(女房)」
　　　(1934),「갈보(ガルボウ)」(1934),「저속한 자(劣情漢)」(1934),「장례식날 밤에
　　　생긴 일(葬式の夜の出來事)」(1934),「하루(一日)」(1935),「深淵의 사람(深淵の人)」
　　　(1936),「술에 못 취한 이야기(醉えなかった話)」(1937) 등이 있다.
　　③ 국책 영합적 집필기의 작품 :「조선의 지식인에게 호소함(朝鮮の知識人に訴ふ)」
　　　(1939),『칠년의 폭풍(七年の嵐)』(1941),『和戰 어느 쪽도 不辭하다(和戰何れも
　　　辭せず)』(1942),『浮沈(浮き沈み)』(1943),『광야의 처녀(曠野の乙女)』(1941),『開
　　　墾』(1943),『행복한 신민(幸福の民)』(1943),『이와모토 지원병(岩本志願兵)』(1944)

있다. 이러한 구분은 작품에서 다루고 있는 소재와 작가의 입장을
반영한 것으로, '초기의 민족적 집필기'를 제외하면 민족과 상관없는
작품 활동을 했다는 인상을 줄 수 있으나 실은 그렇지 않다. '국책
영합적 집필기'의 작품이 조선인의 황국신민화 정책을 정당화하는
데 역점을 두고 있는 관계로 그 내용의 주체는 언제나 조선(한)민족
이 되는 것처럼, '과도기적 집필기'에서도 인간의 내면세계를 탐구한
다는 명목 아래 조선의 유교적 질서에 대한 풍자와 비판을 담아내고
있는 경우가 대부분이고, '휴머니즘적 집필기' 역시 6·25전쟁으로
고통 받는 동족의 참상을 담아낸 작품이 많이 포함되어 있다. 그러
므로 일본으로 귀화하기 이전의 모든 시기에서 한민족에 대한 작가
의 현실적인 인식을 다루고 있다 하겠다.

1) '초기 민족적 집필기'의 작품과 불안한 민족의식

'초기의 민족적 집필기(1930~1933)'에는 "조선민족의 비참한 상태
를 세계에 알리려는 일념밖에 없었다"13)는 작가의 말에서 알 수 있
듯이 일본인들에게 점차 삶의 터전을 빼앗겨가는 조선농민들의 애환
을 그려낸 작품이 주류를 이룬다. 「餓鬼道」로 일본문단에 등단한 뒤
같은 맥락의 작품 「쫓기는 사람들(追われる人々)」(1932.10)을 발표했을
당시의 감상을 통해 작가의 심정을 엿볼 수 있다.

등이 있다.
④ 휴머니즘적 집필기의 작품 : 『고아들(孤兒たち)』(1946), 『젊은 여자(若い女)』
  (1948), 단편집 『사람의 선함과 악함(人の善さと惡さと)』(1947), 『은혜 갚은
  제비(恩を返したツバメ)』(1949), 『비원의 꽃(秘苑の花)』 등이 있다.
13) 張赫宙(1953.3),「脅迫」,『新潮』, p.129.

민족의식을 갖게 된 이후로 한번은 속 시원히 외쳐보고 싶었었다. 그 작품이 천하의 유명잡지에 당당히 발표된 것은 억압받고 있는 민족의 심정을 대변하는 저항이자 일대 쾌거였다. 조선에서는 모든 동포가 이 작품에 성원을 보내고 있음을 알 수 있는 연락을 보내왔다.[14]

「쫓기는 사람들」을 게재한 『改造』는 이내 발매금지 처분을 받았으나, 장혁주는 이에 굴하지 않고 몇 편의 단편을 계속 집필했다. 그러나 항상 "권력자의 눈을 의식하고", "경찰로부터 언제 호출 당할지 모를 불안"[15] 속에서 글을 쓰고 있었다.

그런데 장혁주는 자신에 대한 일제의 적극적인 탄압이 시작되기도 전에 창작의욕을 상실하고 마는데, "이 작가는 일찌감치 한계에 부딪혔다. 민족의 비분은 이제 지겹다. 매너리즘에 빠진 글쓰기가 그 원인이다"[16]라는 비평가의 말을 듣게 된 것이 직접적인 원인이었다고 작가 스스로가 밝히고 있다. 즉 조선민족의 비참함을 세계에 알리기 위해 글을 쓰겠다던 각오가 작가로서의 자질을 문제 삼은 한마디의 비평에 허물어지고 만 것이다.

이러한 장혁주의 좌절은 민족의 고통을 알리기 위해 작가가 되었다기보다는 작가가 되기 위해 세간의 관심을 끌 수 있었던 민족문제를 소재로 삼았기 때문에 초래된 것이라 하겠다. 따라서 투쟁을 다짐했던 초기의 문학정신에도 상당히 기회주의적인 속성이 내포되어 있었음을 알 수 있다.

---

14) 野口赫宙(1975), 『폭풍의 시(嵐の詩)』, 講談社, p.185.
15) 위의 책, 『嵐の詩』, p.188.
16) 위의 책, 『嵐の詩』, p.188.

2) '과도기적 글쓰기'와 한민족에 대한 탐구

장혁주가 비록 동반자적 작품인 「餓鬼道」로 일본문단의 주목을 받았으나 프롤레타리아 문학은 일제의 탄압으로 이미 설 자리를 잃고 있었다. 결국 그는 "개인의 생존욕구에 토대를 둔 각종의 본능을 그려내고 싶다"는 새로운 문학의 방향을 설정하고 그 구체적인 대상을 밝히게 된다.

> 반도(半島) 구석구석에서 일어나고 있는 여러 현상은 그 자체로서 다양한 예술적 세계라 할 수 있고, 이를 잘 포착하여 그려낼 수 있다면 그것만으로도 우수한 문학이 될 수 있다고 믿는다.[17]

'반도'는 조선을 지칭하므로 예술로 승화시키기 위한 문학적 소재를 동포들의 생활상에서 찾아내겠다는 포부를 밝히고 있다. 작가는 이러한 자신의 포부를 실천하기 위해 「권이라는 남자(權といふ男)」(1933.12), 「장례식날 밤에 생긴 일(葬式の夜の出來事)」(1934) 등과 같이 조선의 풍습과 민중을 그려낸 많은 작품을 남겼다. 「나의 풍토기(わが風土記)」에서는 "나의 지금까지의 작품 생성의 원인이 대체로 나의 풍토적 흥미에 토대를 두고 있다는 것을 자신으로서도 잘 알게 되었다"[18]며 '과도기적 집필기'의 작품 배경 및 집필동기 등에 대해 상세히 설명하고 있다.

그런데 이 시기의 장혁주의 작품에 대해서는 호평도 있었지만 비판도 많았다. 송강(宋江)은 "張이 한국의 현실을 소극적인 면으로만 본다"고 지적하고, "이러한 氏를 無條件하고 讚揚한 朴英熙氏와 敬

---

17) 張赫宙(1934.4), 「我が抱負」, 『文藝』.
18) 張赫宙(1942), 「(わが風土記)」, 『わが風土記』, 赤塚書房, p.16.

畏할 批評家인 兪鎭午氏는 張氏를 批評할 限에 있어서 確實히 文學批評家로서의 態度를 잊었었다고 할 수 있다"[19]며 장혁주에 대한 옹호적인 평가를 강도 높게 비판했다. 이와 같이 한국내의 반응은 조국의 현실을 외면한 채 치부를 드러내어 일본인들의 흥미를 자극할 뿐이라는 식의 혹평을 하는 경우가 대부분이었으나, 일본 쪽에서는 대체로 조선인의 정취와 인간미의 묘사에 만족을 표시하는 경우가 많았다.

'과도기적 집필기'의 작품들이 비록 '초기의 민족적 집필기'와 같은 투쟁의식에서는 한걸음 물러나 있다하더라도, 조선인의 생활과 정서를 세밀하고 풍자적으로 묘사함으로써 일본인들에게 한민족의 풍속과 고유한 특성을 이해할 수 있게 만든 민족적인 글쓰기였음을 부정하기는 어렵다.

3) '국책 영합적 집필기'의 황국신민화를 위한 논리

1930년대 후반에 들어서면서 일제의 중국침략이 본격화되고 전쟁수행을 위한 사회통제와 조선인의 황국신민화가 적극 추진되자 장혁주는 「조선의 지식인에게 호소함(朝鮮の知識人に訴ふ)」(1939.2)을 통하여 '조선민족성의 결함(朝鮮民族性の欠陷)'을 개조해야한다고 주장하였다.

이 글에서 장혁주는 '비뚤어진 성격(ひねくれ)', '격정성(激情性)', '정의감의 결여(正義心がない)', '퇴영적 질투(退嬰的嫉妬)'를 고쳐야할 민족의 결함이라 지적하고 이의 개선을 위해서는 내선일체(內鮮一體)에 의

---

19) 宋江(1935.5), 「文藝時評」, 『朝鮮文壇』24호, p.147 ; 白川 豊(1991.9), 「張赫宙 作品에 대한 韓·日 兩國에서의 同時代의 反應」, 『日本學』, 동국대학교일본학연구소, p.107 재인용.

한 내지화(內地化)가 필요하다는 주장[20]을 한다. 그러나 장혁주 자신의 작품을 폄하하기에 급급한 조선문단의 태도야말로 민족의 결함인 '퇴영적 질투심'에서 비롯된 것이라는 장황한 주장을 펼치고 있어서, 개인적인 불만을 민족의 결함으로까지 확대시켜 비판하고 있음을 알 수 있다.

이후의 장혁주는 "완전한 일본인이란 진정한 황국신민을 말하는 것"이라거나, "나는 서서히 황민화의 길을 향해 걸어왔으나 만주사변을 통해 자각된 국가애는 대동아 전쟁을 맞이하여 애국완수의 길을 학수고대하고 있다"[21]와 같은 말로써 일제에 대한 절대적인 충성을 맹세하기에 이른다. 이 시기의 작품들이 국책영합적 성격을 띠고 있는 것은 이러한 작가의 자세를 반영한 결과임은 재론의 여지가 없을 것이다.

그런데 일제의 패전 뒤에는 "금후 다시 같은 상태를 맞게 된다면 이번에는 일찌감치 붓을 버리고 산으로 도망칠 생각이다"[22]는 언급을 통해 과거의 친일행위에 대한 잘못을 토로한 바 있다. 이로써 일제에 협력했던 그의 많은 저작들은 조선인의 황국신민화에 대한 뚜렷한 소신 없이 기회주의적인 태도로 집필되었음을 짐작해 볼 수 있다.

이를 역설적으로 표현한다면 한민족의 황민화를 위해 노력했던 '국책 영합적 집필기'야말로 스스로의 민족을 말살해야한다는 갈등으로 고통을 겪었던 시기라 할 수 있을 것이다.

---

20) 張赫宙(1939.2), 「朝鮮の知識人に訴ふ」, 『文藝』, p.238.
21) 張赫宙(1944), 「序に代えて」, 『岩本志願兵』, 興亞文化出版株式會社, pp.3~4
22) 野口赫宙(1954.9), 「滿州行」, 『新潮』, p.27.

4) 6·25전쟁에 대한 민족적 형상화와 일본에의 귀화

일제가 패전한 1945년 8월부터 장혁주가 일본으로 귀화하는 1952년 10월까지를 '휴머니즘적 집필기'라고 정의한 바 있는데, 이는 주로 패전 직후의 처참한 상황 속에서 극도의 굶주림에 시달리며 거리를 배회하던 어린이와 사회적 약자인 여성들의 삶을 인본주의적 입장에서 그려낸 특징을 함축적으로 표현한 것이었다.

그런데 조국에서 전쟁이 발발하자 장혁주의 관심은 이 문제에 집중되었고, 결국은 1951년 7월과 1952년 10월의 두 차례에 걸친 한국 방문을 통해 얻은 체험을 바탕으로 비교적 많은 양의 저작을 집필하였다. 이러한 저작들은 "더할 나위 없이 곤란한 상황에 처해있는 수백만 동포들의 고통을 대변하고 싶다는 열망"23)에 의해 탄생하였으므로 그 문학적 특성 역시 인본주의적인 경향을 짙게 띠고 있다.

그러나 장혁주의 취재를 위한 한국방문은 그리 쉬운 일이 아니었다. 첫 번째 방문은 일본에의 재입국을 기약할 수 없는 귀환동포의 신분이었으며, 친일적 글쓰기와 조선의 처자식을 버렸다는 "죄인 의식"24)으로 고국 땅을 밟았다. 이러한 죄인 의식은 한국 체류기간 내내 자신을 응시하는 시선을 경계하게 만들었는데, 당시의 정황에 대해서는 르포형 단편 「눈(眼)」(1953.10)에 상세히 묘사되어 있다.

결국 장혁주는 두 번째의 한국방문을 앞두고 일본으로 귀화를 달성했다. 일제말기에 이미 '나는 스스로의 민족을 포기하고 일본으로 국적을 바꾸어 일본의 작가로서 죽을 것'25)이라는 각오를 밝힌 바

---

23) 張赫宙(1951.9), 「祖國朝鮮に飛ぶ(第一報)」, 『每日情報』, 每日新聞社, p.6.
24) 위의 르포, 「祖國朝鮮に飛ぶ(第一報)」, p.5.
25) 앞의 책, 「滿州行」, p.27.

있어서 새삼스러운 일도 아니지만, 첫 번째 한국방문에서 고국동포들의 자신에 대한 반감을 크게 느낀 것이 주된 원인으로 생각된다.

이데올로기 대립으로 무고한 양민의 희생을 초래한 6·25전쟁을 비판적인 시각에서 그려내던 장혁주는 정전회담으로 조국에 평화가 찾아오자 일본의 국내문제로 관심을 돌린다. 그리고 고대 한·일 관계사를 다룬『韓과 倭』를 출간하는 1977년까지는 주로 패전 이후의 급속한 산업화 속에서 병들고 소외된 일본사회를 그려내는데 전념하게 된다.

3. 한·일 고대관계사를 고찰한『韓과 倭』의 특징과 목적

'한일동족론'이라는 말은 14세기 중엽의『弘仁私記』와『神皇正統記』와 같은 일본의 고문헌에서 확인 된다.[26] 이 '한일동족론'이 본격적으로 주창되기 시작한 것은 일제의 조선에 대한 식민지배가 시작되면서부터라 할 수 있으며, 언어학자인 가나자와 쇼사부로(金澤庄三朗)는『日鮮同祖論』(1929)을 출간하기도 하였다.

'한일동족론'은 일본인뿐만이 아니라 한국인 연구자 중에도 이의 타당성을 주장하는 경우가 있다.『일본 천황은 한국인이다』(2000)의 저자인 홍윤기는 "고대부터 일본을 지배한 천황들이 한국인이었다는 구체적인 사실"[27]을 입증하기 위해 노력한다. 그러나 그가 주장하는 '한일동족론'은 일제가 조선의 식민지배를 합리화하기 위해 주장했

---

26) 홍윤기(2000),『일본 천황은 한국인이다』, 효형출판, p.7.
27) 위의 책,『일본 천황은 한국인이다』, p.7.

던 고대 야마토(大和·倭國)정권의 한반도 남부 지배설과는 상반된 입장에 있음을 알 수 있다.

장혁주의 『韓과 倭(韓と倭)』(1977)는 '한일동족론'과 유사한 입장을 취하고 있지만, 한·일 어느 한쪽 편을 들지는 않는다. 작품은 「일본인은 무엇인가(日本人は何だろう)」, 「신화 속의 진실(神話の中の眞實)」, 「남한의 피를 잇는 천황(南鮮の血を継ぐ天皇)」, 「왜국에서 일본으로(倭國から日本へ)」와 같이 크게 4부로 구성되어 있는데, 고대의 백제(百濟)·가야(伽倻)·야마토(大和) 정권이 하나의 영토로 존재했을 만큼 밀접한 관계를 유지했으며, 고구려 및 신라와는 이질적인 관계에 있었다는 것을 주장하기 위해 집필된 저서라 할 수 있다. 이러한 목적을 달성하기 위해 '백제·가야·대화(大和 : 倭國)의 주류로서의 왜(倭)', '천손민족(天孫民族)은 기마민족(騎馬民族)', '백제·가야·대화(倭國) 정권의 밀접한 관계'와 같은 핵심적인 내용에 대해 소상히 언급한다.

1) 백제·가야·왜국의 주류로서의 倭

고대 왜족의 이동과 분포, 그리고 동아시아에서의 정착 과정이야말로 『韓과 倭』에서 가장 핵심적으로 다루고 있는 내용이라 할 수 있다. 작가는 먼저 "일본인은 倭이고, 倭는 일본인이다"(26)[28]라는 일반적인 생각은 위지왜인전(魏志倭人傳)의 "女王國 외에 많은 나라가 있는데, 모두 왜종(倭種)"(31)[29]이라는 문구에 영향을 받은 것이라며, 이에 의문을 제기하는 것으로 '倭'에 대한 자신의 견해를 전개한다.

---

28) 이 글의 제3장에서는 野口赫宙(1977), 『韓と倭』(講談社)를 텍스트로 삼았으며, ( ) 안의 숫자는 텍스트의 쪽수를 가리킨다. 이하 같음.

29) 원문 : 女王國の東、海を渡る千余里、また國あり、皆倭種なり。 ; 女王國のほかに澤山の國があるが、皆倭種なり、

먼저 선자(選者) 불명인 『山海經』의 "蓋國은 鉅燕의 南, 倭의 北에 있고, 倭는 燕에 屬한다"(33)[30])는 문구와, 『後漢書』 선비전(鮮卑傳)에 나오는 "倭人國을 쳐서 千余家를 얻다"(36)[31])는 내용을 근거로 '倭' 가 발해만 일대에 거주하고 있었다는 주장을 편다.

또한 양쯔강(揚子江) 남쪽에서 벼농사를 짓고 있던 월(越)나라의 묘족(苗族)이 초(楚)나라에 침략 당하자, 그 세력의 일부가 발해만 지역의 왜와 합류하였다가 만리장성 구축의 노역을 피해 한반도 서남쪽으로 내려왔다는 가설을 세운다. 삼국유사(三國遺事) 변한조(弁韓條)의 "그 國人을 苗의 후예"(42)[32])라 한 문구를, 같은 책의 가락국기(駕洛國記)에서는 "월(越)"이라 적고 있는 것으로 이 사실은 입증되는 것이며, 월의 묘족이 변한에 살고 있었다는 주장을 한다. 그리고 삼국유사 남대방(南帶方)조의 주(注)에 "후한(後漢) 건안(建安) 중에 마한의 남쪽 황무지를 대방군으로 삼아 倭·韓을 복속시켰다는 것이 이것임"[33]) 이라는 내용을 근거로 "倭가 한반도 남부의 해안지대에 살고 있었던 것은 이러한 기록에 의해 틀림없는 사실로 확인된다"(47)고 말한다.

그리고 왜와 묘족의 한반도 정착을 "漢에 멸망한 衛滿朝鮮의 왕 準이 마한(馬韓)으로 도망친 시기를 고려하여 기원전 3세기 무렵"으로 추정하는 한편, "기타큐슈(北九州)의 倭國, 奴國이 後漢에 조공한 것이 서기 57년"(47)이라는 점을 들어, 일본의 왜보다 한반도 남부의 왜가 3백년이나 전부터 거주하고 있었으며, "한반도의 왜가 기타큐

---

30) 원문 : 蓋國は鉅燕の南、倭の北に在り、倭は燕に屬す ; 밑줄은 필자.
31) 원문 : 倭人國を擊ち千余家を得る ; 밑줄은 필자.
32) 원문 : その國人を苗の裔
33) 一然著·崔虎譯解(1999), 『三國遺事』, 홍신문화사, p.26 (원문 : 後漢建安中 以馬韓南荒地 爲帶方郡 倭韓逐屬 是也); 野口赫宙(1977), 『韓と倭』講談社, p.46 (원문 : 後漢建安中、馬韓の南、荒地を帶方郡と爲す。倭韓ついに屬す、是なり。)

슈로 이동했다"[34]는 견해를 밝힌다.

　결론적으로 "倭가 해협 주변 일대로 흩어지더니 이윽고 해협을 중심으로 일대 세력을 형성하였다고 나는 추정한다"고 말한 뒤, "기원전 4세기 무렵부터 서기 2, 3세기에 걸친 해협은 이와 같은 倭의 세계로서, 그 주변을 여유롭게 항해하는 倭의 모습을 그려보면서 나는 해협의 지도를 들여다본다"[66]는 문학적인 표현으로 '倭'에 관한 내용을 끝맺는다.

　중국의 고대역사를 기록한 문헌 중에서 왜에 대한 비교적 정확하고 이른 기록은 위지왜인전(魏志倭人傳)의 서두에 보이는 "왜인은 대방의 동남 쪽 큰 바다 가운데 있다(倭人在帶方東南大海之中)"[35]와, 한서지리지(漢書地理志)의 "낙랑의 바다 안에 왜인이 있다(樂浪海中に倭人あり)"[36]라고 할 수 있다. 그리고 그 시기는 서기 1세기 무렵으로 추정하고 있다. 그러나 서기 3세기경에 이르러서야 비로소 위지왜인전에 보이는 야마타이코쿠(邪馬台國)를 중심으로 하는 왜국연합이 성립[37]되기 때문에 장혁주가 언급하고 있는 시대에는 왜국이 성립되어 있었다고 볼 수 없다. 그러나 야마타이코구의 왜국연합세력 시대에는 이들이 한반도 남부에 영향을 미치고 있었음을 인정[38]하는 일본의 연구자는 많이 있다.

　장혁주가 언급한 왜(倭)의 이동과 정착에 관한 내용은 일본의 야요이(弥生)시대[39]에 해당되는 시기로, 중국의 양쯔강 연안에서 시작된

34) 野口赫宙(1977), 『韓と倭』, 講談社, p.48.
35) 金在鵬(1975),「魏志倭人傳」,『日本古代國家と朝鮮』, 大和書房, p.286.
36) 岡村秀典(2002),「考古學からみた漢と倭」,『倭國誕生』, 吉川弘文館, p.210.
37) 白石太一朗(2002),「倭國誕生」,『倭國誕生』, 吉川弘文館, p.90.
38) 위의 책,「倭國誕生」, p.83.
39) 대략적으로 기원전 4세기－기원후 3세기 사이를 말한다.

벼농사가 산둥(山東)반도와 한반도 서해안을 따라 남부로 전해진 뒤 일본으로 건너갔다는 설명은 대부분의 일본 역사 교과서 및 참고서[40]에도 실려 있을 정도로 보편적인 내용이다. 그러나 많은 연구자들이 벼농사 기술의 보급과 결부시킨 인간문명의 이동을 논하고 있을 뿐, 장혁주와 같이 왜(倭)의 이동과 정착에 대한 이론의 전개까지는 이르지 못하고 있다.

이와 같은 현상은 실증적인 자료를 바탕으로 학설을 전개하는 연구자와, 몇 가지의 단서만으로 상상력을 동원하여 이야기를 만들어내는 소설가의 입장 차이에서 발생되는 것으로 보인다. 그러므로 장혁주의 왜(倭)에 관한 이론은 스스로가 여러 차례 언급하고 있듯이 추정 내지는 가설인 경우가 매우 많다. 예를 들면『山海經』및『後漢書』에 등장하는 '倭'와 위지왜인전에 나오는 '倭', 그리고 중국의 묘족과 왜(倭)가 같은 종족이라는 전제로 이론을 전개하고 있으나, 추론에 불과할 뿐 실증적으로 입증하지는 못하고 있다.

장혁주가 여러 가설과 추측을 동원하며 왜(倭)의 이동과 정착을 논하는 것은 전술한 홍윤기의 '한일동족론'과 맥락을 같이하는 것이라 할 수 있다. 그렇지만 홍윤기가 '한일동족론'을 통해서 왜국이 한반도 남부를 지배했다는 주장을 반박하고 있는 반면에, 장혁주의 언설은 민족을 앞세우며 대립하는 현재의 한·일 양국의 자세를 비판하기 위한 것이라는 점에서 큰 차이가 있다 하겠다. 장혁주의 이와 같은 노력은 조선인의 황국신민화에 협력한 친일행적과 일본인으로 귀화한 자신의 입장을 옹호하기 위한 방편에서 비롯된 것임을 짐작하

---

40) 尾藤正英·門脇禎二(2000),『新日本史B』, 數硏出版 ; 井上光貞 외2인 (1993),『詳說日本史』, 山川出版社.

기 어렵지 않다.

2) 天孫民族은 騎馬民族

『韓과 倭』의 제2부는 「신화 속의 진실」, 제3부는 「남한(南鮮)의 피를 잇는 천황」으로 구성되어 있는데, 제목을 통해서도 짐작할 수 있듯이 주로 고대 일본의 천황이 한국계라는 것을 주장하기 위한 내용이 중심을 이룬다.

(1) 진무 천황과 신라 시조왕은 형제인가

제2부인 「신화 속의 진실」에서는 일본신화 속의 제1대 천황인 진무(神武)와 신라의 시조왕 박혁거세(朴赫居世)가 형제지간임을 입증하려는 노력을 기울인다.

먼저 『고사기(古事記)』 상권(上卷)의 말미에 있는 우가야후키아에즈노미코토(鵜葺草葺不合命)의 자식 네 형제인 이쓰세노미코토(五瀨命), 이나히노미코토(稻氷命), 미케누노미코토(御毛沼命), 와카미케누노미코토(若御毛沼命)에 대한 이야기를 언급하며 특히 셋째에 주목한다.

> 그리고 미케누노미코토는 파도의 끝을 따라 도코요노쿠니(常世國)로 건너가고, 이나히노미코토는 돌아가신 어머니의 나라인 우나하라(海原)에 들어가셨다.[41]

장혁주는 이 내용을 진무천황 일가가 어딘가 알 수 없는 곳에서

---

41) 오오노야스마로(太安万呂) 지음, 권오엽 옮김(2007), 『고사기(古事記),상』, 고즈윈, p.367. (원문 : 故, 御毛沼命者, 跳浪穗渡坐于常世國, 稻氷命者, 爲妣國而, 入坐海原也)

일본열도로 건너오는 도중에 발생한 일이라 추정하여, 차남이 바다에 입수(入水)하고, 삼남이 다른 형제와 작별한 뒤 도코요노쿠니(常世國)로 갔다고 해석(76, 77)한다. 사남인 와카미케누노미코토는 장남과 함께 일본으로 건너가 후에 진무(神武)천황이 된다.

여기에서 장혁주는 '도코요노쿠니(常世國)'를 주목하여 『신찬성씨록(新撰姓氏錄)』42)의 일부 내용과 대비시킨다.

> 신라는 우가야후키아에즈노미코토의 자식 이나히노미코토의 후예이다. 즉 신라국의 국주(國主)가 된다. 그러므로 이나히노미코토는 신라국왕의 조상이다.43)

핵심은 이나히노미코토가 신라국왕의 조상이라는 것이지만, 전술한 『古事記』에서는 이나히노미코토가 물에 빠져 죽는 것으로 되어있으므로 모순이 된다. 이에 대해 장혁주는 『신찬성씨록』의 같은 조(條)에 "이나히노미코토로 되어 있는 것은 미케누노미코토와 혼동 한 것"(78)이라는 내용이 있으므로, 이나히노미코토 대신에 미케누노미코토를 대입시키면 문제없다는 주장을 한다.

이로써 『古事記』에 보이는 '도코요노쿠니(常世國)'는 신라를 가리키는 것이 되고, 미케누노미코토는 신라왕이 되므로, 진무천황과 신라 시조왕 박혁거세는 형제지간이라는 것이다.

이러한 주장을 뒷받침하기 위해 장혁주는 신라왕 3성(三姓)의 시조인 박혁거세, 석탈해(昔脫解), 알지(閼智)가 알이나 금(金)상자에서 탄생

---

42) 사가(嵯峨)천황 재위 기간인 815년에 1,182개의 주요 씨족의 이름을 수록한 문헌.

43) 『新撰姓氏錄』卷之五, 右京皇別下, 野口赫宙(1977), 『韓と倭』講談社, p.77. (원문 : 新良貴、彦波瀲武鸕鷀草葺不合尊の男、稲飮命之後也。是於新良國、即爲國王。稲飮命者、新羅國王之祖也。)

했다는 설화를 근거로, 이들이 모두 진한(辰韓)의 6부족 사람들이 아닌 일본에서 건너온 사람일 것이라는 "가공의 결론"(72)을 내린다. 그러나 이는 작가 자신의 말대로 가공의 추론에 불과한 것일 뿐, 신화 속 이야기의 진실을 밝혀낸 결론이라 하기는 어렵다.

또한 노성환이 옮긴『古事記(상)』에서는 장혁주가 '도코요노쿠니(常世國)'가 신라국이라는 결론을 도출해내기 위한 근거로 제시한『신찬성씨록』의 내용에 대해 "이나히노미코토(稻氷(飯)命)가 신라에 가서 국왕이 되었다는 것으로 되어 있다. 이 전승은 후세에 만들어진 이야기로 '바다'를 신라로 윤색해 놓은 것으로 보인다"[44]고 언급하여,『신찬성씨록』의 기록이 허구라는 입장을 밝히고 있다.『신찬성씨록』은『古事記』가 완성되고 1세기나 지난 후에 편찬을 마쳤으므로 매우 타당성 있는 내용으로 생각된다.

(2) 진왕은 스진 천황인가

장혁주는 '일본열도에 있어 최초의 천황은 스진(崇神)이다'라는 학설을 긍정적으로 평가(112)하면서도, 스진천황이 대륙에서 건너온 기마민족 출신이라는 주장에 대해서는 이론을 제기한다. 장혁주 자신은 "辰王이 변진(弁辰)을 떠나 일본열도로 건너와 나라를 세웠다는 심증을 가지고 있다"(131)며 이의 입증을 위해 노력한다.

먼저,『後漢書』의 기록(卷八十五, 東夷列傳, 韓의條)을 예로 들어, 진왕(辰王)이 진한(辰韓)의 진왕이 아니라 마한, 진한, 변진(弁辰)이 함께 추대한 목지국(目支國)을 다스리던 군장이었다고 말한다. 따라서 진왕은

---

44) 魯成煥譯註(1991),『古事記(상)』, 예전, p.200.

정복자인 기마민족이 아니라 토착세력인 왜(倭)였을 것이라고 주장한
다.

그리고 주몽(朱蒙)의 동생인 온조(溫祚)가 대방(帶方)지역을 빼앗으며
남하하자 마한은 무력하게 굴복하고 말았는데, 이때의 진왕의 행방
이 주목된다고 말한다. 즉 진왕은 눈을 남쪽으로 돌려 쓰시마(對馬)와
이키(壹岐)를 지나 기타규슈(北九州)에 정착한 뒤 세력 확보를 위한 근
거지로 삼았을 것이라 추정한다.

또한 진왕이 스진천황이거나 그 조상임을 입증할 수 있는 단서로
스진(崇神)의 이름이 미마키 이리히코(御間城入彥)라는 것을 들고 있다.
미마키의 '미마'는 미마나(任那)에서 왔다는 증거라는 것이다.

이와 같은 장혁주의 가설과 유사한 주장을 펼친 연구자도 있다.
'기마민족정복국가설'45)로 유명한 에가미 나미오(江上波夫) 역시 "가
야지역에서 건너와 규슈(九州)를 점령한 사람이 바로 스진이었고, 긴
키(近畿)지역으로 동정(東征)하여 야먀토조(倭)를 세운 것은 그의 후손
인 오진(應神)이었다"46)고 주장한다. 그러나 이 주장에 대해 홍원탁(洪
元卓)은 "고고학적으로 보아 應神만이 기마 정복자에 속할 수 있는데
도 불구하고, 崇神도 기마 정복자로 간주하는 것"47)은 문제가 있다
고 말한다. 즉 이를 입증할 만한 증거를 아직 찾지 못했다는 것이다.

진왕과 스진(崇神)천황의 관계에 대한 장혁주의 이론은 스스로가

---

45) 1948년 에가미 나미오(江上波夫)가 발표한 설로서, 한·일 양국 사학계에 대단한
   충격을 주었다. 이 설에 의하면 선주민을 정복하고 일본 고대국가 성립의 기틀
   을 마련한 천손민족은 4세기 전반에 한반도 남부에서 건너간 집단이며, 이들은
   스키타이계의 기마민족과는 또 다른 기마군단과 기마전의 능력을 갖추었다고 한
   다. (윤명철(1996),『동아지중해와 고대 일본』, 청노루, p.157)
46) 洪元卓(1994),『百濟와 大和日本의 起源』, 구다라 인터내셔널, p.312.
47) 위의 책,『百濟와 大和日本의 起源』, p.313.

가설이라고 인정했듯이 많은 모순을 내포하고 있다. 먼저 최초의 천황이라는 스진을 한반도 남부에 거주하던 왜(倭)라고 가정하는 것은 에가미는 물론 작가 자신도 강력히 주장(93)한 '기마민족정복국가설'에 정면으로 배치된다. 또한 스진(崇神)천황의 이름이 미마나(任那)에서 따온 '미마'라 하더라도, 진왕은 마한에 속한 목지국의 군장이었지 임나(任那)로 지칭되는 가야의 출신이 아니었다는 것을 제대로 설명하지 못하고 있다.

장혁주는 이와 같은 가설을 펼치는 자신의 입장을 밝힌다.

> 어찌되었든, 상고(上古) 일본의 주권자와 한반도 남부의 관계는 이와 같은 생각을 해보고 싶을 정도로 밀접했던 것이다. 한반도에 '조선'이라는 통일의식이 생긴 것은 이조(李朝) 이후이고, 열도에 '일본'이라는 이름이 확립된 것은 덴지(天智)천황 때부터였다. 그 이전의 한반도 남부와 열도는 마치 한 집안과 같은 상태에 있었다고 믿고 싶다.(135)

장혁주의 주장에 허구가 있음을 지금까지의 고찰로 확인해보았지만, 한반도 남부와 일본열도가 가능하면 하나의 민족과 같은 공동체로서 존재했기를 바라는 염원으로 한·일 고대사에 관한 사료의 해석이나 가설을 전개하고 있음이 인용문을 통해 더욱 분명해졌다 하겠다.

3) 백제·가야·야마토(大和) 정권의 밀접한 관계

오진(應神), 닌토쿠(仁德)천황의 무덤으로 보이는 고분에서 기마민족 계통의 부장품이 다량으로 발굴됨에 따라, 미즈노 유(水野 祐) 같은 연구자들은 이들 천황이 백제국 왕가의 왕이라는 주장48)을 펼치기도 하였다. 그리고 이 시기부터는 여러 고문헌을 통해 동아시아의 역사적 관계를 확인할 수 있기 때문에 실증적인 한·일 고대관계사에 대한 연구도 활발히 진행되어 왔다.

장혁주도 이와 같은 학계의 연구 성과를 토대로 오진(應神)천황이 백제에서 아직기(阿直岐)와 왕인(王仁)을 불러들여 천자문과 논어를 강연할 수 있도록 한 것 등을 예로 들며, 그가 부여(夫餘)에서 남하해온 기마민족 출신일 것이라는 추측을 한다. 또한 백제가 진구(神功)황후와 임나(任那)의 도움으로 신라를 자주 침략하였다는 역사적 사료를 인용하며 이들의 밀접한 관계를 강조한다.

> 백제 측에서는 應神왕조를 자신들의 앞잡이 정권정도로 인식하고 있었을 것이다. 또 應神왕조에 있어서의 백제는 은의(恩義)의 나라였다. 應神, 仁德천황의 마음속에는 여전히 부여인 의식이 살아있었고, 백제에 대한 친근감이 있었다.(174)

이와 같은 장혁주의 인식은 광개토대왕 비문의 해석에도 그대로 반영된다. 한·일 연구자들의 첨예한 대립을 불러온 문구의 해석 문제는 크게 고려하지 않은 채, 닌토쿠(仁德)천황의 군대가 신라를 침공한 것은 신라가 빼앗아간 가야를 되찾고, 고구려에 함락당한 백제의 성(城)을 회복하기 위한 것이라는 나름의 견해를 피력할 뿐이다. 즉 백제·가야와 야마토 정권의 밀접한 관계만을 강조하고 있는 것이다.

---

48) 水野 祐(1978), 『日本古代の國家形成』, 講談社 ; 홍윤기(2000), 『일본천황은 한국인이다』, 효형출판, p.16 재인용.

한편 한반도에서 이주한 소가(蘇我)씨와 토착세력인 모노베(物部)씨 간의 불교 도입을 둘러싼 대립을 소개하고, 쇼토쿠(聖德)태자를 등에 업은 소가(蘇我)씨의 승리로 일본에 불교문화가 시작되는 과정을 기술하기도 한다. 이 역시 한반도 남부의 이주세력이 야마토 정권에 미친 영향력을 강조하기 위한 것이라 하겠다.

『韓과 倭』의 말미는 나·당 연합군에 침략 당한 백제를 구원하기 위해 많은 함선을 파견한 덴지(天智)천황의 적극적인 구원노력에도 불구하고 백제가 멸망함으로써 한반도와 일본열도의 사이가 급속히 멀어지게 되었다는 견해를 피력하는 것으로 끝맺은 뒤, 저자의 심정적 집필배경이라고 할 수 있는 말을 남긴다.

上古에서 天智朝에 이르기까지의 야마토의 영토를 굳이 묻는다면, 나는 혼슈(本州)의 서남 반절에 시코쿠(四國), 규슈(九州)를 추가하고, 또한 미마나(任那)연방인 壹岐·對馬와 신라를 제외한 남한 땅을 포함한 지역이라고 대답할 것이다. 신라를 제외한 남한 지역, 즉 가야와 백제의 땅을 야마토의 영지로 하는 것에 반대할 학자들의 분노한 얼굴이 떠오른다. 그러나 그러한 민족주의는 그 시대에 있어서는 통용되지 않는다.(232)

한마디로 현재의 한·일 민족의 대립적인 시각으로 고대의 백제·가야·야마토의 관계를 판단하지 말라는 것이다. 장혁주의 이러한 언설에는 과거의 역사적인 관계를 빌미로 엄연히 존재하고 있는 현실적인 민족의 갈등을 희석시키려는 의도가 있음을 짐작하고도 남는다. 게다가 인용문 서두의 주어가 야마토 왕조로 되어 있는 관계로 백제가 야마토의 속국이었다는 문맥으로 파악되기 십상이다. 백제는 이미 멸망하여 사라진 나라이고 야마토는 현재의 일본으로 계승되고 있다는 무의식에서 비롯된 것으로 이해할 수 있겠지만, 장혁주의 이러한 무의식은 일본의 연구자들이 한국을 무시하려는 일반적인 태도를 연상시킨다.

한·일 관계사 연구에 임하는 일본 연구자들의 태도에 대하여 홍원탁은 "일본 사람들은 그들의 고대문화 발달 과정에 있어서, 중국의 영향을 직접 받았다고 강조하기를 좋아하는 반면, 한국으로부터 영향을 받았다는 사실은 되도록 감추려 하는 성향이 있다"[49]고 비판한다. 일본인 중에도 아오키(青木) 같은 연구자는 "(대부분의) 일본 역사학자들은 일본의 지배계급이 일본열도 이외의 다른 곳에서 왔다는 이론을 절대로 받아들일 수 없다는 장벽이 있다"[50]고 말한 바 있다. 이와 같은 경향은 일제의 조선 강점기에 더욱 심해져서, 광개토대왕비(廣開土大王碑)와 칠지도(七枝刀)를 위조하면서까지 고대의 한·일 관계사를 왜곡하기에 이른다.

그런데 장혁주는 이러한 일제의 왜곡을 강력히 비판한다.

> 개찬(改竄)이라는 부끄러운 행위를 감히 자행한 군국주의를 증오할 뿐이다. 그렇지만 개찬이라는 눈에 보이는 위조공작은 물론이려니와 사적 감정에 치우쳐서 사실(史實)을 날조, 혹은 말살하고, 애매하게 만들어 버리는 것도 역사학자가 절대 삼가야할 행위이다.(194)

역사 왜곡에 대한 이와 같은 강도 높은 비판은 사료를 충실히 검증하여 『韓과 倭』의 집필에 임했다는 자신감에서 비롯된 것이라 할

---

49) 앞의 책, 『百濟와 大和日本의 起源』, p.17.
50) Aoki, Michiko Y., Ancient Myths and Early History of Japan : A Cultural Foundation, New York : Exposition Press, 1974. ; 洪元卓(1994), 『百濟와 大和日本의 起源』, 구다라 인터내셔널, p.23 재인용.

수 있다. 일제 말기라면 몰라도 말년의 작가에게 역사를 왜곡할만한 사정은 존재하지 않았으므로 진실을 말하고 있는 것으로 생각된다. 그러나 내선일체(內鮮一體)와 일선동조론(日鮮同祖論) 같은 허울 좋은 구호 아래 자행된 조선인의 황국신민화에 협력했던 과거의 행적과, 한 민족이기를 포기하고 일본인으로 귀화한 작가의 입장을 고려할 때, 완전히 객관적인 입장에서 한·일 고대사를 조망하였다고 믿기도 어렵다. 이 글의 고찰을 통해 확인되었듯이, 한·일 간에 존재하는 현실로서의 민족 문제를 도외시 한 채, 오로지 고대의 백제·가야·야마토의 밀접한 관계만을 강조하는 언설에는 장혁주의 개인적인 입장이 반영되고 있음을 부정하기 어렵기 때문이다.

4. 장혁주의 생애와 민족의 굴레

평생에 걸쳐 많은 저작을 남긴 장혁주의 집필 태도는 고귀한 작가적 이상에 바탕을 두고 있었다기보다, 권력에 협조하거나 독자들의 관심을 끌 수 있는 소재를 찾아 현실적인 삶의 방편으로 글을 써왔다고 할 수 있다.

장혁주는 기생 출신으로 양반가문의 첩이었던 생모를 둔 탓으로 유년 시절부터 생래적(生來的) 열등의식을 안고 자랐으며, 철이 들면서 부터는 조선의 유교적 사회 풍습에 대한 반감을 지니고 있었다.[51] 그리고 생모의 강요로 연상의 아내와 조혼(早婚)을 하는 바람에

---

51) 김학동(2008.2), 「張赫宙 문학의 정서적 배경」, 『일어일문학연구』 제64권 2집, 한국일어일문학회, p.42.

자신의 청춘을 잃었다며 방탕한 생활에 빠지기도 하였다.

작가의 길을 모색하던 장혁주는 일제 치하의 조선농민들의 곤궁한 생활을 그려낸 투쟁적 소설로 일본문단의 주목을 받기 시작하였으나, 일제의 탄압에 직면하자 이내 조선인의 생활과 내면풍경의 묘사에만 전념한다. 그러던 중 소설가 백신애(白信愛)와의 연애사건으로 생모와 아내, 다섯이나 되는 자식들을 버리고 일본으로 도피한다. 도쿄에 정착한 장혁주는 게이코라는 일본여성과 동거를 시작하면서 새로운 인생을 맞게 된다.52) 그리고 조국 독립의 가능성이 희박하다고 판단한 것인지 일제의 국책문학에 적극 협력하다가 패전을 맞았다. 따라서 해방된 조국에 돌아올 엄두를 내지 못하였고, 일본에도 처와 자식을 여럿 거느리고 있었던 관계로 귀화하여 일본인으로서의 삶을 살게 된다.

일제의 패전 직후에는 재빨리 군국주의의 만행을 비판하고 전쟁의 폐허 속에서 신음하는 일본 민중들을 휴머니즘적인 시선에서 그려내는 것으로 일본인들의 관심을 끌었다.53) 그리고 조국에서 6·25전쟁이 발발하자 한국을 취재 방문하여 생생한 현장 르포를 바탕으로 여러 신문과 잡지에 기고하거나 작품을 발표하여 존재감을 과시하였다.

이후에는 급속한 산업화 속에서 병들고 소외된 계층을 소재로 한 소설 창작에 몰두하여 일본인으로서의 자긍심과 주인의식을 보여주었다. 그런데 말년의 장혁주는 고대의 한·일 관계사를 되돌아보며 민족문제에 대한 보다 차원 높은 접근을 시도하였으며, 그 결과물

---

52) 위의 논문, 「張赫宙 문학의 정서적 배경」, p.46.
53) 김학동(2008.8), 「張赫宙 문학과 패전국민의 삶」, 『일본문화학보』 제38집, 한국일본문화학회, p.152.

중의 하나가 이 글에서 고찰을 시도한 『韓과 倭』였다.

1997년에 일본인으로서 생을 마감한 장혁주의 작가적 삶은 인간 으로서의 본능에 충실한 기회주의적인 것이었다는 평가를 받을 수밖 에 없지만, 일제의 식민지배하에서 태어난 불운이야말로 보다 직접 적인 원인으로 작용하고 있었음을 부정하기도 어렵다. 그러나 개인 적인 욕망의 충족을 위한 기회주의적인 글쓰기로 동족에게 끼친 해 악을 생각할 때, 작가로서의 사명의식이 결여된 행적에 대한 준엄한 평가는 필연적인 것이라 하겠다.

말년의 장혁주는 자신의 친일행적과 일본으로의 귀화가 민족에 대 한 배신으로 인식될 여지가 있음을 염려한 것인지, 한·일 고대사에 관한 자료들을 자의적으로 해석한 『韓과 倭』를 집필하여 한·일 양 민족 집단이 지닌 독자성을 희석시키고자 노력한다. 즉 고대 한·일 민족의 빈번한 이동과 교류를 부각시켜 현재와 같은 민족의 구분이 큰 의미를 갖지 못한다는 것을 강조하고 있는 것이다.

그런데 '민족'이라는 집단에 대해서는 프랑스의 철학자이자 사상 가인 에르네스트 르낭(Ernest Renan)이 "하나의 민족은 하나의 영혼이 며 정신적인 원리입니다. 둘이면서도 사실 하나인 것이 바로 이 영 혼, 즉 정신적인 원리를 구성하고 있습니다."[54]라고 정의 한 바 있 다. 이와 같은 민족에 대한 정의와 연구[55]는 많은 학자들에 의해 진

---

54) 에르네스트 르낭 지음·신행선 옮김(2005), 『민족이란 무엇인가』, 책세상, p.80
55) ① 차기벽 : 일정 다수의 인간이 공주(公住)함에 따라 객관적 요소(혈연·지연· 언어·종교·정치·경제·역사적 운명)의 전부 또는 그 중의 몇 개를 공유하고 또 그렇게 함으로써 스스로 같은 공동체에 속한다는 의식, 더 나아가서 그 공동 체를 보존하고 발전시키고자 하는 의욕을 가지게 된 '의식공동체'를 말한다. (차 기벽(1990), 『民族主義原論』, 한길사, p.13)
  ② 윤명철 : 일반적으로 민족이란 다양한 종족이 모여서 운명공동체로서 장기간의 역사적 경험을 공유하고, 동일한 언어와 문화를 가지면서 스스로를 역사공동체

행되어 왔으며, 현재도 진행 중에 있다. 다양한 형태의 국제적 교류
가 활발한 현 상황에서도 민족이라는 집단은 여전히 언어·문화·
종교의 가장 자연스런 발현의 장이자 실질적인 공동체로 존재하고
있기 때문이다.

연구자들의 정의를 토대로 '민족'이라는 개념을 재정리해보면, '여
러 종족이 모여 함께 살면서 통일된 언어와 문화를 공유하고 운명공
동체라는 인식이 형성된 집단'이라는 말로 요약된다. 그리고 필자도
『張赫宙의 일본어 작품과 민족』의 「서문」에서 "'민족'이란 구성원의
개성과 자존의식이 통합적으로 발현되는 '집단적 인격체'"[56]로 정의
한바 있다. 그러므로 먼 과거의 특정 종족이나 민족의 관계가 현재
까지 그대로 유지되는 것은 아니며, 한국과 일본 같이 이미 언어와
문화를 달리하고 서로 다른 운명공동체 의식을 가진 경우에는 결코
같은 민족이라고 할 수 없다는 결론에 이르게 된다.

장혁주의 경우에도 한·일 양 민족의 독자성에 대해서 적극적으
로 부정을 한 저작이나 발언을 남기지 않고 있는 것으로 보아 현실
적인 민족의 차이점을 충분히 인식하고 있었던 것으로 생각된다. 그
런데 만일 장혁주가 한·일 양 민족의 독자성을 인정하면서도 조선
인의 황국신민화 정책에 협력하였다면, 이것이야말로 작가적 양심을
속인 반민족 행위에 다름 아닌 것이고, 또 해방으로 원래의 모습을
되찾은 민족 앞에 죄의식을 지닐 수밖에 없었을 것이다.

장혁주의 민족에 대한 죄의식은 일본인으로 25년간이나 살아왔음
에도 불구하고 고대의 백제·가야·야마토의 밀접했던 관계를 강조

로서 인식할 때, 그 완성된 단위를 말한다. (윤명철(1996), 『동아지중해와 고대
일본』, 청노루, p.38)
56) 김학동(2008), 「책머리에」, 『張赫宙의 일본어 작품과 민족』, 국학자료원.

하여 한·일 양 민족의 독자성을 희석시키려는 노력을 기울이고 있
다는 점에서 보다 선명히 부각된다. 그리고 이러한 작가적 자세는
스스로가 여전히 민족의 굴레를 벗어나지 못하고 있음을 반증하는
구체적인 증거라 하겠다.

5. 맺음말

이 글에서는 장혁주의 『韓과 倭』에 대한 고찰을 통하여 그 내용과
특징을 짚어보고, 한·일 고대사에 대한 독자적인 해석으로 고대 삼
국 및 가야와 일본열도 정권 간의 관계를 재조명한 작가의 내면세계
를 확인해 보았다. 그리고 장혁주가 일본으로 귀화하기 이전의 집필
활동을 '초기의 민족적 집필기', '과도기적 집필기', '국책영합적 집
필기', '휴머니즘적 집필기'와 같이 나누어 각 시기의 작품과 그 특
징을 살펴보았다. 또한 민족을 소재로 집필하게 된 배경과 그 문제
점에 대해서도 검토하였다.

장혁주의 평생에 걸친 창작 활동은 상황의 변화에 따라 작가적 태
도와 집필대상을 바꾸어왔다고 할 수 있으나, 큰 틀에서는 자신이
속했던 한민족과 관련된 문제에서 벗어나지 못했다. 스스로의 민족
을 위한 문학적 투쟁을 벌이는 것으로 집필을 시작하였으나, 어느새
황국신민화 정책에 가담하기도 하였고, 6·25로 인한 동포의 희생을
참담한 심정으로 그려내던 와중에 귀화를 단행하기도 하였다. 그리
고 말년에는 다시 고대의 한·일 관계를 들고 나와 양 민족 간의 친
밀한 관계를 강조하였다.

이와 같이 집필활동의 대부분을 한민족과 관련된 문제를 소재로 삼아온 장혁주의 작가적 인생은 문학자로서의 고귀한 이상보다는 현실적인 삶의 방편으로서 기회주의적인 행태를 보여 왔으며, 말년의 작품인『韓과 倭』역시 자신의 과거 행적에 대한 변명의 일환으로 집필되었다고 할 수 있다.

『韓과 倭』를 통해서 장혁주가 강조하려는 것은 백제와 가야, 그리고 일본의 야마토 정권이 왜(倭)라는 같은 인종에 바탕을 두고 하나의 국가와 같은 친밀한 관계를 유지하고 있었다는 점이다. 그리고 현재와 같은 한민족이 형성된 것은 조선시대에 들어선 이후의 일이라는 주장으로 한·일 양 민족의 구분에 별다른 의의를 두지 않으려 한다.

이와 같은 작가적 자세는 일제 말기에 조선인의 황민화에 협력했던 친일 행적과, 한국인이기를 포기하고 일본으로 귀화한 자신의 행위가 민족에 대한 배반으로 인식되는 것을 차단하기 위한 목적에서 비롯된 것으로 보이며, 이 역시 또 다른 형태의 기회주의적인 글쓰기라 할 수 있을 것이다.

그러나 민족에 대한 연구자들의 일반적인 정의가 '통일된 언어와 문화를 공유하며 운명공동체라는 인식이 형성된 집단'이라는 점을 고려할 때, 한국과 일본 민족은 엄연히 독자적인 존재로서 성립될 수 있는 조건을 충족시키고 있음을 알 수 있다. 그러므로『韓과 倭』와 같은 작품을 통해 한·일 양 민족의 경계를 무너뜨리기 위한 시도는 일제말기의 황민화에 대한 협력과 마찬가지로, 민족을 단위로 하는 인간사회의 자연스런 존재방식을 부정하려는 무모한 발상으로 비판 받아 마땅하다.

　그리고 말년에까지 민족에 대한 회한에서 벗어나지 못하고 자신의
합리화에 매달리는 장혁주 자신이야말로 민족이라는 굴레에 얽매여
있음을 반증하는 것이라 하겠다.

장혁주(野口赫宙)의 작가 및 작품연보

▌작가연보

1905년(0세) 10월 7일, 경상북도 대구부(府)에서 부친 장두화(張斗化)의 서자로 태어났다. 본명은 장은중(張恩重). 생모는 기생을 둔 술집, 여관 등을 운영하였다고 한다. 어린 시절의 작가는 생모를 따라 남해안의 여러 지역을 전전하였다. 부친은 인동(仁同) 장씨(張氏)로 구(舊) 한국군 장교를 지냈으며 연수 200석의 소지주였다.

1910년(5세) 생모가 경주에 요릿집을 내어 정착함에 따라 작가의 유소년 시절의 추억은 대부분 이 지역을 중심으로 형성된다.

1911년(6세) 생모는 작가를 한학서당(漢學書堂)에 보냈으나 본인은 신식학교인 소학교를 줄곧 동경하였다.

1913년(8세) 마침내 경주 계림(鷄林)보통학교에 입학하였다. 이후의 작가는 일어 작문으로 교사들의 칭찬을 받기도 하고, 5학년 때부터는 오사카 긴타로(大阪金太郞) 교장을 따라 경주에 산재해 있는 유적을 답사하는 등 많은 관심과 사랑을 받는다. 일본에서 온 손님에게 교장을 대신해서 경주 안내를 하기도 하였다.

1919년(14세) 3월, 계림보통학교 졸업. 생모는 상급학교에 진학을 희망하는 작가를 대구에 있는 친부의 집으로 들여보냈다. 친부와 적모(嫡母)의 사이에는 2남 1녀가 있었으나, 2남이 모두 사망하였으므로 친부 쪽에서도 대를 이을 아들이 필요했던 것으로 보인다.

1920년(15세) 기독교 신자인 친부와 적모의 영향으로 대구 계성학교(啓聖學校,

미국북장로파, 계명대학의 전신)에 입학하였으나, 일본인 교사와 가깝게 지낸다는 이유로 학우들에게 따돌림을 당했다.

1921년(16세) 계성학교를 그만두고 5년제 대구고등보통학교(이하 대구고보)에 응시하여 합격하였다. 이후 영어 실력을 인정받아 재학 기간 내내 영어교사의 총애를 받으며 지냈다. 장로교회에서 세례를 받았다.

1922년(17세) 대구고보 2학년 겨울방학 때 경주의 생모를 찾았다가 그녀의 강요로 4살 연상의 김귀행(金貴行)과 결혼하여 이후 2남 3녀를 두었다. (시라카와가 작성한 연보에는 14세 때 결혼한 것으로 되어있으나 여러 정황으로 보아 무리가 있다. 작가의 자전적 소설을 액면 그대로 믿는 것은 무리가 있으나, 대구보통학교 2학년이던 17세에 결혼을 했다는 비교적 사실적인 정황이『遍歷의 調書』에 묘사되어 있으므로 이에 따르는 것이 합당할 것으로 생각된다.)

1923년(18세) 대구고보 3학년에 재학 중이던 여름 무렵, 일본인 교사의 조선인에 대한 모멸적인 언사를 문제 삼아 돌입한 동맹휴학에 참가하여 무기정학을 당했다가 10월경에 복학한다.

1924년(19세) 이 무렵부터 무정부주의와 공산주의에 관심을 보이기 시작한다.

1925년(20세) 대구고보 5학년이 되었으나 학업에 대한 의욕을 잃고 무정부단체인 진우연맹에 참가하여 활동하였다. 적모(嫡母) 위암으로 사망.

1926년(21세) 3월, 대구고보 졸업. 진우연맹 조직원의 총검거로 연맹이 해산되었으나 작가는 체포를 면하였다. 일본에서의 생활을 결심하고 오사카(大阪)로 갔으나 이내 강제 송환 당했다. 가을에 경상북도 청송군 안덕면립(安德面立)학교 교원으로 근무를 시작하였다.

1927년(22세) 봄에 안덕면립(安德面立)학교를 그만두고 소설가를 목표로 여러 잡지에 투고하였으나 뜻을 이루지 못하자, 다시 경상북도 예천군 지보면립(知保面立) 보통학교에서 대용(代用)교원으로 근무를 시작하였다. 10월에는 교원시험에 합격하여 훈도(訓導) 자격을 취득했다.

1929년(24세) 봄, 지보면립 보통학교를 그만두고 기독교 계통의 대구희도(喜道)소학교에서 훈도로 근무를 시작하였다. 무정부주의자인 박동극(朴東極), 이규옥(李圭鈺), 김동진(金銅振) 등과 습작회(習作會)를 조직

하여 매월 한 번의 합평회를 개최하였다. 한국어 작품을 여러 신
문과 잡지 등에 투고하였으나 몰수당하는 일이 많아지자 일본어
창작으로 눈을 돌리게 된다.

1930년(25세) 일본문단에의 진출을 목표로 농본주의(農本主義) 작가 가토 가즈
오(加藤一夫)와 서신왕래를 하였다. 10월에 가토의 의뢰로 그가 주
재하는 잡지 『대지에 서다(大地に立つ)』지에 일본어 단편 「白楊木」
을 게재하였는데, 이것이 일본문단에의 첫 데뷔작이라 할 수 있다.

1932년(27세) 4월, 『改造』지의 현상소설에 「餓鬼道」가 2등으로 입선(당시에 1등
은 없었음)하였다. 현상당선작가 초대연에 출석하여 야스다카 도
쿠조(保高德藏)와 첫 대면을 한 뒤, 이후 7월까지 그의 집에 머물
며 유아사 가쓰에(湯淺克衛), 다무라 다이지로(田村泰次郎) 등과도
만나게 된다. 그리고 김용제(金龍濟)의 권유로 오야 소이치(大宅壯
一)와 함께 작가동맹(NALP)의 에구치 간(江口渙) 위원장을 방문하
였으나 작가동맹에는 가입하지 않았다. 7월에 조선으로 귀국하였
고, 11월에 에스페란티스트 오시마 요시오(大島義夫)로부터 「쫓기
는 사람들(追われる人々)」의 에스페란토 번역을 허가해달라는 편
지를 받는다.

1933년(28세) 1월, 야스다카가 주재하는 『文芸首都』지의 동인이 되었다. 여름에
는 동경에서 작가인 하야시 후사오(林房雄) 등과 만났다. 9월부터
는 동아일보에 한글장편 『무지개』의 연재를 시작하여 이듬해인
1934년 5월에 완결하였다. 5월에 「형의 다리를 자른 남자(兄の脚
を截る男)」, 12월에 「권이라는 남자(權という男)」 등의 작품을 본
격적으로 발표하기 시작하였다.

1934년(29세) 봄에 직지사(直指寺)를 탐방하였고, 6월에는 「산신령(山靈)」 등 7
편의 단편을 수록한 『권이라는 남자(權という男)』를 출간하였다. 7
월에 '한글맞춤법통일안'을 지지하는 문인(78명) 서명에 참가하였
으며, 9월부터는 한글 장편 『三曲線』을 이듬해 3월까지 동아일보
에 연재하였다.

1935년(30세) 2월 중순에 동경으로 건너가 1개월간 체재하면서 작가인 도요지마

요시오(豊島與志雄)와 만났다. 5월 24부터 26일까지 해인사를 방문하여 최영환(崔英煥) 주지의 안내로 팔만대장경 등을 관람하였다. 6월에는 『仁王洞時代』를 출간하였으며, 개조사(改造社)의 야마모토 사네히코(山本實彦) 사장을 안내하여 경주, 서울, 개성을 돌아보았다. 10월에 「文壇페스트菌」이라는 조선문단에 대한 비판의 글을 발표하여 물의를 일으켰다.

1936년(31세) 1월, 동아일보에 한글 장편 『黎明期』의 연재(같은 해 8월에 중단)를 시작하였다. 5월 무렵에 소설가 백신애(白信愛)와 사귀다가 그녀의 남편에게 발각되자 6월 하순에 도쿄로 건너가 혼고 야요이초(本郷・弥生町)에서 하숙생활을 시작하였다. 9월, 잡지 『文學案內』지의 편집위원(江口渙, 村山知義 등 11명과 함께)이 되어 '조선현대작가특집'을 간행하기 위해 분주한 시간을 보낸다.

1937년(32세) 2월, 동경제국대학 독문과에 재학 중이던 김사량(金史良, 본명 金時昌)이 찾아왔는데, 김사량이라는 필명은 이 때 장혁주가 지어준 것이라 한다. 4월, 동경 주변의 조선인 거주지를 취재차 돌아보았다. 초여름 무렵에 병으로 누워있을 때 하숙집의 친척인 노구치 하나코(野口はな子, 通名은 게이코(桂子))의 극진한 간호를 받고 교재를 시작한다. 두 사람은 얼마 지나지 않아 나가노현 가미스와(長野縣上諏方)에서 동거생활에 들어간다(이후 5남의 자녀를 둠).

1938년(33세) 1월, 게이코와의 사이에 장남이 태어났다. 3월부터 5월 사이에 장혁주 작・무라야마 도모요시(村山知義) 연출로 희곡 『春香傳』이 도쿄의 쓰키지(築地) 소극장과 오사카(大阪), 교토(京都)에서 순회 공연을 가졌다. 가을 무렵, 시노다(篠田) 이왕직 장관(李王職 長官)을 만났고, 10월에는 경성YMCA 주최 문예강연회에서 사회를 보았으며, 부민관(府民館)에서 열린 '조선문화의 장래'라는 좌담회에 출석하기도 하였다. 이후 11월 초까지 경성, 평양, 대전, 전주, 군산, 부산, 대구에서 『春香傳』을 공연하였고, 대구의 집과 경주박물관을 들른 뒤 11월 중순에 도쿄로 돌아왔다.

1939년(34세) 2월, 자신의 친일적 입장을 분명히 한 「조선의 지식인에게 호소함

(朝鮮の知識人に訴ふ)」을 발표하였다. 같은 달 대륙개척문예간화회(大陸開拓文藝懇話會)가 발족하자 이에 참가한 뒤, 시마키 겐사쿠(島木健作), 다카미 준(高見順) 등과 함께 만몽개척청소년의용군훈련소를 방문하였다. 4월에 임진왜란을 배경으로 한『加藤淸正』를 출간하자, 5월에 가등청정(加藤淸正)의 11대손인 가타오카 효타로(片岡表太郎)가 내용에 불만을 품고 찾아왔다. 6월, 척무성(拓務省) 산하 대륙개척문예간화회에서 파견한 제2차 펜부대에 다카미 준, 오다 다케오(小田岳夫), 아라키 다카시(荒木巍), 이노우에 유이치로(井上友一朗) 등과 함께 참가하여 3개월간 만주 등을 시찰하였다. 이해의 봄 무렵에는 김사량에게 소개장을 써주어 야스다카 도쿠조(安高德藏)를 만나게 하였는데, 이를 계기로 김사량은 야스다카가 주재하던 잡지『文藝首都』에 그의 출세작「빛 속으로(光の中に)」를 발표하게 된다.

1940년(35세) 1월, 동경재주반도명사좌담회(東京在住半島名士座談會, 매일신보 동경지국주최)에 출석하였고, JOAK를 통해 방송극『深淸傳』이 방송되었다. 3월에는 부친의 장례식에 참석차 대구로 돌아왔다. 5월부터 8월까지 한글장편『女人肖像』을 매일신보에 연재하였다. 그리고 이 해에『朝鮮文學選集』(전3권, 赤塚書房)을 유진오(兪鎭午), 무라야마 도모요시, 아키타 우작(秋田雨雀)과 공편(共編)으로 간행하였다.

1941년(36세) 장편『인간의 굴레(人間の絆)』3부작 (『인간의 굴레(人間の絆)』『아름다운 억제(美しい抑制)』『푸른 북녘(綠の北國)』), 임진왜란을 소재로 한『칠년의 폭풍(七年の嵐)』, 만주개척을 다룬『광야의 처녀(曠野の乙女)』를 각각 출간하였다.

1942년(37세) 1월, 도쿄에서 유진오(兪鎭午)와「朝鮮文學의 將來」라는 주제로 좌담회를 가졌다. 2월에 자전적 작품『고독한 영혼(孤獨なる魂)』, 3월에는 임진왜란을 소재로 한『화전 어느 쪽도 불사하다(和戰何れも辭せず)』, 5월에는 수필집『나의 풍토기(わが風土記)』를 출간하였다. 5, 6월에는 조선총독부 척무과(拓務課)의 위촉으로 류치진(柳

致眞), 정인택(鄭人澤), 유아사 가쓰에(湯淺勝衛) 등과 함께 만주의
개척촌을 시찰하였다.

1943년(38세) 2월에 황도조선연구위원회(皇道朝鮮硏究委員會) 위원이 되었으며,
4월에는 조선육군특별지원병 훈련소에 3일간 체험 입대하였다. 8
월에는 도쿄에서 열린 대동아문학자결전대회(大東亞文學者決戰大
會)에 참가하였고, 9월에는 세 번째 만주 시찰여행을 떠났다. 10월
에는 일본문학보국회(日本文學報國會)가 주최한 사이타마(埼玉)현
고마진자(高麗神社)참배단에 참가하였다. 이 해 4월에는 조선인의
만주개척을 다룬 『행복한 신민(幸福の民)』과 『開墾』을, 11월에는
임진왜란을 소재로 한 『부침(浮き沈み)』을 각각 출간하였다.

1944년(39세) 1월에 작가의 대표적 친일 단편소설집인 『이와모토 지원병(岩本志
願兵)』을 출간하였다. 1~3월 사이에 황도조선연구위원회(皇道朝鮮
硏究委員會) 위원으로서 일본 가지의 탄광을 위문 방문하고, 4월
에는 광산시찰 귀환보고좌담회에 출석하였다.

1945년(40세) 5월, 만선문화사(滿鮮文化社)의 초청으로 만주에 건너가 간도의 조
선인특설부대를 취재하고, 열하(熱河), 북지(北支), 華北) 등을 여행
하였다. 6월 초 일본으로 돌아가기 위해 나진항에 도착하였으나,
선편이 없어 8월 초까지 기다리다 화물선으로 간신히 돌아왔다.
도쿄의 자택이 공습으로 전소되었으나 가족은 무사히 나가노(長野)
현의 소개지(疎開地)로 피난하였음을 알고 찾아간다.

1946년(41세) 12월에 도쿄를 배회하는 전쟁고아를 다룬 『고아들(孤兒たち)』을
출간하였다.

1947년(42세) 고려신사(高麗神社)가 가까이에 있는 사이타마현(埼玉縣) 히다카초
(日高町)로 이사하였는데, 사망할 때까지 이 지역에 거주하게 된다.
패전 이후의 다양한 인간군상을 담아낸 작품집 『사람의 선함과 악
함(人の善さと惡さと)』을 출간하였다.

1948년(43세) 패전 이후를 살아가는 젊은 여성의 생명력을 그려낸 『젊은 여자
(若い女)』를 출간(필자 미확인, 같은 작품을 1956년 동방친서(東方
親書)에서 재차 출간)하였다.

1949년(44세) 한국의 심청전과 홍부전 및 전래동화 수편을 일본어로 재구성한『
은혜를 갚은 제비(恩を返したツバメ)』출간.

1950년(45세) 영친왕의 半生을 다룬『비원의 꽃(秘苑の花)』출간.

1951년(46세) 7월, 매일신문사의 후원으로 한반도로 건너가 한국전쟁을 취재하
였다.

1952년(47세) 5월, 한국전쟁의 참상을 그려낸『아- 조선(嗚呼朝鮮)』을 출간한
뒤, 10월에 취재를 위해 재차 한국을 찾았다. 같은 달, 일본에 귀
화를 신청하고 창씨명이던 노구치 미노루(野口稔)를 일본인 이름
으로 등록했다. 그리고 이때부터 노구치 가쿠추(野口赫宙)라는 필
명을 사용하게 된다.

1953년(48세) 재일조선인 사회에 대한 비판을 담은 단편「협박」발표.

1954년(49세) 한국전쟁을 그려낸『無窮花』와 자전적 소설『편력의 조서(遍歷の
調書)』출간.

1955년(50세) 단편「選擧」출간.

1956년(51세) 『음지의 아이(ひかげの子)』,『젊은 여자(若い女)』출간.

1957년(52세) 『아름다운 저항(美しい抵抗)』출간.

1958년(53세) 『검은 지대(黒い地帯)』출간.

1959년(54세) 『암병동(ガン病棟)』,『검은 대낮(黒い晝間)』출간.

1960년(55세) 「검은 소용돌이(黒い渦)」발표.

1961년(56세) 『무사시 병영(武藏陣屋)』출간.

1962년(57세) 『호상의 불사조(湖上の不死鳥)』출간.

1975년(70세) 자전적 소설『폭풍의 시(嵐の詩)』출간.

1976년(71세) 취재를 목적으로 3개월간의 미국여행을 다녀옴.

1977년(72세) 한반도와 일본 고대인들의 교류를 밝히고자 한 논픽션『한과 왜-
천손 민족은 어디에서 왔는가(韓と倭-天孫民族はどこから來た
か-)』출간.

1980년(75세) 임진왜란과 도자기의 교류에 관한 내용을 다룬 논픽션『도자기와
검-히데요시의 조선출병과 도공의 도래(陶と劍-秀吉の朝鮮出兵
と陶工大渡來)』출간.

1989년(84세) 기행문 『마야・잉카에 조몬징을 찾는다(マヤ・インカに縄文人を
追う)』 출간.
1991년(86세) 걸프전 취재를 위해 중동을 다녀옴. 영문소설 『Forlorn Journey』를
인도의 뉴델리에서 출간.
1997년(92세) 2월 1일, 사이타마현 자택 근처의 병원에서 뇌혈전(腦血栓)으로 사망.

▌일본어著作연보

1. 長・短篇 小說의 發表年譜

(1930년)
10월   「白楊木」(『大地に立つ』)

(1932년)
4월   「餓鬼道」(『改造』)
6월   「하쿠타농장(迫田農場)」(『文學クオタリイ』)
10월   「쫓기는 사람들(追われる人々)」(『改造』) ; 에스페란토, 중국어로도 번
역되었으나 발매금지 처분을 받았다.

(1933년)
5월   「형의 다리를 자른 남자(兄の足を截る男)」(『文藝首都』) ; 후에 「형의
다리를 자르다(兄の足をきる)」로 改題.
9월   「분기하는 자(奮い起つ者)」(『文藝首都』)
12월   「권이라는 남자(權といふ男)」(『改造』) ; 중국어로 번역되었다.

(1934년)
1월   「아내(女房)」(『文藝首都』)
3월   「갈보(ガルボウ)」(『文藝』)
5월   「늑대(山犬)」(『文藝首都』)

6월	「劣情漢」(『行動』) ; 후에 「劣情者」로 改題.
8월	「장례식날 밤에 생긴 일(葬式の夜の出來事)」(『文藝』), 「어떤 형제(或る兄弟)」(『兒童』)
11월	「16일 달밤에(十六夜に)」(『文藝』)
11월~1935년 3월	『영혼과 육체(靈と肉)』(『兒童』) ; 후에 『仁王洞時代』로 改題.

(1935년)

1월	「하루(一日)」(『改造』)
3월	「愚劣漢」(『文藝』)
5월	「분쟁(あらそい)」(『文藝首都』)
8월	「묘지에 가는 남자(墓場に行く男)」(『改造』)
9월	「미사코(美佐子)」(『若草』)
10월	「분개함(口惜しがる)」(『若草』)

(1936년)

1월	「산사람(山男)」(『新潮』)
1~2월	「安惠羅(アン・ヘエラ)」(『文學案内』)
3월	「狂女点描」(『文藝首都』)
9월	「심연의 사람(深淵の人)」(『文學案内』)
11월	「어느 時期의 여성(ある時期の女性)」(『文藝首都』), 「월희와 나(月姬と僕)」(『改造』)

(1937년)

1월,	「술에 못 취한 이야기(酔えなかった話)」(『文學界』)
2월	「빠져나올 수 없는 구렁(出られぬ淵)」(『若草』)
5월	「愛怨의 정원(愛怨の園)」(『文藝』)
6월 16일~11월 6일	『痴人淨土』(『福岡日々新聞』)
10월	「憂愁人生」(『日本評論』)

(1938년)

3월　　「春香傳」(戱曲)(『新潮』)

6월　　「雰囲氣」(『文藝』)

10월　　골목길(路地)」(『改造』)

(1939년)

1월　　「加藤清正」(『文藝』)

11월　　「加藤清正」(戱曲)(『テアトロ』)

(1940년)

5월　　「密輸業者」(『改造』)

7월　　「慾心疑心」(『文藝』), 「두개의 애정(二つの愛情)」(『月刊文章』)

8～11월　　「春香傳」(戱曲)(『協和事業』)

(1941년)

1월　　「沈淸傳」(放送劇)(『協和事業』)

6월　　「다리 위에서(橋の上にて)」(『芸能科研究』)

11월　　「불화(仲違ひ)」(『現代文學』)

(1942년)

1월　　「남쪽의 使節(南の使節)」(『現代文學』), 「이 상(李さん)」(『協和事業』)

10월～1943년 2월　　「花郎」(全4回)(『月刊文章』)

(1943년)

1월　　「어느 독농가의 술회(ある篤農家の述懷)」(『綠旗』)

2월 23일　「夢」(『北海道帝大新聞』)

6월～1944년 8월　　『희망의 집(希望の家)』(『新女性』)

7월　　「새로운 윤리(新しい倫理)」(『辻小說集』)

8월　　「새로운 출발(新しい出發)」(『國民總力』), 「出發」(放送劇)(『JOAK放送』)

8월 24일~9월 9일 「이와모토지원병(岩本志願兵)」(『東京朝日新聞』)

(1944년)

2월   「恩義」(『新太陽』)

8월   「拓土送出」(『開拓』)

(1945년)

3월   「봉사가 눈을 뜬 이야기(めくらの眼があいた話)」(『大東亞民話集』)

(1946년)

4~6월   「民族」(『創建』) ; 3회 연재로 중단.

(1947년)

2월   「사람의 선함과 악함(人の善さと惡さと)」(『芸林間步』)

3월   「영원히(とこしえに)」(『小說と讀物』)

(1948년)

봄   「미야의 범죄(ミヤの犯罪)」(『地上』)

2월   「죄의 前途(罪の行方)」(『時代』)

(1949년)

2월   「지옥의 여자(地獄の女)」(『文藝讀物』)

6월   「僞善者」(『小說界』)

10월   「조선괴뢰부대의 최후(朝鮮傀儡部隊の最後)」(『クラブ』)

11월   「슬픈 영혼(悲しい魂)」(『小說界』)

(1950년)

1~2월   『비원의 꽃(秘苑の花)』(『富士』)

10월   「夫戀秋風嶺」(『夫婦生活』)

(1952년)

2월　　「아─ 조선(嗚呼朝鮮)」(『新潮』)

4월　　「부락의 南北戰(部落の南北戰)」(『別冊文藝春愁』)

5월　　「避難民」(『新潮』)

6월　　「어떤 범죄(ある犯罪)」(『文藝』)

7월　　「이국의 아내(異國の妻)」(『警察文化』)

8월　　「女間諜」(『別冊文藝春愁』)

(1953년)

1월　　「폐허에 꽃피다(廢虛に咲く)」(『小說新潮』別冊)

3월　　「脅迫」(『新潮』)

8월　　「창자의 경우(昌子の場合)」(『新潮』)

10월　　「눈(眼)」(『文藝』)

10월　　「小說　李承晩」(『講談俱樂部』5권 12호)

11월　　『新潮』에 6·25 전쟁과 관련된 한국의 단편을 일본어로 번역하여 게재
　　　　─朴榮濬「金將軍」, 黃順元「鶴」, 柳周鉉「捕虜と生きていた屍体(포로
　　　　와 산 시체)」, 崔泰應「三人」

(1954년)

10월　　「戶籍騰本」(『小說公園』)

11월　　「權力者」(『新潮』)

(1955년)

6월　　「자식을 향한 애정(子への愛情)」(『小說公園』)

8월　　「選擧」(『文藝』)

11월　　「환상과 현실(幻と現實)」(『小說公園』)

(1956년)

8월　　「선녀의 목소리(天女の聲)」(『小說公園』)

(1957년)

6월   「지치부 밤 축제(秩父夜祭)」(『キング』)

(1958년)

3월   「제2의 괭이(第2の鍬)」(『戀の果て』東方社)

5월   「다른 풍속의 남편(異俗の夫)」(『新潮』)

6월   「산비둘기 우는 날(山鳩鳴く日)」(戯曲)(『悲劇喜劇』)

(1959년)

5월   「천주교如來騷動(キリシタン如來騷動)」(『宝石』)

7월   「친구로부터 들은 이야기(友達から聞いた話)」(『探偵實話』)

9월   「이중 동그라미 살인사건(二重まる殺人事件)」(『探偵實話』)

10월   「斷崖」(『探偵實話』)

11월   「이치마쓰(市松)人形殺人事件」(『探偵實話』)

12월   「고사카칸(小坂館)殺人事件」(『探偵實話』)

12월   「零点五」(『宝石』)

(1960년)

1월   「죽은 자의 승리(死者の勝利)」(『探偵實話』)

2월   「堕落者」(『探偵實話』)

4〜8월 「망향의 살인(望鄕の殺人)」(『探偵實話』)

7월   「검은 소용돌이(黒い渦)」(『宝石』)

(1961년)

4〜9월 「호상의 불사조(湖上の不死鳥)」(『探偵實話』)

11월   「新羅王館最後의 날(新羅王館最後の日)」(『宝石』)

(1962년)

7월   「붉은 월병(赤い月餅)」(『宝石』)

2. 評論 및 기타

(1931년)

1월   「<同志通信>××的親愛なる同志諸君」(『プロレタリア』)

(1933년)

1월   「나의 문학(僕の文學)」(『文藝首都』)

2월   「특수한 입장(特殊な立場)」(『文藝首都』)

9월   「優秀에서 巨大로(優秀より巨大へ)」(『文藝首都』)

10월   「번역의 문제・기타(翻譯の問題・その他)」(『文藝首都』)

11월   「문예상의 나의 입장・주장(現在における文藝上の我が立場・主張)」(『文藝』)

12월   「秋日秒」(『文藝首都』)

(1934년)

4월   「西洋文學過讚排擊」(『文藝通信』), 「나의 포부(我が抱負)」(『文藝』)

5월   「潔白性」(『文藝通信』)

6월   「줄다리기(綱引)」(『帝國大學新聞』)

7월   「隨筆雜感」(『麵麭』)

8월   「<죽게하다>에 대하여(<死なす>について)」(『浪漫古典』)

10월   「素朴非素朴」(『文藝首都』)

(1935년)

2월   「저에게 待望하는 사람들에게(私に待望する人々へ)」(『行動』), 「質問」(『文藝通信』)

3월 9~11일   「出京隨想」(『都新聞』)

4월 16일 「조선의 봄(朝鮮の春)」(『京都帝國大學新聞』)

5월   「離京의 슬픔(離京の悲しみ)」(『文藝通信』)

7월   「처음 만난 文士와 당시의 추억(初めて逢った文士と当時の思い出)」(『文藝通信』)

8월	「오쿠리가나에 관한 것(送り仮名のこと)」(『文藝通信』), 「문학을 지향하는 사람들에게(文學を志す人々へ)」(『文學案內』), 「어떤 감각(ある感覺)」(『文藝首都』), 「정・만소의 이야기(チョング・マンソーの話)」(『文藝』)
10월	「조선문단의 현상보고(朝鮮文壇の現狀報告)」(『文學案內』), 「내가 가장 영향을 받은 책(私の最も影響された本)」(『文學案內』), 「文學の甘さ」(『麵麭』)
11월	「조선문단의 장래(朝鮮文壇の將來)」(『文學案內』)

(1936년)

1월	「작가로서의 마음가짐・각오(作家としての心構へ・覺悟)」(『新潮』)
4월	「私小說私見」(『文藝通信』)
6월	「조선문단의 작가와 작품(朝鮮文壇の作家と作品)」(『文學案內』)
6월 29일	「조선문단을 짊어질 사람(朝鮮文壇を背負う人)」(『帝國大學新聞』)
8월	「고르키의 명랑함(ゴルキイの明るさ)」(『文學評論』), 「문학적 생활에 관한 것(文學的生活のこと)」(『文藝』), 「여름의 조선풍경(夏の朝鮮風景)」(『新潮』), 「도쿄에 와서 허무를 느끼다(東京に來て虛無を感じる)」(『文學案內』)
9월	「굶주리는 인민(飢ゆる人民)」(『勞働雜誌』)
10월	「蛇毒」(『サンデー毎日』)
11월	「메이지・다이쇼의 문학운동 좌담회(明治・大正の文學運動座談會)」(『文藝首都』), 「어떤 시기의 여성(ある時期の女性)」(『文芸首都』)
12월	「독특한 작풍・이론의 빈곤(獨特の作風・理論の貧困)」(『文學案內』), 「호조 다미오(北條民雄のこと)」(『文藝首都』)
12월 2일	「조선의 겨울(朝鮮の冬)」(『帝國大學新聞』)

(1937년)

1월	「다이쇼 시대의 문학운동 좌담회(大正時代の文學運動座談會)」(『文藝首都』), 「나의 산책(我が散策)」(『文藝首都』)
1월 11일	「불꽃의 거리(花火の街)」(『帝國大學新聞』)
2월	「설날(お正月)」(『文藝首都』), 「현대조선작가의 소묘(現代朝鮮作家の素

描)」(『文學案內』)

3월　　「내가 꼭 말하고 싶은 것(私の一番言い度いこと)」(『文藝通信』), 「日記」
　　　　(『文藝首都』)

3월 15일 「테마 불명(テーマ不明)」(『帝國大學新聞』)

4월　　「일본의 여성(日本の女性)」(『文學案內』)

5월 1일 「어떤 旅心(或る旅心)」(『朝日新聞』)

5월 10일 「『旅路』를 보고 느낀 점(『旅路』を観て感じたこと)」(『帝國大學新聞』)

6월　　「<愛怨의 정원>의 비평(<愛怨の園>の批評)」(『文藝』), 「조선인 취락
　　　　을 가다(朝鮮人聚落を行く)」(『改造』)

11월　　「만주 이민에 대하여(滿州移民について)」(『文藝首都』)

11월 5, 6, 7일　「헌금과 문화(獻金と文化)」(『都新聞』)

(1938년)

2월　　「나의 풍토기(私の風土記)」(『文藝』)

2월 7일 「李致三」(『帝國大學新聞』)

3월　　「춘향전에 대하여(春香傳について)」(『文藝首都』), (『テアトロ』)

3월 14일 「애수와 애착(哀愁と愛着)」(『帝國大學新聞』)

3월 25일 「教育・雜誌時評」(『朝日新聞』)

4월 11일 「춘향전과 그 연출(春香傳とその演出)」(『帝國大學新聞』)

5월 26, 27일　「반감과 쓴웃음(反感と苦笑い)」(『都新聞』)

7월 11일 「쓰르게네프적 통속(ツルゲネフ一的通俗)」(『帝國大學新聞』)

10월 4일 「조선과<春香傳>(朝鮮と<春香傳>)」(『京城日報』)

11월　　「將棋」(『文藝』)

11월 29일~12월 8일　「조선문화의 장래와 현재(朝鮮文化の將來と現在)(1)~(6)」
　　　　(『京城日報』)

12월　　「春香傳批判座談會」(『テアトロ』)

(1939년)

1월　　「조선문학의 장래(朝鮮文學の將來)(座談會)」(『文學界』)

2월　　　「조선의 지식인에게 호소함(朝鮮の知識人に訴ふ)」(『文藝』), 「좋은 옛 습관(好い古癖)」(『新潮』)

3월 13일 「<조선의 지식인에게 호소함>의 반향에 답한다(<朝鮮の知識人に訴ふ>の反響に答ふ)」(『帝國大學新聞』)

4월　　　「나의 문학 수업(わが文學修業)」(『文藝』)

7월 16, 17, 18일 「旅情」(『都新聞』)

10월 9일 「시사적인 흥미(時事的な興味)一村山知義<丹靑>(中央公論十月)一」(『帝國大學新聞』)

11월　　「金剛山雜感」(『朝鮮版モダン日本』), 「나의 소설공부(私の小說勉强)」(『文藝』), 「間島·圖們」(『改造』)

11월 25일 「原野」(『三田新聞』)

12월　　「문예창조의 모태(文藝創造の母胎)」(『東京朝日新聞』)

(1940년)

2월 17, 18일 「조선 문학계의 現狀(朝鮮文學會の現狀)」(『東京朝日新聞』)

5월　　　「조선문단의 대표작가(朝鮮文壇の代表作家)」(『新潮』), 「현재의 조선문학(今日の朝鮮文學)」(『あばんせ5号』)

5월 5일 「給食」(『日本讀書新聞』)

5월 7일 「조선문학의 유행(朝鮮文學の流行)」(『東京朝日新聞』)

6월 26일 「문학의 전통(文學の伝統)」(『東京朝日新聞』)

7월　　　「寸感 두 가지(寸感二つ)」(『文藝』), 「금강산 외(金剛山ほか)」(『早稲田文學』)

8월　　　「불국사에서(佛國寺にて)」(『モダン日本朝鮮版』)

10월　　「정확한 이해-나의 최근작에 대하여-(正確なる理解)」(『知性』)

(1941년)

1월　　　「마루야마상의 시(丸山さんの詩)」(『月刊隨筆·博浪沙』)

4월　　　「<自作解題>인간의 굴레(人間の絆)」(『知性』)

7월　　　「慶州」(『月刊文學』)

8월　「(跋)<李泰俊：福德房>」(『モダン日本社』)

9월　「(앙케트) 아직 읽지 못한 고전작품(讀み落した古典作品)」(『現代文學』)

10월　「(앙케트)」전시하의 조선에 무엇을 기대할 것인가(戰時下の朝鮮に何を
期待するか)(『綠旗』)

12월　「(앙케트) 금년도의 문학작품 중에서 좋건 나쁘건 귀하의 관심을 끈
것은 무엇인가(今年度の文學作品で好かれ, 惡かれ, 貴下の關心を惹い
たものは何か)」(『現代文學』)

(1942년)

1월　「대동아전쟁에 임하여(大東亞戰爭に際して)」(『文藝』)

2월　「(俞鎭午와의 대담) 조선문학의 장래(朝鮮文學の將來)」(『文藝』)

3월　「그 무렵의 추억(その頃の思い出)」(『文藝首都』)

3월 15일「朝鮮」(『日本學藝新聞』)

4월 1일　「남방과 민족협화(南方と民族協和)」(『日本學藝新聞』)

5월　「말레이시아 작전보고를 읽고(マレー作戰報告を讀んで)」(『文藝』), 「반
도노무자의 鍊成(半島勞務者の鍊成)」(『中央公論』)

5월 14일「독서 소식(讀書たより)」(『朝日新聞』)

9월　「榮興農村」(『開拓』)

9월 15일「湯淺克衛著<半島の朝>」(『日本學藝新聞』)

10월　「황도조선의 완성(皇道朝鮮の完成)」(『中央公論』)

11월　「어떤 힘(ある力)」(『現代文學』)

(1943년)

3월　「조선총독문학상에의 축사와 희망(朝鮮總督文學賞への祝辭と希望)」(『綠
旗』)

4월　「志願兵訓練所入所日記」(『文化朝鮮』)

5월　「(座談會) 현재의 반도문학(今日の半島文學)」(『綠旗』)

7월　「(座談會) 남방의 현상과 일본적 구상(南方の現狀と日本的構想一淺野
晃氏にきく一)」(『綠旗』)

8월 5일　「천황의 성려에 귀일(大御心への歸一)―朝鮮の徵兵制實施（一）―」(『朝日新聞』)

8월 6일　「황민화의　鍊成(皇民化の鍊成へ)―朝鮮の徵兵制實施（二）―」(『朝日新聞』)

11월 1일　「구애되지 않는 기분(拘りの無い氣持)」(『文學報國』 8号)

(1944년)

8월　　「학도병의 소원(學徒兵の願)」(『興亞文化』)

11월 10일　「조선문학의 신방향(朝鮮文學の新方向)」(『文學報國』 41号)

(1945년)

3월 1일　「燒跡」(『文學報告』)

10월 22, 23일　「아- 조선의 운명(噫朝鮮の運命)」(『東京新聞』)

(1946년)

1월 28일　「교원의 입장(敎員の立場)」(『東京新聞』)

(1947년)

2월 17일　「문학의 행방(文學の行方)」(『東京新聞』)

(1949년)

4월 28일　「나의 염원(わが念願)」(『東京新聞』)

12월　　「在日朝鮮人批判」(『世界春秋』)

(1950년)

9월　　「조선민족의 성격(朝鮮民族の性格)」(『毎日情報』毎日新聞社)

　　　「전란의 조국에 울다(戰亂の祖國を哭く)」(『キング』26권 9호)

　　　「게릴라전과 조선인 기질(ゲリラ戰と朝鮮人氣質)」(『日本週報』)

11월　　「조선　유적의 파괴를 우려한다(朝鮮遺跡の破壞を憂う)」(『毎日情報』毎

日新聞社)

(1951년)

7월   「한국에의 르포(韓國へのルポー)」(『每日新聞』)

9월   「조선의 농민(朝鮮の農民)ー조국의 전란을 생각한다(祖國の戰亂に想
         う)ー」(『農民文學』創刊号)

         「조국 조선으로 날아가다(祖國朝鮮に飛ぶ) 第1報」(『每日情報』每日新聞
         社)

11월   「허덕이는 한국(喘ぐ韓國)」(『明窓』大藏財務協會)

         「고국의 산하(故國の山河)」(『每日情報』每日新聞社)

(1952년)

2월   「조국 조선의 고민(祖國朝鮮の苦悶)」(『地上』家の光協會)

3월   「재일조선인의 내막(在日朝鮮人の內幕)」(『新潮』)

4월 28, 29, 30일   「조선인의 반성(朝鮮人の反省)」(『夕刊東京新聞』)

7월 2일   「조선인의 소요에 대하여(朝鮮人の騷擾について)」(『夕刊新大阪』)

9월   「부산항의 파란 꽃(釜山港の青い花)」(『面白俱樂部』)

11월   「한국의 불안은 계속된다(韓國の不安はつづく)」(『地上』家の光協會)

(1953)

1월   「조선의 통곡(朝鮮の慟哭)」(『婦人俱樂部』)

         「朝鮮」(『群像』8권 1호)

1월   「조선르포(朝鮮…ルポルタージュ)」, 『群像』

9월   「조선을 생각한다(朝鮮に想ふ)」(『解放』1권 3호)

10월   「噫、朝鮮の運命」, 『東京新聞』

(1954년)

7월   「당신의 마음속에 싹트는 어두운 그림자는 무언가(あなたの心にきざ
         す暗い影はなにか)」(『文藝』)

9월   「滿洲行」(『新潮』)

(1956년)

5월 7일 「나의 걱정·나의 희망(私の心配·私の希望)」(『日本讀書新聞』)

(1957년)

1월 2일 「감각의 차이(感覺のずれ)」(『夕刊東京新聞』)

(1977년)

5~8월   「아메리카인디언에 고대 일본인의 원류를 찾는다(アメリカインデアン
        に古代日本人の源流を探る)」(『歷史と旅』)

3. 單行本

(1934년)

6월   작품집 『권이라는 남자(權といふ男)』(『改造社』) ; 「餓鬼道」, 「형의 다
        리를 자르다(兄の脚をきる)」, 「少年」, 「산신령(山靈)」, 「權といふ男」, 「
        갈보(ガルボウ)」의 6편 수록.

(1935년)

6월   작품집 『仁王洞時代』(『河出書房』) ; 「하루(一日)」, 「劣情者」, 「16일 달
        밤에(十六夜に)」, 「늑대(山犬)」, 「장례식날 밤에 생긴 일(葬式の夜の出
        來事)」, 「愚劣漢」, 「仁王洞時代」의 7편 수록.

(1937년)

4월   작품집 『심연의 사람(深淵の人)』(『赤塚書房』) ; 「深淵の人」, 「분쟁(あら
        そひ)」의 2편 수록.

(1938년)

4월   작품집 『春香傳』(『新潮社』) ; 「春香傳」, 「憂愁人生」, 「愛怨의 정원(愛怨
        の園)」의 3편 수록.

(1939년)

2월   작품집 『골목(路地)』(『赤塚書房』) ; 「路地」, 「줄다리기(綱引)」, 「李致三」,
          「雰囲氣」의 4편 수록.

3월   『痴人淨土』(『赤塚書房』)

4월   『加藤淸正』(『改造社』) ; 1941년에 간행된 '칠년의 폭풍(七年の嵐)'의
          제1부인 『비장의 전야(悲壯の戰野)』에 흡수 통합.

10월   『開拓地帶』(『春陽堂書房』) ; 大陸開拓小說集 1, 共著.

11월   『아름다운 결혼(美しき結婚)』(『赤塚書房』)

(1940년)

8월   작품집 『애증의 기록(愛憎の記錄)』(『河出書房』) ; 「密輸業者」, 「慾心疑
          心」, 「술에 못 취한 이야기(醉えなかった話)」, 「安惠羅(アン・ヘエラ)
          」, 「심연의 사람(深淵の人)」의 5편 수록.

11월   『전원의 뇌명(田園の雷鳴)』(『落陽書房』)

(1941년)

2월   『沈淸傳・春香傳』(『赤塚書房』) ; 「沈淸傳」, 「春香傳」의 2편 수록.

2월   『인간의 굴레(人間の絆)』(『河出書房』) ; 『人間の絆』 3부작 중의 제1부.

4월   『悲壯의 戰野(悲壯の戰野)』(『落陽書院』) ; 임진왜란을 소재로 계획된
          '칠년의 폭풍(七年の嵐)'의 제1부.

5월   『광야의 처녀(曠野の乙女)』(『南方書院』)

6월   『아름다운 억제(美しい抑制)』(『河出書房』) ; 『人間の絆』 3부작 중의 제
          2부.

10월   『白日의 길(白日の路)』(『南方書院』) ; 『痴人淨土』에 단편을 1편 추가하
          여 재발행.

10월   『푸른 북녘(綠の北國)』(『河出書房』) ; 『人間の絆』 3부작 중의 제3부.

(1942년)

2월   『고독한 영혼(孤獨なる魂)』(『三崎書房』)

3월   『화전 어느 쪽도 불사하다(和戰何れも辭せず)』(『大觀堂』) ; ‘七年の嵐’
         의 제2부.

5월   수필·기행문집『나의 풍토기(わが風土記)』(『赤塚書房』) ; 33편의 수필
         과 기행문 등을 신고 있다.

9월   『흥부와 놀부(フンブとノルブ)』(『赤塚書房』)

(1943년)

4월   『開墾』(『中央公論社』)

4월   『행복한 신민(幸福の民)』(『南方書院』)

11월   『부침(浮き沈み)』(『河出書房』) ; ‘七年の嵐’의 제3부.

(1944년)

1월   작품집『이와모토 지원병(岩本志願兵)』(『興亞文化出版』) ; 「岩本志願兵」,
         「새로운 출발(新しい出發)」, 「夢」, 「어느 독농가의 술회(ある篤農家の
         述懷)」, 「出發」의 5편 수록.

(1946년)

12월   『고아들(孤兒たち)』(『万里閣』)

(1947년)

12월   작품집『사람의 선함과 악함(人の善さと惡さと)』(『丹頂書房』) ; 「內弟
         子の告白(內弟子の告白)」, 「갈림길(わかれみち)」, 「영원히(とこしえに)
         」, 「脫出」, 「처제에게(妹へ)」, 「人の善さと惡さと」의 6편 수록.

(1948년)

12월   작품집『愚劣漢』(『富國出版』) ; 「권이라는 남자(權といふ男)」, 「갈보(ガ
         ルボウ)」, 「장례식날 밤에 생긴 일(葬式の夜の出來事)」, 「16일 달밤에
         (十六夜に)」, 「愚劣漢」의 5편 수록.

_월   『젊은 여자(若し女)』(『河出書房』) ; 필자(김학동) 미확인.

(1949년)

3월　　　한국의 동화집『은혜 갚은 제비(恩を返したツバメ)』(『羽田書房』) ;「恩
　　　　を返したツバメ」,「호랑이를 사로잡은 토끼(トラをいけどったウサギ)」,
　　　　「도깨비 방망이(オニのかなぼう)」,「용궁의 어머니(龍宮の母)」의 4편
　　　　수록.

(1950년)

3월　　　『李王家悲史·秘苑의 꽃(秘苑の花)』(『世界社』)

(1952년)

5월　　　『아ー 조선(嗚呼朝鮮)』(『新潮社』)

(1954년)

6월　　　『無窮花』(『講談社』)

11월　　　『遍歷의 調書(遍歷の調書)』(『新潮社』)

(1956년)

1월　　　『젊은 여자(若い女)』(『東方社』)

11월　　　『그늘의 아이(ひかげの子)』(『新潮社』)

(1957년)

6월　　　『아름다운 저항(美しい抵抗)』(『角川小説親書』)

(1958년)

10월　　　『검은 지대(黒い地帯)』(『新潮社』)

(1959년)

5월　　　『암병동(ガン病棟)』(『講談社』)

11월　　　『검은 대낮(黒い晝間)』(『東都書房』)

(1961년)

10월　　『무사시 병영(武藏陣屋)』(『雪華社』)

(1962년)

2월　　　『호상의 불사조(湖上の不死鳥)』(『東都書房』)

(1975년)

4월　　　『폭풍의 시(嵐の詩)』(『講談社』)

(1977년)

10월　　『韓과 倭(韓と倭)』(『講談社』)

(1980년)

11월　　『도자기와 검(陶と劍)』(『講談社』)

(1989년)

6월　　　『마야・잉카에 조몬징을 찾는다(マヤ・インカに縄文人を追う)』(『新芸
　　　　術社』)

(1991년)

영문장편, 『Rajagriba - A tale of Gautama-Buddba』『Forlorn Journey(or Kirisitan)』
(Chansun International)(인도・뉴델리) 출간.

※ 본 작가 및 작품연보는 2008년에 출간된 『張赫宙의 일본어 작품과 민족』(국
　　학자료원)에 수록된 내용을 토대로 하면서 새로이 확인 발굴된 작품 등을
　　보완 및 첨가하여 작성하였다.

참고문헌

岡村秀典(2002), 「考古學からみた漢と倭」, 『倭國誕生』, 吉川弘文舘

宮田浩人(1977), 『65万人一在日朝鮮人』, すずさわ書店

金達壽(1986), 「高麗王若光と高麗神社」, 『古代朝鮮と日本文化』, 講談社學術文庫

金在鵬(1975), 「魏志倭人傳」, 『日本古代國家と朝鮮』, 大和書房

金贊汀(2004), 『朝鮮總蓮』, 新潮社

김찬정 저, 박성태・서태순 역(2010.5), 『재일한국인 백년사』, 제이앤씨

김학동(2007.8), 「張赫宙의 『開墾』과 萬寶山사건」, 『인문학연구』 통권71호, 충남
　　대학교 인문과학연구소.

김학동(2008), 『張赫宙의 일본어 작품과 민족』, 국학자료원

김학동(2008.12), 「張赫宙 문학과 6・25에 직면한 日本人妻들의 수난-「異國의
　　아내」, 「부산항의 파란 꽃」, 「부산의 여간첩」을 중심으로」 『인문학연구』,
　　충남대 인문과학연구소

김학동(2008.2), 「張赫宙 문학의 정서적 배경-親日로 표출된 生來的 열등의식
　　과 早婚의 갈등」, 『日語日文學研究』 제64집 2권, 韓國日語日文學會

김학동(2008.3), 「張赫宙 문학과 壬辰倭亂」, 『日本語文學』 제36집, 한국일본어
　　문학회

김학동(2008.4), 「장혁주의 『비원의 꽃(秘苑の花)』론-英親王의 半生에 투영된
　　작가의 정서적 자화상」, 『인문학연구』 통권73호, 충남대학교 인문과학연
　　구소

김학동(2008.5), 「장혁주의 『아-조선(嗚呼朝鮮)』『無窮花』론-6・25전쟁의 형상
　　화에 엿보이는 작가의 민족의식」, 『日本學研究』 제24집, 단국대학교 일본
　　연구소

김학동(2008.5), 「張赫宙의 『인간의 굴레(人間の絆)』3부작 론-작가적 체험의 형
　　상화를 통한 자기 합리화의 시도」, 『日本語文學』 제41집, 日本語文學會

김학동(2008.8), 「張赫宙 문학과 패전국민의 삶」, 『日本文化學報』 제38집, 한국
　　일본문화학회

김학동(2009.2), 「張赫宙의 자전적 작품에 대한 비교고찰」, 『일어일문학연구』 제
　　68집. 한국일어일문학회

김학동(2009.5), 「張赫宙의 문학과 민족의 굴레-한・일 고대민족의 교류를 형
　　상화한 『韓과 倭(韓と倭)』를 중심으로」, 『日本學研究』 제27집, 단국대학

교 일본연구소

김학동(2009.11), 「野口赫宙(張赫宙)의 『무사시 진영(武藏陣屋)』과 「신라왕관 최
　　후의 날(新羅王館最後の日)」론」, 『日本文化學報』 제43집, 韓國日本文化
　　學會

김학동(2009.12), 「노구치 가쿠추(野口赫宙)의 『검은 대낮(黒い晝間)』론」, 『인문
　　과학연구』 제12집, 대구가톨릭대학교 인문과학연구소

南富鎭(2004.7), 「<內鮮結婚>の文學：張赫宙作品を中心に」, 『人文論集』 55(1).

南富鎭(2006), 『文學の植民地主義』, 世界思想社

南富鎭・白川豊(2003), 「張赫宙日本語作品選」, 勉誠出版

魯成煥譯註(1991), 『古事記(상)』, 예전

尾藤正英・門脇禎二(2000), 『新日本史B』數研出版, 井上光貞 외2인 (1993), 『詳
　　說 日本史』, 山川出版社

朴慶植(1992), 『在日朝鮮人・强制連行・民族問題』, 三一書房

白石太一朗(2002), 「倭國誕生」, 『倭國誕生』, 吉川弘文館

白川 豊(1989), 「張赫宙硏究」, 동국대대학원 박사학위논문

白川 豊(1991.9), 「張赫宙 作品에 대한 韓・日 兩國에서의 同時代의 反應」, 『日
　　本學』, 동국대학교일본학연구소

白川 豊(2000.12), 「張赫宙作・長編<嗚呼朝鮮>をめぐって」, 『日本額』 19, 동
　　국대학교일본학연구소

베네딕트 앤더슨 지음・윤형숙 옮김(2002) 『상상의 공동체』, 나남

福岡安則(1993), 『在日韓國・朝鮮人』, 中央公論社

上坂冬子(1982), 『慶州ナザレ園』, 中央公論社

小田切秀雄(1991), 『日本文芸學槪論』, 法政大學通信教育部

宋江(1935.5), 「文藝時評」, 『朝鮮文壇』 24호

水野 祐(1978), 『日本古代の國家形成』, 講談社

홍윤기(2000), 『일본천황은 한국인이다』, 효형출판

신주백(2002.12), 「滿洲國軍 속의 朝鮮人 將校와 韓國軍」, 『역사문제연구』 제9
　　호, 역사문제연구소

野口稔(張赫宙)(1944.1), 「序に代えて」, 『岩本志願兵』, 興亞文化出版

野口赫宙(1954), 『遍歴の調書』, 新潮社

野口赫宙(1954.6), 『無窮花』, 講談社

野口赫宙(1954.9), 「滿州行」, 『新潮』

野口赫宙(1954.10), 「戸籍騰本」, 『小說公園』
野口赫宙(1954.11), 『遍歷の調書』, 新潮社
野口赫宙(1956), 『ひかげの子』, 新潮社
野口赫宙(1956.8), 「天女の聲」, 『小說公園』, 文興出版社
野口赫宙(1958.5), 「異俗の夫」, 『新潮』
野口赫宙(1959), 『黑い眞晝』, 東都書房
野口赫宙(1960.3.15), 「望鄕の殺人」(第1部), 『探偵實話』 4月號
野口赫宙(1960.4.15), 「望鄕の殺人」(第2部), 『探偵實話』 5月號
野口赫宙(1960.5.15), 「望鄕の殺人」(第3部), 『探偵實話』 6月號
野口赫宙(1960.6.15), 「望鄕の殺人」(第4部), 『探偵實話』 7月號
野口赫宙(1960.7.15), 「望鄕の殺人」(第5部), 『探偵實話』 8月號
野口赫宙(1961.10), 『武藏陣屋』, 雪華社
野口赫宙(1961.11), 「新羅王館最後の日」, 『宝石』
野口赫宙(1962), 『湖上の不死鳥』, 東都書房
野口赫宙(1975), 『폭풍의 시(嵐の詩)』, 講談社
野口赫宙(1977), 『韓と倭』, 講談社
野口赫宙(1980), 『陶と劍』, 講談社
에르네스트 르낭 지음・신행선 옮김(2005), 『민족이란 무엇인가』, 책세상
오오노야스마로(太安万侶) 지음・권오엽 옮김(2007), 『고사기(古事記) 上』, 고즈윈
윤명철(1996), 『동아지중해와 고대 일본』, 청노루
一然著・崔虎譯解(1999), 『三國遺事』, 홍신문화사
임경석(2007), 「『매일신보』를 통해 본 친일의 논리와 심리」, 친일반민족행위진상
　　규명위원회
任展慧(1994), 『日本における朝鮮人の文學の歷史(1945年まで)』, 法政大學出版局.
張赫宙(1934.4), 「我が抱負」, 『文藝』 二卷 四号.
張赫宙(1935), 『仁王洞時代』, 河出書房.
張赫宙(1939.2), 「朝鮮の知識人に訴ふ」, 『文藝』
張赫宙(1941), 『美しき抑制』, 河出書房
張赫宙(1941), 『人間の絆』, 河出書房
張赫宙(1941), 『綠の北國』, 河出書房
張赫宙(1942), 『わが風土記』, 赤塚書房
張赫宙(1942), 『孤獨なる魂』, 三崎書房

張赫宙(1945.10.22),「噫,朝鮮の運命(上)」,『東京新聞』

張赫宙(1945.10.23),「噫,朝鮮の運命(下)」,『東京新聞』

張赫宙(1946.11.8),「文學の行方」,『東京新聞』

張赫宙(1946.11.8),「教員の立場」,『東京新聞』

張赫宙(1946.11.8),「わが念願」,『東京新聞』

張赫宙(1946.3),「日本國民に寄せる」,『創建』

張赫宙(1946.3),「何處へ一戰災孤兒調査記」,『自由公論』

張赫宙(1946.4),「民族」,『創建』,創建社

張赫宙(1948.2),「죄의 끝(罪の行方)上・下」,『時代』

張赫宙(1949),「僞善者」,『小說界』

張赫宙(1949),『恩を返したツバメ』,羽田書店

張赫宙(1949.10),「朝鮮傀儡部隊の最後」,『クラブ』

張赫宙(1949.11),「僞善者(悲しい魂)」,『小說界』

張赫宙(1949.12),「在日朝鮮人批判」,『世界春秋』

張赫宙(1949.1~3),「ミヤの犯罪」,『地上』

張赫宙(1949.2),「지옥의 여자(地獄の女)」,『文藝讀物』

張赫宙(1949.4.28),「我が念願」,『東京新聞』

張赫宙(1950.9),「조선민족의 성격(朝鮮民族の性格)」,『每日情報』

張赫宙(1950.11),「조선유적의 파괴를 염려한다(韓國遺跡の破壞を憂う)」,『每日情報』

張赫宙(1951.7),「한국 르포(韓國へのルポー)」,『每日新聞』

張赫宙(1951.9),「조국 조선에 날아가다－제1보(祖國朝鮮に飛ぶ－第1報)」,『每日情報』

張赫宙(1951.9),「조선의 농민(朝鮮の農民－祖國の戰亂に想う)」,『農民文學』

張赫宙(1951.9),「祖國朝鮮に飛ぶ(第一報)」,『每日情報』,每日新聞社

張赫宙(1951.11),「허덕이는 한국(喘ぐ韓國)」,『明窓』

張赫宙(1951.11),「고국의 산하(故國の山河)」,『每日情報』

張赫宙(1952.2),「조국 조선의 고뇌(祖國朝鮮の苦惱)」,『地上』

張赫宙(1952.4),「부락의 남북전(部落の南北戰)」,『文藝春秋』

張赫宙(1952.5),「避難民」,『新潮』

張赫宙(1952.5),『아－ 조선(嗚呼朝鮮)』,新潮社

張赫宙(1952.7),「異國의 아내(異國の妻)」,『警察文化』

張赫宙(1952.7.28.29.30),「朝鮮人の反省─宿命の民族感情」,『東京新聞』

張赫宙(1952.9),「부산항의 파란 꽃(釜山港の靑い花)」, 面白倶樂部

張赫宙(1952.11),「계속되는 한국의 불안(韓國の不安はつづく)」,『地上』

張赫宙(1952.12),「부산의 여간첩(釜山の女間諜)」,『別冊文藝春秋』第31号

張赫宙(1953.1),「조선르포(朝鮮…ルポルタージュ)」,『群像』

張赫宙(1953.10),「눈(眼)」,『文藝』

張赫宙(1953.10.23),「噫、朝鮮の運命(下)」,『東京新聞』

張赫宙(1953.3),「脅迫」,『新潮』

全光鏞(1959. 가을),「張赫宙의 祖國과 文學」,『知性』통권2, 乙酉文化社

전성태(2004.10),「역사의 경계에도 삶은 존재한다」,『인권』통권14호, 국가인권
    위원회.

田溶新(2005),『完譯日本書紀』, 一志社

中村榮孝(1969),「朝鮮役の投降倭將金忠善」,『日鮮關係史の研究,中』, 吉川弘文館

池 亨(2003),「天下統一と朝鮮侵略」,『天下統一と朝鮮侵略』, 吉川弘文館

차기벽(1990),『民族主義原論』, 한길사

친일반민족행위진상규명위원회(2007.9),「친일반민족행위 결정이유서<김동한>」,
    『2007년도 조사보고서Ⅱ』

洪元卓(1994),『百濟와 大和日本의 起源』, 구다라 인터내셔널

홍윤기(2000),『일본 천황은 한국인이다』, 효형출판

Aoki, Michiko Y., Ancient Myths and Early History of Japan : A Cultural
    Foundation, New York : Exposition Press, 1974. ; 洪元卓(1994),『百濟
    와 大和日本의 起源』, 구다라 인터내셔널, p.23.

國立療養所菊池惠楓園 : http://www.hosp.go.jp/~keifuen/enkaku.html

「ハンセン病の歴史」, 社団法人 好善社, 東京, 2005, p.3 :
    http://www.kt.rim.or.jp/~kozensha/CONTENTS/hansen-history.pdf

「ハンセン病の歴史」,『ハンセン病ニュース』, 全癩協, 東京, 2006 :
    http://www.rivo.mediatti.net/~nanya/index.html

『서울신문』(1952.11.2),「민족반역자 장혁주 변장가명으로 불법입국」

『서울신문』(1952.11.3),「장혁주 등의 비국민 행위를 규탄」

『續日本記』(1935.12), 新訂增補國史大系第2卷, 國史大系刊行會

『新編日本史辭典』(1990), 京大日本史辭典編纂會編, 東京創元社
『日本史總合年表』(2001), 吉川弘文館

논문 출처 일람

김학동(2011.4), 「張赫宙(野口赫宙)의 『망향의 살인(望鄕の殺人)』론－재일동포사회에 대한 작가의 인식과 친일의 합리화」, 『인문학연구』, 충남대학교 인문과학연구소

김학동(2010.12), 「일본으로 귀화한 장혁주(張赫宙)의 삶과 문학」, 『일본어문학』, 한국일본어문학회

김학동(2010.5), 「張赫宙의 『朝鮮傀儡部隊의 最後(朝鮮傀儡部隊の最後)』론－抗日軍 토벌에 임한 間島特設隊 조선인 장교의 변명」, 『일본학보』, 한국일본학회

김학동(2010.4), 「순문학에 대한 장혁주의 염원과 작품」, 『인문학연구』, 충남대학교 인문과학연구소

김학동(2010.2), 「노구치 가쿠추(野口赫宙)의 『도자기와 검(陶と劍)』론－임진왜란에 대한 긍정적인 평가와 한일 민족의 경계 허물기」, 『탈경계인문학』, 이화여자대학교 이화인문과학원

김학동(2010.2), 「野口赫宙(張赫宙)의 새로운 작가적 모색으로서의 추리소설에 대한 고찰－『호상의 불사조(湖上の不死鳥)』를 중심으로」, 『인문과학연구』, 성신여자대학교 인문과학연구소

김학동(2009.12), 「노구치 가쿠추(野口赫宙)의 『검은 대낮(黒い晝間)』론」, 『인문과학연구』, 대구가톨릭대학교 인문과학연구소

김학동(2009.11), 「野口赫宙(張赫宙)의 『무사시진영(武藏陣屋)』과 「新羅王館최후의 날(新羅王館最後の日)」론－고대 한반도 도래인의 형상화에 엿보이는 민족적 갈등」, 『일본문화학보』, 한국일본문화학회

김학동(2009.9), 「노구치 가쿠추(野口赫宙)의 『음지의 아이(ひかげの子)』론－태생적인 열등의식과 음란한 바람기의 형상화」, 『일본연구』, 한국외국어대학교 일본연구소

김학동(2009.5), 「張赫宙의 문학과 민족의 굴레－한·일 고대민족의 교류를 형상화한 『韓과 倭(韓と倭)』를 중심으로」, 『일본학연구』, 단국대학교 일본연구소

김학동(2009.4), 「6·25전쟁에 대한 張赫宙의 현지르포와 민족의식」, 『인문학연구』, 충남대학교 인문과학연구소

김학동(2009.2), 「일제의 패전과 친일작가 張赫宙의 작가적 모색」, 『일본문화학보』, 한국일본문화학회

김학동(2009.2), 「張赫宙의 자전적 작품에 대한 비교 고찰」, 『일어일문학연구』, 한국일어일문학회

김학동(2009.1), 「노구치 가쿠추(野口赫宙)의 『편력의 조서(遍歷の調書)』론－가족에 대한 회한의 해소를 위한 자학적 글쓰기」, 『인간연구』, 인간학연구소

김학동(2008.12), 「張赫宙 문학과 6·25에 직면한 日本人妻들의 수난－「異國의 아내」, 「부산항의 파란 꽃」, 「부산의 여간첩」을 중심으로」, 『인문학연구』, 충남대학교 인문과학연구소

저자 : 김학동

충남 금산 출생, 호세이(法政)대학 일본문학과 졸업 후, 충남대 대학원에서 「민족문학으로서의 재일조선인 문학 – 김사량·김달수·김석범을 중심으로」로 박사학위를 받았다. 충남대학교 연구교수로 재직하였으며, 현재는 공주대학교에 출강하고 있다.

주요저서
『장혁주의 일본어 작품과 민족』
『재일조선인 문학과 민족』
『(김사량의) 태백산맥』(번역)
『한일 내셔널리즘의 해체』(번역)

식민주의와 문화 총서 17

장혁주의 문학과 민족의 굴레

초판 인쇄 2011년 12월 20일
초판 발행 2011년 12월 29일
지은이 김학동
펴낸이 이대현
디자인 이홍주
편 집 박선주
펴낸곳 도서출판 역락
        서울 서초구 반포4동 577–25 문창빌딩 2층
        전화 02-3409-2058(영업부), 2060(편집부)
        팩시밀리 02-3409-2059
        이메일 youkrack@hanmail.net
        등록 1999년 4월 19일 제303–2002–000014호
    ISBN 978-89-5556-965-0 93810
    정 가 24,000원